上海微城

申梦临 著

北京燕山出版社

BEIJING YANSHAN PRESS

图书在版编目 (CIP) 数据

上海微城 / 申梦临著 . – – 北京 : 北京燕山出版社，
2022.2

ISBN 978–7–5402–6446–8

Ⅰ . ①上… Ⅱ . ①申… Ⅲ . ①长篇小说－中国－当代
Ⅳ . ① I247.5

中国版本图书馆 CIP 数据核字 (2022) 第 028076 号

ISBN 978-7-5402-6446-8

9 787540 264468 >

上海微城

出版发行：北京燕山出版社有限公司

社　　址：北京市丰台区东铁匠营苇子坑 138 号 C 座　　　100079

责任编辑：刘占凤　吴蕴豪

版式设计：优盛文化

印　　刷：定州启航印刷有限公司

开　　本：880mm × 1230mm　　1/32

印　　张：12.5

字　　数：300 千字

版　　次：2022 年 2 月第 1 版

印　　次：2022 年 2 月第 1 次印刷

ISBN 978–7–5402–6446–8

定　　价：65.00 元

目录

CONTENTS

第一章

　　浦东南路靠近陆家嘴方向，一家老牌宾馆的三楼，人们如潮水般涌了过来。门外各人的穿着款式各异，千姿百态，到了门厅，主办方要求大家统一套上红色的 T 恤。由于人员众多，服装大小不能兼顾，主办方准备的尺码明显偏大，拥挤的门厅就像一条繁忙的标准化生产线，所有经过的人都变成整齐划一胖头圆肚的俄罗斯套娃。近看或许还能分辨男女老幼、高矮胖瘦，远看就是火红一片套娃欢乐大阅兵。

　　这个可以容纳五十余张大圆桌的巨大宴会厅，早已撤去所有桌子，密密麻麻地一排排摆上椅子。会场中间，铺着鲜红地毯的通道从门口一直向里延伸。通道的尽头是一个横跨整个会场的演讲台。演讲台后，占据整个墙面的投影幕布上，正播放着激情四射的动感画面，排山倒海般冲击着人们的视线。而音箱中巨浪般热烈奔放的音乐、强劲有力的鼓点、铿锵激情的节奏形成一个强大的势场，激荡着每一个套娃加速跳动的心。

　　不到半个小时，整个会场已座无虚席。会场两侧整齐地站着两排白衬衫、黑西装的年轻男女，随着节奏整齐划一地拍着高举的双手，并且步调一致地扭动着身体。

　　喇叭的音量稍稍调低了一点，一个浑厚的男中音在整个会场响起。

　　"亲爱的朋友们，早在两千多年前，我们的平民英雄陈涉，就已经发出过一个振聋发聩的反问：王侯将相宁有种乎？今天，我们很多人还没有明白这句话的真正道理：并不是哪个人生来就是王侯将相，并不是哪个人生来就是大富大贵。每个人都有成为千万富豪的机会，只是有些人抓住了人生中的重大机会，而有些人错失了成就自我的机会。

"曾经股票认购证的机会我们错过了，曾经互联网的风口我们错过了，曾经比特币的投资我们错过了。我们错过的每一个机会，都成为他人从一穷二白变成千万大佬的台阶。我们后悔，我们羡慕，但没有意义。时光不会倒流，机会不会重现。

"今天，我要告诉大家，新一轮的机会又来到了你的面前。今天，我们每一个人都要问问自己，我们是不是应该擦亮眼睛，不再错失改变命运的重大机会！

"让我们隆重请出今天的主讲嘉宾，宇宙证券公司首席经济师，大洋洲基金合伙发起人，光年商学院 MBA 客席教授，一线财经报社专栏作者，著名股评家——陈安志先生！"

话音未落，掌声四起。宴会厅正中入口处巨大的暗红色大门徐徐打开，激昂的音乐磅礴而起，跟随着两束聚光灯，人们齐刷刷地转头，千余双眼睛聚焦在红毯尽头那位头发锃亮、目光炯炯、西装笔挺的中年男士身上。跟随着两侧白衬衫们整齐有力的热情掌声，套娃们以仰望财神爷从天而降的期盼目光和澎湃心情，也跟随着热切地鼓起了掌。在排山倒海的掌声中，一圈统一着装的白衣俊男靓女，手拉手把"财神爷"护卫在当中，雄赳赳、气昂昂地踏着红地毯而来。"财神爷"一边向两侧的人们挥手致意，一边步履矫健地走上演讲台。

"亲爱的朋友们，亲爱的家人们，欢迎来到今天的财富大讲堂，我是帮你们实现人生梦想，助你们走上财富康庄大道，为你们铺起坚实基础的理财规划师——陈安志。"

陈安志一张大脸似乎是一个白铝锅长出了五官，两个耳朵便是安在铝锅身上的两个把手，一个白晃晃的额头，占据了整个脸庞的大半，额头上的头发一丝不苟地向后梳着，一缕缕清晰可见，像是白铝锅配上了个黑盖子。一个大鼻子上，两簇浓密的眉毛豪横地把两个小眼睛压在下面，底下是一个横跨全脸的嘴巴，声若洪钟。

向左中右三个方向点头致意后，陈安志用双手压了压会场，掌声渐渐停歇，他眉毛一挑，滴溜溜的小眼睛里有如藏着个激光笔射向全场，继续说道：

"有多少人渴望财富的垂青，有多少人梦想事业的发达，有多少人期待命运的改变。今天，来到这里的人就有了希望，来到这里的人就有了可能，来到这里的人就有了机会！"

他停顿了一下，继而手掌向上，奋力一挥：

"我刚刚走上讲台的这条路，将成为托起你们走向财富的荣耀之路！"

白衬衫们带动大家又是一阵热烈的掌声。

"钱不是万能的，但没有钱是万万不能的。任何人对钱的蔑视，都是故作清高，空摆姿态。我们今天就是要大胆地说出来，我们要赚钱！我们要堂堂正正地赚钱，我们要堂堂正正地赚大钱！大家说，要不要？！"

"要！"套娃们震雷般地异口同声。由于声音太过响亮，好多人冷不丁地把自己吓了一跳。

"那么，怎么才能赚到钱呢？怎么才能光明正大地赚到钱，骄傲地赚到钱？利用我们自己的能力赚钱，利用我们自己的智慧赚钱？如果今天有这么一个机会，大家说，要不要？！"

"要！"这次回答的声音更加响亮，在激光笔的照耀下，套娃们的一双双眼睛也像手电筒一样开始闪闪发光。

"当前，我们中国的改革开放取得了全球瞩目的成果：高速公路全球第一，高铁总长全球第一，外汇储备全球第一，造船、水泥、化纤、汽车、手机产量全球第一！奥运申办了，嫦娥奔月了，国民经济总量眼看着进二争一！"

套娃们不住地点头。

"中国已经成为全球最大的经济体之一，拥有四万亿美元的外汇储备，五十万亿的固定资产投资，十四万亿的出口，货币供应量达到多少，各位？一百万亿元！一百万亿！这是什么概念？"

底下鸦雀无声，全都目不转睛盯着"财神爷"，认认真真听他长篇大论。

"如果把这些钱用一百元面额的人民币堆在一起，我们这样的会场得堆八百个，用十吨的卡车拉，得拉十万多车！"

套娃们的双眼，瞬间从手电筒模式升级换代成了探照灯模式，照耀出了前面几十辆大卡车，满满地拉着现金。等待自己成为它们的主人。

"而经济最重要的一个标杆，就是股市，我们股市现在还不到两千点，作为经济发展的风向标，中国这样的股市表现，与中国经济的长足发展，大家说，是不是完全不匹配？"

"是！"

"今天，我们迎来了中国人自己的机会。20世纪60年代的时候，美国股市同样面临着发展的机会，美国股民迎来了美股腾飞的十年，优质股票市盈率达到多少？能想象得到吗？八十倍！当下你做什么投资能获得这么高的收益？甭说八十倍了，能投资个收益两三倍的买卖，全家都谢天谢地谢菩萨了。

"家人们，这说明股票是什么？股票是长期投资最好的工具！是不是？"陈安志大声地呐喊。

"是！"这次不仅是整齐响亮的回答，更响起了暴风骤雨般的掌声。

台上，嘉宾滔滔不绝。从经济形势，到股市周期，从人类起源，到财富自由。慷慨激昂，神采飞扬。台下，套娃们急切而专注，热情而积极，有些人已经把嗓子喊哑，把手掌拍红了。现场就像一个链式核反应堆，能量在裂变，扩散，聚集，迸发。现场氛围推向一个又一个高潮，就差最后一个核爆来掀翻整个屋顶。

在会场靠后几排的角落里，安臻认真专注地听着"财神爷"激情四射的演讲，偶尔兴奋地和旁边的人交谈一两句。四十出头的安臻梳着一缕缕精致卷曲、排列有序的披肩鬈发，鬈发顶上别一个精致的紫色发卡，如蝴蝶般生动活泼，额前却是乌黑细密笔直的刘海，一根细辫在额上把头发前后分开，鬈发便如那一片水波涟漪，刘海却似湖面宁静，圆润的脸上还带着三分可爱的气息。就连她身上的T恤似乎也比别人合身一些，在一堆胖墩墩的套娃中，这个细眉如月、顾盼如水、皮肤白嫩的女人，依然让人过目不忘。

趁着会场休息间隙，她兴致勃勃地和旁边的朋友讨论起来。

"张阿姨，昨天买的股票今天真的涨了啊，一天就涨了六个点呢，老师实在是太厉害了！"安臻身体前倾着，脸上的神情有如中游小学生考试到了前三，喜悦溢于言表。

"哦呦，他们都是专家，又有内部消息的，他们看不准谁看得准的啦！"张阿姨是一位五十岁左右的妇女，皮肤有些发黄，脸上带些沧桑，一头短发蓬松得如棉花糖。她眼睛依旧紧紧地盯着台上，演讲台上一群年轻男女身着统一的西服套装，在"想飞上天，和太阳肩并肩"的伴奏中，整齐有力地跳着劲舞。她目不转视回应道："跟着他们肯定没错的，你昨天买了多少啊？"

"我昨天没有买多少，只买了两万。我不敢多买，不过也赚了一千多了。"安臻语气中有开心又有点懊悔。

"一千多有什么啊，坐前面那些人里，听说有好几个都赚了好几百万！"张阿姨说，"老师不是让大家鼓足信心吗？侬哪能只买这一点！"

"哎呀，不瞒你讲，我想想不放心，就去问了阿拉妹夫，伊是加拿大留学回来啊，学的又是经济学，我想总归有点眼光的，伊是讲我不适合投资股票的，股票市场里面门槛太多了，让我不要买呀。"

"加拿大回来，吃的是生菜面包，我们中国股市，吃的是咸菜馒头，洋专家肯定不如这里的老法师。"张阿姨斩钉截铁地说。

"侬啊，就是不听老师言，吃亏在眼前。培训班第一天开课，老师讲了啥，侬还记得伐？"张阿姨看着有些气馁的安臻问道。

"嗯嗯，记得啊……"安臻有些心虚地回答。

"记得侬还不听，老师第一次上课就讲，让我们远离负能量的人。有些人，你做啥都泼冷水，侬去听伊，啥事体也做不成了。"

"对的对的，我是该听老师的，下次我要多买一点的。"安臻频频点头。

"你有多少钞票？"张阿姨小声地问道。

"我不多的，小家小户，没存下多少钱，不过百把来万是有的呢，我家的钱都在我手上的。"安臻右手中指指尖往椅子上一敲，身子往后一仰，闪着点狡黠的眼光，嘴巴里说得很谦虚，表情又藏不住带着点得意。

"那还不跟老师多投一点！"

"可是会不会有问题啊，后续行情到底怎么样啊，我也很担心啊……"安臻瞪着一双人畜无害的眼睛，一脸纠结地说。

"侬又来了，要不侬还是去听你妹夫的好唻，不要买了。我感觉这个老师靠谱，是个专家，而且有内幕消息。跟牢伊我感觉没有错，就跟刚才老师讲的一样，看我们自己有没有胆量了。"张阿姨信心满满。

"嗯嗯，对的对的，我胆子老大的！"安臻把手握起拳头往上伸了伸，给自己加油打气。

除了散落各排当中，还有个别被大妈包包占据的座位，会场已经坐满了人。这时一个二十多岁中短发的女孩在白衬衫的指引下，躬着身从安臻身前挤了过来，安臻嘀咕着把放在隔壁椅子上的路易·威登老花皮包抱在膝盖上，随便嘀咕了一句：

"哪能回事体了，挤坏了，踩到我脚了。"

那女孩子一脸的干净利落。她欠身打着招呼，坐了下来，从包里拿出一个大记事本，抽出一支钢笔，两支彩铅，把目光投向演讲台的大屏幕上。

台上的老师正在分析能源板块，这是两家比较小众的上市公司，盘面不大，机构关注不多。不过嘉宾的观点是，关注的人少，才有抄底的机会。

台上老师一个一个地分析着板块中的各个股票，安臻身边的小姑娘也认认真真地在记录着几只股票的代码、行情、预期。在这片波涛汹涌的海浪中，除了手中写生本般的本子大过在场的所有人，身材中等的她在套娃大军当中毫不起眼。安臻偶尔瞥一眼她记录的本子，这个姑娘在本子上画的是三个表格和一幅曲线图，表格里填满了数字，间隙夹杂几个中文，曲线图中标示着大小不一的方格符号，不同的颜色在图表当中错落有致，看起来颇为专业。相比自己小本子上的简单记录，安臻对她平添了三分信服。

嘉宾开始预测几只股票的后期走势，大家都严肃认真地记录起来。

随后进入学员分享的环节，小姑娘站起身来，弯腰说了句："对不起，借过。"从安臻身前挤了出去。

"真麻烦，进进出出地捉泥鳅了。"安臻在心里嘀咕了两句，突然想起那些明显比自己专业的密密麻麻的表格，暗地里就泄了气，顺便在心里把自己的嘴巴闭上了。

从菜场出来，已经是五点多钟，平常这个时间，安臻差不多应该在家洗好切好菜，看着电视等着她丈夫回家起锅掌勺了。但今天她显然有些心不在焉，脑子里面一直盘旋着她那积攒了多年的六十多万。那是夫妻俩大半辈子的积蓄，也是儿子加拿大留学后续费用的基本保障。

昨天的行情，她的两万元一天就赚了一千多，如果是六十万进去，一天就可以赚三万多了。这是她过去大半年才能存下来的，对比现在一天就赚到了，她觉得有点不真实。同时，她有些焦虑。既有失去赚上一笔机会的痛心，又有万一亏损了血本无归的忧虑。都说投资有风险，入市需要谨慎，如果亏了，那不也是一天就亏三万吗？安臻感觉脑子都要炸了。

安臻幼师毕业，工作后一直干着专业，当了二十来年的幼儿园老师。每天带着小朋友唱着儿歌，跳着集体舞，心态似乎也停留在活泼可爱的氛围中，天天和小孩子嗲声嗲气地说话，脸上也就留着三分稚气，加上保养得当，看着比同龄人年轻不少。安臻老公老钱年轻时候是公交车司机，后来转行做了驾校教练，日子过得平静而安宁。

当年安臻的父母一心希望女儿嫁个大学生，结果她自己选了这个一技傍身的师傅，尽管多年来感情笃厚，风平浪静，然而风太平浪太静，生活也就如一潭失去源头的池水，少了许多流动的欢快。偶尔回顾起来，心中便多少带点屈尊俯就的埋怨。

好在这么多年双方工作稳定，老公在生活起居上贴心照顾，安臻天天和小孩子一起唱唱跳跳，忘却烦恼。前几年政策允许，她提前办了退休，时间也渐渐宽裕下来。平时看看电视，唱唱沪剧，跳跳广场舞，和几个相熟的朋友去郊区转转，小日子就这样无忧无虑地重复着。

然而，这些年上海的城市发展如绿皮火车换成了复兴高铁。从之前的站站停靠上客下客，一车人慢悠悠一起往前走，变成了上车关门，一路飞奔，马不停蹄往前疾驰。没能乘上车的人，不一会儿就连车屁股都看不见了。

安臻感觉人和财富的等级分层明显地走上了快车道。身边的朋友和同事，有些家里拆迁，拿了好几套房子。有些做点生意，从拥挤不堪的老破小搬到了绿树成荫的国际社区。有些炒炒股票，满嘴都是牛熊红绿短线大盘，举手投足都多了几分派头。安臻和他们站在一起，隐约感觉各方面渐渐拉开了差距，而她温吞水一般的生活，曾经是令人羡慕的稳定，不知不觉变成了令人不安的沉寂。

好在当年妹妹安歆决定去加拿大留学时，安臻顶着压力，拿了仅有的十万存款支持妹妹的学业。安歆毕业后，留在加拿大工作了几年，一番打拼下来，收入不菲，工作两年就还了安臻的十万借款，过了一年又拿出十万，资助安臻一家在浦东置换一套三居室的房子，至少没有多少后顾之忧。

老钱手脚麻利，不一会儿就夹荤带素烧出了三菜一汤。平常吃饭的时候，两个人多少会东拉西扯些家常，但今天晚上的安臻有些反常，她漫不经心地夹着饭菜，一碗饭恨不得一粒粒分开来挑着吃。对于丈夫说的话，也是左耳朵进右耳朵出，鲜有回应。疲惫的丈夫也没有察觉她的异样，自顾自埋头吃着晚饭。

安臻试探着说："侬晓得伐，张家阿姨，炒股赚了好几万了。"

"是伐？伊倒蛮结棍的嘛。"

"侬讲，我们要不要也去炒一炒？"

"阿拉又不懂的，阿拉没有这个命，就不去赚这个钱。"她老公一边说，一边夹了块多宝鱼给安臻。

"侬哪能晓得我没这个命！"安臻有些生气。

"好好好，侬有这个命，我的好老婆，侬本来就是大富大贵的命。"老公看她有些不高兴，笑嘻嘻地哄着。

"还不是嫁给你个触霉头，本来我这个黄金命，也被你这个烂泥命冲成个烂黄铜了。"

这个晚上的安臻，辗转反侧，思绪万千，睁着眼睛一夜未眠。

张阿姨是小区老年人舞蹈队里安臻的舞伴，为人古道热肠。前段时间，一个培训机构发了传单，组织他们参加免费的理财培训，每次培训完了还送两斤鸡蛋。安臻就去了两回，现在又跟着张阿姨来了进阶班，看着周边热火朝天的场景，安臻多年平静的内心也慢慢开始躁动不安。家里电视机那常年不变的沪剧、越剧加韩剧，当下也改了风格，变成了财经投资理财专家的侃侃而谈。

第二天早上，安臻从未有过地关心着墙上的时钟。丈夫出门后，她急忙坐公交车来到了会场边上的一个 VIP 室，投资研修班的老师们会亲临 VIP 室给大家做实战指导。

老师的身边总是围满一双双热切的眼睛。安臻刚进房间，就看到一大堆人当中，一个短发小姑娘正在和老师交流讨论着，安臻觉得有点眼熟，一时又想不起来。她凑到前面，看到小姑娘手里卷着的大本子，才想起那些标满符号的表格。

安臻急忙挤进了人群。

"老师，你看我手上的丰化金属，昨天说今天还要涨三四个点，侬看今天有没有什么变化？我该怎么操作？"

"这个不是昨天已经讲过吗？就是持有啊，你有钞票，还可以加一点。"没等老师发话，边上一个六十多岁的男子插话进来，脸上透出一股不屑的神情。

"这只股票吧，至少还会涨十来天，肯定会涨到三十五元以上，"老师说，"今天至少能涨三个点，你们放心，需要抛出去的时候，我会提前通知你们的。"

　　老师被其他几个人围了过去，那老者依旧喋喋不休："我看啊，现在这个行情，只要不是戆大，买什么都能赚。不过就是赚多赚少，才是看出水平。"

　　安臻挤到一个电脑前："帮我看看，丰化金属，现在趋势哪能。"

　　"今天刚开盘就往上走了，看看收盘行情怎么样。今天肯定能涨个几点。"一个坐在电脑前的年轻操盘老师回话道。

　　紧张的时间总是过得很快，下午三点，股市收盘。

　　"今天又赚了一千元！"安臻有些开心，又有些失落。

　　"早知道应该加一点。"她懊恼地埋怨自己的犹豫不决。

　　"运气来了，挡也挡不住，后面还有机会，"她在内心里安慰自己，"至少是赚的嘛，刚进场能赚到已经算不错的了，人家很多一开始都是亏的唻。"她心里给自己表扬了一番，志得意满地转身离开会场。

第二章

春意自南向北席卷而来。四月的上海，已是颇为宜人的天气。天高云朗，四野清明，梧桐抽新，玉兰亭立，经历过冬季严寒的沉寂，马路两边的草木重新用嫩绿昭示着新的一轮成长，即便是步履疲惫的行人，在早春盎然的街道中穿行，都多了些许的生机和神气。

这一股春风也吹进了安臻的心里。平常多走几步就嫌累的人，最近就像角落里不被注目的小灌木，悄无声息枝繁叶茂地生动摇曳起来。几乎每个交易日，她都要化好精致淡雅的妆容，挎着小包，兴致勃勃来到VIP室。"咔咔咔"地把高跟鞋踩出风火轮般的脚下生风，举手投足间多了几分成功人士的自信和气派。

初入股市的两万，在专家的指导下，一个月里已经翻到了四万，这是她从未有过的成功。在经历过无数次的犹豫、决定、迟疑、等待、懊悔、再决定的轮回之后，她终于又拿出了二十万投资到股市当中。每天股市一开盘，安臻脑中的发条便倏然上紧，如果有个内科专家给她这一天接上心电图的话，估计显示器上的波形不再是心电图的上下曲折，倒更像是K线图的一路高歌了。今天上午大盘仍然是稳中有升，她也逐渐放松下来，眼神开始向四周溜达。

下午的行情有些波动，手中暴雪科技的股票行情有些下滑，她一颗心提到了嗓子眼儿。二十万刚进去没几天，如果就遭遇滑铁卢，这个打击可不是一点点，之前一个月赚下的收益，可以在一两天里就被消耗掉。

"都怪我这张嘴！"她懊恼昨天晚上和张阿姨聊天时，自己有点乌鸦嘴，于是在心里"呸呸"了两声。好在临近收盘时指数又一波拉升，回到了比开盘稍高的位置，安臻长舒一口气。

"谢天谢地……本金大了，可真经不起跌！"焦虑的心情终于放松了一下，一块大石头平稳落地。

"今天是个好日子，心想的事儿都能成。"她心里随着歌声哼哼着，随后掏出手机，计算着账户收益，尽管不多，但这一周累计下来也已经有四千多块了，重要的是每天都还在慢牛爬坡一样上涨！一周赚了丈夫大半个月的工资！她有些兴奋地重新在手机上敲了两遍，然后看着计算器上的数据眉眼舒展，喜笑颜开。

"哎呀，真的像老师说的一样，只要找准了方向，走对了道路，跟到了贵人，赚钱就是这么轻松的事啊！"安臻心想，"还好没有听妹夫的，赚大了再让他们刮目相看！"

转头看向窗外，东方明珠傲然矗立。

"阿拉上海就是好啊。"安臻心满意足地感叹了一声。

手机"嘀嘀"的声音响了起来，安臻急忙点开，这里是她的聚宝盆，老师就是那个会下金蛋的母鸡，在她的世界里，QQ群的嘀嘀声，分明就是母鸡下金蛋咯咯咯的打鸣声。

老师给大家发布了指导意见，安臻的暴雪科技在抛出之列，推荐买入东海生物。安臻毫不犹豫地按照老师的指令进行了操作。

经过四个星期，她的账面金额，已经从三十来万变成了四十万，这一个半月，她整整收益了十万。

她无时无刻不惊叹着老师魔法般的神奇力量。

　　静康路两侧高大茂盛的梧桐，像一个个面目慈祥的老人，用温和的眼神注视着来往路人，也看过了这条马路百年的变迁。阳光穿过树叶，斑斑驳驳地落在路面，每有车子或者行人走过，那光影便像温柔的手掌在他们身上轻轻抚过。

　　岁月的斑驳刻画在梧桐的树干上，也刻画在静康路5号毫不起眼的小小门牌上，掉落的油漆如同无声的语言记录时间的长度。当车子静静驶来，大门缓缓打开，才隐约让路人惊鸿一瞥般看见里面的庭院深深。

　　院落里二十余栋砖红色的别墅错落有致地分散着，庭前院后草色翠绿，四季不辍的花卉摇曳绽放，玉兰高耸挺拔、银杏华冠宽大。一泓碧水弯弯曲曲地穿过园中，正好在十六号别墅的门前流过。这是一栋梦幻城堡风格的三层建筑，大理石的墙体，圆弧形的拱窗，罗马柱的回廊，红瓦高耸的尖顶。整个建筑对称严谨、秀丽灵动。

　　别墅安静得没有多少烟火气，除了偶尔在光鲜亮丽的车上下来的三两个访客，少有其他人员往来。只是在夜幕深垂后，灯光透过窗帘，隐约地亮到天明。

　　别墅门厅的左侧，两排桌子靠墙横贯了整个房间，当中留着一条两米多宽的通道。一侧的桌子上，五个二十一英寸的电脑显示屏横平竖直地排列着，电脑上满满都是各种股票的走势图。而另一侧的桌子上，三个巨大的显示器拼接显示着一排排的 Excel 图表，桌子上还放着厚厚一摞全开大小的白纸。横向的一侧墙壁上，挂着一个大幅面的白板，满满写着各种数字和计算公式，倒像是四面合围着中间的一小片城池。桌子上两个电话机，偶尔响上两声，似乎不甘心这般空旷的安静。

　　凌晨五点，大多数人都还在梦乡之中，林蕴才按下了保存键。通宵达旦地工作让这位年轻的小伙有些邋遢，随意的穿着和发型，看着有些散漫。只有当他贴近电脑屏幕时，屏幕的光线照亮了神情专注的脸庞，才依稀可见一个英挺鼻梁，以及一对浓密眉毛下聚精会神的双眼。尽管身形稍显清瘦，双眼泛着血丝，眼光中却依然隐藏不住充沛的精力。

他开始复制表格中的不同数字，依次粘贴到不同的对话框中。繁忙地持续了半个多小时后，林蕴才伸展了一下身体，深深地舒了一口气，他终于可以安静地休息一会儿了。

窗口前茂密的银杏挡住了远方的风景，但他知道，那是陆家嘴方向。虽然视线被树木、楼房、高架桥层层遮挡，他依然会在每天凌晨上床休息之前，站在窗口眺望少顷。那是他年少时的梦，也是他征战的沙场。

这一周的大盘阴晴不定，安臻的心情也跟着波澜起伏。跟随老师的指令，她已经把股市上的四十万全仓进了东海生物，这只股票这几天不但没有上涨，反而有所下滑。这可把安臻的心揪了起来。安安稳稳过了大半辈子，突然来一波过山车一样的经历，把之前几十年的紧张、焦虑、期盼、渴望都在这一个月里密集重演了一遍，只怕比情窦初开的怀春心情，更增几分多变，似乎每一天都活成了过去的一年。尽管老师也一再强调这是正常盘整，但一周行情的反复在安臻眼里就是低迷，真金白银砸进去了，盯着 K 线图的眼睛也放出了绿光，手心里一天天热汗涔涔，心里一会儿懊悔，一会儿侥幸，一会儿再给自己鼓鼓气。

又是一周过去了，大盘盘桓不前。个股跌多涨少，满屏绿色。

这些天的天气似乎也跟上了股市的节奏，每天都是愁云满城，时不时地落下一阵骤雨。这天，安臻在 VIP 室待了一上午，就着保温杯里的枸杞水吃了点家里带出来的面包。到了中午时间，没有一丝生机的显示屏看得人心慌，安臻便约了张阿姨，到楼下坐上公交车，两人准备到证券交易大厅领领市面。

"我老早讲了现在的行情不稳定，不是入场的好辰光。"两个持观望心态的老股民站在交易大厅的门口，其中说话的人叼着一根香烟，对着天空的乌云望上两眼，神情带着些得意。另一个人凑上去给他点上烟，那个人深吸了一口，说："外行看热闹，内行看门道，那些跟风听雨盲目进出的，懂个球。"

"就是，有些人连个阴阳线、红黑线都看不懂，就是瞎起哄。"另一个附和着，脸上谄媚地也跟着点上烟，然后转过身去带着嘲讽的眼光，对着几个神色焦灼的人瞥了两眼，又盯住安臻看了两眼。安臻被他看得有些发虚，像是书包底下塞着一张低分试卷的小学生，生怕别人看穿她考砸了的分数。

安臻感觉这回可真成了套娃。尽管老师一再强调他们选的股票不会有问题，过几天一定会反弹的，但她的脸仍跟霜打的黄瓜一样蔫绿蔫绿的，下跌行情已经持续半个多月，不但把之前赚的十来万块钱还给了股市，而且本金已经开始损失两万多元了。她白皙的脸看起来失了血色，长长睫毛下一对可怜巴巴的大眼睛，显得茫然不知所措，看谁都像救命稻草想抓上两把。她有些心虚地同张阿姨交谈着："这个……这个……老师说不会有问题的……应该不会有问题的吧……"

还没等张阿姨回答，她又自顾自地回了上去："侬也觉得肯定没有问题的对伐？我们老师都是投资专家，又有内幕消息，哪里会有问题呢？"

"我感觉你讲得对的，肯定没有问题的。"和前段赚钱时的信心满满不同，张阿姨现下也是满脸愁容，据说是把老姐压箱底的养老钱鼓动了出来，刚追加了投资，就碰到一长条阴线，原有的那点信心就动摇了起来。她用颇不坚定的语气说出了颇为坚定的回答。

说话间雨珠滴滴答答地坠落，在地上溅起花冠般的水花。风势也大了起来，裹挟着雨水拍打着窗户。一阵风雨过后，留下了一地绿叶，雨水渐歇，东方明珠顶端依旧被乌云遮住，不见天日。

从证券交易大厅离开，回到 VIP 室，刚进门口，安臻忽然感觉房间里的气氛与前几天大为不同，沉寂良久的爷叔阿姨从前两天的精神不振一个个抖擞起来。

"起来了，拉起来了！"下午刚一开盘，股市毫无征兆地开始反弹，一路飙升，使出一股子牛劲儿，像是赌气为自己正名一般呈九十度角扭头往上冲，仅半个小时，指数升了十几个点，收复了前几天的失地。套娃们的目光鹰爪一般紧抓着墙上的大幅电子屏！

安臻瞪大了眼睛，视线一刻也不敢离开电子屏。

"乖乖，"她露出诧异的神色，"老师神了啊！"她感叹道。

"是啊是啊，我昨天差一点就狠狠心割掉了，幸亏你拦了我一下。"共患难的张阿姨也高兴得不知如何是好，眼角的皱纹挤到了一起，握着安臻的双手连连道谢。

"你心肠这么好，你不发财谁发财哟！"她又笑逐颜开地补了一句。

这句话可说到安臻心坎儿里了，自打入了股市，她特别喜欢听这种吉祥话儿："哦呦，阿姨怪客气的，大家一起发财！"两个同患难的人互相吹捧、互相鼓励着度过了这一段艰难时刻。

最终东海生物以上涨九个点收盘，前一周的损失基本都已收复，而且看上去涨势强劲。VIP 室里的学员们眉眼都开了，欢天喜地交谈着对后市的看法，转而狠狠地抱怨为什么股市这么早就收盘了，拉升它个一夜该有多爽！

现场指导老师还在一个一个地解答大家的提问，经此一轮，大家的信心提振不少。

前几天抛掉的股民，现在就有些垂头丧气，一个脾气急躁的年轻人正冲电话里头抱怨："我说了不要急，老师明确讲了要反弹的，你看一天就损失多少钱！"真是河水东流又转西，几家欢喜几家愁。

"自个儿耳根软，还怪别人。"安臻瞟了男子一眼。看着账面数字，她的眼睛重又明亮了起来，满面春风回了家。

春日的大地，每天都在变化。林蕴才难得悠闲地走在小区当中，几天没有走出房间，他眼中的世界似乎直接从早春跳到了初夏。

明天是周日，于他来说，这是难得的闲暇时光。不过周日的上午，国际会议中心有一场资产管理交流会议，他临时接到通知，要前往参加。

黄浦江边的国际会议中心，两个蓝色的水晶球半落在水中，中间一排巴洛克风格的高耸玻璃窗交替排列，把米黄色的大理石墙体唯美地分隔开，整个建筑如东海龙宫般坐落在浦东江滨，和东方明珠塔红色明珠错落有致地跳动呼应。特别是夜间，东方明珠射出来的彩色光芒与球体上的透明玻璃交相辉映，在黄浦江的倒影中，梦幻般地铺展开来。这座为迎接二十世纪最后一次财富世界论坛而建的建筑，常常在各领域的高峰会议中开门迎客。

上午十点，林蕴才准时出现在了会场。他穿着一套阿玛尼定制西装，打着史蒂芬劳领带，腰间系着一根爱马仕皮带，洁白法式衬衫的袖口，绣着一串英文标识。与精致的服饰不太匹配的是有些随意的发型蓬松地梳向两边，尽管精神还算抖擞，双眼却有些迷蒙，俊朗的脸庞下，透着些淡漠轻率的表情。

门口一众挂着工作证的会务人员忙得不亦乐乎，按照邀请函上的名字将贵宾们引导至座位。近千平方米的厅堂灯光明亮，装饰华丽，巨大的水晶吊灯从十多米高的天花板垂下，两侧墙面上挂着几块电子屏，三百六十度同步会场状况。厅内整整齐齐摆了几百个座位，对应着一张张红色的席卡。

林蕴才径自落座。他临时与会，心里没有多少准备，暂时也没有相熟的人需要招呼，所以便多了些时间顾盼周围。

他仔细看了一下与会嘉宾的名单，梳理着可能会有关联或者日后需要结识的名人。会场里不少人互相打着招呼，他看到了演讲嘉宾中有一位王姓总裁，是业界颇为知名的巨擘，犹豫片刻，他起身走到第一排。王总边上的位置尚且空着，他躬着身热切地问了个好。

"王总您好，很荣幸又见到您了，之前曾经听过您几次演讲，收获不浅呢。"林蕴才递上名片。

王总客气地点头回应了一下。

"我可以和您合张影吗？"

见王总没有拒绝，林蕴才把手机递给边上的工作人员，帮忙拍了张照片。

"谢谢王总，期待有机会能再听到王总的精彩演讲。"

今天的会议有三个演讲嘉宾，演讲的题目分别是"引领中国经济腾飞的新六驾马车和九大支柱""当前中国经济政策的导向与反思""中美、中欧、中非关系与世界格局"，会后有一个"未来二十年之中国经济走向"的高峰论坛。

林蕴才听着台上嘉宾滔滔不绝地讲着一些他熟知或者不熟知的内容，觉得有些无聊："一个是纸上谈兵，脱离现实；一个是哗众取宠，自说自话；一个是异想天开，好高骛远。"他默默在心里总结了一下，摆弄着手机打发时间。

到了论坛环节，主持人请三位嘉宾和一位沪上知名的经济学教授与王总上台，共同讨论分析行业热点。

会议一直开到临近中午，主持人留出了十五分钟时间给在场人员与演讲嘉宾互动。林蕴才躬身刚想离开，突然一个温婉的声音响起，那声音唯美悦耳，瞬间按停了他的离场键。

"我想向华教授提一个问题，"林蕴才向右前方望去，一个女孩在离他不远的位置拿着话筒，"您是国家政策顾问专家团成员，所以我这个问题想请您回答。近几年，大家投资关注的都是新经济领域，很少有人关注制造业了。但是反观德国、日本这些工业强国，依然还是以制造业为根本。请问这是我们在弯道超车，还是在避重就轻？未来十年，我们国家制造业的发展会是什么样的趋势呢？"

女孩一袭剪裁得体的白色修身长裙，身形玲珑，一头长长的直发瀑布般垂落在肩。温柔沉静、洁白细腻的精致脸庞上，有一种圣洁的光芒，长长的睫毛晕染着一丝光晕。开口间明眸皓齿，语调优雅谦和。

他怔怔地看着女孩，四周仿佛被按下了静音键。工作几年来，各种酒会宴会他参加过一些，大概是绚丽的灯光太过耀眼，常常让人感觉眼前的姑娘有些失真。然而，在今天这个灯光单一、气氛单调的氛围中，在枯燥沉闷的话题下，忽然出现一位容貌出众、气质清雅的女孩，便如一潭碧水中绽放着的一朵莲花，令人过目难忘。

华教授的回答具体说了什么，林蕴才是一句也没有听进去，他的眼睛盯着右前方几乎转不回头。

主持人宣布会议结束，大家纷纷离场。林蕴才放慢脚步，走在后面。他看着女孩从前方走过，有种大脑眩晕的感觉。长久以来，日复一日的高强度工作使他不得不投入百分之二百的精力，他已经很久没有感受到突然之间心跳加速了。

"要不要上去要个联系方式？会不会太唐突了？"稍一犹豫，女孩已经被别人遮住了身影。他有些懊恼，心里多了几分患得患失的悔意。

当天晚上，浓重的云彩遮住了点点星光，高大的别墅在路灯昏黄的侧光中，显得阴晴莫测。

"也不知以后有没有机会再见。"林蕴才想起白天见到的女孩，失意地自责了一番。

第三章

明朝永乐年间，黄浦江水系基本形成，江水自南向北与吴淞江相汇，折而向东，拐了一个大弯，形成鸭嘴状的一块冲积沙滩。嘉靖年间，这里出了一位书法家，名为陆深，因其生卒均于此地，故名陆家嘴。

数百年历史更迭，眼见着这块沙滩从茅屋稀零，到村落兴旺，再到如今高楼林立，时间在用自己的方式雕刻着沧海桑田。

每天早上，夏菡上班经过步行天桥，穿梭在三座高楼当中，常常有种莫名的安定感，这种安定让她的脚步从容，心神宁静。这日天晴云阔，大楼顶端薄雾消散，玻璃幕墙螺旋上升，蓝天白云映射在楼体上，随风飘动。

"早啊，周末有去哪里玩两天吗？"同事小安跟她打了个招呼。

"没呢，老板安排周日去参加了一个经济发展论坛。"

"有什么收获吗？"

"还好吧，每位嘉宾都是各自领域里的专家学者，各有所长，多听有益。"她笑笑道。嘉宾的观点都是自成体系，都有独到见解，也不免会有疏漏。听者或许有求全之隙，责备之疑，最后都只能自己来判断扬弃。

夏菡的父亲是一名沪上知名大学的教授，同时是国家863计划项目负责人之一，学校自动化研究所所长，平时她跟父亲也经常会围绕工作做些交流，对科技与产业就比普通人多留几分心思。

"下午五家公司过来项目路演，何总安排咱俩参加一下，本周出个分析报告。"小安对她说道。

"好的，公司资料有发过来吗？"她边回答边在工作日志上安排本周的工作。

"有的，在我这里。上周就传过来了，我现在叫人打印一下。"

"好的，多谢哟。我提前看一下。"夏菡笑了笑，向小安挥了挥手。

夏菡的母亲是一位医生，受母亲影响，她大学报了生物工程专业。毕业后，她又去加州大学伯克利分校完成了硕士学业。回国后，因为生物工程就业途径颇为狭窄，经父亲一位世交的推荐，来到了这家具有海外背景的投资公司。

公司的合伙人何总在美国工作多年后回国创业。公司投资方向是小规模成长型科技企业，前些年大多投资在实业领域，随着这些年互联网的兴起，实业的成长性和回报率明显走低，公司的投资也逐步向其他领域拓展了。

"项目不少嘛。"她一边翻阅厚厚的一摞资料，一边嘀咕着。

"是啊，"小安眨了下眼睛，嘻嘻笑着，"要不我也去开家公司好了，你来投资我，哈哈哈哈。"

"还有一家制造业？"夏菡看着一家名为世飞智能科技的资料问道，"老板不是要求向新行业调整吗？"

"是的，不过因为这家公司市场技术等各方面条件比较不错，所以初选还是保留下来了。"

"投资制造业还是苦差事啊。"

"怎么了？"小安一扭身，将椅子转过来，一脸疑惑。

"周六经济论坛上，几位嘉宾也聊了制造业的投资问题，总之是个辛苦活。"

"那要不我通知这个人不要来了？"小安说，"也免得耽误双方的时间。"

"去——"夏菡说，"什么人啊，人家这会儿都在来的路上了。"

"好吧，哈哈，我貌美如花、心地善良的夏姐姐。"小安站在她背后，双手搭在她的肩上，嬉笑道。

"你才如花呢！你全家都是如花。"夏菡嗔笑着回了一声，转身离开了。

项目路演的过程大同小异，耿至行最后一个上场。

看得出来，耿至行有些紧张。他的眼睛一直盯着 PPT，身体大多时候对着屏幕。除了讲到几个技术问题时，稍稍显出了几分自信，更多的时候，这位三十来岁、穿着廉价西装的男人，几乎如同对着空气说话。

"也就是说，在业内，你们的技术领先优势比较明确，对吧？"夏菡问道。

耿至行朝夏菡看了一眼，又急忙把眼光移开。

"对的，我们拥有九项国家发明专利，这个在国内同行中是比较少有的。"

"你们的市场分析数据，来源可靠吗？"

"这些分析是取自国外公布的统计数据，基本可靠。从社会发展和技术趋势判断，芯片行业在相当长的周期里是一个增长的市场，围绕芯片行业的自动检测、灌装、包装，也一定有很大的发展空间。"

世飞公司是一家芯片生产后道配套厂家，通过视觉识别技术，做芯片的自动化检测、抓取、封装、检验、灌装及包装的一系列设备。由于芯片尺寸微小，线路复杂，所以要求对位精密，对设备的动作精度有很高的要求。

"你的利润率会有多少呢？成长空间有多大？"

"当前我们利润率在百分之十五左右，我们计划在未来的五年里，企业产能要做到现在的十倍以上。"

"这样的成长性，对于制造业来说，已经很不容易了，不过对于轻资产的行业，也不算大。"一位与会人员点评了一句。

项目路演结束后，耿至行依着工作人员的引领离开。

"大家看看，就今天的项目，各位有什么意见？"与会的几位投资经理开始简短的讨论会，何总对大家说道。

"像制造业这种见效慢的项目，我建议就不用考虑了，除非已经做大了，才有投资的价值。资源多向手机游戏这类轻资产的方向投入，见效快，收益好。"那位年轻的男子说道。

"是的，我也同意。"其他几个人附和着。

"我觉得还是应该平衡考虑吧，资源也不能都向轻资产的方向集中。"夏菡说道。

随后，大家各自发表了一下对参与项目路演各公司行业前景的看法。

"小夏，你根据下午各家公司项目路演的情况撰写一份分析报告，本周三下班前交给我。"在简单地做了会议总结后，何总对夏菡吩咐了一句，站起身来。

"好的，何总。"夏菡应允着，拿好资料转身出了会议室。

夏菡坐在办公室中，翻阅着一沓沓厚重的资料。这里包含着每一个创业者的发展构想和热切期盼。

不过，周六嘉宾的讲话言犹在耳。

"别人都在利用金融的手段使资本增值，你却在使用制造的手段使资本增值，不是不可以，而是你始终跑不赢。

"如果你始终跑不赢，那就有一个很严峻的问题，你自己还有没有机会。或者说，还有没有投资人愿意给你机会。"

临近入夏，上海雨水渐多，窗外沙沙的雨滴声在安静的夜色中不绝于耳。

尽管工作繁忙，林蕴才依然不时想起在会场偶遇的那位年轻美丽的女孩，每每在殚精竭虑、热火朝天的工作之余，在一大堆数字和曲线的计算、协调、分发、推进当中，脑海中时不时地会闪现出那个美丽的倩影，令他心头有着不同寻常的悸动。

在股市休盘日，同林蕴才一样对着盘面前思后想的，除了成千上万的股民，还有几十公里外的财经新闻报社。

姜茗是一个北方姑娘，大学刚刚毕业，就进报社当了一名实习记者，抱着初入职场的工作热忱，她专注于各种热点事件，希望能够捕捉到一两个重量级的新闻线索。

这两年，股市中总有些神奇的存在，无论大盘涨跌，这些股票总能以匪夷所思的势头坚挺而上，而仔细分析股票价值，又总是难明原由。这些股票的走势，不免引起姜茗的注意。她用所能理解的政策、经济规律来分析这些股票背后的规律，却一直是百思不得其解。

为了捕捉更多信息，她常常往来于财经及各行业的会议论坛，了解各方面的官方消息，也不断加入一些股票交流群、投资研修班，收集民间渠道的消息。

最近热点股票的走势再次吸引了她的目光，看着东海生物这只股票的走势，她心里总是有很多的疑惑，就这一个月竟然能冲出五个涨停板，关键是看不出任何摆得上台面的理由。

"师傅，我是真的想不明白，凭什么啊？业绩也没见什么特别的增长，未来也不见有什么巨变的希望，这种走势，真的就是人们口中的妖股了吧？难道妖股真的是无风起浪吗？妖股的后面没有妖风吗？如果有妖风，那作妖的妖怪又来自哪个山头洞穴？"

坐在她对面的三十七八岁的男人抬起了头："哪里有什么妖，只不过是作妖的人罢了。你就别在这种事情上折腾了，无聊！吃力不讨好！明白吗？"

第四章

发源太湖的吴淞江自西向东进入上海,松江即因吴淞江得名。唐时初置华亭县,元时升为松江府。生民繁衍,百业渐兴,明清已成东南都会,并成为当时著名的纺织中心和鱼米之乡。

远古时期,黄帝统治中原。而吴越依旧是一片蛮荒。相传其间松江一带河野纵横,民生凋敝,涝灾频繁,饥馑遍地。江中更有河神作恶,每到春耕秋收时节,河神兴风作浪,催动大水四处泛滥。

乡民苦于灾情,于每年八月月明之夜,将一猪、一牛、一羊祭祀河神。无奈河神喜怒不定,田亩一年辛劳,常常毁于一旦。

传说吴淞当地有三户贫民人家,农忙时互助帮补,农闲时则结伴江中捕些鱼虾。不料一日河神施虐,正值壮年的三个男子齐齐遇难,家中栋梁倒塌,各家登时举步维艰,每日里食不果腹。

三户家中各有一位幼子,分别名叫金塔、银剑、青龙。劳壮倾折,孤儿寡母日子更见艰难。所幸乡间有一老者,手巧善织,每年秋分时节,取芦荻陈皮,晒干分丝,编成一种渔具。该渔具圆口方体,状若草庐,因置于水中,故称之为渔沪。

那老翁宅心仁厚,心地善良。每将所捕小鱼小虾,悉数接济身边贫穷人家，或以渔沪惠赠乡邻。三户孤儿寡母受惠最深，因感念常年救济之恩，便恭称老翁为沪公。

那三位幼子渐渐长大，出落成三位英俊少年。金塔长相敦厚，年少老成，行事稳重；银剑英姿飒爽，侠肝义胆，刚烈勇猛；青龙虽为年少，却富有智慧，精于谋划，善于驾驭大局。

传说大禹治水黄河，巡游山泽，曾经吴地而至越国，并于吴淞江畔停留三日。那沪公引领乡亲，箪食壶浆，恭迎于前，而三位少年殷勤供奉茶水于后。

众乡民钦慕大禹治黄河之大德，心怀敬仰，备尽家中薄粮而进飨，不敢稍有懈怠。

其时境内有三座天然山峰，其一多方石，其一多圆木，最高一峰则多野果。大禹临行，将沪公并三少年召至野果山岭，嘱曰："华夏地大物博，却产稀民饥，时力未济也。唯其人尽其力，物尽其用，机尽其时，天地和合，方可兴盛延绵。"

复谓三少年曰："少年当强筋骨，壮志气，践于行，谋于远。为百姓担责，以天下为任，则我华夏必兴盛矣。"乃将降河神、治恶水之要予以面授，三少年叩首领命拜别。

大禹即行，三少年便于峰顶引火祭旗，祝祷天地。祝祷即毕，乡民共推三少年以为将，沪公以为谋。众人共议将乡勇分成三部，发起了疏浚河道、勇斗河神的治水之战。

三少年既有分工，复有合作。那银剑擅使双剑，带领第一部青壮少年冲锋在前，勇斗河神，将那河神打得气势萎靡，步步后退。

金塔擅使铜鞭，带领第二部乡民取方石筑堤，取圆木造车，清淤泥，修沟渠，疏浚河道，稳打稳扎，固防守成。

而青龙擅使一柄长枪，带领第三部左右兼顾，前后呼应。青龙长枪不以璎珞装饰，却以红旗裹身。

青龙临阵，指挥时挥舞长枪展开大旗，调度军民，鏖战时则将大旗裹于枪身，枪头如花，寒光闪闪，枪身如龙，游走翻滚。而金塔、银剑一左一右，开合腾挪，进退有据。三少年犹如蛟龙出海，气势磅礴，攻守兼备。

沪公则调停乡民，保障后勤，饮食粮草，不绝于道。

经过三年酣战，吴淞江治理渐成正果，众人将江中疏浚出来的淤泥堆成六座山坡，合并原有三座天然山峰，以九星之形，久安之义，并为松郡九峰。

九峰既成，水患始安。往年歉收的乡民，终于迎来丰收之年，庄户始有余粮。三少年聚集众乡亲于主峰喜庆余年，并商议九峰之名。

往年歉收，乡民多于主峰采野果果腹。今始方有余年，喜粮食满仓，果实遍野，众人嘉庆收成，并议主峰名为余山，取年年有余之意。

沪公谓曰："月盈而亏，虚怀不溢。本地虽稍安足，下游灾涝频仍，安可自得？始有余当虑不足，不可忘大禹之训诫，居安思危，丰而备歉。"

乃议可取余而思歉，以示诫勉。三少年皆附其议，乃定名为佘山，即余稍不足也。

众人乃共议其余山峰之名，并请沪公定夺。依次议定如下：

南侧一峰多有岩石，治水期间取石筑堤，河堤坚固，乃定名昆山，意为河道坚固如山岭之意。

北侧一峰多有大树，治水期间取木造车，即名为凤凰山。意为筑木之所，凤凰来仪。

以上三峰，为天然之峰，各盛产蔬果、岩石、圆木，概为物尽其用也。

其余六峰，逐一定名：

清淤期间，因有一厍姓老翁，年已八旬，却与少壮同修水利，所居侧峰定名为厍公山。另有一薛姓村妇，领众妇弱织衣造饭，往来不辍，其居所在便定名为薛山。两峰意为人尽其力也。

治水期间颇赖牛马往来清运，辛苦劳作，待其年老西驾，皆厚葬于东侧一峰，定名为天马山，意为畜献其力也。

偏西一峰，状若马车之横桁，即名为横山。与天马山合有车马络绎、往来兴旺之意。

另有能工巧匠，于一峰边修造治水工具、清污车辆，凡治水工具颇具机巧，所在之处便定名机山。

又因前方治水，后方农耕不息。农务劳作，当合时令，随季节。春耕秋收，夏作冬藏，时令之重，农耕根本也。故将一峰定名为辰山。意为业有其时也。

九峰之名，对应天地时，人畜物，合为天赐粮果，地产木石，人尽其责，畜献其力，物有机巧，时当珍惜之意也。

松江之所以被称为上海之根，既有人口溯源的因素，最重要的一点，乃是先人从松江沿流而下，整顿水利，变滩涂为良田，培育了农业基础，使人口逐步聚集，故而有此一说。

沪杭高速在松江西有一个出入口名为大港，下了高速出口，迎面就是光华路，路口处"国家高新技术开发区"的标识，在一片绿意盎然的草地上方整雅致，光华路两侧绿树茂密，樱花烂漫。

在路北侧光华工业园第三幢厂房外立面上，写着"世飞智能"几个大字，二楼西侧的会议室里，透过磨砂的玻璃门，隐约可以看到几个人围在长条形的会议桌边，会议室里断断续续传来了激烈的声音，一股焦虑紧张的气氛弥漫到了室外。

"这批配件如果要重新生产，按时交货就没有可能性了。按合同规定，我们不但要全额退回客户两百万的预付款，另外还要补偿两百万的违约金！谁来承担这个责任？"这是合伙人肖启铭的声音。

"这批配件试过样，我也专程去外协厂家检查过，当时抽

检的精度是在 ±0.005 毫米之内，为什么批量过来的误差达到了 ±0.01 毫米……"生产总监高令岗的语气听起来颇为不安。

"那你说现在怎么办，这么大的损失，你承担得了责任吗？"肖启铭有些气急败坏。

"如果抓紧时间重新生产，最快要多少时间？"耿至行无奈中带着点期望。

"这个精度控制确实有些难度，生产流程也比较长。最麻烦的是，这个是进口材料，而且是特种规格，常规进料环节都要三周左右，最快不可能少于两周，再要全部重新加工，没有一个月肯定难以完成，"高令岗在纸上一边计算着，一边说着，"但是一个月之后，我们安装、调试至少还要两周。"他顿了顿，继续在纸上勾勾画画。

"而现在距离交货期只有三周，报废这批零件，重新生产的话，无论如何是没有办法按期交付的。"高令岗给出了最终的结论。

会议室又是一片沉默。

"如果将这批配件安装上去，对成品的影响到底有多大？能否将就着使用呢？"停顿了少顷，肖启铭问道。

"最终成品精度等级肯定会下降，但表面上看不太出来。短暂使用可能问题不大，不过随着时间的推移，误差会逐步扩大，到时候会造成什么结果，就不太好说了。"高令岗回答。

"要不就这样装配上去吧，先按期交货，扛过眼前的难关再说。"对于眼前这个现状，肖启铭心想，与其血本无归不如死马当个活马医。

"这样做风险太大了，而且对公司日后的信誉也是致命的打击。"耿至行表示反对。

"现在不是信誉不信誉的问题，"肖启铭面有怫色，"现在是公司能不能维持下去，员工们会不会丢饭碗的问题！"

见肖启铭态度已经很明确了，几个管理干部也纷纷开始表态。

"这个客户我跟了很久，耿总、肖总也多次出面，好不容易争取来的，"销售主管施含薇是一位年轻女孩，她继续说道，"如果我们违约的话，实在是不好交代。"声音不大，但语气满是焦急之情。

"如果我们要赔偿客户全部损失，"一直缄口不言的财务开口接过销售主管的话茬，"账面上剩余的资金无法保障公司的正常运转，本月员工的工资都支付不出。"言毕，她觉得自己刚刚讲的话个人情绪过于明显，为了表示她是出于公心，又补了一句："预付款都已投入到材料当中，公司自有资金还投进去一大块，除非一个月内能够募集一笔资金回来。"

会议室的气氛压抑，大家的态度大多倾向于把不合格配件装配上去，除了尚未表态的高令岗。

"要不大家再仔细思考一下，争取想想办法，"耿至行先行起身，结束会议，"看看还能不能有更好的解决方案。"

出了会议室，外面已是漆黑一片，耿至行转身来到自己的办公室，摘下眼镜，双肘撑在台面上，把整张脸都捂进双手中。

世飞智能科技是一家机器人应用的设备制造公司，核心业务是视觉控制智能机器人，通过机器视觉，控制系统机器人将芯片放置于触点吻合的指定位置，然后将基础程序书写到芯片当中，是芯片制造产业中的后道配套链条。

四年前，耿至行开始创业，先是一个人做些控制编程的外单，小有收成后创立公司涉足配套部件的制造。公司初创时只有三个人，耿至行业务、技术、生产事事亲力亲为，公司也渐渐有了起色。

一年后，耿至行计划做成套智能机器人，第一台设备研发完成后，进一步量产时资金缺口较大。在产产品的利润贡献有限，新项目无奈被搁置了下来。

肖启铭是他上一家公司的同事，家境殷实，父母对儿子颇为期待，两个人在一次偶然机会的交流后，激发了肖启铭的兴趣。二人经过多次讨论，肖启铭决定向父母借两百万，投资到这个项目当中，作为合伙人进入了公司。

由于技术上的领先优势，公司慢慢稳定下来，累积了一定的客户，总体上在逐步发展当中。三个月前接到的这个订单，正是公司发展中的一个重大转折，公司投入了大量的人力物力，耿至行也曾亲自去各外协厂家盯货抽查，均没有发现问题，没有想到在最关键环节上，在最急迫的时间里，出现了最难以解决的难题！

他用手揉着太阳穴，看着肖启铭走进他的办公室。肖启铭的语气里带着明显的情绪："小耿，如果这次事情处理不好，那我们公司就没有生存的必要了，大家辛苦这一场，最后落得一地鸡毛，相信你也不希望看到这一步的。"

"我知道，让我再想想办法。"耿至行回答，看着肖启铭一言不发就转身出去，他心里也颇为急躁，一种巨大的压力压得他喘不过气来，望着窗外边的马路上孤灯昏黄，树影飘摇，他脑子里空空荡荡的，却又逼着自己提起精神，面对当前这个生死攸关的危机。

早上，窗外刚蒙蒙亮，凌晨才少睡了一会儿的耿至行就已经睁开了眼。创业之初，为了节约支出，耿至行在办公区的一个十几平方米的值班室里放了一张沙发床，过上了以厂为家的日子。尽管几年来生产慢慢稳定，但公司资金一直捉襟见肘，加上常常加班到深夜，生活又比较单调，耿至行也就一直没有在外面租房。

一晚上的思考，也没有其他可能的解决方案，眼下只有和客户沟通一下，看能否把交货时间延期一些。即便是在货款上损失一些，也远比终止订单损失小。

对方听说是世飞的总经理来电，态度十分热情。在简短客套了几句之后，耿至行语气尽量自然地问道：

"我们有一批配件出了问题，质量检验时没有达到标准，可能需要重新加工，您看咱们交付的日期能不能稍微延一延？"他惴惴不安地说。

"这个不行的，耿总！"对方一口回绝，态度坚决，"这已经是我们所能给到最宽限的日期了，不是我们不同意，而是我们也同客户签订了协议，你违约，我也就违约了，这样我们会很难看的。"

"噢，好的，明白了。那我们再想想办法。"耿至行不无失望。随着电话挂掉的"嘟—嘟"声，他内心感觉又多了一块沉重的石头。

现在不仅仅是自己违约的问题，还牵涉到客户违约。当时他曾多次出面与对方总经理沟通，对方出于对他的信任，给了这个单子，而现在由于他的原因，使对方也陷入风险之中，他深感压力巨大。

肖启铭听过客户的态度后，更加坚定了要将不合格零件安装上去，先行交付的决心。

"这样做隐患太大了，"耿至行站起来，"日后一旦产生问题，肯定砸了我们自己的信誉，毕竟我们是科技型的公司，以后的路还很长呢。"

"兄弟，你现在讲信誉？还以后的路很长？我们如果这一关过不去，还有以后吗？"肖启铭看着他冷笑道。

"企业当前是面临比较大的风险。可是如果我们明知配件有问题，还继续装配发货的话，那我们一直所宣传的诚信原则就变成自欺欺人了。也违背我们强调的做人做事的道理，以后我们怎么要求员工用诚信来做事，怎么交代一直坚持的企业经营原则呢？"耿至行直直地说道。

"原则？道理？"肖启铭也努力控制着情绪，"你也听到了，即使现在投入生产，也不会有太大的问题，等这个难关渡过了，我们再找机会弥补。

"最重要的是，我们需要活着，如果公司都死了，跟谁讲原则？

"大家都是真金白银地投进去，谁也不想打水漂，是不是？"肖启铭连珠炮似的一句接着一句。

肖启铭的这几句话，给了耿至行很大的压力。尽管他说的是大家真金白银投进去，但实际上项目扩大时，真金白银拿出来的是他。耿至行除了原来公司里的部分积累，一部分靠的是技术股。所以这句话的言下之意，耿至行自然是听得明白的。

接下来的几天，耿至行不断地和材料商、加工商沟通联系，同时发动不同部门的人员四处寻找，看其他厂家有没有同样的可替代的配件，无论价格如何加码。

公司内部的压力也日渐加强，肖启铭已经指令开始安装工作了。

"要不我们干脆把事情原委说明，告诉对方这个情况，先降低品质交付，以后给他返回替换？"耿至行和肖启铭商量。

"当然也可以，但是如果你挑明了，本来还能先交付的，也可能变得交付不了了。放在明处，事情肯定会变得更难办。

"也就是说，说不定想蒙混一下的机会也没有了，"肖启铭顿了顿说，"那可真是自己把自己架到死路上了。"

"但是客户也是急着生产交付的，哪怕次品率高一点，损失毕竟有限，我们来承担就是了，客户也很有可能会接受的。毕竟他们也等着这批设备。"耿至行说。

"你要想明白，不说可能可以正常交付，有问题，也可能不是马上发生。说了，也许就真没有机会了，你说，说了的目的是什么呢？为了什么呢？"肖启铭说道。

"我觉得心安一些，不说就真的是蒙混了，说了至少是大家共同解决问题，我们可能会损失一些企业的信誉，但至少还能保留着为人的信誉。"耿至行依然坚持着。

"那你的意思是，宁可牺牲公司利益，也要保留个人清白咯。"肖启铭反问道。

耿至行有些压抑，他知道这样的讨论他始终是处于弱势的地位，但他也不想轻易放弃。他语音干涩地说："要不我还是向客户再争取一下吧。"

他走到办公室，把采购部门、技术部门、销售部门的十来个员工全部召集到了一起，分头安排：

"采购部门的同事，再和材料供方协调一下，看看能不能提前拿到材料，如果不行，看一下他们给其他厂家供货的，有没有可能匀一部分材料给我们，哪怕规格尺寸大一点，浪费一点，尽力找一找。

"技术部门几位同事，你们去查一查各种零配件供货平台，看有没有同类的配件可以替代使用的。只要精度能达到，以最快速度采购一些，不论价格。

"销售部门各位，你们看下有没有认识的同行或者相似的厂家，寻找相同的配件。如果有的话，不管价格高低，争取借过来或者买过来。

"技术部门马上把图纸和要求发给各位，大家共同努力，谢谢大家了。"

安排完相关工作，耿至行回到办公室，内窗的一侧正好可以看到车间的生产现场，这一批产品已经在紧锣密鼓的安装当中。他沉重地打开电脑，输入一个个关键词搜索网上的信息。

虽然做了安排，但他自己也知道完成的难度非常大。机械行业配件规格多，型号复杂，而他们的设备从材料到尺寸都是非标准件，要找到替代品无疑是大海捞针。但现在即便是大海捞针，那也得努力捞一捞了。

搜索了半天，打了十多个电话，始终也没有找到一丝有用的信息。临近下班时，他打电话给高令岗。

"第一台设备大概什么时候能安装完工？"

"大概还有十来天就差不多了。"

"这样吧，你让安装人员加加班，争取在一周内安装完成，程序这边也还有几个地方需要完善，我来改进。"

第五章

一周的时间转瞬即逝，马上到了周六，对于已经习惯于天天工作的耿至行来说，这就是平常的一天。他每天早上都会去生产现场了解一下生产进度。第一台设备会在明天下午五点左右安装完成，而其他的几台设备也都在按计划安装当中。

"明天晚上连夜灌装程序，测试一下设备关键动作的运行精度。"他给生产人员做了安排。

耿至行已经几天没出公司厂门，间隔几天，园区外的景色已不似前日，草坪上先前还只是冒尖儿、伸着小脑袋探头探脑的小草，现下已是连接成片，一大张地毯似的铺开来，上面点缀着繁星一样的小花。尽管外面景色宜人，但耿至行心情沉重。他买了些时令水果，开着一辆二手的桑塔纳，朝着浦东驶去。

耿至行每个月都会抽个时间去一次浦东，不是为了工作，而是为了探望。他刚到上海的时候，工作还没落实，暂时落脚在一个大学同学的住处。这个同学租住在浦东一户本地人家里。他就在这个同学的房间里打了一段时间地铺。房东夫妇性格温和，不但没有另外多收同学的水电费用，反而对他们照顾有加，周末时常常多烧些饭菜喊上他们一起吃饭。虽实为东客，但差不多情同远亲。

没过多久，耿至行在浦东金桥找到了工作，而他同学的事业发展也取得了较大的改观，公司把他安排住到了静安，所以耿至行就顺理成章接了同学的转租，住在了这里。

耿至行初创业时，承接编程的业务，并不需要专门的办公场所，为了节约开支，就没有另外租房。后来因为扩大规模生产成套设备，才租到松江的开发区里。他搬到了厂里居住，但每月还是会过来探望一次。

安臻最近可谓是春风得意。自从前几天她持有的东海生物股价抬升，就像是芝麻开花节节高。股价就像一头老黄牛，尽管步履蹒跚脚步不大，但也是一步步地走到了两千六百多点，她的账面金额已经从四十万，涨到了五十多万。

"叮—咚"，耿至行按响门铃，听到屋里面一阵脚步声，伴着安臻"来啦——来啦——"爽朗的回应声，没精打采的他勉强打起一些精神。

"啊呦，小耿啊，好久没见了，快进来！"安臻穿着围裙，脸上还依然保留着妆容。她擦擦手，打开了门，一手接过水果。进屋后，安臻前前后后打量一番，说道："小耿，你最近可又瘦了啊。你看看这个面孔，棱角分明的，哎呀你们年轻人啊，不能太拼命！要保重身体的。"

"是啊，最近确实有点忙。"耿至行看安臻气色红润，走起路来脚步轻快，笑道："阿姨最近是不是有什么喜事呀？看上去容光焕发了，都年轻几岁了呢。"

女人的耳朵是一个整流器，天生具备单一导向功能。对于夸赞自己年轻，那是明知他人是假，自己却是可以当真的。安臻也不例外，双手摸摸自己的脸蛋儿，眉开眼笑："啊？真的吗？哈哈，哪里看出来了啦，你呀，现在也学会和小林一样，嘴巴变甜了！"她一边往厨房去，一边说，"待会儿一起吃饭啊，小耿，你先坐会儿，我去做饭，你钱叔一会儿就回来了。"

"好的，那我就不客气了。"

耿至行环顾四周，有一种陌生的熟悉感。他在这个房间里住了三年，屋里的陈设与当年刚住进来时也没什么大的差别。

七年前，耿至行从浙江大学毕业，回到老家的小县城。在小城的事业单位里，每天朝九晚五地过了一年，他心里总感觉不太踏实，这样的日子并不是他所期待的。有些激情的梦想，无数次在夜深人静时浮上心头。

毕业第二年的一个夏日，他出差来到上海，住在了火车站边上的一幢高楼里。傍晚时分，他从四十多楼的窗户往下看，看到那车水马龙的城市街道，灯火闪亮如同彩虹。他感觉那些车辆的流动就像在他身上的血液里奔流，他感觉这里才是他应该奋斗的地方。老家那一份安稳的工作，更像是波澜不惊的一方池塘。回家后，他就辞去了工作，带着行李来到了上海。

林蕴才是耿至行的大学同学，两个人学的都是计算机专业。林蕴才父亲是个建材商人，手头比较宽裕。耿至行则家境贫寒，大学期间靠着勤工俭学加上国家的补助才得以完成学业。

林蕴才目的明确，大学毕业就直奔上海，刚到上海的时候，也是人生地疏，对这座城市的生活成本没有太大的概念。当他看到一个两居的房租竟然要两三千时，还是颇为吃惊。

以他家里的条件，有父母帮助承担这个租金完全没有问题。不过林蕴才放弃了依靠父母的想法，找到了一个和房东同住的单间，只要一千元。

房东是一对本地夫妇带一个男孩，男孩的阿姨在加拿大工作时，将男孩带过去读高中，然后又在那边读大学，家里就剩夫妻俩，住着三居室的房子，眼见着太空落了。便将其中一间卧室出租，可以增添一点人气，每个月也能赚点租金，贴补一点儿子的费用。

林蕴才一住就是两年。他对职业颇有规划，一开始就选择了金融行业。由于他头脑灵活，能力出众，教育背景突出，很快就在一家资产管理公司做到了项目管理人的角色，在工作中又结识了一位财力雄厚的大老板，便开始全力为这位老板打理金融资产。

耿至行初来上海发展，暂时无处落脚，林蕴才便和房东打了招呼，让耿至行临时在这边过渡几天。

耿至行找了两个多星期的工作，基本确定了工作位置，刚准备出去另行租房，林蕴才的金主加大了上海的金融投资操作盘面，给他单独安排了住处。耿至行也就顺理成章地租住了这里。

三年多来，几乎每一个周末，房东都会特意多做两个菜，喊他一起吃饭，外人看来，倒像是家人模样。房东儿子假期回来，两个学霸之间话题不少，常常会互相分享一些学习的心得，介绍大学趣事，对比中外大学教育的差异，顺便互喷一下各自的食堂，相处得非常愉快。耿至行自幼身世孤零，特别依恋这种家庭的温暖氛围，俨然与这一家结成了异乡的亲人。

再后来，耿至行自己创业，常常夜以继日，挑灯夜战。房东阿姨便会在夜深时分端份点心，削个苹果。在生活起居上，也会帮忙收下衣服，洗个床单。尽管都用一种带着嫌弃的语气说"小伢子哪能这么不懂事啊""这样是不来赛的"，却实实在在地给着他生活上的照顾，直到耿至行搬到松江。

随着孩子毕业在即，家里的财务压力渐次降低。耿至行搬出去以后，安臻家的房子也就没有再出租。耿至行过去看望，偶尔也在安臻家里留宿一晚。

"吧嗒"一声，门转开，安臻老公下班回来。她老公一看就是那种做事踏实话语不多的性格，穿着打扮干净清爽。

"呵呵，小耿回来了啊，你可好久都没回来看看啦！"他笑呵呵地和耿至行打招呼。

耿至行连忙起身迎上去，冲着厨房喊了一声："阿姨，钱叔回来啦！"

"好——我们准备吃饭啦！"在一阵阵炒菜的"嗞嗞"声中，安臻扯着嗓子回应。

饭桌上，大家有一搭没一搭地聊着家常。

"多吃点，看看你瘦的。"老钱也瞧出来他的消瘦。

"最近公司怎么样，还顺利吗？"男人间的话题总是比较单调，无非就是问问工作，问问身体。

"谈女朋友了没有？"安臻笑嘻嘻地问道。耿至行自从住进来到现在，始终没有谈过女朋友，连安臻都禁不住开始着急起来。

"还没有呢……"耿至行低头扒拉着饭，避开安臻急切的目光。

"呵呵，"安臻老公接过话，"小耿啊，别光顾着工作，也该找了啊。"

安臻看他沉默不应，不知道是害羞还是回避，也就不再追问。

晚饭过后，安臻老公去厨房洗碗，安臻低声说道："阿姨有个事情想问你。"

"什么事啊？"耿至行见安臻神情认真，神神秘秘的，一脸疑惑地看着她。

"小耿，最近关注股市了吗？"安臻问道。

"啊？"他有点惊讶，不过想到现在全民炒股，安臻赶了潮流也正常，语气又恢复平静，"哦，不太关注，不过新闻好像是天天报道着股市行情。"

"小耿啊，有件事你帮阿姨参谋参谋，哦呦你钱叔什么都不懂的，指望不上他。"

安臻一本正经地把自己在投资研修班听课的笔记拿了出

来，说道："我这边啊，有个投资研修班，老师蛮灵呃。"边说着，把手机上股票账户打开，展示给耿至行看，接着说："你看，我这才跟了三个多月，赚疯了！"

"安姨，"耿至行看看账户的余额，开玩笑道，"没看出来呀，钱叔不得高兴坏了！"

"嘘——"安臻赶忙将食指放在嘴上，示意他小声一点，"没让你钱叔知道，他那个小胆子，得吓死！我这是悄悄把家里的存款都投进去啦！收益还真不错呢，嘿嘿嘿。"她盯着藏宝匣似的手机上的余额，开心地说。

"最近我们研修班的老师建议我们要紧抓这波行情，加大投资力度，这样的话，收益可以翻几倍。"她生怕自己没表达好，拿着手机的 K 线图指点比画着。

在客厅的老公也不掺和，优哉游哉看他的电视。

"小耿，你觉得怎样？"安臻见他老半天不说话，缓缓问道。

"说实话，我真的不太懂……"耿至行直言不讳地讲道，"不过这股市确实也涨得有点让人意想不到。"

"嗯？"安臻抬头看着他，眼神带着些内行人的得意，"是想不到吧？别人我都不告诉他。我们都是花了钱的，老师才给我们讲内部消息。现在股市就是最好的时候啊！我这一个多月就一直跟着老师的指令操作的，准得很哪。"

"大道理上讲，一个国家的股市发展是经济运行的反映，走势是要依赖于实体经济发展的，不过现在股市的走势和我国实体经济的发展确实有点不太匹配。"耿至行看着安臻一脸不知所云的样子，转了口风，"我不太懂，不敢瞎说，要不我有时间留意一下？不过股市有风险，入市需谨慎，你自己适当注意一点就行。"

研修班老师对新一波行情的神预测，已经给她打上一针强心剂。她对老师们说的话已经坚信不疑，在她心里，听老师的话来求财，比拜菩萨还好用！那红彤彤的一行数字，就像是一个个尖锐的小钩子，将她牢牢钩住，使她不舍得抽身。

人生能有几回搏！她可不能放下眼前的机会。

安臻嘴上问着，心里其实有自己的想法，看来耿至行也不太懂股票。老师说过，这些都是她需要回避的人生负能量，她还是不要多去听他们说什么，好好听老师的就行。

三十年河东，三十年河西，她觉得现在也到了她的鸿运了。两人聊了一会儿，坐到客厅里，同老钱一起唠了会儿家常。

当晚耿至行依旧在之前的房间里过了一晚，第二天一大早，耿至行就起床了。从浦东到松江这条路，如果是在上班高峰走的话，路上堵车严重。而他总是赶在 6 点就出门，一路畅通无阻到达公司。

走出安臻家的单元门，天已差不多亮透了，而路面上的行人、车辆也已不少。

"莫道君行早，更有早行人。"耿至行心想。

他内心里有巨大的压力，焦虑而且烦躁。配件没有解决，设备怎么交付？交付不了，两百万的违约金要赔，两百万的预付款要退，他感觉有些透不过气来。

第六章

　　到了公司，离上班时间还早，公司里十分安静，他正准备推门进去，突然发现技术部有一个人影。他有些好奇，平常很少有人到得这么早，今天是谁比他还早来到公司？

　　他推门进去，看见高令岗正好在关闭电脑，高令岗猛一抬头看到耿至行，显得有些慌乱，连忙打招呼说："耿总早。"又赶忙解释道："我这边生产上有点问题，需要核实个数据，技术部的人都还没到，我打电话给他们了，他们让我在电脑里先查一下。"

　　"噢，好的。那都核对好了吧？"

　　"核对好了，没问题了。那我先去车间了。"

　　"好的。"耿至行看着高令岗离开的背影，走向自己的办公室。

　　耿至行拿出笔记本，开始整理今天要做的工作。

　　一到上班时间，他马上去找采购、业务的相关人员，了解材料和配件的情况。

　　"这个材料型号和规格都太特殊了，供应方没有任何库存，订过同类材料的厂家，今年总共也只有五家，其中有两家的材料尺寸浪费一些，可以修改来使用。我们委托材料方和他们联系了，他们采购量很小，都没有存货了。"

　　技术部门也做了通报："零配件平台基本上都查询了，没有可供替代的配件，我们这个规格特殊，需要的话也只能定制。定制周期比我们自己做还要久。"

业务部门就更加直接了："国内做相似产品的同行本身很少，大家对配件规格型号大多自我保密。另外，同行竞争，也不愿意帮忙，基本都是一口回绝。"

接连几天，各部门对材料和配件的寻找做出了不少努力，打了无数电话，也上门拜访过几家公司，但最后所有出现过的可能，都被一一否定。就像沙漠中寻找水源，一次次寻找，得到的是一次次的干涸。

尽管心里有所准备，但当所有的消息都汇拢时，还是让人气馁。

从技术的角度来思考，耿至行知道这个才是正常的结果，但内心毕竟还残留着一丝希望，最终还是像风中的蜡烛，在一天天的消逝中，慢慢油尽灯枯，最后的一线希望也终于被彻底浇灭了。

无望的人明知是无望的，总是忍不住给自己一星一点的希望。奇迹之所谓奇迹就是近乎不可能发生，然而每个人临到自己又都期望奇迹发生。

"大家再努力一下，再继续搜索下信息，扩大点范围，争取争取。"耿至行给大家交代了一下，在场的人口上都答应了，但也看得出来，每个人的眼光中都不会为下一步的继续抱有期望。

原计划下午五点左右安装完成的第一台设备，由于一个配件需要修整，又延迟到了晚上十点左右。耿至行一边检查程序，一边吃着泡面，等安装师傅完成后通电测试。

晚上十点，设备安装完成，安全检查后开始通电。耿至行、高令岗和一个机械工作师一起开始测试。

他想尽早看到测试结果，然后尝试通过其他环节的调校，把最后动作控制在精度范围内。他内心知道，这是他最后的机会了。

通电，检查电器件是否正常，对电器件单独点动测试，程序分段运行，最后对程序整体运行。因为有之前样机的基础，工作还算顺利。动作正常后，他们先进行校验测试，在工作平台上放了一块橡皮，在橡皮上放了一张白纸，在机械臂上装上了一个五毫米见方的方块，把方块在一个指定的位置涂上色粉后，再到白纸上压印，并一直重复这个动作。

"先低速开机。"

机械臂开始连续动作，从一个固定的位置沾上色粉，然后不断地盖在白纸上。

运行了二十分钟后，动作一直保持正常。他们把白纸取下，放在显微镜下读取色粉的范围。

"好像还可以，"高令岗说，"差不多在允许误差的范围之内。"

耿至行盯着显示屏幕，用鼠标一次次地测量色粉范围，他神色逐渐凝重："这已经是达到允差的最大值了，而且是在低速状态下。"

"开始精准测试吧。"他们装上了一个专用的测试头，同时做了一个随机抓取的装置，来模拟传送带上的芯片在有位置误差的情况下，抓取与放置的精度，并安装了检测仪器进行记录。

"低速运行，连续开机两个小时，"他看了看手机，"已经两点钟了，你们回去休息吧，我留在这儿继续观测。"

"要不我也在这里吧。"高令岗说道。

"不用了，反正没有其他事情，我也只是盯一下。"

其他人都走了，除了测试设备这一个区域亮着灯，其余地方已经暗黑一片。耿至行一个人坐在重复动作的机械臂前，盯着仪器上显示的位置参数。夜半时刻，机械臂发出轻微的声音，整个车间特别安静。

显示器中的数据一直在波动，耿至行揪着心盯着，尽管一直在误差边缘徘徊，但始终没有超过。过了两个小时，耿至行修改了速度参数，提高到中低速运行。

机械臂的速度明显比之前快了一些，他继续盯着屏幕。

误差曲线上上下下地波动着，看上去很多次已经贴到最大允差值上下两条绿色的直线了。过了三十分钟，仪器"嘀"的一声响，一个波形超过了绿色的直线。

耿至行皱紧了眉头。他最不愿意看到的一幕，终究还是出现在了面前。

连续运行了两个小时，报出来的超过误差的点数已经达到四个，他再一次提高了运行速度，把速度提到了中速。

这次仅仅过了十分钟，第一个"嘀"声就响起来了。耿至行继续盯着屏幕，那一条曲线犹如波涛翻滚，一次次冲击着他的防线。

天已经亮了。

耿至行的心情，却越来越灰暗了。

误差值偏大，他知道问题的严峻性。抓取芯片时，如果定位不准，可能会挤压芯片，使芯片细微损伤。而这种损伤，并不能被轻易检测出来，那就有可能流入下游客户手中。

"必须给客户做一个沟通了，再拖下去，可能给客户带来更大的麻烦。"耿至行想。

当前唯一可能的方案，是客户降低速度生产，但这样会极大地影响效率。客户能够接受这样的退让吗？

打通电话，耿至行给对方技术副总介绍了一下相关情况，如果速度降低到原来计划速度的一半左右，设备的运行基本可以保持正常。

对方长时间地沉默着。

"韩总？"耿至行以为电话断线了，问了一句。

"我在的！"对方的语气冷淡中带着愠怒。

"第一，如果降速一半运行，我们的生产计划就完全打乱了。第二，即便是降速一半，你能确保没有问题吗？"

耿至行意识到这个问题的严重性。的确，即便低速运行，也没有绝对的把握不出问题。毕竟现在的测试已经贴近最大误差了，而测试仅仅做了几个小时。

"那我们再继续测试一下，确认一下低速状态下的运行稳定性。有什么情况及时向您汇报。"

"好吧，这个问题比较严重，我要马上向总经理汇报一下。"

挂了电话，耿至行把高令岗叫了过来。

"连续低速测试24小时，看看结果。"

高令岗答应了一声，低下头匆匆地出去了。虽然昨晚2点多才下班，但今天一早8点，高令岗便来到了公司，可见他也没休息多少时间。耿至行一夜没睡，但在强大的压力下，憔悴的他却一丝睡意也没有。

高令岗中等身材，黝黑脸庞，长着一副老实巴交的样子。他是公司早期的员工，进公司面试时，耿至行就对他印象深刻。因为当问到家庭情况时，高令岗面露难色。然后说到高三时，母亲因病过世，家中经济困难，他就放弃了高考，高中毕业就出来打工了。一边说着，一边眼睛就红了。

耿至行起了恻隐之心，从岗位要求来说，高令岗的学历和工作经历都不太符合，但穷人的孩子往往更加努力，因此就破例招了他进来。

刚进公司，高令岗在车间里学习装配技术。他勤奋好学，工作努力，碰到困难从不推脱。加上经常看书学习专业技能，对生产的理解便比其他员工更深入一些。只是平常沉默寡言，看上去性情古怪。耿至行知道家境贫寒的小孩容易内心封闭，所以并不介意。随着生产规模的扩大，高令岗从一个一线员工，做到班组长，再升任为生产主管。

第二天，高令岗拿着厚厚的一摞纸找到耿至行。耿至行看了一眼最后一页的整体报告，一页一页地翻着前面的波形记录。

结果并不乐观，在低速的情况下，24 小时里面，出现了十多次超误差动作。

他陷入了深深的不安之中，他不知道怎么来面对客户。即便是最后一种折中的可能性，也被排除了。

那一摞报告在手中轻微地颤动着。

周一上午，公司主要的人员都汇聚在一起，大家再次通报外部寻找材料及配件的情况。

没有奇迹发生，最后得到的所有消息都是否定的。

机器最后的控制精度，显然也没有达到产品的要求。

"那么，如果严格按合同办的话，我们要退还预付款两百万，另外还要赔偿违约金两百万，对吧？"肖启铭阴沉着脸。

"是的。"施含薇回答。

"做这个配件的外协厂家，我们跟他们签订的赔偿责任是怎么样的？"肖启铭盯着高令岗。

"这个供方是我们多年合作的，再说配件用量不大，每个机器总共不过四个，总金额不高，而且都是老朋友了，所以就没有单独订立违约责任。之前有过一两次质量问题，都是马上重做解决了，没出过大的问题。"

"生产过程中我们不是一直有质量跟踪吗？当时跟踪情况怎么样？"

"中间我去过两次，也做了现场检测，没有发现问题。之前两台样机的配件也是他们家做的，所以也没想到会发生这个状况。据厂家反馈，生产当时都检查过的，也没有发现问题。现在不能确认到底是材料本身造成的，还是热处理淬火的时候造成的，或者是热处理后的放置时效不够，应力释放形变造成的。"高令岗回答着，说话声音显得有些气短。

"谁的问题也不知道，谁的责任也没个说法，但是几百万的损失看来是真真实实的，跑不掉的，大家看怎么办吧。"肖启铭严厉地说。

"要不我和肖总再商量一下，大家先忙其他工作去吧。"耿至行眼看也讨论不出什么结果了，先行解散了会议。

"实在不行，就装配完了先发吧。"肖启铭拿着检测报告。

"可是报告一过去，显然通不过啊。"

肖启铭脸色阴沉："我们之前做过的几台，检验是合格的，对吧？"

"是的。"

"那个检验报告还在吗？"

"应该都有留存的。电子版都有存储。"

"让他们打两份出来看看。"

报告马上送了过来，肖启铭盯着几份报告，沉默着。

"不行就拿这几个电子版的，把日期数据改一改，作为这批产品的检测报告，发货吧。先送过去再说，一天出几个废品，问题也不见得多大。"

"但是流转到下游用户，甚至到了终端用户那里出现问题，可能损失会逐级放大，下游客户同样会因为质量问题追诉我们客户的。如果客户公司被追究责任，我们也脱不了干系。"

"顾不了这么多了，先按时交付，拖过这阵子再说。如果确实后续发现问题，问题也可能会出现在他们的工艺环节、生产环境、运输环节。到时候互相扯皮，也不是一天两天能够扯得清楚。如果我们现在不交货，那马上就要面临退款赔款了。"

"可是我已经和客户沟通过这个问题了，因为当时考虑降低速度也许能满足质量要求，可以暂时通过降低产能来先顶着使用，所以就直接和客户沟通了一下。"

"你……不是说好先不讲的吗！"肖启铭十分恼怒。

"我也是为了尽量把事情解决得好一点，毕竟客户入厂检验、实际生产中，始终还是会发现问题啊。"耿至行话语间也颇有些气馁。他看了一眼肖启铭，不自觉又低下了头，看着手中的报告。

"客户的检验设施，并不像我们这么精确，使用过程出现的或暴露出的问题，也不是肉眼可见的那么直观，根本不可能这么快发现问题。真的发现问题，已经是两三个月之后了，到时候实在不行也就是给下游终端客户换个芯片，这也没什么大不了的。"肖启铭说。

"再说，产品就没有百分百的合格率，有一两个缺陷产品流向市场，也不是多大的事情。哪个产品还能保证百分之百合格了？"肖启铭又补充了一句。

"可是，标准毕竟是双方都签订合同的，超标是肯定的了。再说到终端客户那里再发现问题，损失的大小就变得极不可控。造成的损失也许很小，也许会很大。"耿至行说道。

"那现在怎么办？退款赔款，总共四百万，我们这么小的公司，承受得起吗？公司还要生存吗？"肖启铭咄咄逼人地发问。

耿至行心里很纠结，肖启铭说的不无道理。任何产品的生产，确实都会有一定的缺陷率，只是比例的区别。控制的严苛程度，本质是一个成本问题。越严格，成本越高。当前棘手的是，他们这个设备在客户端本身承担着检验功能，如果在这个过程中造成次品，客户是难以发现的，次品将直接流转到下游终端用户手里。

他久久下不了决心，把最终的检测结果告诉客户。

下午三点，耿至行的电话响了。他连忙按下了接听键。

"耿总，现在情况怎么样？有没有解决好问题？可以按期正常交付吗？”

“韩总，现在问题还是存在。低速运行状态上，偶尔还是会有超过误差范围的情况出现。”

“那怎么办？我们这边的产品合同都已经签订了，你这样要害了我们的！”

“实在对不起，韩总，有没有可能先把设备开起来，通过其他途径进行检验，先交付生产？”

“不行的，当时你信誓旦旦地保证会做好质量和交期的把控，而且前面样机也没有问题，我才把这个单子发给你，你让我怎么向老板交代！”

“而且出了问题，是什么样的责任，你应该很清楚！”韩总补充道。

对方挂了电话，耿至行感觉走到了悬崖边缘。前面是万丈深渊，而他并无退路。

客户的预付款及公司账上原有的资金都已经变成了材料、配件和半成品，还拖欠着部分应付货款。产品不能如期交付，退款、赔付加上应付款，对于初创不久的公司来说，无疑是三座无法承受的大山，意味着只能破产了。

更让他痛苦的是，他的信用也一起破产了。

抬头望去，楼下车间里，安装工作依然在紧张地进行着，他拿起电话想通知停止生产，但话到嘴边又放下了。

他知道通知一出，全公司的人会马上明白当前的处境。人心浮动，他自己都不知道怎么面对。

原本他还期望与肖启铭共渡难关，但棘手的是，肖启铭始终反对他提前和客户沟通质量问题，而他擅作主张，直接把事情推到了毫无回旋余地的绝境。

第七章

日子在持续不断的煎熬中又过了几天，耿至行依旧没有放弃，继续寻求着最快的解决方案，常常是一个方案被否定，就继续寻找另一个方案，同时抓紧催促外协厂家按标准加班加点重新生产配件。连续几个晚上，他都只在凌晨两三点时入睡一小会儿，然后四五点又醒了。在高度紧张下，他甚至感觉不到疲惫。

他知道不到最后一刻，他决不能放弃。

每次电话铃声响起，他都是一阵紧张。尽管这几天客户并没有来电话催促，但他知道，悬在头顶的达摩克利斯之剑，终究会一剑落下。

前段时间投资中介机构提供的投资信息，也成了他当前的救命稻草。如果之前是为了扩大规模，当下更多的是考虑摆脱危机。

生产仍在进行，肖启铭也经常在一线督促装配，平时嘻嘻哈哈的他眉头紧锁。

机器陆续安装出来，有些已经开始灌装程序做动作测试。耿至行也不断地在现场跟踪调试的情况。

"测试结果不乐观。"周六中午，耿至行拿着一沓测试报告找到肖启铭。

"我知道。"肖启铭冷冷地回答。

"这样肯定是没法交付的。"

"那你说怎么办呢？"肖启铭语气生硬地反问道。

按照两人的分工，耿至行负责全局，但由于实际情况的需要，基本上技术生产一条线都是耿至行在抓，而肖启铭分管市场营销。他这样反问，也不能算是责难。

"最近我一直在和投资机构联系，暂时还没有确切的消息。如果真的面临赔偿责任，有没有可能我出让些股份，融些资金进来？"耿至行试探着问道。

他没有说出口的想法是，不知道肖启铭是否愿意再投些钱来解决燃眉之急。哪怕是再苛刻的条件，他都觉得可以接受。

"可能性不大吧……"肖启铭回答得有些勉强，听上去是不愿把话说死，其实他心里想的是傻瓜才会这时候掏钱出来。

回到办公室，耿至行想向客户再争取一下。他觉得直接打电话给韩总有些难堪，便拨通了对方技术部经理的电话，双方之前因为技术问题交流比较频繁，关系相对融洽。

"你好，小耿。"对方年龄大概在耿至行的叔叔辈，是一个平易近人的技术专家，和耿至行的交流也从来没有摆过什么架子。

耿至行把情况介绍了一下："您看能和韩总沟通一下，在时间上帮忙再争取宽限一些吗？"

"估计不行吧，"电话里传来比较明确的声音，"我们开会讨论过这个事情。"

"你也知道我们跟客户的合同也签订了，现在都已经开始投产了，这次技改对我们也很重要。而且领导特别重视这个单子，我们公司的风险也很大。"他接着说。

"那……那怎么办啊？"耿至行有些绝望。

"这样吧，我再去了解一下情况，看有没有协调的可能。下周我们电话联系。"对方说道。

"好的好的，那就麻烦您了，有什么情况我们随时联系。谢谢您了。"

周一傍晚，一直没有等来电话的耿至行有些心焦，他拨通了技术部经理的电话。

"小耿啊，现在你们肯定是不能按时交货了，对吗？"

"是的，但是只要给我们延期三四个星期，我们一定想办法把产品赶出来。"

"估计不行，这个肯定是要涉及违约责任了。"对方说道，"要不你还是找韩总沟通一下吧。"

"您看能帮忙约一个时间吗？我都不知道怎么面对韩总了。"耿至行尴尬地请求着。

"好的，我一会儿去找下韩总，约好了联系你。"

一直到了晚上九点钟，对方打来电话。

"小耿，我们一直在开会，忙到现在。我和韩总说了，他说这几天比较忙，要不到周五上午十点左右你过来一趟吧。"

"好的好的。我知道了，我到时候准时过去。"耿至行放下电话，揉了揉酸胀的眼睛。

周五一大早，耿至行就同肖启铭、施含薇一起来到了韩总的办公室。

"耿总，你们这次可把我坑害了。"一见面，韩总就毫不客气地开口说道。

"真的很对不起，确实是我们工作没做好。"耿至行站着毕恭毕敬地回答，而后小心翼翼地问道："韩总，我们现在已经在竭尽全力地追赶了，您看您能再给我们一点时间吗？"

"这个肯定不行，我们都是有合同的，"韩总抬眼看着他们三人，"我也只是分管领导，我没法向总经理交代的。"

"韩总，我们产品已经装配完成了，就是稳定性稍差一点，不过也不影响使用的，您看能先用起来吗？"肖启铭问道。

"不行，如果我这边出了问题，我们的客户追究起责任，我也承担不起。"

"韩总，确实是我们的责任，那您看现在我们应该怎么做，能够尽可能地减少你们的麻烦，降低你们的损失呢？"耿至行倾着身，低声问道。

"我现在也说不上来，但事情发展到现在，估计我们损失也会很大，你们肯定要承担责任的。"

"是，是，我们应该承担赔偿责任，那能不能给我们一定的时间，让我们延期把货完成交付呢？"耿至行红着脸，话说得有些吞吞吐吐。

"延期就没有意义了。"韩总盯着他们三个说，"或者最多是我们下一次要新增采购项目时，如果届时已经达到要求了，我们优先考虑你们。"

"可是咱们下面这个订单不是还要完成吗？难道你们把订单放弃了？"肖启铭问。

"我们公司有采购规范，重要供方一定要有一家备选方案，我们在这个设备采购上也有一家备选方。不过我们原来的计划里，只向他们采购一台，而且交付时间也比你们晚，但他们表现得反而比你们好。他们上周送了一台样机过来测试，昨天出来了测试报告，测试结果还是满意的。

"而且，他们可以在你们的交货期内给我们多交付几台，这样就可以解决我们当前的订单生产问题。"

"是吗？"耿至行有些意外，"他们的产品都没问题？"

"也不能说都没问题，但是一些小问题，短期就可以解决的，我这边已经派技术部经理在他们现场盯着了，要先确保我们的订单生产。"韩总说道。

"但是，我们两家，就只能公事公办了，这个我也没办法，都有合同的，我上面也有领导。"韩总最后严肃地结束了话题。

走出办公室，外面天都已经暗了，耿至行和肖启铭的脸是暗的，心也是暗的。

黄浦江边春风和煦，阳光下的高楼熠熠生辉。夏菡拿着一摞项目报告走进了何总的办公室。下周一就要召开投资分析会议，会上夏菡将根据前期项目路演公司的情况，向各位投资人介绍初步入选的企业，供各位投资人了解并选择。

"何总，这个世飞智能科技，做自动化机器人的，大的行业方向还是不错的，虽说目前市场比较狭窄，发展空间有限，不过由于技术的延展性较好，极有可能向更大的领域拓展。我们稍微有点犹豫，何总您看，要不要提交讨论一下？"

"那个做芯片封装机器人的公司吧？"当日项目路演仅耿至行一家企业是做此类设备的，何总的印象还是比较深刻。

"对的，就是这家，前几日还发了邮件，补充了一些资料。"言罢，夏菡将世飞的资料递给何总。

"嗯，怎么说呢，制造业挺不容易的，成本高，投入大，资源少，竞争激烈。传统产能大多过剩，利润空间不断缩小，总之非常辛苦。"

"智能制造的前景应该是比传统制造会好一些吧？"

"那当然，前景也是可以的。但是凡是制造业，大多边际成本高，回报周期长，回报率也很不确定。同样的资金，投入到互联网、生物医疗、金融服务，一旦成功，投资回报率完全不是一个量级。说实话，作为种子轮或者天使轮，我不会对这样的公司进行投资。

"不过呢，可以做好跟踪工作，随时评估他们的发展，如果他们真的做大了，达到可以上市的规模，我们陪着其他公司做个跟投，那倒是可以的。"何总继续说道。

"好的。那投资评估会我就不安排上去了。我单独约世飞的人过来谈谈，了解一下这个企业，方便跟踪同类企业的发展，当是给以后分析同类公司积累经验了。"夏菡说着，在日程计划中，将世飞的名字划掉了。

这几天耿至行办公室的门大多是关着的。他不停地拨打着电话，通话的对象除了少数的同学好友，大多是各个银行或者小贷公司。作为山沟沟里走出来近乎赤贫漂在上海的人，他身边也大多是穷亲贫友，还没聊几句就听得出没有希望。有两三个还开口想向他借点钱。而银行中介和小贷公司，往往要求各种担保，耿至行并不能拿出人家看得上眼的担保资产。

他看着电脑里的公司账户余额，盯着台子上放着的几张个人银行卡和信用卡，盘算着每张信用卡的透支额度。对于数百万元的资金缺口，显然是杯水车薪。

即便把公司和个人账上所有资金归拢，透支所有信用卡，离退回预付款的资金还有近一百万缺口。

盯着信用卡上的有效期，转头瞥了一眼台子上的日历，他猛然想起一件事情，神色匆匆地走出公司，到最近的 ATM 机转了一笔款项，然后又神色匆匆地回到公司。

不管明天如何，今天该干的工作还是要干好。耿至行打完催促配件生产的电话后，便打开电脑，静下心来面对着一堆代码。

傍晚时分，邮箱跳出新邮件提醒，他顺手点开：

尊敬的耿先生，您好：

感谢您于前期光临我公司进行项目路演。根据投资人意向，现邀请您及贵公司重要合伙人于本周五上午 10：00 再次到我司洽谈。无论您是否接受邀请，请于明天中午 12：00 前予以回复，诚挚感谢！

顺颂商祺。

第八章

　　一天的会议下来，夏菡有些疲惫。各合伙人讨论十分激烈，这一天所有过会的项目，全部被否定了。

　　夏菡有些失望，她忽然想起世飞的项目，她想听听今天与会的公司另外一位合伙人郭总的意见。

　　郭见麟是夏菡父亲的朋友，夏菡从事这一行，就是他引荐到这家公司的，在日常工作中，受他的指导也很多。夏菡一口一个郭叔叔地叫着长大，工作上的棘手问题，比家人之间交流还能坦率直白一些。

　　郭见麟早先从事电子产品制造和广告制作，对制造业比较了解，也有些感情。他的电子厂规模做大后，被一家上市公司收购，他就只保留了广告制作这一块业务。拿着被收购的一大笔资金，也会做些早期投资。

　　"郭叔叔，你觉得这家公司值得继续深入了解一下吗？创始人是科班出身，有自己的专利技术，行业前景也还不错。"介绍了世飞的大概情况后，夏菡问道。

　　郭见麟坐在夏菡办公桌的对面，轻轻摇晃着玻璃茶杯，杯中一片片绿茶青翠碧绿，像是雨后绽放的新芽。他凝视着茶叶，沉默了一会儿，并没有抬头看向夏菡，像是自言自语地说道："曾经我们都有一颗实业报国的雄心，可以不分昼夜不辞辛苦地奔忙。既为实现自我的人生价值，又有报效社会的家国情怀。然而，经济的大潮奔涌向前，时代的步伐瞬息万变，努力的热情总是不经意就被现实的冰水浇了一整脸。常常是一年辛苦无日夜，到头只剩应收款。稍微账上有点余钱，又得更新增添设备，赚的那点钱不够设备款，还要再融点资金。没有订单愁订单，来了急单愁出货。安全消防工商税务，条条块块都不能忽视。不出事还好，出个大事，不是只赔点钱，搞不好要承担刑事责任。一年难得休息几天，晚上难得踏实睡眠。如果要敬业，那就压力山大，如果想敷衍，那连活都活不下。我也算是这样的日子过了几十年啊。

"一年辛苦没钱赚，随便城里买套房，一年却涨上几百万。"郭见麟面无表情地说着。

"郭叔叔，我明白了。"夏菡"噗"地笑了一声，"郭叔叔说得还挺押韵的啊。"

"念叨多了，哈哈。"郭见麟站起身，转身离去，边走边说，"不过呢，制造业始终是国之基石，长远来看，肯定还是有很多机会。只是你不能抱着赚快钱，赚轻松钱的打算，要做好脱层皮的准备。"

"有时间了去看你爸。"郭见麟又说道。

"好的，爸爸也常念叨您呢。"看着郭叔叔走远的身影，夏菡心里默默地想，"姜还是老的辣啊，没见何总、郭总这两人对这个事情做个沟通，说出来的道理就像一个人说的。"

周五早晨，夏菡一早来到公司。这天的气氛与平常有些不同，街上人们的神情都有些静穆沉默。

耿至行准时到达，可以看得出这次他做了精心的准备。他的眼光中有些焦灼的期盼，夏菡很容易感受到。和他一道前来的肖启铭也准备充分，对答从容。不过由于之前项目路演中对世飞已经有了相当的了解，夏菡这次更多的是从技术保护、未来市场的拓展性以及合伙人的个人理念上与他们做了些沟通。

"国内知识产权保护方面，还存在较多的问题，取证、维权成本也比较高，对于创新型企业来说，氛围不算特别友善。如果你们的创新点被别人模仿了，加些改动也不至于侵犯专利，那对公司的前途会有重大影响吗？"夏菡问道。

"从大的方面说，国家在政策法治层面肯定会越来越重视对原创技术的保护。从我们企业的角度，技术创新是一个持续的过程。我们不会躺在之前的成绩上裹足不前，而是会坚持不断地做技术创新，保证保持领先地位。企业经营就是一个无止境的攀登过程，我们会用更多新的技术来保持我们的竞争壁垒。"耿至行回答道。

"如果真的有侵犯我们的专利技术，我们也会通过法律途径保障自己的权益的。"肖启铭补充道。

"但有些模仿可能是理念性的或者概念性的，并不构成专利侵权。"夏菡说。

"对的。不过，退一步讲，如果我们的技术理念被更多的企业采纳，被更广泛地应用，这正好说明我们的努力是具有广泛意义的，这本身也是一种社会价值。有些时候，我们个人的努力确实不一定能成为自己的成果，很多前人的努力最后都成了后人的嫁衣。尽管这样，我们也只能是尽力而为，来保证我们的努力符合当前的市场需求，容易被客户接受。但我们不能因为领先的成果可能花落他家而放弃努力，毕竟未来一定会有未知数，我们只能顺势而为。如果最后成果真的惠及他家或者更多家，至少也是一件有意义和有价值的事情。"耿至行说。

"不过我相信我们一定会保护自己的成果的。"肖启铭自信地补充。

"是啊，毕竟我们做事情，终究是追求结果的。"夏菡说道。

"结果导向是肯定的，不过我想，事情是辩证的，某种程度上，过程也是一种结果，或者说，过程其实是结果的一部分。也不排除今年种的树，结出几年后的果。"耿至行说道。

"好的，很感谢两位抽时间过来做了这么多的沟通，我会向领导汇报我们沟通的情况，非常感谢两位。"

"冒昧地问一下，大概多久会回复我们呢？"耿至行刚问出口，心里又觉得唐突了些。

"我们会尽快的。"夏菡回答，顿了一会儿，她还是补充了一句，"作为天使轮来说，我估计咱们这个项目可能还有些差距，不过无论如何我们会一直跟进，在合适的时候促成双方合作。当然，具体还是要看投资人会议的结果。"

毕竟何总的意见已经比较明确，她不忍心让对方空无意义地抱着期望。

"哦……"耿至行和肖启铭异口同声地回应着，失望之情溢于言表。

肖启铭明白，如果没有资金进来扛过这一个风波，公司面临的就是破产了，他的投资十有八九要打水漂。想到当初跟父母借钱时的信心满满，以及在朋友当中的志得意满，这样的结果对他来说，无疑是颜面扫地。

谈完已经是午饭时间，夏菡说："时间不早了，要不就在我们楼下简单吃点便饭吧。"

耿至行不太习惯接受他人工作以外的好意，稍微犹豫了一下。转念一想，多些交流的时间，就能多争取一点机会，也就答应了。

几个人边走边聊天。电梯里，几个西装革履的年轻人正在热火朝天地讨论着比特币行情。

"你们知道吗？今年比特币涨疯了，一千美金一个了，听说我们网管小杨当初买的是二百人民币一个，买了两百多个，现在翻了三十多倍了。"一个瘦高个说道。

"中本聪可能自己也没有想到吧，他的比特币会涨成天价。"一个圆脸男孩一脸的向往。

"据说第一笔交易是一个名叫 Laszlo 的程序员，用一万个比特币购买了两个比萨饼；一枚比特币只有 0.003 美分，按现在的市值算，这两个比萨饼花了一千万美元，当真是当今世界上最贵的比萨饼了。"瘦高个嬉笑着说。

"不是说你手上也有几百个吗？是不是梦里都会笑出声来了？还不请我们喝酒？"另一个男孩把胸牌甩成圈，说道。

"哈哈，"瘦高个打着哈哈，"有时间一定，一定。"

走出电梯，夏菡饶有兴致地问道："你们都是学计算机的，应该很了解比特币吧？觉得比特币怎么样，有投资价值吗？"

肖启铭接口说："比特币刚刚出来的时候，我还关注过，可惜当时没这个意识，否则现在当真是赚了大钱了。当时要是投上一万块，少说现在都是上百万。人生就是如此，机会错过，也就错过了。"

"耿总眼光长远，有买过一些吗？"夏菡问。

"我也没有。"

"唉呀，这可真真儿可惜了。这还就是你们计算机专业人士的机会呢，像我们这些小白、菜鸟，把它搞懂都费劲。"

"我并不看好比特币，"耿至行稍一迟疑，然后直截了当地说，"当然，我不是说看不看好比特币的升值空间，这个我看不出来。我只是不认可比特币的理念。"

"为什么这么说呢？"夏菡好奇地问道。

聊到技术方面的话题，耿至行的话匣子就有点关不住。

"要说比特币，还是得从区块链说起。说到底，区块链记录的是一连串的数据。简单点看，就相当于财务记录现金日记账。为了保证账本数字真实，区块链通过分段加密、数据连续、账本公开的方式来防止被篡改。相当于每天记一次，记完就加密，然后把加密数据接到前一天的数据上，形成一块一块的数据链条。再把这个数据链条分发给账本交易相关的所有人保存，这样信息就不容易丢失也不容易被篡改了。根本上，区块链就是一种数据不容易被篡改的记录方法。

"可是，谁没事找事，来记录这个本无意义的账本呢？为了鼓励更多的人参与账本记录，程序会给每一个记录的人奖励一定数量的数字货币，这个数字货币就是比特币。

"想记录的人可能不止一个，那又得确定谁来记录，干脆做一个数学运算比赛吧，谁赢了谁记录。这个运算比赛的过程，就叫挖矿了。

"比特币是有总量限定的，就是两千一百万个。为什么要总量控制呢？目的是保证货币与实物对应的关系。相当于发行货币与经济总量的对应关系。大家知道，货币超发会引起货币贬值。货币贬值意味着把原有货币持有人的财富缩水了。

"中本聪设计的区块链和比特币，初衷可能源自对现实社会货币政策的质疑，所以重新设计了一个他认为完善的货币体系。

"现实社会货币政策确实有不少风险，中心权力部门具有对记录、存储、发行进行误导、筛选、恶意使用的能力和可能性，也真实存在货币超发导致价值缩水、财富缩水的问题。

"区块链通过把交易信息打包加密，每打包一次就分发给所有人储存，形成加密信息链条来杜绝信息被核心权力部门篡改。然后通过记录信息时发放比特币进行奖励的方式，让更多人参与链条当中，并通过控制比特币总量来保证比特币不会超发，杜绝比特币被人为贬值。

"所以核心思想在于三点：一是信息加密，二是去中心化，三是总量不变。

"但这个思路在逻辑上是存在问题的：一是公开账本的加密技术，很难永远不被破解。因为计算技术如量子计算机的发展，之前的加密手段可能变得很容易攻破，也有可能直接通过病毒攻破。从严格逻辑上来说，凡是人创造的加密方法，就一定会被人破解。这个世界不存在没有 BUG 的技术。另外，公开广泛地记录和分布也为程序破解、植入病毒提供了完全开放的土壤。

　　"二是去中心化，听起来似乎是权力平等，却是风险最大的选择，因为所有曾经的无中心，都会产生新的中心。比如区块链技术本身，那些技术专家完全有可能成为支配区块链的权力中心，善于炒作的人也可能成为交易的中心。也存在病毒控制形成另一个中心或者完全陷入混乱失控的可能。人是大自然的产物，大自然的逻辑，是人类社会最底层的逻辑，人类社会不可能背离大自然的基本规律。你看过大自然中有什么存在是没有中心的吗？绝对的无中心，恰恰是混乱的源泉。

　　"三是总量控制，这个简直就是可笑了。要知道社会财富总量是在不断扩张当中，完全固守住货币总量，贬值大概是不会了，不过通货紧缩，看来是很难避免，如果货币发行真的按照这个逻辑，肯定会造成经济停滞阻塞，典型的故步自封了。以为的公平，却更像是给自己画地为牢。

　　"而且，最后也没有可能把总量控制住，因为比特币的总量有限，就会不断冒出其他的种种数字货币，不但是超发，更是滥发了。而且数字货币并没有现实中可以锚定的对应等价物，据说现在已经把比特币分成十分之一个来交易了，这不是变相的超发滥发了吗？两千一百万个，可以轻易地把它划分成十倍、一百倍。"

　　"夏小姐当心。"走过一个门口时，肖启铭插了一句话，同时白了两眼耿至行，他实在不理解小姑娘这么随口一问，耿至行会那么自说自话，他都听烦了，哪个小姑娘会认真地去听这个。

　　耿至行完全没有领会肖启铭的意思，继续自顾自地说着："所以，所谓的区块链和比特币思想，更像是技术官僚对行政官僚在管理思想上的挑战，或者民间组织对权力当局的挑战。想利用自己的技术思路建立一套新的货币管理体系，来替代当前的社会治理思路。说到底，就是技术专家想以自己的优势构建新的社会中心，这个思想本身也与去中心化背道而驰了。

"当然这个是从社会价值的方面考虑。不过投资比特币不一定不赚钱，甚至可能很赚钱，因为比特币的技术特性，自建了体系，逃避了监管，可以成为某些人恶意炒作、掠夺财富，甚至犯罪洗钱最好的工具。这些人利用资金优势、技术优势、炒作能力、交易手段，完全可以筑起另一个意义上的权力中心，来收割妄想通过比特币增值来赚钱的绝大多数投机者。这大概是中本聪完全没有想到的吧？他以为建立的是一个新的公平体系，最后却沦为掠夺财富的最佳摇篮。"

几个人都已经排了一长段队，来到了窗口。耿至行有些不好意思地笑了笑，补充说："不过这也只是我一家之言，不足为信，呵呵。"

夏菡闪亮着大眼睛，像个学妹看学长一样看了他一眼，说道："哎呀，你说得太好了。我听过好几个人给我讲区块链和比特币，你说的这一番话，是我听得最明白的一次了。先不论对错，至少是我听到的见解最新颖的一次。"

"不过，我个人觉得，你说得还是很有道理的。"夏菡看着耿至行微微一笑。这是他们交流当中，除了初见面时的礼节性微笑，耿至行第一次看到夏菡的笑容。

餐厅里人来人往，声音有些嘈杂。三个人坐在餐桌前，聊着一些比较轻松的话题，无非是老家哪里，毕业学校，日常工作之类。

头顶上的电视机里传来国歌的声音，餐厅里安静了下来，大家的眼光都集中到了墙上的几个液晶屏上。

电视里，纪念汶川大地震的新闻正在播报中。震后重建新城区的背景中，政府领导人正在沉痛地做着报告。

那一场牵动全国人心的大地震，已经过去整整四年了。

夏菡当时还在国外留学，每天都在网上关注着国内的消息。而郭叔叔曾经亲自到现场参与救援志愿行动。发给她的现场照片，带给她的现场故事，更是令她揪心不已，至今难忘。

她记得郭叔叔刚到现场的照片，照片中断壁残垣，满目疮痍。想起地震当天的现场，让人不由得心颤不已。

领导人的发言结束后，电视机播放出当时救灾记录下的一个个画面，消防战士、部队官兵用血肉之躯，架起来废墟下挽救生命的桥梁，画面一帧一帧地切换着，每个人都目不转睛地盯着电视。夏菡的思绪刚有些平复，转眼看去，只见耿至行神情异常地怔怔地盯着电视屏幕，呼吸变得急促而不均匀，胸口可见一下一下地起伏着，面容在一种极力克制的压抑下，微微扭曲变形，眼睛里无法掩饰地泛红湿润。

这种悲伤的情绪带着强烈的感染性，在一瞬间击中了夏菡的内心，夏菡甚至来不及自我反应，眼泪已经流了下来。

耿至行意识到自己的失态，他拿了一张餐巾纸擦了一下嘴，然后用手去揉擦眼睛，看似不经意地顺手擦了一下双眼，便低头默默地吃着饭。

夏菡把头转向一边，也用纸巾悄悄地擦干了眼泪。

一种别样的情绪打动了夏菡的内心，她能想象这种压抑的悲伤一定来自深沉的内心，那里一定有着一个别人不能轻易触摸的世界，是每个人内心最刻骨铭心的故事。

"耿先生老家是四川的吗？"沉默了一会儿，夏菡打破了平静。

"不是的。"耿至行抬了一下头，又低了下去，喉头哽出的声音有点闷。

"哦……"夏菡有些意外。

送走耿至行两人，夏菡坐在办公室里，脑子不由自主地回想中午的情景。

在她看来，耿至行是一个不太善于观察别人，但诚实正直的人，看得出来技术能力不错，工作敬业，人品也可信，在工作生活重压下，大概也是默默承受的类型。

那么，如果这样的人，眼睛里含着泪光，一定是触碰到内心最深处的伤痛了吧。

"看起来，我们短时间里要从外部融资来解决当前困难的可能性，是微乎其微了。"回公司的路上，肖启铭有些恼火地说道，"很明显，他们对我们并不真诚。"

"也算是正常吧，投资一家公司，他们总是要考虑周全的。"耿至行无奈地回答。

"是啊，投资公司是要考虑周全一些。"肖启铭重复了一下。耿至行听出了言外之意，也就不再回应。

"我们还是找韩总再沟通一下吧，看看能不能争取在时间上缓和一些，给我们一些时间，让我们把项目完成。"耿至行岔开话题。

"你觉得会有用吗？"肖启铭有些不屑。

"我再去联系一下，看能不能当面再去争取争取。"

"好吧，你去试试吧。"肖启铭情绪低落地回答。他心里想说，本来能先按时交货，可以简单完成的事情，自己把自己搞得这么被动。但他终于也没有说出口。

回到公司，耿至行和韩总通了个电话，出乎肖启铭意料的是，韩总答应和他们再见面聊聊。

第二天一早他们就等在了会客室。一个多小时后，韩总过来了。

"不好意思，临时有点事，让你们久等了。"

"没事的，应该的，韩总您这么忙，能见我们一面已经很感谢了。"肖启铭赶忙接话。

大家的话题很快就转到产品延期交付的可能性上。

韩总的神情比上次要缓和一些，但是对于这批货降低标准减款接收，或者延期交付，还是明确地表示不能同意。

"如果按照合同办，退两百万预付款，再赔偿两百万违约金的话，我们公司就破产了。"肖启铭说道，"而且，实际上，以我们公司当前的财务状况，也赔不出来。"

韩总看了他一眼，明白他的言下之意。如果他们破产的话，预付款和退款根本就付不出来，只有一堆不知道是否可以利用的存货，甚至可能就是一堆破铜烂铁。

当初签订技改设备的采购合同，一方面是因为提高产能的需求已经迫在眉睫，另一方面是世飞在这个细分领域里面有明显的技术突破，并且也做了两个样机，顺利完成了测试。市场上也没有同级别可替代的竞争供方，所以世飞作为单一供方，就直接下了订单。但因为是新产品采购，为了加强责任意识，保证出货安全，他们在条款上也做了比较完善的约定，世飞一方也表示完全有信心按时完成。

之后事情的发展严重偏离了原先的轨道。世飞公司不能按时交货，给他们公司也带来了危机。正在他为这个事情焦头烂额、一筹莫展的时候，一家之前有过联系却没有合作过的厂家找上门来，表示他们能够提供性能一致的设备。尽管他知道国内制造业的模仿速度惊人，还是很难相信这个时候会突然出现一根救命稻草，来解他的燃眉之急。

他马上安排技术部经理去对方公司进行了实地考察，对方迅速提供了两台样机进行测试。出乎意料的是，两台样机都能达到应用要求，更令他惊喜的是，对方未雨绸缪，后续设备的安装进度已经接近尾声，速度快到简直就像是为了这笔单子而生。

韩总的内心十二分的庆幸，一方面是化解了他当前的燃眉之急，另一方面，从采购的角度来看，他当然希望重要装备不是单一供方，只有一家供方对自己是被动的。

所以，当下韩总的心情确实有种劫后余生的感觉，对待世飞的态度，也就相对缓和了一些，没有了履行客户合同的巨大压力，他面对世飞的语气也不似先前那么责难。

"我明白你们的意思。这样吧，我在公司总经理办公会议上提议一下，看看怎么样来处理这个事情，尽量减少双方的损失。当然我们也希望你们吸取教训，继续努力，把产品做好，争取以后继续合作。"韩总爽朗地说道。

"肯定的，我们一定会努力的。"耿至行急切地表态。

"但我也做不了主，还是要总经理办公会议来决定。到底结果怎么样，我会让采购经理告知你们的。"

离开韩总办公室，肖启铭的心情非常糟糕。他当时选择和耿至行合作，看上的就是耿至行的技术能力和做事认真的态度。但现在这个做事认真，明显是不懂通融、不知进退了。明明可以把信息压下，先行交货，把事情延后缓慢处理，现在却把事情推向了风口，把自己推到了悬崖边，顺便把他架到了火上炙烤。

肖启铭的资金全部来自他父亲的支持。父亲二十多年来，当过油漆匠，做过家具厂，都没赚到什么钱。后来在一个中铁公司同学的帮助下，开了个五金工具店，在同学的工地上承包点电灯电线电缆的施工工程。酷暑中，严寒里，都在高山间隧道里忙活，不是大太阳下脸晒得黑红，就是冬天里寒风吹得双手皲裂，赚到的是真正的辛苦钱。每次看到父亲在同学面前那种不自觉的谄媚神情，跑前跑后地端茶递水，肖启铭的心里就有一种不适。这个钱就这样打了水漂，实在是无颜见家人。虽说父亲也不会过分追究，但首战即败，这个令人气馁的结果是他不能接受的。

留下这么大一个坑，以后做什么都是个障碍。

车间里的安装工作仍在进行，两个人都心知肚明，装配干的都是无用功，但谁也没有勇气来终止生产。

过了几天，耿至行收到一个快递。

打开快递，是客户发过来正式工作函件，经过总经理办公会议的讨论，他们决定暂缓违约款的赔偿要求，但要求世飞在一个月内退回预付款。如果一个月内不能退回，则一并恢复对违约款的追偿权利。

接到函件，耿至行马上找到肖启铭商量。

"现在账上只有八十来万，我和其他客户沟通了一下，最近能回到的款最多也就四十来万，我四处找朋友借了，朋友那边东拼西凑，还能凑个二十多万。这样即便是不付任何材料款，缺口还有六十万。但马上要发的工资需要三十多万，并且可能会有急需要付的材料款，要维持公司运行，当前至少还有一百来万的缺口，你看你这边还能再想想办法吗？"

肖启铭看着耿至行，有些为难地说："本来我这几天也在四处想办法，但没想到我家里出了一个大事。"

"家里怎么了？"耿至行神情紧张地问道，显然是担心肖启铭的家人罹患重疾，或者突发意外。

"我爸的工地出了个安全事故，家属一直在闹，赔偿金额也比较大，我爸最近也在焦头烂额地筹钱赔偿，否则工地停工，工期延误，后面又会生出一堆麻烦事情。"

"哦。"耿至行稍稍安了下心，好在不是他最担心的。

"那是需要及时处理，这也是没有办法的事情。"耿至行说道。

"前几天我爸就一直在给我打电话，想让我这边想办法，解决他那里的问题。"

"听下来事情也很严重，那你爸需要多少呢？"

"很严重，好几个人受伤，都在医院急救室里。医药费已经花掉好几十万了。"

"家属已经开始闹着要先赔偿一部分了。"肖启铭绞着手指，继续说道：

"我爸这几天一直想让我从公司这里先周转一部分回去。只是当前这个状况，我实在不好意思开口的。"

"哦，的确有点棘手……"耿至行头都大了，真的是福无双至，祸不单行啊。

"你看能不能把公司账上的钱先给我爸救救急，我让我爸写个条子，当作借款，一旦周转过来马上还回来。"

"不用不用，这是哪里话。哪里需要你爸来写借条，我们之间，哪里需要这些。"耿至行急忙说道。他心里有一万个自责，如果自己工作不出问题，也就不会让肖启铭这么为难，他感觉无颜面对合作伙伴。

"要不你让你爸那边再坚持两天，我们这两天也都再想想办法，实在没办法，那也就只能……只能这样了。看能凑出多少，你先拿走多少。"耿至行说道，心想着走一步算一步吧。

本来他的心中已经有千钧之石，在努力地支撑着，然而重压之下，忽然发现脚底下以为坚实的土地原来是嘎嘎作响的冰面。

这个冰面随时就会裂出一条大缝，吞噬一切。

这几天，耿至行每天和融资公司、信用货款、资产租赁公司打上无数个电话。肖启铭倒也没追着问，但耿至行每次看到他，都陷入深深的内疚中。原本是希望能给他贡献些价值，没想到因为自己的失责让他蚀了本。

看到车间的员工，他心里也深有歉意。他曾经希望，因为自己的努力，能够把员工带上一个更好的平台，如今却把他们推到一个一切清零、从头再来的境地。

而对于客户，他更觉得无地自容。努力在技术上寻求突破创新，目的就是给客户提供更大价值，也给自己带来价值。没想到客户给了他最大的信任，他却给客户带来这么多的麻烦。

肖启铭这些天也是彻夜难眠，他知道，他在与时间赛跑。如果跑输了，那他的所有投资，也就泡汤了。

这天中午，耿至行先后收到了两家投资公司的邮件，暂时都没有通过对他们的投资。当前联系的投资公司中，只剩下夏菡所在的一家公司没有明确答复了。

当他把这个消息告诉肖启铭时，肖启铭毫不掩饰失望的眼神。

耿至行说："我最近也一直在联系小额信用贷款的事情，暂时还没有找到。不过，你爸那边的事情也着急，你先从账上划二十万过去，留着点发工资的和当前急需要处理的备用金，先顶过几天再说。"

肖启铭犹豫了一下，说道："那好吧，我和我爸说一下，让他那边也再顶顶。"

耿至行走后，肖启铭把一个个人账号发到了耿至行的手机上，能提二十万，也是减少二十万的损失。

发完账号，他忽然想起夏菡。尽管她的言下之意似乎是没有投资意向，但如果降低条件呢？也许会有更多可能吧。所谓病急乱投医，情急之人，只要有一丝机会，都是不想放过的。他给夏菡发了个短信，征得同意后，他拨通了夏菡的电话。

"肖总，您好。"夏菡稍有些意外，因为之前一直是和耿至行对接，没有和肖启铭单独联系过。

"不好意思，打扰了。我这边实在是有点急事，所以想和您商量一下。"

"嗯，您说。"

"我父亲是做高速路桥配套工程施工承包的。最近工程队出了一个比较大的安全事故，好几个工人受伤，医疗费用已经付了好几十万，后续治疗费用、赔偿费用不少，我父亲现在急需要资金处理事故。"

"哦？"夏菡电话里有些疑惑。

"我在世飞公司，当时投资了一百八十万，这几年发展得也不错，技术和市场都在提升中。只是出了这档子事，我现在急需用钱，哪怕损失一些。不知道您朋友圈子里有没有合适的投资人，愿意受让我的股份。公司总体情况还是不错的，我这边实在是没办法了，所以才走到这一步的。"

夏菡有些意外，合伙人争取外部投资的时候，按理都是紧密合作的，突然有人撤资，显然不是好的消息。

"这样啊，我向圈子里的朋友打听一下。我们公司原本也有后续跟踪的安排，要不我抽个时间去一下你们公司，我们见面再聊？"她问道。

"好的，这个事情有点特殊，暂时还请你不要和耿总提起。拜托了。"肖启铭补充道。

"我明白的，没问题。"

过了两天，夏菡如约来到世飞公司。世飞所在的小昆山镇，乍一看很容易和江苏的昆山市相混淆。其实昆山市境内并没有哪一个山叫作昆山，而小昆山镇中心，有一条平原街，平原街的边上有一座山峰，便叫小昆山。

东汉年间，小昆山地属吴郡，即现在江苏区域。梁代，从吴郡分出信义郡，又从信义郡分设昆山县，县治就设在小昆山集镇。唐天宝年间，把昆山县的县治迁到了今江苏昆山市所在地后，这个地方就改名为小昆山。可以说，松江的小昆山镇是昆山市的名称来源，只是行政变迁，渐成当下的格局。

夏菡到后，按流程与重要的合伙人以及公司骨干逐一单独地做了交流。

"耿总，你们最近是不是经营上有什么问题？"因为在企业战略、经营理念、竞争优势这些方面双方已经有过多次交流，所以这一次夏菡就直接切入当下的实际困难。

耿至行有些吃惊，不过他也没有回避。他觉得不适合隐瞒，实际上也隐瞒不了，就把目前遇到的订单退款情况和她原原本本地说了。

"也就是说，你们当前急需要支出两百万元退款？"联想到肖启铭之前的那通电话，夏菡明白了其中的意思。

"对的。"耿至行回答。

夏菡沉默了好一会儿，疑惑不解地问道："我记得你在项目路演的时候说过，你们是有核心技术的，而且领先优势比较明显，为什么现在其他厂家能够比你们完成得又快又好呢？"

"这个我确实没有想到，之前也没有听到相关的同行资讯，可能是我消息太闭塞了。"耿至行直着身坐在椅子上，有点像汇报作业。

"你上次提到，你们的优势主要体现在哪些方面？"夏菡轻轻转动着手中的钢笔。

"一个是机械结构设计上有优势，我们工程师这两年做了好多次升级换代研发。另外，我们也投入了大量的精力完善控制程序，这个是需要相当的技术实力的。"耿至行认真地说道。

"你知道另外一家是什么公司吗？他们会不会是一家很大并且很有实力的公司，早就在布局研发了，只是你们不知道而已？"夏菡问道。

"应该不会。就目前来说，这个市场还是比较狭窄，如果大公司有类似产品，我们应该能够了解到的。听客户的意思，是他们的后备供方，提供了两个试样机器。然而令人意想不到的是，那家公司同时做了批量的产品准备，紧急情况下能够供应上去，解了客户的燃眉之急。"耿至行低着头自顾自说道。

"不过这也给我们减轻了很大的负担和压力。如果客户因为我们的失责不能完成订单的话，我真的是无地自容。现在这个情况，虽然不是我们供货，我们也产生了很大的损失，但至少客户的损失没有了，总体来看，还是损失最小化了。从这点来说，我还真心地感谢他们。"耿至行看了夏菡一眼，又低下了头。

"不过我相信公司还是有机会的，客户给我们留了点余地，说明他们也是希望我们能做好的。"耿至行昂了昂头，看着夏菡，很认真地说道。

"唔……我知道了。谢谢你。"夏菡若有所思。

夏菡看着耿至行走出会客室。许是长时间在电脑前伏案工作，或者心理压力太大，耿至行整个身形显得精神不振，背影有些无力，又有些执拗。

她想起郭叔叔对实业的评价，小微制造业确实是磨砺人心。夏菡有三分钦佩，也有少许同情。

随后，技术部经理走了进来。这是一个身材瘦小的年轻男子，戴着一副眼镜，显得有些拘谨。

显然，他对公司的前景颇有信心，当谈到对公司主要领导的看法时，说道："纯粹从技术的角度看，我觉得耿总本人才是一位优秀的技术人员。公司里原创性的开发基本来自他的思路，产品遇到疑难问题时，最终也是送到他那里解决，公司的专利，基本上也是他的发明。"

"是吗？技术型领导对产品研发会比较支持。他对技术工作应该是很投入吧？"夏菡点了点头。

"是的。不是一般的投入。有一次我们遇到一个技术难题，耿总买了四五本专业书籍，在一周内就把相关的知识点都啃了下来。有天一大早，我刚到公司，他就把我叫到办公室，手上的笔记本密密麻麻地写着五六页，他一页页地把解决难题的思路、方案和步骤告诉了我。后来聊天提到这件事，他说那个技术难题是在睡梦中突然想到的方案，醒来后他马上细化了一下，结果还真的是把困难都解决掉了。卡住我们一个多月的难题，最后耿总在梦里找到了解决方案。"

"人真的会在梦里解决问题吗？听起来好像有些不可思议

啊。"夏菡有些诧异。

"别人听起来可能会觉得不可信，但我是相信的。苯的化学结构，不也是凯库勒受梦里的启发发现的吗？大脑在睡觉的时候，有时候还是会保留一部分的活动区域。"

"不过，也有人说耿总这是不对的，老板应该懂炒作，做资本运营，这个我也就不懂了。"技术经理补充了一句。

夏菡不置可否，她有自己的投资思考。虽然说短线炒作击鼓传花，吹大泡沫货与下家，贴钱坐大垄断收割，各种操作手段屡见不鲜，但是对于所投入的资金，无论是失败的损失，还是成功的垄断，她认为当中都有太多的无效消耗，简单来看是投资人的损失，但宏观上依然是国民整体财富的损失，拉低了社会资源利用的总体效率。

也许这不是她这样一个普通投资人需要考虑的问题，但是，当她有了这份理念，她做事的风格就在不知不觉中受到影响。

更何况，对于赚快钱的人来说，炒作一番或许有其价值。但对于制造业来说，脚踏实地才是立身根本。

随后，业务部施含薇拿着个笔记本，踩着细跟高跟鞋走进了会客室，一见面就热情地跟夏菡打了招呼。她二十出头，身材纤细，一头短发，消瘦的脸型不算太白净，不过双眼明亮有神，一说话眉眼都带着笑意，看着就是一副聪明伶俐的样子。

"耿总最大的特点？我看他最大的特点就是能吃苦吧。"施含薇回答夏菡的问题，依旧是笑盈盈的。

"能举些详细的例子吗？"

"我中专一毕业就跟着亲戚来上海打工了。做了两个月的服务员后，就跑到这家公司。刚来上班的时候，公司只有五个人，做的单子却很杂。前半年我都是帮忙处理一些办公室杂务，车间里也会去帮帮忙。后来公司经常要给客户送一些小件货品，耿总就让我跟单送货，顺便和客户对接一下。再后来，公司做的产品多了起来，我自己对跑市场也有兴趣，就开始做销售岗位了。我是最早的专职销售人员。

"不过，遇到有意向的客户，还是要耿总亲自出面，因为涉及技术沟通，我和肖总都谈不清楚。每次坐公交车，耿总都会挑普通车坐，因为比空调车便宜一元钱。在快餐店吃饭，他会先帮我选好套餐，然后他自己永远是最便宜的那个套餐。"说话间，施含薇的笑容始终都流溢在眉眼之中，有一种天然的亲和力。

"创业不易啊。"夏菡感慨道。

"那时候公司人少，我们在工作之余聊天，也都比较随意。有一天早上，我看耿总灰头土脸的，衣服领口袖口也有点脏，就顺口调侃了一句，昨晚跑哪里野去了，把身上搞得这么脏。公司里其他人也笑着调侃他。结果他红着脸给我们解释，前一天凌晨四点起来，先骑自行车赶早班公交，坐火车到南京，在那边坐公交到客户那里，办完事情再一路公交回到火车站。回到上海时已经半夜两点钟，回公司方向的公交车都已经停运了。打车太贵，为了省钱，就在火车站铺上几张报纸，睡了一晚，直到早班公交开行，才赶回公司。

"还有一次经历，我也印象深刻。那次是我联系了山东一家单位，从火车站下来后，还要坐两个多小时的大巴到一个县城。当时我们坐上的大巴车，是一辆过境车，大半夜把我们放在高速口就开走了。那个高速口离县城还很远，半夜三更，黑灯瞎火，我拖着个行李箱，耿总拖着一个样品箱，整整走了一个多小时，才走到那个县城有灯光的城郊，搭了辆三轮车进了城。

"我当时心里很不好意思，因为行程都是我定的，车票也是我买的。不过耿总没有说过一句责怪的话，反而一路照顾我的情绪和体力。还好我也是农村里长大的，从小农活干得不少，这点苦不算什么。"

夏菡看了她两眼，面前这个小姑娘看着身形小巧，骨子里着实透着一种结实劲儿。

"你觉得两位股东有什么不同？"夏菡问道。

"考虑问题的方式不太一样吧。耿总更关注把事情做好，他认为事情做好了，赚钱是附带产物。肖总是目的性比较强的人，他做任何事情，都是要把能不能赚钱作为第一要务来对待的。"

施含薇说着，自个儿又笑了起来："这样看起来，两个人算是完美搭档了。"

夏菡笑了笑："是啊，工作中可以互补，这样对双方都是一种提升。"

"不过，我也觉得，合伙做事，真的比找对象还难。"施含薇补充了一句。

"为什么这么讲呢？"夏菡问道。

"我只是觉得，嘻嘻，随口一说而已。"施含薇含混地笑着说。

夏菡心想，施含薇说得没错，合伙人一起创业，最难的也许不是个性能力上的互补，而是三观的统一吧。

"你觉得公司的管理体系怎么样？有专职的企业管理人员吗？"夏菡问。

"目前暂时没有，公司现在的氛围近似于大家庭，什么事情都是好商好量的。但我觉得这真的是问题。你的宽宏，可能换来一些人的自律，也可能换来一些人的不以为然，甚至偷奸耍滑。"

夏菡点了点头，尽管这个女孩子看上去一脸笑嘻嘻、没心没肺的样子，内心还是颇有想法的。

"你是业务人员，在外面接触得多，你们公司最近这个单子的事情，你有什么看法吗？"夏菡问道。

"说实话，我挺吃惊的。这两天我一直在想这个事情，这个事情对我们的打击是很大的。"施含薇停顿了一下，眉眼中的笑意不见了，说道："我觉得吧，这真的是太不巧了，或者说，太巧了。"

夏菡结束工作，已经到下午四点多。她从世飞离开，出了工业园区的大门开上高速路口。距离世飞越来越远，心里的疑虑却一层一层地加深了。

"这个公司的技术实力，到底有没有竞争壁垒呢？又是什么样的公司，能够这么巧合地接上这个单子，而且相关要求那么精准吻合呢？"

第九章

　　股市的行情，从最早的不到两千点，已经冲高到了三千多点。而其中的生物和房产板块，成了冲高的领头羊。

　　股市的各种信息，也以燎原之势开始蔓延到了人们生活的各方各面，原来并不关心股市的菜场大妈，都开始议论起了股市的种种传闻。股市中种种暴富新闻，通过电视、报纸、网络冲击着人们的视线，同时在各种人群中添油加醋地传播着，搅动着一个个曾经平静度日的平凡人家。广场电子屏上、电视机荧幕上，到处都是红彤彤的一片数字，点燃了股民或者准股民眼中激动的火焰。

　　各种股评专家、经济学者雨后春笋般出现在各种媒体之中，占据了大众视野。他们个个西装笔挺，神采奕奕，每人都有一套严密复杂的理念体系，你管这段走势叫"梅开二度"，我就叫"双神守门"，你叫"钻石波段"，我就叫"美女曲线"，总之，无一例外地强烈看好股市的发展，直呼中国的牛市来了！什么阻力、支撑，对敲、回档、增资、配股、盘整、抬拉、翻空、翻多、白马、黑马……一个个读得明白看不明白的词汇，一股脑儿地涌入地铁公交中，把本已拥挤不堪的车厢剩余的那点空气，又挤压了三分。甚至民间小报都将八卦消息、情感故事这类博眼球的版面统统换成了"某某股神一夜狂赚千万""从十万，到千万，他只用了两周"这一类的刺激眼球的消息。

报纸、访谈铺天盖地，手机消息一条接着一条，见缝插针般充斥着股民的耳目，即使平日里再不感兴趣，此时也无法避开。雷雨科技、华文在线、依美生物……这些股票两月中涨幅惊人，几十个涨停板看得一众股民目瞪口呆，股界处处上演着"草根飞上天"的故事。这些现身说法的成功股民，将股市变成了一块巨型磁铁，任你是坐怀不乱的柳下惠，还是归隐商山的白首翁，只要微微向它张望一眼，就立刻被牢牢吸住。先前还持观望态度的人们再也按捺不住，一个个心痒眼红。哪怕是头猪，踏着这些涨停板都能一路飞上天。

安臻的投资研修班依旧每周六开课，今天的嘉宾是一个熟面孔，安臻已经好几次在电视中见过他。嘉宾姓贾，是沪上知名大学的客座教授，从事经济学方面的研究已经二十多年了，据说这段时间亲自操盘，个人获利三千多万。

"这才是我心中的红太阳，是应该积极靠拢的正能量啊。"安臻心眼儿里是佩服又羡慕。

主持人照例简短地介绍一番之后，接下来的时间就由贾教授来发挥。

"各位朋友，我从事经济方面的研究几十年了，股市这个东西，不是逢进必赚的，为什么？这就跟古代水上作战一样，没有风吹帆，任你天大的能耐，也打不赢的。股市也一样，没有行情，你水平再高也无用武之地，但是行情来了，哪怕你是只三脚猫，都能跟着喝上几碗汤。"

"喝了半辈子汤了，我可不想再喝汤，我也得尝尝红烧肉！"安臻内心有点飘，这些天她的战果不凡。

"股市的行情不是每年都有的，遇上全球金融危机，十年八载不温不火的时候也很常见，一年波动不了几百个点，天天盯着看，看瞎你的双眼，你也赚不到钱。现在一天就要上涨几百个点，家人朋友们啊，这个行情太难得了，我用我几十年的水平跟你们打包票，这就是风口来了，猪都能飞上天的时候。你都不用盯着看，你就把钱放进去，过一周你再看！

"最近的新闻大家都看了没？股市中人均盈利排名，上海人均盈利是最高的，目前人均盈利10万，你们拖后腿了没有？"贾教授笑呵呵地说道，身后的大屏幕出现了满屏的统计数据。

"啊呦！前些天担惊受怕得要死，搞了半天，才赚了个人均水平啊！真是饿死胆小的，撑死胆大的！"安臻心疼失去前面的行情，后悔不迭。

"股市赵三哥的名号大家听过没有？父母给了十万本金，现在多少了？十个亿！翻了一万倍！成了新一代的游资大佬……"贾教授继续滔滔不绝。

"我的妈妈哎！"安臻惊讶地合不上嘴巴，掏出手机查了一下股市赵三哥的资料。

"天哪！"这一搜不要紧，其他"股市杨百万""抄底敢死队队长"等一众股市英雄一股脑儿都出现在她的面前，她一条一条翻看着大神们的光辉事迹，眼角带着专注，脸上发出不易察觉的微笑。她的内心憧憬着，似乎是看到了陆家嘴女神安臻挥舞擀面杖，撬动大杠杆，获利上千万的股神传说。

不知不觉贾教授的发财经传授已经接近了尾声。

"各位，我们的股市已经跑赢了美股，虽然咱们都是平民老百姓，但股市投资也是为国民经济做贡献，也是把我们个人的力量融入经济大循环当中，也可以表达我们的民族情怀。人多力量大，众人拾柴火焰高，你越推，它越涨，它越涨，你越赚钱，国家经济发展越有力量！"他说得慷慨激昂。

"人的一生总得拼搏一次啊，本来我只针对资金量过亿的高端客户小范围进行授课的，但是我跟你们主持人是好友，有交情。"一旁的主持人点头哈腰地示意着，贾教授继续说道，"家人朋友们，你赚来的钱，统统是归你的，一分钱都不进我的口袋，我为人人，人人为我嘛，大家一起为推动国家经济增长而努力！"一席话直说得安臻心潮澎湃，似乎少年先锋队的红领巾重新又飘扬在了她的胸前！

安臻下了决心，把银行存款里剩下的四十万款项，全部转到了股票账户当中。

夜幕降临，又到了林蕴才忙碌工作的时段，之前鲜有往来的别墅最近增加了些人气，人员来往的频次稍微多了起来。偶尔有一两位气势不凡的大佬过来稍作停留，随后又在夜色中离开。

他们离开后，林蕴才又开始继续繁忙，他像一只勤奋的蜘蛛，忙碌地编织着他的丝网。经过一堆繁复的计算，天色渐亮，他又逐一向数十个对话框中发出一条条不同的信息。

忙完工作，林蕴才毫无困意。他站起身来，走到顶层阁楼，透过窗户，踌躇满志地看着暗夜渐渐发亮。阁楼的黑暗中，他有些孤独独享的兴奋。马路上的人影也渐渐多了起来，不知是早起的旅人还是夜深的归客。

天下熙熙，皆为利来，天下攘攘，皆为利往。林蕴才自嘲了一下，关上了窗户。

这两天，夏菡在做智能装备相关的行业背景调查时，脑海中不经意间便会浮现餐厅里耿至行表现出的极力压抑的情绪。她从未见过一个男人的脸上出现过这种神态，这种神态又在某种地方，深深地触动着她的内心。

而世飞最近的危机，又让她隐隐觉得有些诡异。她拿起手机，给郭见麟发了个信息："郭叔叔，在忙吗？方便通个电话吗？"

电话铃响起，夏菡接起了电话："郭叔叔，您好，您还记得上次我和您提过世飞公司吗？"

"我有印象，怎么了？你对这个公司有投资兴趣？"

"其实我觉得这个公司的行业和创始人都还不错的，最近去走访了一下。不过有些事情我有点想不太明白。"夏菡把她的不解大致地介绍了一下。

"听起来是有些古怪，不过无巧不成书，也不好说。我下午在陆家嘴参加一个正通证券主办的行业投资研讨会，有两位基金公司的首席经济师做主题演讲，要不你也来听听，顺便碰个面详细聊聊？"

"好的，那我下午忙完手头的事情就过去。"

下午三点多，夏菡来到路对面的大楼，会议设在四楼的大会议厅。会场座无虚席，一位一头银发，戴着玳瑁眼镜，气宇轩昂、学者模样的演讲嘉宾正在讲台上侃侃而谈，旁边巨大的展板上，写着宾夕法尼亚大学沃顿商学院金融学博士、纽约大学客座教授、正通证券首席经济师的字样。

演讲的观点显然看好股市的后期走势。他从宏观经济周期性规律、全球经济格局、中国历史机遇、产业链发展前景等多方面论述了自己的观点，现在是中国的时代，中国股市理应成为中国经济的标杆，股市站上六千点是指日可待。

这个嘉宾演讲结束后，掌声请上了另外一位重量级的嘉宾。这位嘉宾重点论证了哪几个行业会成为领跑中国经济的发动机，也是未来证券市场的重点投资方向。

夏菡坐在最后一排，视线阔朗，会场中的人大多听得入神，偶有窃窃私语的，总体还是很安静。

突然，她听到一个电话震动的嗡嗡声，夏菡用余光向旁边瞥了一眼，看到左边有个戴无框眼镜的清瘦男子，匆匆忙忙地接起电话，他用手捂着嘴，压低着声音说话。

"嗯嗯，好的，爸爸回来给你煎牛排吃，嗯嗯嗯，还给你做一个小熊维尼的汉堡包……嗯嗯，好啊，爸爸晚上给你讲鸟儿为什么能在天上飞。"过了一会儿，"牛排爸爸"收拾了一下他的装备，招呼夏菡稍微挪了挪位置，便从她的身后挤了过去，离开了会场。

交流会后，主办方在餐厅安排了接待晚宴。大家随着礼仪小姐的引领，来到宴会厅。夏菡找到郭见麟，两个人一边聊天一边走向通往餐厅的电梯。

"前几天，我又去世飞公司走访了一趟。您一直教导我，投资先看人和团队，再看行业和前景。我觉得世飞的主要创始人还是不错的，为人和技术都有优势。制造业确实辛苦，但他们都是能吃得起苦的人。

"不过最近发生了一件对公司发展很不利的事件。"夏菡把事情的来龙去脉和郭见麟介绍了一遍，"我仔细了解了行业情况，世飞公司在细分领域，是有他们自己的核心技术和领先优势的。不过我想不通的是，为什么这种具有核心技术的公司会被同行短期内超过？"

"而且他们毫不知情，什么信息也没有掌握。"夏菡又跟着说了一句。

郭见麟思考了一下，说道："听起来确实有些不太寻常，可是你为什么会对这个事情寻根究底呢？"

"因为这个公司有些潜力，何总的意思是要提前留意，保持跟踪，也许以后会有合适的时机，我这不是要广撒网嘛，而且我确实很认可这家公司的创始人。"

"嗯。"郭见麟停顿了一下，"那你把公司名称、法人代表姓名、客户名称、订单情况以及其他资料尽可能详细一些发给我，我侧面了解一下。"

"好的，谢谢郭叔叔啦。"夏菡一边说，一边踮了下脚尖。

晚宴人员众多，夏菡陪郭见麟坐在次席。郭见麟交友广泛，前来敬酒的人络绎不绝，一口一个"郭大哥"地叫着，偶尔才会有一两个人尊敬地叫着"郭总"。

"郭大哥真是海量啊。"坐在同桌的一位四十多岁的男子，看着郭见麟一饮而尽的酒杯说道。

"哈哈，我哪里有什么酒量，不过兄弟难得聚在一起，不喝不成敬意，醉就醉了。"郭见麟声若洪钟。

"郭大哥说笑了，以郭大哥海量，哪里会醉。我再敬一杯。"

宴会上你来我往，热闹不凡。夏菡旁边坐着一位须眉皆白、颇有些仙风道骨模样的客人，正在和他身旁一位二十来岁的小伙子交头接耳地讨论着什么。

"现在的社会啊，就是戾气太重了。"那老者摇晃着脑袋，把杯中的白酒喝了一小口，用筷子夹了一块油焗澳洲龙虾，感叹了一声，"真是世风日下啊。"

同桌几个人的注意力被吸引了过去。那个二十多岁的小伙子，一只手拿着手机，一只手摇晃着红酒杯，给大家当起了解说："刚刚看到一个新闻，一个四十多岁的男人，因为一块钱，把拉面店的老板砍死了。"

详细的事情经过是，一家位于火车站旁边的拉面馆里，一个男子吃完面去付款时，老板要收四元一碗。那男子说，价格牌上不是明明写的三元吗？拉面店的老板说早已涨价了，价格牌还来不及改。那男子就和老板争吵起来，既然价格牌上没有改，那就还是应该算三元钱。拉面店的老板说话就有些难听，挤兑他吃不起就不要吃，又骂两声倒霉蛋、穷死鬼。结果那男子怒从心头起，恶向胆边生，抄起店里的砍刀，就把拉面店的老板当街砍死了。

席间短暂沉默了一下，一个人接茬说："就是为了一块钱啊，这些人啊，真是活得太不值得了。"

"就是啊，做人也太小心眼了，一块钱！"那小伙子一脸不屑地说道。

"忍一时风平浪静，退一步海阔天空。"那白眉老人摇晃着脑袋，"这些人就是没有涵养。"

郭见麟放下酒杯，沉吟了一会儿，接过话题："我们一顿饭动辄花费几百几千的人，大概很难理解一块钱有什么价值，有什么意义。但对于有些人来说，他们承担着最繁重的劳动，依然无法让家人过上基本温饱的生活，也许他们正经历着亲人疾病、子女就学的压力，囊中羞涩，入不敷出。他们已经为生活竭尽了全力，依然被生活压得透不过气来，一块钱真的可以成为压倒骆驼的最后一根稻草。

"我们的媒体或者大众，对财富的马太效应，不是反思其间的问题，反而极尽赞誉地迎合。当今社会，太多的财富过度集中在金融、互联网、电商平台的寡头中，他们利用竞争中的优势地位，聚集了远远超过合理报酬范围的财富，而社会又缺乏公平评判的机制以及再度平衡的能力。而这个世界的任何事情，都是一体两面的，有这一面，一定会有另外一面，财富的过度集中必定会存在相应的另一面，那就是过度削减普通民众或者弱势群体应得的报酬。这个效应其实是劫贫济富的效应。"郭见麟声音越发洪亮，正色而言。

"可是，这难道不是优胜劣汰的自然法则吗？"那小伙子语气稍不服气地发问。

"并不一定。合理竞争与过度聚集是两个概念，垄断不是优胜劣汰，而是过度压榨。更恶劣的是，一些利用规则漏洞投机钻营的人，一些欺骗讹诈散布恐慌的人，一些利用优势地位巧取豪夺的人，恶意搜刮财富。而辛苦工作汗流满面的人，连立身之本都没有。如果出现这种情况，这个社会是需要深刻反思的，反思我们的管理体系是不是存在必须弥补的漏洞。

"其实，从个人、民族、国家的层面来讲，保持底层关爱，保持对基层民众的生活保障，才是群体利益最大化的选择。某种程度上，也是保护那些拥有巨量财富的人。极度的贫困是社会不安定的重要诱因。"郭见麟继续说道。

"郭总说得太有道理了，来来来，我们大家敬郭总一杯。"白眉老人站了起来，一席人叮叮咣咣碰起了酒杯。

郭见麟喝了一口，放下酒杯，继续说道："网上有人抨击上海新经济意识不足，没什么互联网大公司，认为上海发展理念落在了其他城市的后面。殊不知，以上海经济中心的位置，夯实基础产业，兼顾各个产业的平衡发展，而不是一味追求轻装冒进，弯道超车，这是一个超大型城市的大局观所在，而这也给了更多的人就业机会。

"小船或许可以剑走偏锋，灵活取胜，但航空母舰，必须要以扎实、可靠、全面的功能持续航行。

"国家在解决农村基本问题以后，也许会像重视三农问题一样重视基础产业的从业人员。希望为一块钱压倒一个人的事情，能够少发生些。"郭见麟一口喝干了杯中的酒。

夏菡在心里默默地为郭叔叔鼓起掌来。

"说得太好了！郭兄眼界果然高人一等。"郭见麟话音刚落，身后突然传来一个清透响亮的声音。郭见麟转身一看，会议的主办方之一，正通证券的合伙人成泰岩在一个年轻人的陪同下，已经端着酒杯站在身后了。

"成兄，不好意思，不知道你站在身后，失礼了！"郭见麟起身致意。

"哪里，是我特意让大家不要出声听你讲完的。听君一席话，胜读十年书啊！这一杯，单独敬郭兄的。"成泰岩说罢举起酒杯。

旁边的小伙子拿着酒瓶，给成泰岩的酒杯里斟上了大半杯。两人碰杯后都一口干了。

那年轻人又给成泰岩倒上半杯，成泰岩环顾一周，向大家致意："酒量有限，这一杯就一起敬各位，感谢各位大驾光临。招待不周，多多包涵了。"

　　成泰岩拿着酒杯和客人依次碰杯，那年轻人站在身旁陪同，转过身来和夏菡四目相对时，不禁一愣。

　　"哎呀，好巧！今天又碰面了。"小伙子欣喜地说道。

　　"你是？"夏菡有些犹疑。她自信记忆力不弱，一般只要有过一次谋面，就能记住对方。但她对眼前这个年轻人没什么印象。

　　"你当然不认识我，但我见过你，在前两个月国际会议中心举办的经济论坛上，我那时候只是一个混在听众席中的吃瓜群众，所以你的确是没见过我。"

　　在第一次见过后，夏菡的身影就深深印刻在林蕴才的心中。她的优雅、知性和美丽让人过目难忘，而眼前的她，秀发披肩，唇红齿白，肤若凝脂，眼含秋水。在水晶灯的照射下，就像是熠熠生辉的钻石，散发着闪耀的光芒。

　　"哦，难怪。不好意思，失礼了。"夏菡微微欠了欠身。

　　"我叫林蕴才，小公司基金经理。上次在论坛中听你提出的问题，就知道你的思考可比一般人要深刻。今天这边有些嘈杂，隔天单独请夏老师吃饭，好好向你请教一下，一定不能推辞啊。"林蕴才一边说着，一边递上名片。

　　"指教不敢当，应该向你学习才对。"夏菡欠身接下名片，侧身点头回应。

　　九点多钟，在宾主纷纷的握手告辞中，大家陆续离开。宾客散尽，巨大的暖色调水晶灯全部关闭，只剩下苍白的节能灯亮着。整个大厅空空荡荡，只有几个服务员在忙忙碌碌地收拾一桌桌的残羹冷炙。一小时前的热闹喧天，繁忙奢华，一小时后的空旷落寞，寂静清冷，这个大厅就像看惯红尘的一双冷眼，从不发声，永不离开。

第十章

　　两天后的下午，夏菡正埋头在一堆报表中，手机响了起来。

　　打开手机，郭见麟给她发了几张图片过来，其中一张是人像照片，后面附着一小段文字。

　　夏菡随即回了个信息："谢谢了！郭叔叔。"

　　刚收起手机，她的电话铃又响了起来。

　　"夏老师，您好，我是世飞的肖启铭。"

　　"肖总好啊。"夏菡的思绪还停留在郭见麟刚发的消息中。

　　"实在不好意思，因为我家里的情况有些紧急，上周我托您帮忙的股权转让的事情，不知道有没有什么消息？"

　　"不好意思，最近还没有明确的回复呢。您也知道，这种事情有时候要看机会的。"

　　"我明白的，还是拜托夏老师多给朋友推荐一下，我家里的事情实在是有些着急。给您添麻烦了。"

　　"没事的。"夏菡刚想挂了电话，转念一想，"这样吧，什么时候我们再碰个头，我把情况了解得透彻一些，也许更容易帮上忙。"

　　"好啊好啊，那你看什么时间，确定了告诉我就行。"电话那头声音透着些期待。

　　夏菡翻了一下手机："那就后天下午吧，我还是去你们公司，方便吗？"

"方便的，我告诉一下小耿，让他也留在公司。不过，我们之间的事情，暂时还是不要告诉他，好吗？"

"没问题。"夏菡答应道。

自从前天晚上再一次见到夏菡，林蕴才内心发生了显著的变化。从第一次见到的遥不可及，突然变得真切可亲。他一贯奉行的是努力改变命运，不过再一次遇见夏菡，却让他觉得这是一种缘分。那双白皙脸庞上顾盼生辉的大眼睛，那小巧精致鼻翼下淡雅的红唇，那头笔直柔顺的秀发，那份美丽沉静、端庄大气、在人群中一眼可见的高贵气质，真真切切地浮现在他的眼前。几年来平心静气埋头数字之间沉寂已久的心绪，开始有了风起云涌的波动。

两天时间里，林蕴才黄牛犁田般把夏菡的朋友圈翻了一遍。夏菡发得不多，除了一些政策资讯以及工作相关的信息分享，偶尔有一些生活小品和书籍推荐。

他在夏菡日前分享的莫奈画展通稿下，点了个赞，想了一下，在下面加了个评论："听说这次展出以莫奈晚年的作品为主，基本上都是私人收藏，在国外主流博物馆也很少展出呢。"

两个小时后，他看到夏菡在他的评论下回复了个笑脸。

"有时间一起去看看吗？"他小心翼翼地回了个信息。

"我已经约好时间了，谢谢。"不多会儿，夏菡回复了过来。

"你约的是哪天呢？如果时间合适，看完画展一起吃个便饭，正好有些投资方面的事情想向你请教呢。"两个人继续在动态下面码文字。

"请教就不敢了，我定的是下周三上午。"

林蕴才心里一阵激动，紧跟着回了一句："好的，画展见！"

清明刚过，光华路上的樱花已落英缤纷。樱花的谢幕就如樱花的绽放一般热烈得毫无保留。花坛里红色的杏花已经盛开，蝴蝶轻盈地穿梭其中。

进了园区，夏菡先到了耿至行的办公室。

耿至行手里拿着一支钢笔，双眉紧蹙，脸色专注，前倾着整个身体，看上去几乎半趴在满满铺开的图纸上，钢笔在图纸边上勾勒着一根根线条。夏菡一进办公室，他从桌上抬起头来，似乎为自己不太雅观的姿态感到尴尬，他赶忙站直了身体，神情有些羞赧地打招呼："不好意思，请坐请坐。"

这个带着点紧张还有些局促的表情，让夏菡有如回到大学时代，作为低年级学生辅导员查寝的错觉："同学，卫生没搞好，这个要给你扣两分了。"夏菡笑笑说，想缓解一下眼前的尴尬。

"不好意思。"耿至行老老实实地站着，当真有一脸检讨的样子。

"不开玩笑了，最近都在忙些什么工作？上次的事情处理有什么新进展吗？"夏菡坐在沙发上，眼睛看着耿至行，顺手拿起茶几上的一本书，下意识地随手翻着。

"上次的事情还没处理结束呢，不过不管怎么样，我们还是要把精度不够的配件全部重新做，重新装配。无论客户会不会接收这些设备，我们都不能这样堆放着，先把它做好再说。"一提起这事，耿至行刚舒展没几秒钟的眉头又蹙到了一起。

"那倒也是，或许还会有其他的客户需要同样的设备呢。"夏菡点头道。

"我最近在测试一个新的程序。"耿至行边说边把电脑屏幕转过来，出现在夏菡眼前的是一堆她看不懂的代码符号。

"我们之前做的设备，只完成了整个流程的三分之二，有三分之一还在使用传统工艺生产。传统工艺人工大，效率低，是整个流程中最卡脖子的环节。因为这个是所有工序当中精度要求最高的，开发难度也相对较大，目前国内还没有其他公司开发成功，我想把这一环节攻克掉。"

一聊到技术话题，耿至行一扫刚见面时的局促不安，变得精神抖擞，两眼发亮。

"前面的问题还没解决好，就启动新的开发任务，会不会操之过急啊？"夏菡问道。

"其实，前面的问题，不是技术上的问题，是制造环节质量把控的问题。虽然给我们造成很大的困难，但停滞也不能缓解什么。程序设计阶段实际投入不大，闲着也是浪费时间。"耿至行拍了拍手上的一摞图纸。

"那准备什么时候开始实质性的投入呢？"夏菡问道。

"估计还有三周设计工作就完成了，审核后就开始生产样机。"耿至行翻着手中的笔记回答。

"那你可要尽快呀，时间就是生命。"

"是的，一万年太久，只争朝夕。"耿至行化解尴尬般地开了一下玩笑。

"你有多大的信心把这一步做成功？"夏菡看着耿至行的眼睛问道。

"只要给我时间，我有充分的信心。"耿至行一脸认真地表态。

"大概需要多少时间呢？"

"整个流程走完，估计还要五六个月。"耿至行说完，脸上的神情突然有些晴转多云。

两个人都心知肚明，以当前的情况，公司是不是能够支撑五六个月，还要打个大大的问号。

"可是还有一个问题，你们把这一步开发完成了，会不会其他公司也很快就跟上来呢？"

"这个技术突破并不简单，我想应该没那么容易的。"耿至行有些迟疑地说。

"可是我记得你之前说上次那个项目，技术也不是那么容易被跟上的。"夏菡斟酌着用词，希望听起来能委婉一些。

"这倒也是，这个的确有点意外。"耿至行看上去有点抬不起头，一脸尴尬地讪笑着，"不过我手上这个难度更大一些，道理上讲是会更困难一些。"

"那会不会还有其他可能呢？"夏菡有些小心翼翼地问道。

"什么其他可能？"耿至行瞪着一双茫然懵懂的眼睛，不知道夏菡这个"可能"是指什么可能。

"噢……"夏菡犹豫了一会儿，喝了口水。

"不过话说回来，只有努力，才有机会，患得患失，也做不成事情。这么大的困难前面，你能坚持技术研发，我还是蛮钦佩的。所谓天道酬勤，也许总有云开见日的一天。"夏菡用赞许的口吻说道。

停顿了一下，她又问道："那个订单的善后工作，你们有什么计划呢？"

"暂时还比较棘手。"耿至行神色黯然，"上次我跟启铭去争取之后，客户做了退让，只要求我们退还两百万预付款就可以了，暂时不追究我们的违约责任。我跟周围能借的都借遍了，本来紧一紧也就只差百把来万的缺口，可是屋漏偏逢连夜雨，启铭父亲工地出了工伤事故，需要钱救急，他那边股份有一百八十万，还想着要先调回去用，可把我们搞得焦头烂额。"

"我看过你们的财务报表，这些年来你们整体发展平稳，营业状态也还可以，只要能够顺利渡过这个难关，相信你们发展前景应该还是不错的。"夏菡鼓励道。

"是啊，也许是我有些操之过急了，原本是想通过这一单，让公司有一个跨越式的发展，一步跳上一个大台阶。结果事与愿违，这个大台阶没有跳上去，反而是一个大跟头栽了下来。唉，还是我太冒进了。"耿至行自责地说。

　　"那你有想过，接下来打算怎么办吗？"对于投资从业人员，两百万就是路边摊上的一碟小菜，而对于投入产出低、用工成本高、回款周期长的制造业来说，一分钱难倒英雄汉的案例比比皆是。很多大公司都曾因资金链断裂陷入重大危机，何况初创的小微企业，二百万足够成为一道生死门槛。

　　"嗯……我也是实在没有什么主意，该想的办法也都想了，手上的一辆车已经在联系买家了。再不行，把所有的信用卡额度透支，再借点高利贷，把客户的预付款退了再说。"耿至行沮丧地说道。

　　"这个……你还是要三思而后行，实在不行，不如把这个公司破产了，再另起炉灶。反正你有技术，也不怕不能东山再起。"夏菡劝解道。

　　"那不行，这个事情本来就是我们的责任。客户先给我们信任，再对我们让步，已经是仁至义尽了，我无论如何不能逃避退款的责任。否则，我……我……"耿至行不知该如何措辞，不过从他的表情当中，夏菡也读懂了他的意思。

　　"那你还是要谨慎行事。实在不行，再到客户那里争取一下，尽量别去碰高利贷。"夏菡说。

　　"好的，我自己再想想办法，他们已经对我们足够照顾了，我不能顺着杆子往上爬，该我尽的责任，应该我自己去承担，不能再去找他们了。"耿至行态度明确地说道。

　　"好吧，我还想和肖总也沟通一下，你看方便吗？"夏菡倾身问道。

　　"方便的，当然方便。"

　　夏菡起身要走，又突然问道："你认识一个叫高健强的人吗？"

　　"高健强？"耿至行停顿了一下，回答道："没有印象，应该不认识的，他是谁啊？"

　　"噢，不认识就算了。没事，我也只是随口一问。"

"那他是？"耿至行有些好奇。

"没事没事，如果有需要进一步了解的，我再和你说。"夏菡一边说，一边眼光瞄向一直拿在手中随意翻着页的书本上。这是一本幼儿读物，夏菡随手翻了两页，是一本绘本版的童话故事书。

看到夏菡回避，耿至行也就不再多问，或许是他之前曾经去做过项目路演的哪个公司的资金经理，对我们公司感兴趣吗？说不定夏菡帮忙牵线搭桥？他心里这么猜想。

"耿总怎么还会看童话书？"夏菡看着茶几上的一摞世界著名童话丛书，有些好奇。

"不是的，我是给老家一个小孩子买的，下午快递发回去的。"

"噢，我还以为耿总童心未泯呢。"夏菡笑了笑，把手中的书放了回去，又顺手把一摞书码得整整齐齐。

随后，夏菡又和肖启铭仔仔细细地聊了两个小时，从公司的发展史，到合作的前因后果，从对公司前途的看法、对耿至行能力的看法，再谈到他们产品的技术特点、市场前景、竞争对手，甚至谈到了他和耿至行生活细节的点点滴滴。结束谈话时，开发区上空的天色都已经黑了。

离开园区，沪杭高速向市区方向的车流如潮。城市上空不见星光，偶有一架飞机闪烁着灯光从上空掠过。在灰蓝幕布般的夜色中，夏菡的心里却似清晨的湖面，渐渐清朗。

第十一章

　　一条多伦路，百年上海滩。夏初的多伦路，爬山虎铺满了石库门，青苔布满古玩字画店的墙根。鲁迅、茅盾、郭沫若、苏雪林、叶圣陶等文学巨匠及丁玲、柔石等左联作家的文学活动，铸就了多伦路的文化地位；鸿德堂、孔公馆、白公馆、汤公馆、范公馆，每一座建筑都独具海派气息；景云里、中华艺大、上海艺术剧社则增添了浓郁的文化氛围。行走在石板铺就的路面上，时而融入烟火气息，时而沉醉风雅门户，恍恍惚惚间似乎跨越时空，与在此居住过的名家文豪隔空对话，并肩共行。

　　看完莫奈画展，在林蕴才的邀请下，两人来到多伦路边上一个小小西餐厅，选了靠窗的位子坐了下来。

　　似乎是艺术气息的延续，莫奈的印象画，与多伦路的文化底蕴融合在一起，似乎整个马路都有三味书屋、社戏到子夜、春蚕以及一众文豪漫步创作的味道。

　　林蕴才穿着尖领双排扣西装，光泽细腻的面料一看就品质不凡，暗纹浅蓝的衬衫，别着 Tateossian 袖扣，头发一丝不乱，在摆饰精致的餐厅中，颇为融洽。夏菡一袭淡雅素白短裙，外面套着一件合体的黑色西装，温和又不失雅致。

　　两人坐下后，林蕴才点了一杯蓝山咖啡，夏菡点了一杯摩卡。

"今天的画展，夏老师看下来感觉怎么样？"

"能不能别老师老师的，我还不太老，"夏菡嫣然一笑，"叫我小夏就行。"

"好的，小夏。"林蕴才开心地重复了一下。

"今天展出的作品，个人浅见，相比鼎盛时期的作品，意境还是要薄弱一些。"夏菡说道。

"嗯嗯，是的。"林蕴才附和着，他为了观展，特意恶补了一些印象画派的介绍，不过看完画展，他也没有太大的感触。

"每个展馆收藏不同，相对来说，纽约大都会和法国卢浮宫的收藏，应该更能代表莫奈的水准。"夏菡说道。

"是吗？"

"我觉得，有些作品体现出游离于具象的印象感，清晰而又明确。所描绘的风景或者人物虽不具体，意境却很优美。"夏菡说道，"就像鲁迅先生的社戏，并不能亲见，但扑面而来的是生动真实、气息浓郁的水乡场景。"

"小夏的投资主要偏向哪个方面啊？"林蕴才岔开话题。

"我们公司还是偏向于早期投资。林总你呢？"

"噢噢，那你也叫我小林好吧？小夏……"林蕴才笑了笑，斟酌了一下，说道，"我大体应该属于猿类，金融圈里的程序员、码农，哈哈。"他自嘲道。

"其实金融也是技术活，林总适逢其才了。从你的名字，看得出你父母望子成才，你也是不负所望了。"夏菡浅浅地笑了笑。

"我父亲是开服装厂的，在义乌小商品市场有个服装档口，内贸、外贸都做些，我相信父母肯定希望我有才，不过他们更期望的，可是财富的'财'。实不相瞒，我原来的名字，是有运又有财，运财，哈哈。"林蕴才喝了口咖啡，自己笑出了声。

"运财也不错！多少人求之不得呢。"夏菡心里想着，林运财，有这个名儿，不当个大地主都对不起自己。

"中学时，我觉得这个名字实在是太老土了，语文老师给的建议，改成这个名字。"

说完，林蕴才怔怔地看着微低着头的夏菡有些出神。这个双眸澄澈、从容淡定、气度雍容的女孩，一口的吴侬软语微风一般吹拂心脾，如聆仙音，绕梁不绝。

夏菡抬起眼来，林蕴才侧身从一个袋子里拿出一个装饰精美的绿色盒子，盒子上系着精致的蝴蝶结："很荣幸夏小姐赏光，一点小小见面礼，不成敬意。"

"初次见面，怎么敢当呢？不可以的。"

"这个品牌的香水，虽然小众，却是备受法国时尚圈子推崇的。我不太确定夏小姐喜欢什么香味，跑了四五家店，把十二种香型集成了一套。"

"林先生这是给我做冷香丸吗？"夏菡亮着大眼睛。

林蕴才愣了一下，没有听清。

"什么丸？"

夏菡犹豫了一下，笑着说："林总这么辛苦准备这份礼物，不禁让人想起薛宝钗的冷香丸。林总费心了，不过我真的用不到。林总今天是从哪里过来的呢？"夏菡岔开了话题。

林蕴才一时不解，也就接着说："今天还就是从家里过来的呢，我平时的工作昼伏夜行，倒像个夜行侠。"

趁夏菡洗手的间隙，林蕴才翻开手机，搜索了冷香丸，说的薛宝钗天生带着热毒，每每发病，却要一丸海上来的偏方炮制的药丸。那药丸要用春天开的白牡丹花蕊十二两，夏天开的白荷花蕊十二两，秋天开的白芙蓉蕊十二两，冬天开的白梅花蕊十二两。将这四样花蕊于次年春分这一天晒干，和药末子在一处，一齐研好。又要雨水这天的天落水十二钱，白露这天的露水十二钱，霜降这天的霜十二钱，小雪这天的雪十二钱。把这四样水调匀，和了药，再加十二钱蜂蜜，十二钱白糖，丸了龙眼大的丸子，盛在旧瓷坛内，埋在梨花树根儿底下。如果发了病时，拿出来吃一丸，还要用十二分的黄檗煎汤来服。

林蕴才明白夏菡说的是他用心良苦，不禁抿嘴一笑，心里反倒多了些得意，于是瞅了个机会，拉回了这个话题："你还别说，你这一说，我倒觉得你真的有薛宝钗大家闺秀的模样呢。"

两人相谈融洽，时间过得也很快。

"我一会儿送夏小姐回去吧。"

"真的不用了，我自己安排就行。下次有机会再劳烦你。"

林蕴才从他精致的钱包里抽出一张黑卡，递给服务员，笑着说了一句："没有密码。"

多伦路的梧桐树荫下，阳光拉长了行人的影子，二人逐渐消失在街头。

同林蕴才分别后，夏菡径直回了家，除了平日里跟闺密的小聚，工作上她并无过多的应酬。跟父母一起吃过晚饭后，她回到了卧室。

她将世飞公司研发的新产品情况以及她的尽调结果，做了一份报告，发给了郭见麟，征求他的意见。毕竟郭叔叔创办过一家做电子产品的公司，对自动化机器人也算是有些交集，行业经验也丰富得多。

不多会儿，郭见麟打了电话回来："小菡，项目如果攻关成功，应该说是一个不小的技术突破。从提高效率、减少用工成本方面考虑，拓展的前景也不错，建议认真做个项目评估。"

随后，又追加了一句："如果风险可控，趁低谷期介入也是可行的。从投资的角度说，搭配一两个收益率低但相对稳健的项目，也是合理的。"

夏菡说道："他们现在碰到了较大的困难，一个订单出了问题，有一个投资人也想撤资。我和创业者仔细聊过，我觉得他们克服困难的能力还是有的。"

"对于企业来说，有困难是正常的，没困难才不正常。关键还是看创业主导人员和创业团队的综合情况。"

"我多次考察，对创业者还是深表认可的。"夏菡说道。

"从某个角度看，人的一生，太顺利了也不一定是好事。暴得大名，暴得大财，暴得大权，反而容易埋下祸根。经历一些挫折，正是成长的必要条件。当然，最主要的还是要看对方是什么样的人了。如果是骄傲自大，油盐不进，成功了眼比天高，失败了怨天尤人，这样的人大概也是不会有什么前途的。"

"我觉得创业者有很多不错的品质，而且洞察事物本质的能力也很强。那我马上再进行一些外围调查，如果没什么其他问题，马上向郭叔叔汇报。"夏菡说。

一周后，夏菡拨通了肖启铭的电话："肖总，你好，股权转让的事情，我找到合适的人了。"

"真的？太好了！对方是哪位？"肖启铭语气里带着些惊喜。

"是我的一个客户，不过对方没时间处理，就委托我来全权代理。"夏菡回答道。

"啊？哈哈，好啊，那夏老师你看你什么时候方便，我们碰面具体谈一下相关事宜。"他有些意外，不过谁出面谁接收对他并无多大的区别。

"肖总，"夏菡说道，"我委托人的条件，我想说在前面，你可以考虑一下。鉴于世飞目前的财务状况，你手中一百八十万的股份原价接手是不太现实的，委托人的意思是最多给你一百二十万，你可以考虑两天给我回复。"

"哦……"肖启铭犹豫了一下，折价出让，这一下亏损不少。不过看世飞现在的情况，要拿回那一百八十万估计也是猴年马月的事情了。如果不能快刀斩乱麻，可能这笔钱听到个声响都难。

尽管心里已经做了决断，但他还是犹豫了一会儿，说："那行，我和家里商量一下，明天晚上回复您。"

经过两轮的往返谈判，最终双方以一百五十万成交。

耿至行得知这个消息后颇为意外，他双手紧紧地握着钢笔，一双眼睛看起来似乎反应不过来。

"真是谢谢你啊……太感谢了……"除此之外，一句话都说不出。

"别客气，除去要退还客户的预付款，你算下来，公司的经营缺口还有多少？你也不要借高利贷了，我借给你。不过呢，利息还是要正常计算的。"

看着耿至行又惊又喜的表情，夏菡笑着说道："我是一名投资人，我的最终目的仍然是收益，如果我们确定了企业的发展战略，那就希望耿总打起十二分的精神，实现企业战略目标了！"

连月来，耿至行阴郁的心情，稍稍有了些松弛，不过看着肖启铭那张腾空的办公桌，心里又多了些难过。他很想好好地对肖启铭说一声抱歉，因为没能给他应得的投资回报，但又没什么合适的机会，每次话到嘴边，又不知如何启齿。

夏菡的资金到账后，耿至行第一时间将两百万退回到客户账上。

"耿总，虽然这次合作有点小意外，希望还是保持联系，如果你们研发出了新产品，我们还是会考虑采购的。"对方收到款后与他通了个电话。

压在心上的巨石终于落了地，他开始全身心投入新产品的研发当中，不仅仅是为了自己的信念，更是为了不辜负客户的宽容和夏菡这个新合伙人对他的信任。

他一方面维持日常订单保质保量的交付，同时努力缩短研发周期。公司短期的危机解决了，但是损失并没有消除，加快研发速度，取得新的订单，才能给公司带来新的生机。

他进入了与图纸、电脑日夜相守的状态，屏幕上不是一行行代码，就是一个个立体图。他不分昼夜进行技术攻关，困了就起身洗把脸，实在熬不住，就去起居室眯一会儿，若非必要，几乎不出公司的大门。

似乎火焰山的热浪蔓延到了整个中国。都市白领、饭店小妹乃至菜场大妈眼睛里射出来热情兴奋又带点急切焦灼的光芒，如星星之火，渐成燎原之势。而从南到北点燃这一份遍地火焰的，是证券交易中心铺满整个墙面的屏幕上，那些持续飘红的阿拉伯数字，气势如虹。如同上海仲夏的天气，一天天地冲向高温。

最近股民们的账户数字噌噌见涨，派出所民警都比往日悠闲许多，邻里之间鸡毛蒜皮的纠纷大大减少，平日里水火难容的两个人，在赚钱的喜悦之下，见了面都变得和和顺顺。一到新闻时间，大妈大爷都成了财经人士，端端正正坐在电视机前，听着各类教授名流指点江山。

周六，安臻一大早就妆容精致地出门了。

现在的安臻，已经是精品课程班的学员，虽说课程班要两万多的学费，但相对于这两个月在老师指导下的收益，这点学费早已毫无压力了。今天的课程被安排在一个知名的五星酒店。一进大堂就有一种极度的奢华碾扎人心，并撩拨着每个人内心对财富的欲望。

课程前安排了几个学员分享成功经验，安臻早早来到了会场，占据靠前一点的座位。不多会儿，人们陆陆续续拥了进来。在一片掌声与音响声中，一个西装略显肥大、两鬓已经泛白的中年男子由美女礼仪引领着走上台前。

安臻一瞧，这个神情局促、满脸沟壑的男人看着有些眼熟，细想一下才恍然大悟："这不就是之前见过两面，穿个灰夹克一脸晦气的瘪三吗！之前扔人堆里都找不着，靠近了还怕沾上晦气，没想到人家闷声发大财了，真是人靠衣装马靠鞍哟，打扮得水青水绿的，山鸡变孔雀了。"

显然是先前很少在台上讲话，男人刚开始的时候结结巴巴，握着话筒的手微微颤抖，简单自我介绍之后，屏幕上出现一张银行流水："大家看，这是我之前的工资单，每个月雷打不动五千两百一十块，骑着上下班的电动车老旧得不成样子，每天还要加上两把锁，为什么？怕人偷啊，破车我也怕人偷！孩子读不起好学校，媳妇不敢逛商场，心里苦啊，但也没办法，咱们老百姓，就这点能力，这个社会也就这么现实，有钱一切都好，没钱嘛，连带着老婆孩子的生活水平也低人一等……"讲到这儿，他不再结巴，一席真诚的肺腑之言说得台下众人感慨连连。可不是吗，他的生活就是大部分普通人的缩影。

紧接着，他转身将翻页笔一点，换到下一张幻灯片："大家再看，这是我炒股两个月之后的账户。"瞬间底下一片哗然，数小数点的声音此起彼伏，安臻眼睛都瞪圆了。

"我算了下，这两个月赚了六百万，相当于我不吃不喝，工作一百年！跟着咱们老师，相信再有一个月，我就能抵得上韩磊向天再借的五百年。"言罢，底下的人哄堂大笑，男人自己也露出了笑容，得意的笑。

另一个学员年轻得多，简单白T恤，板寸头，血气方刚地走上讲台。有了前者的铺垫，他的分享简洁明了多了，在大屏幕上登录交易账号，直言道："各位，这是我前两年的交易记录，不太懂，蒙头就进，亏了五十多万，家里鸡犬不宁的。"安臻一看，每一笔交易的成交清算额下面都跟着负号，直看得人触目惊心。

鼠标拉动，交易时间调到了今年，小年轻边滚时间轴，边说道："这是我来到研修班之后的交易，咱们老师的水平各位是有目共睹的，陈老师那就是中国巴菲特，我跟着做了一周，盈利不少，但是之前亏损的还被套着，我一咬牙，将房产抵押了出去，贷了一百多万，加了三倍杠杆。喏，你们看，不但之前的亏损都平掉了，还另外赚了八百多万，家里立马消停了，我正准备把读小学的儿子送出国深造，开阔视野，下一代的起点就高了。我说各位，相信咱们老师，再犹豫就真来不及了，这波儿机会抓不住，家里人都要怨恨你的……"之后，拿出一份报纸晃了晃，上面是某报评论员发表的《4000点才是A股牛市的开端》。

套娃们抻着脖子使劲瞧。那小伙子扬了扬报纸，情绪激昂地说道："各位，这个报纸是什么地位，大家都清楚的，多么明显的信号啊！抓紧机会，马上腾飞，迟了半步，后悔一生。"

学员分享后，陈老师如同顶着天使光环，走上了讲台。大家看他的眼光，都能够冒出金光，就差插上两排香烛，再拜上两拜了。

"二十年来，我坚持对流动财富进行深入的研究，总结出了最重要的财富规律。每个阶层都有每个阶层的逻辑，巨富的逻辑和我们没有关系，普通百姓暴富的路径是怎样的，这才是我们最需要关心的问题。

"对于我们所有在场的家人们来说，普通人能够实现财富快速增长的唯一通道，归根到底就是一条路：提前预判暴发行业，加大杠杆扩大收益。

"我来解释一下，财富增长通常会有三个通道：第一是提供劳动力，第二是提供技术，第三是承担风险。其中一和二看起来很有存在感，其实价值很低，除了极少数拥有核心技术的人员，其他人不想干随时可以被替换。真正有价值的是三，承担风险。通常财富分配是 1 ：2 ：7，劳动分 10%，技术分 20%，承担风险的人什么都不干，却能分走 70%。很多劳动者觉得这不公平，没什么不公平，这个社会的游戏规则就是这样设定的，因为绝大多数人都是风险厌恶者，敢于承担风险的人太稀少了。

"光能承担一点点风险还不够，那只能让你小富。想要暴富，那就需要暴富的强大心脏，必须具有加倍承担风险的承受能力。阿基米德说，给我一个杠杆，我能够撬动地球。这就是杠杆的力量！每一个白手起家赚到九位数以上的成功者，都是充分利用杠杆的高手，这是放之四海而皆准的真理。拒绝杠杆，财富这事儿就跟你没关系了。

"百分之九十九的普通人连豁出去拼一下的机会都没有，普通人够得着的杠杆路径通常极为稀少，你不可能去开矿，你不可能去投资互联网，你甚至根本都不懂比特币。所以，我们普通人，你想去冒风险的机会，你想去撬动杠杆的机会，都是极为难得的。

"当前，我们预期股市即将迎来一个暴发期。这一轮牛市，如果不涨到6000点，我觉得都对不起中国经济这些年高歌猛进的发展，对不起我们普通百姓为经济增长没日没夜的付出。

"现在有一条财富暴涨的通道放在我们眼前，就看我们有没有强大的心脏，加大杠杆，提前布局，争取在难得一遇的牛市中，改变我们的人生道路，实现自己的财富梦想！

"那些犹豫不决，缺乏主见，耳根发软，四处征求别人意见的人，永远只能做一个蝇营狗苟的贫困小民。在稍纵即逝的机会面前，只有具备洞察力、具有执行力、拥有胆量的极少数人，才配拥有暴富的机会。"

安臻听得入迷，同样是一个班里的人，别人都赚出几套房子的钱了，自己全部投入六十万的本金，除研修班的学费，才赚了三十来万，收益率都不抵人家一个零头，说到底，还是胆子小了，前期利好的机会，自己挤牙膏般地往里投，自然收益就不如别人的高举高打。

人生能有几回搏！她决定将盘活所有存量资本，全部投入到股市当中，相对于一年几个点的利息，股市收益就是鸡毛飞上天，完全不可等量齐观。

夜里，躺在床上的安臻辗转反侧，陈老师演讲结尾时，闪亮在电子屏上面直挺挺往上蹿的巨大红箭头，直将她的心死死勾住。股市大神们少说赚百万、多则赚上亿的事迹直让她眼红。在金钱面前，尤其是在唾手可得的金钱面前，哪里还有人能抵挡得住呢？

这个彻夜难眠的晚上，安臻下了一个最大的决心，她决定把房产抵押出去，换取一笔资金，加大杠杆放手一搏。相比股市收益，这点利息实在不算什么。按照老师指导下的计算分析，归还货款后所赚的钱，在市区再买一套房，都是轻而易举的。

股市就像是一个生鲜大卖场，除了坐地起价就地还钱的买卖双方，有腆肚巡回趾高气昂的管理者，有堂皇踱步四处乱窜的野猫，有躲在角落伺机而动的老鼠，也有漫天飞舞嗡嗡作响的飞蝇。每一个角色都随时准备着，聚集过来瓜分一块肥肉，或者叼走一点细碎边角料。

安臻刚流露出这个想法，已经有几个年轻人团团围了上来，阿姐阿姐地叫着，又拿包又递饮料，拿着一沓沓资料推荐着各种融资手段。三天时间，安臻来不及弄清楚各种情况就已经完成了抵押房子、额度到账、加上杠杆到全仓持有的流程。时间就是金钱，这个时候弄懂什么不重要，快速赚钱才是王道。一天差的不是一两万，可能是十万八万。

阿基米德说，给我一个杠杆，我能撬动地球。安臻没那么无聊，她要用杠杆去撬动日后的岁月安宁和他人的刮目相看。

第十二章

六月的上海渐已入夏，度过了冬眠与春困，时尚的女孩早已换上轻衫短裙，马路上一片青春亮丽的清新。商务楼的一个个窗口里，有人得意地挥斥方遒，有人低落着自艾自怜，有人在埋头勤勉苦干，有人则翘腿偷闲划水。一个个喜怒哀乐的人生故事在紧邻的窗口里，大同小异却又各自独立地演绎着。

前台的姑娘捧着一大束用紫色半透明亚光纸包扎着的香槟玫瑰走到了夏菡旁边，笑盈盈地递上去："夏经理，你的花儿。"

夏菡一愣，起身问道："我的？"

"是呀，快递刚刚送到的。"前台姑娘指了指系在花束丝带上面的信封。

"好的，谢谢啦。"夏菡接过花来，浅淡的花瓣上还滴着水珠，散发着细微的香气。

夏菡把鲜花随手放在办公桌上，拿起信封看了看。这是一个塑料卡片做成的透明信封，外面用一圈花纹纸围了腰封，腰封中间扎着一根金线，一个心形的纸片用一个细巧的金色回形针别在腰封上。夏菡将信封转了两圈，然后把它放在了边上，继续埋头在各类研报中。

中午吃过饭，夏菡给一家熟悉的咨询公司拨通了电话，落实了给世飞做管理规范的辅导工作。

"叮——"刚挂下电话，林蕴才发来了微信："花儿还喜欢吗？"

夏菡回道："很漂亮，谢谢了。"

"最近夏小姐工作忙吗？我手上有些投资方面的事情，想向你请教一下呢。下周是否有时间可以一起吃顿饭？"

夏菡犹豫了一会儿，回复道："真的没有值得你请教的东西，向你学习还差不多。下周的时间估计会比较繁忙，有时间我再联系你。"

"好的，那等你空一点。保持联系！"

这一天，夏菡陪同两位咨询公司的老师来到世飞，讨论企业的管理提升。管理老师从股权激励、组织架构、制度设计、业务模式、人事管理、业绩考核、薪酬设计等多个方面都做了一些介绍。

耿至行介绍了公司当前的大致情况，回答了老师提出的一系列问题，双方都专心地记录着。交流了一些意见后，他们一起来到生产现场。

绿色地面的大跨度车间里，最靠近办公区域的东面一侧是一个用钢丝网墙分隔的材料仓库。往西分成四个区域。在用黄色线条画出的区域里，一台台组装中的机械手整齐地排成一列，每台边上放着一个工具柜，两个工人配合着在组装。第二个区域是十来台在测试中的机械手，有规律地重复着一组复杂的动作，如果配上节奏，倒也有些机械舞蹈的韵律感。第三个区域放置着一些成品机器，一个过道分割后，最西边的一侧放置着一些数控加工机床，整体环境看上去干净整洁。

回到办公室，两位老师和公司里的团队成员也一一进行了交流，充分听取了他们各自的想法和意见。管理会议一直开到晚上九点钟，夏菡一边忙着笔记本电脑上的工作，一边旁听他们的会议。

会议结束，夏菡告辞道："忙了一天，大家都辛苦了。我们就回去了，耿总也该下班了吧？"

耿至行有点腼腆地笑了笑："我晚上就住在公司了，我这边有一个小休息室，可以休息的。"

夏菡笑道："耿总，你也得劳逸结合，不能天天睡办公室啊。"

"嗯，我知道的。"耿至行不好意思地回答。

"耿总住哪里呢？"夏菡好奇地问道。

"我之前是租在浦东的，公司搬到松江后，就临时住在办公室。因为工作也比较忙，拖着几年了，也没到外面租房子住。"

"呦，这样啊，那是真正以厂为家了。"

对于小公司的初创者来说，白天大多时候需要处理业务营销，客户往来，生产安排，突发事情，甚至员工矛盾等事务，只有在夜深人静的时候，才会有比较大段的时间，可以安静地坐在电脑前专心钻研技术上的突破。

这段时间耿至行的重心集中在程序完善上，而其中视觉识别的程序成了他特别棘手的一个难关，他已经为这一段程序埋头苦干三个多星期，在电脑中模拟了多遍，始终不太理想。

凌晨三点，工业园区偶尔传来当当的敲击声，在安静的夜幕中显得寂静深远。

耿至行在卫生间简单地洗漱了一下，拉开沙发床躺下，窗外已经有了早起鸟儿的鸣叫声。他憔悴而忧愁的脸庞，即便是在睡眠中，都显出眉头紧蹙的焦虑。

第二天吃过中饭，第一个样机设备已经准备好。程序安装后，初步的测试开始了。

运动的动作基本都算正常，他们对定位精度进行了测试。

耿至行盯着屏幕，一会儿，一个红点跳出了绿线外，并响起了"嘀"的一声。随着测试速度的提升，"嘀嘀"声越来越频繁了。这和他在电脑中模拟出来的结果基本吻合。

耿至行坐在调试设备的边上，根据测试反馈埋头在电脑里修改程序和参数，然后输入设备继续测试。快餐盒送到了设备边上，他们一边吃饭，还在一边继续讨论。

到了晚上十点，尽管有些改善，但离合格还有很大距离。耿至行让大家先回去休息，他回到办公室，把白天出现的种种问题，分门别类地列了个长长的清单。

明天需要开个专题技术分析会议，先查找原因，找到解决方案，进行修改后，才能继续测试。他把清单打印了十来份。

又是到了夜深时分，他安静地在电脑前坐了一会儿，思绪似乎飘到了遥远的地方。过了一会儿，他在 QQ 对话框里打了一行字，然后简单地洗漱了一下，沉沉地睡了下去。

股市近几日一改前段时间常胜将军的神气模样，有点萎靡，连跌了两天，红彤彤的一排阳线中冷不丁出现了两根韭菜一样绿的阴线，显得十分刺眼。

两根阴线直戳戳刺进了安臻的心窝。自从她加了三倍的杠杆，整日草木皆兵，用她老公的话说，成天恨不能把脑袋栽进显示屏里。研修班老师不慌不忙，连称暂时的下跌是补仓的好机会，还没进场的股民抓紧机会低位进场，持股的股民直接加到满仓。

安臻心想："对啊，总得给别人一个进场赚钱的机会不是。"她调整了自己的心态。开班以来，学员与老师之间已经搭起了坚实的桥梁，一次次的阴跌，都在老师预测的位置拉升，屡战告捷，每个学员对老师的话都是深信不疑，老师就是他们财富大道上的指路明灯。

第二天，不出所料，大盘冲高，老师推荐的五只股票在高点顺利会师，全部涨停。

又过去两个多星期了，耿至行的工作陷入了一个深深的泥潭之中，尽管经过了多轮修改，设备的机械和软件方面都做了一些新的调整，但测试的结果并不理想。

夏菡得知情况后，仔细询问了他当前遇到的困难。两天后，她打来电话，联系了一位专业领域里颇有建树的教授，约了耿至行去当面请教。

隔天午后，他们走进了久违的校园。这是一座百年校园，马路边树木成荫，相辉堂前绿草如茵。

四个小时后，从老师办公室出来，耿至行稍稍有些兴奋。长时间埋头苦干，就像走进了一个死胡同。老师的一席提点，让他从迷雾中看到了曙光。

"你帮了我这么大的忙，真的应该好好感谢你，要不我请你吃个饭吧。"耿至行抬头看了一眼夏菡，然后又回避地看着边上穿行而过的学生，"你看现在也到饭点了。"

"可以呀，"夏菡想了想，问道，"这里离安顺里不远，你有去过吗？"

"没有，其实我不太来市区。"耿至行不好意思地说。

"那我们就去安顺里吃饭吧，看看那边石库门老上海的样子。"

砖雕青瓦门头下，走进一个圆拱的门洞，在一排砖红色的房子前，有着一个狭长的天井，天井中撑着十来个遮阳伞，伞下是一个个方形的餐桌。阳光渐弱，餐厅服务员正一把把收起阳伞。

二人点了菜，夏菡问道："小耿会喝酒吗？少喝一点？"

"今天高兴，还真想喝一点，不过我一会儿还开车呢，不能喝酒。"

"我看你这段时间也挺辛苦的，精神也一直很紧绷，喝两杯放松一下也好，不行就叫代驾吧。"夏菡语气里透着些关切。

"那也好，今天也是咱们第一次一起吃饭，就少喝一点。"耿至行憨憨地笑着。

"你们日常业务当中应该也需要客户应酬的，你的酒量还好吧？"夏菡翻着酒单，问道。

"实不相瞒，工作上我们多是技术取胜，需要喝酒应酬的场合不多，大学时倒还喝多过几次，不过现在喝得少了。"

"所谓酒逢知己千杯少，现在是没有知己对饮吗？"夏菡笑着问道。

"不是，我感觉是酒量变小了。"耿至行实诚地回答。

"酒量也是气球，还能慢慢瘪下去？"夏菡调皮地笑了笑。

"是的啊，有时是能喝得多些，好像半斤八两白酒都能喝，有时喝两杯啤酒都会上头。"

"呵呵，小耿那是得淳于髡真传了。"夏菡合上酒单，说道。

"嗯嗯，是的，一石也醉，一斗也醉了。"耿至行突然放松了一些，哈哈笑了起来，突然感觉声音大了，急忙收小音量。

"看来，小耿想必也要不鸣则已，一鸣惊人啊。"

耿至行终于对着夏菡的眼睛笑了笑。夏菡不露痕迹地劝慰，让他长久以来一直处于焦虑紧张状态中的神情得到了一丝丝的调节。

两个人对话中相视一笑，心有灵犀般一点就透，倒有些老朋友重逢的感觉。

夏菡说的淳于髡饮酒故事，事出《史记·滑稽列传》。说的是春秋时期齐威王帐下一名臣子，名叫淳于髡。一日，淳于髡出使外国归来，齐威王在后宫办了酒席为他洗尘。酒宴中，威王问淳于髡酒量如何，淳于髡回答："臣喝一斗也醉，喝一石也醉。"威王说："喝一斗就醉了，怎么还能喝一石呢？"淳于髡回道："大王赏酒，执法官在左边，御史在右边，我心中惶恐，一斗就醉了。家里来了贵客，父上命我在旁陪酒，不时要起身祝寿，那么喝二斗就醉了。如果朋友故交突然相见，互诉别情，大概可以喝五六斗。如果是乡里集市盛会，男女杂坐，无拘无束，一边喝酒，一边玩着各种游戏，心中高兴，大概能喝到八斗。天色已晚，酒席将散，鞋子相叠，杯盘散乱，厅堂上的烛光熄灭了，主人留髡而送客，身边女子罗衫轻解，微微闻到一阵香气，这个时刻，我心里最快乐，能喝一石。"

齐威王听了哈哈大笑，深以为然。

时齐威王不勤政务，淳于髡借言相谏："国中有只大鸟，栖息在大殿之上，三年不飞不鸣，您知道这是为什么吗？"齐威王胸有大志，只是暂时消沉。他便回答道："此鸟不飞则已，一飞冲天；不鸣则已，一鸣惊人。"

夏菡借淳于髡的故事，舒解耿至行的焦虑不安，另外借"不鸣则已，一鸣惊人"的典故，鼓励耿至行未来可期，借古抒今，在耿至行听来，真如久旱甘霖，细雨无声。

两人一边吃饭，一边闲聊了一会儿，差不多要结束的时候，夏菡在手机里翻出一张照片，递到耿至行面前。

"你认识这个人吗？"

"哦？这个人看着有点眼熟……"耿至行皱着眉头，从脑海里过电影一样回忆着。

"不过实在想不起来了。"他想了一会儿，最后说道。

"你想不起来也是正常，"夏菡说，"这个人曾经在你车间里面干过三个月。不过只是一名装配操作工，所以你并不认识。"

"哦？这也有可能的，有些短时间入职的员工，如果没有特殊的事情，确实不会有太多交集。他怎么了？"

"这个人叫高健强，是高令岗的弟弟。"

"公司招新员工，老员工推荐亲戚或者朋友是有的。"耿至行顿了一下，"之后因为不合适辞退或本人离岗，也不意外。"

"高健强大学本科毕业，机械与自动化专业，他应聘去你们那里做装配工人，是不是有点大材小用啊？"

"确实也是，这个比较少见。"

"上次那批订单，后来有一家公司给你们客户提供了合格的设备，你应该记得吧？"夏菡问道。

"当然记得，我还说要好好感谢他们呢，就是因为他们及时交付，没有给客户造成大的损失，所以客户也就没有对我们追究违约赔偿责任。"

"那家公司我查了一下，高健强技术入股20%。"

"……"耿至行看着夏菡，心里隐隐觉得有些异常。

"我当前能了解到的情况就是这些了，有些事情，你不留意可能不知道。"

"你觉得这个人和这个事情，会有关联吗？"过了一会儿，夏菡问道。

耿至行看上去木讷迟钝，不过是因为他专注于技术工作，对其他事情不太留神，但他并不是真傻，他脑子里渐渐勾勒出这个事情最大的可能性。

"那需要他们一早得到订单信息的时候，就开始谋划，但这里还有一个关键……"耿至行有些迟疑。

"你是说这个人吧？"夏菡从手机里翻出另一张营业执照的照片，她点了点法人代表这个名字。

"对的。"耿至行点了点头

"这个人是高令岗的表哥。"

"噢，那就剩下最后一个问题了，我们为了开发这个设备，程序开发都花了一年多时间，多次测试修改，刚刚稳定下来……"

他忽然想起那天清早，他在技术部办公室看到高令岗匆匆离开的身影。

"如果要确认程序有没有被抄袭，你们有什么方法可以查证吗？"夏菡问道。

"肯定会有迹可循，"耿至行想了一会儿，"不过取证会很困难，对方如果已经做好准备的话，程序窗口肯定会做改动，程序灌装好会设置密码，禁止下载。这样就没法验对。"

"嗯，我有一个朋友，大概了解了一下这个事情的来龙去脉，其中人物关系都是事实清楚的，但其他的事情，也只是他的分析推测。"夏菡放下手机，停顿了一下继续说道，"高令岗的弟弟应该知道你们的产品比较赚钱，所以来你们公司三个月，其实就是偷师学艺。随后就找到其他公司合作做了一个同类产品，只是一直没有和你们正面竞争，所以你们都没留意。

"而高令岗的表哥，从你们公司设立不久，就开始做你们的零件供方，这个多少应该有高令岗的照顾在里面。

"你们刚开始洽谈韩总公司订单时，他们就知道了这个信息，也知道这个单子的毛利率很高，他们也到韩总公司去争取了。但韩总对他们不信任，最终你们取得了这个单子。他们大概不肯轻易放弃，利用其中一个关键零件是他表哥提供的这个关键节点，也许是重金利诱或者导以亲情，暗里给你们挖了一个陷阱，让你们没法及时交货。与此同时他们提前准备配件，并把你们那边调试的问题透露给了客户，最终反客为主，抢到了订单。"

"这个……这样……"耿至行涨红了脸，"应该不至于吧，高令岗一看就是忠厚老实的人，在很困难的时候来公司，我个人也给他帮了不少忙，他于情于理都不至于这样做的。"

"按常理说是这样。"夏菡看着耿至行，一个字一个字轻声地说着。

"如果程序是抄袭了你们的，你能想出办法来取证吗？"夏菡问道。

"让我想想。"耿至行沉默了好一会儿，他显然并不擅长处理这种难题。

"这个我不太清楚，我觉得取证难度很大。"过了好一会儿，耿至行有些气馁地说着。相对于单子和资金的损失，来自他所信任的身边人的背叛，更加让他难以接受，他实在不知道该如何面对。

"要不算了吧，一是取证难度确实很大。二是即便取证了，能不能成为有效证据也很难说。另外，知识产权的官司，真的太困难了，你也很难说这个程序一定是我们开发的，排除不了其他公司开发的可能性。"耿至行绞着双手说道。

"这个事情肯定有蹊跷，不过我觉得与其再浪费时间和精力纠结在这上面，不如抓紧把当前开发的这个产品做好，有技术优势，也不愁没有新的机会。"耿至行愤愤地说。

"当然，我们自己也要抓紧考虑程序加密的问题，可是我怎么也不太能相信高令岗会这样做，当时我给钱给时间帮助他完成成人学业，他几乎流着眼泪感谢我。"他补充说。

"我相信当时他也是发自内心的、真实的情感流露。但是在亲兄弟、大利益面前，又有几个人的人性能经受住考验呢？"夏菡细声说道。

"我真的很难相信，毕竟这个也是查无实证，会不会有些机缘巧合的情况呢？"

"真要核实，取证确实很困难，我建议我们委托个律师，让律师先做一些前期工作，根据律师的反馈，我们再做下一步的计划。你看可以吗？"

"好的，这样最好。"

"但是我们也要从此吸取教训，以后再涉及核心技术方面的内容，要及时加密处理。我今天把这个事情和你说一下，也是考虑新的产品进入到关键时期了，我们不要重蹈覆辙。"

"好的！"耿至行郑重地点了点头。

吃好饭，夏菡问道："小耿平时那么忙，也不会有时间闲逛，今天也算顺路，我带你看看夜色上海的市井风情？"

"好的啊。"耿至行还没从事情中回过神来，闷闷地说道。

夜色中的街道，马路上人们依然是行色匆匆，而安顺里的小弄堂，却在灯光下显得温暖而舒展，两个人边走边聊，夏菡看着两边红砖上的一个个窗口，聊起了小时候的故事。

"我们念小学时，都是家长早晚接送的。记得四年级的时候，爸爸对我说，以后要让我自己一个人上学，我很不开心了一阵子。还好我家到学校不远，基本上走路半个小时就到了，而经过的马路，除了门前的小弄堂，大多就像我们当前走的这些小马路。

"我记得爸爸为了让我认路，特意陪了我几趟，让我走在前面，到了我自己完全没有问题以后，才放心让我自己一个人回家。

"刚开始的时候，天天提心吊胆的，走在路上都很紧张，很长一段时间以后才慢慢适应下来，开始边走边玩。夏天的时候可以看看街边的小摊，冬天的时候可以抓一把窗台的积雪。不过最讨厌的就是梅雨天气了，基本上每天下雨，路上就会比较无聊，一个人穿着雨鞋，慢慢悠悠地往家里走。

"那时候看到下雨天别的小朋友都有家长接送，心里还是挺羡慕的。我也曾经问我父亲，为什么他不能来接我，他给我说了一段话，我至今记忆颇深。

"他说，他希望我能一个人面对外面的世界，学会独立自强，而在一个人面对世界时，最重要的是要明白一点：这个社会是多面的，既有善良的一面，也有罪恶的一面。绝不会因为善良就消灭了罪恶，也不会因为罪恶就泯灭了善良。

"他说，那些所谓的你善良，世界就善良的心灵鸡汤，害人不浅。人们始终要知道，你善良，并不能改变社会上恶的存在。就像光明和黑暗并存一样，这个社会也会一定客观存在着罪恶的。

"就像人类永远也战胜不了疾病。某种细菌或者病毒，人类短时间里控制了它，但它可能很快就产生了变异或变种，依然会威胁人们的健康。在人类发展的长河中，新的病毒也会不断地出现。人们和病菌病毒，更像是相生相克的存在。只要人的身体存活在地球上，疾病就始终存在。

"某种程度上，疾病的存在也许是促进人类健康的一种要素。如果没有了疾病，也许人类反而会失去活力。肥胖、懒惰这种社会性疾病，可能会更加泛滥。

"人类社会的罪恶，就像生物层面的病毒，很难根除。人性之初，本就是善恶兼有的。只不过善始终远远大于恶，所以能够不断地推进人类社会的发展。反之，如果恶大于善，那人类社会就倒退了。但是，就像边际函数，善良终究是有极限边界的，也许能努力扩大，无限接近，但永远不能成为全部。

"当你一个人面对世界，既要知道面对的大多数是好人，但也一定要记住，坏人一定是存在的。

"所以，既要做一个善良的人，也要做一个有提防心的人。"

说完这一大段话，夏菡转身看着耿至行，笑了笑。耿至行当然明白她话里的意思。

两个人边走边聊，夏菡继续说："大概是初二的时候，有一天放学，正是七八月的台风季，下着大雨，刮着大风，一个三十来岁的阿姨抱着一个小孩，在马路边焦急地拦出租车。那个阿姨一手抱着小孩，一手撑着伞，行动很不方便，那个伞被风一吹，就翻了个个儿。

"阿姨手忙脚乱把伞翻过面来时，已经有一多半撑不出来了，连小孩都遮不完整。我就把我的伞给了她，她千恩万谢地拿了伞，把她的伞给了我，让我多少遮着点雨。不过那个伞确实是不经用了，我紧紧扶着伞柄也就勉强遮住半个身子。

"当我正被风吹得狼狈不堪的时候，忽然头顶上多了一把大伞，抬眼一看，我爸爸正拿着一把大伞帮我撑着呢！

"我爸爸说，他正好办事路过，没想到凑巧就碰到我了，凑巧就帮我撑了伞。

"尽管一个人已经在这条路上走习惯了，也走过了很多雨天，但爸爸撑着伞，走在爸爸的身边、伞下，当时的感觉真的很温暖啊。

"到家门口时，妈妈已经开着门等我了。我放下书包，大声对妈妈说：'妈妈，今天太巧了，路上遇到爸爸了。还好遇到爸爸，否则我就惨了，肯定全身湿淋淋地变成小鸭子，我得游回来了。'

"妈妈笑笑看着我，赶紧帮我换衣服吹干头发。我边吹着边聊着：'你说，还真有这么巧，我今天把伞给了一个阿姨，自己撑了阿姨的半片雨伞，就碰到爸爸了。'

"妈妈有点心疼地看着我，犹豫了一会儿，说：'傻丫头，哪里有那么多巧合，自从你自己一个人上下学，其实是所有的每一天，爸爸都在你的身后看着你，陪着你呢。你走过的上学路有多长，你爸爸就走过它的一倍长。'"

说完这句话，夏菡安静了一会儿，似乎回到了那个年少女孩的成长光阴。

"你小的时候怎么样啊？有什么特别开心的事情吗？"两人沉默了一会儿，夏菡问道。

耿至行"嗯"了一声，迟疑了一会儿，有些局促地说道：

"我老家是一个特别偏远的山沟沟，父母从我记事起身体就不太好，家里真的是特别贫困。有一年，差不多就要辍学了，是我小学班主任一直帮我争取到各种扶持补助，我是靠着贫困补助一直上到高中的。

"多年以后我才知道，学校给的困难补助，并不足以支撑我的全部费用，我高中后的学习生活费用，大多数是我小学班主任暗中在帮助我。如果没有他，我最多上完初中，就肯定在家务农了。"耿至行带着一丝闷闷的声调。

"对不起。"夏菡原本想聊聊小时候的开心往事，宽慰一下重压下过于焦虑的他，没想到勾起他的伤心往事，一时不知该如何安慰。

"真的没想到，你小时候过得这么不容易。"夏菡轻声说道。

"尽管条件很艰苦，其实还是有些很开心的回忆的。"耿至行突然笑着说。

"是吗？"夏菡有些好奇。

"我父亲还在的时候，每年会在山地上种一大片的芍药，卖芍药根贴补点家用。每年五六月芍药花开的时候，爸爸种的那几片地，一大片一大片地开满芍药花，有红的、粉的、紫的、白的，每一株都不同，一大片一大片地盛开着。我最喜欢在那个时候，到芍药地里帮爸爸捉虫除草，穿行在芍药花丛里，感觉自己拥有了全世界，想要什么颜色的花就有什么颜色的花。"

"真的吗？"夏菡惊喜地问道，"你知道吗？我最喜欢的就是芍药花了，不过我只见过被剪好的一朵朵的芍药，可从来没见过长在地上一大片一大片的芍药呢，我都有些羡慕你了。"

"你喜欢？那有时间的话，我可以带你去我老家看看，在芍药花开的季节，大片的芍药花无法用任何言辞来描述那种美。"

"我一定去！想来也不容易啊，那么艰苦的生活里，你一个小孩，还会在意那几朵鲜花的美。"夏菡开心地笑了一下。

"也是苦中作乐吧，无论在外人看来多艰难，每个人总是会有自己的快乐，尽管这个快乐在别人看来是如此微不足道。"

"快乐源于内心，不过……想想也是挺开心的。"夏菡感叹着，即便是贫困人家，有父母关爱的小孩，总归还是会温暖一些。

"后来我父母都不在了，每年雨季，老房子年久失修，外面下暴雨的时候，房子里就会四处漏雨。我只能拿好多碗盘、水桶接雨水，半夜里还要经常起来，把接满的碗盘、水桶倒空，免得溢了出来。大概十来岁的时候，有一天，我把从山上挖的葛根晒干背去镇上卖。从镇上回来的时候，在路边捡到一大块很厚的塑料布，摊开有一个房子那么大，可把我高兴坏了，我把这块塑料布背回家，然后一个人爬到房子的上面，用木头，竹片绑好，把它铺在屋顶上。铺完以后，我就不怕下雨天了，可把我开心了很多天。

"每到下雨的晚上，听到屋顶沙沙的声音，屋子里又不漏雨，我听着就开心，甚至有点期望下雨天。可惜第二年有一次刮大风，整块塑料布都被风吹跑，我找回来的时候，已经被吹得破破烂烂不成样子了，我又伤心了好多天。"耿至行回忆起这些陈年往事，脸上表情就像一个小孩子，开心和难过都溢于言表。

夏菡看着耿至行说到开心时候的笑容，心里却格外难受。她实在难以想象一个十来岁的小孩，捡到一块塑料布能带来这么大的快乐，又为他的塑料布被风吹破而伤心不已。

耿至行默默地走着，没有再言语，夏菡也就不再多说什么。她之前能看出，眼前这个男人大体出身于平凡人家，却也没有想到如此贫寒。

泛黄的灯光透过梧桐树洒落下来，他松垮的衬衫下的身形有些单薄。影子落在青石路面上，人在其中，却又似乎游离于这个温暖安静的街道，显得孤独而又沧桑。

夏菡正在伤感的情绪中无法自拔，耿至行忽然抬起头看着她，脸上露出带着些孩子气的纯真的笑容："不过现在都好了，只要努力，我相信总会一天天好起来的。"

第十三章

这几天，股票行情高歌猛进，安臻全仓持有东庆建设，从三十元，一直冲高到四十多元，账户收益直蹿到了两百来万。她身边一同参加研修班的学友，也是纷纷告捷，每个人的收益额都是动辄百万计，最高的已经报到千万。这可是安臻之前想一下都不曾有过的。一辈子没有赚到过的财富，如今真真切切地躺在她的账户余额里。白天自是一遍遍地看上无数次，就连晚上做梦，都好几次笑出声来。

之前的几次操作，一般是涨到 10% 左右，老师就让抛掉了，讲究的是短平快，最近的行情，老师的指令却有些调整，让大家继续持有，冲高再抛。尽管安臻偶尔也会担心股票价格下跌，但是前面三次，每次神一般准确无误的预判和操作，已经让安臻无条件地绝对相信老师的指令了。

大盘已经站上了 5000 点，而消息面纷纷预测大盘至少涨到 6500 点，上涨的空间还不少。她盘算着，按一比三的杠杆，只要再上涨到 20%，就能多赚一百万，而按当前的势头，几天就一个涨停板上去了。她心里有些激动，也有些得意。既然大家都认准大盘要冲高到 6500 点，她哪怕在 6000 点出来，也足够赚上三百多万了。

她有些感慨，时代的发展真的是太快了。当今社会，各种机会层出不穷，只要自己有胆量，敢想敢干，赚钱的机会真的是比比皆是啊。想当年自己辛辛苦苦一个月，拿那几千的工资，放在银行里定期活期地周转，夫妻俩辛苦一年好不容易余个十万八万的。总算父母给了自己一些家产，自己又买了房子，日子还能将就着过，不过也仅是将就地过着，安臻想，别人是享受生活，我之前只算得上活着。

出国留学的潮流在上海兴起时，在加拿大的妹妹帮助下，儿子高中开始就远赴枫叶之国，开始了小留学生的生活。好在小孩争气，学习认真，吃穿用度也比较节俭。即便这样，一年下来花销也是颇见压力。

这些年上海的房价开始节节攀升，孩子毕业回国后总不能再和自己挤在一起，马上又面临成家置业的压力。

还好股市给了自己一个机会，她心里扬扬得意。多亏自己有这个学习能力，有这个眼光，有这个决心，有这个魄力。最重要的是，有这个运气！

这几天稍有闲暇，她就开始留意房产的信息。趁着这一波行情收益，能把小孩的房子准备好，那她就真正高枕无忧了。

她看了周边的房价，从她当年买到手的一万元一平方米，到现在已经三万多了，而且涨势不减。尽管政府一直在强调调控房价，但房价更像是一只坚挺的股票，偶尔盘整几天，或者下调一点，刚给人一点点回落的希望，结果又是一波大涨的行情，把前面那点盘整的量，全部吃得渣也不见。

这天傍晚，老钱下班推开家门，看见安臻拿着一沓楼书左翻右找地看着。老钱有些疑惑，看了两眼，问道："看啥呢，介认真。"

安臻晃了晃手里印刷精美的楼书，说道："老钱，再过一年毛毛就毕业回国了，马上就要结婚生子，现在这个年代，媳妇哪个愿意和公婆住在一起？我想了想，无论如何，咱们总要努力一把，给小孩的房子安顿好，那就没什么需要操心的了。"

"是这个事情，只是现在房价这么高了，阿拉哪里买得起，只好让小孩自己好好努力，自己给自己买了。"

"小孩刚毕业，能拿到多少工资？我了解过了，现在不像过去，小青年刚毕业，工资都高不到哪里去。可是房价一年年在涨，我怕等到他想买的时候，更加难买了。"

"房价总归不能一直涨上去吧？成本放在这里，地皮、建筑材料，天天涨上去，啥人买得起？没人买，价格自然就下来了。"

"那是你的想法，只怕买得起的人不要太多，我看每次新楼开盘，都是排队排着买，不到售楼中心，我都不知道有钞票的人这么多。"

"我也是搞不懂，估计有些是自家的托，大家把房价托上去了。"

"那哪能办？人家托上去了，你还得买，迟买不如早买。"

"话是这么讲，只是阿拉哪里有介许多钞票。"

安臻前段时间一直没给老钱看她的股票账户，心里已经憋得不行了。就像小女孩手里拿着一个限量版的芭比娃娃，一众的小朋友都没有，只有她一个人有，却苦苦地守着不能告诉别人，不能在别人羡慕的眼光里找点骄傲，心里就像几十只蚂蚁在爬一样瘙痒难受。

她想也该到了自己一鸣惊人的时候啦，便将账户收益截图发给了老钱。

老钱直瞪大了眼睛，心里默数了一遍又一遍，有点不敢相信这是真的，结结巴巴说道："老婆，你……我说你天天神神叨叨边看电视边写写算算干什么呢……这么多！咱俩一辈子也没挣上这么多钱啊……"咂了几下嘴，又来来回回将图片放大看了又看，不住地自言自语，"这么多，结棍了……"

"看你这个没见过世面的，这个有什么！看你这个小家派气的。"安臻白了他两眼，摆出一副股市大佬应有的姿态。

老钱突然想起来什么，问道：

"哎，老婆，你这是多少本钱，怎么能涨出这么多来？"

安臻瞟了他一眼，不屑地说道："怎么，你管这么多做什么？舍不得孩子套不住狼，我不下点血本，哪里能赚几个钱？我跟你讲，人家本金大的，赚出好几千万的都不少，瞧你这没见过世面的样子。"

说罢，她又半嗔半喜地说道："我跟你讲，我不是瞎胡闹去炒股的，我都有大专家指导的，他们都有内幕消息，要不哪里有这么好的机会。"

"那现在涨这么多了，要不早点卖掉吧，落袋为安啊，别到时候又跌了。"

"看你这个出息！不赚的时候怕，赚的时候也是怕，你这种人就不适合做投资！心态太差。"

"要不要问问妹夫，他不是财经记者吗？会不会消息灵通点？"老钱问道。

"哎呀呀呀，你就别提嘉会了，当初我问过他两次，每次都是叫我不要去碰股票，如果当初听他的，那我才后悔呢。我看他说起来什么都懂，但其实啥也不懂，他这个财经记者，只好算个念经记者，不去当和尚可惜他了。"安臻一迭声地说道。

"不提他了。我一个姐妹最近也在看房子，听说三林那边有很多楼盘都不错，尽管远一点，但是环境好，中环周边的楼盘价格也比较实惠，毛毛学的是经济学，说不定以后就在陆家嘴那边上班了，也还方便。如果以后需要换房子，把这个房子卖了再买一套也可以。我姐妹看中了一个楼盘，过两天预售，咱赶紧瞧瞧去？遇到合适的先定下来，新楼盘很抢手的！"安臻继续说道。

"好啊，有合适的咱给他首付多交一点，这样毛毛之后过日子就松快多啦！老婆，侬真结棍啊，呵呵。"老钱开心地笑了笑，又担心地问道，"股票不卖掉，真的不会有事体吧？"

"侬放心！我自己有分寸的。"

两人聊了个热火朝天，安臻说："他爸，今晚咱们出去吃吧，你也辛苦一天了，别忙活啦！"

"哎呀，我菜都买好了，我来烧，很快的。"

"看你这个出息，走，我请客，今天也犒劳你。"陆家嘴股市女神安臻显出三分财大气粗的豪气。

"好，好，依你，你想吃什么呀？"

"小绍兴！上海老字号饭店，哎呀，上次还是朋友家里小孩升学宴才去吃过一回，多少年没去吃了，里面的三黄鸡是真好吃啊。"

二人肩并肩地下了楼。中年夫妻的感情，有时候就如空气，无声无息无感，却又无处不在。

申江财经周刊是一家深度剖析财经资讯的期刊。全社不过二十多个人，只有五个编辑，十来个记者。

下午六点，其他人都已经下班，只有姜茗和陈嘉会坐在办公桌前，轻声地讨论着。姜茗追踪的那几只异动的股票，陈嘉会总感觉似曾相识。

"陈老师，您看，暴雪科技、东海生物、东庆建设三只股票，基本上都是快速上涨、横盘、稍许下跌，然后又快速上涨冲上一个新高、横盘，再一次少量下跌，然后又一次冲高。基本上每次横盘后，都会有一些较大的交易量。

"但是，最令人吃惊的是，我跟踪过几次炒股班，发现那几个老师针对这几只股的预测都非常精准，每个节点的抛出或者购入，都是踩在点子上，只是这样频繁地进出有什么意义吗？

"也就是说，把百分之一百的上涨，让学员分成四五段进进出出的，有什么意思呢？一直放着不也行吗？"

陈嘉会盯着这三只股票几个月的波动情况，一动不动地坐着，也不说什么话，仿佛没有听到姜茗在说什么。

"陈老师？"姜茗见陈嘉会一直没有反应，叫了一声。

"嗯。"陈嘉会头也不抬，低声哼了一声。

"你不觉得莫名其妙吗？这不是脱裤子……嗯……那个……多此一举吗？"姜茗说完，有点不好意思，难为情地笑了一下。

"你就别去跟踪这几只股票了。"陈嘉会突然说。

"为什么？"姜茗疑惑地问道。

"别问这么多为什么，你去跟踪一下这个事情吧。"陈嘉会把一沓资料交给她。

姜茗接过资料，一脸疑惑地一页页翻着。

陈嘉会手中的笔，轻轻敲打着桌面，目光久久地停留在东海生物股票的 K 线图上，陷入了沉思。

这只股票原本名称是连港医药，是去年股东整合后更新的名字。而连港医药这个名字，却像刀子一样刻在陈嘉会的心里。

他宁愿一辈子都不接触这只股票，甚至整个报社都不愿意提及这只股票。

他的脑海里清晰地浮现出一个年轻、阳光、高大的男孩的样子。那是陈嘉会携带妻女自加拿大回国后，按照报社的要求，"新老帮带"所带的第一个徒弟。

当总编把男孩带到他面前时，男孩一脸灿烂的笑容让他记忆深刻。

刚上班，男孩几乎每天都是最早到达报社。一到就开始打理办公室里的花草，整理公共区域的卫生，还会给陈嘉会泡上一杯茶。一见到陈嘉会，他都是一声声"老师"地叫着，因为是校友，在陈嘉会的要求下，改称"师哥"，而陈嘉会也就叫他师弟了。

一到上班的时间点，男孩就开始搜集财经素材，研究公司财报，留心各种论坛，每天忙得不亦乐乎。没过多久，他的注意力就集中在一只神股上。

这只原本众人眼中的垃圾股，股价在三个月的时间里狂飙百分之五百，然而研判公司年报，却实在找不出这只股票涨幅如此之高的理由。

男孩把很大的一部分精力放在了跟踪研究这家上市公司上面，多次向他请教大到宏观经济、国际贸易，小到行业同期、财务报表等问题。陈嘉会是宏观经济学博士出身，在他的认知里，一个经济学家所要关心的是研究解读国家经济计划、区域城市发展、关注百姓民生的问题。而对所谓的证券交易的内幕调查，他是满心不屑的。

那不是真正的经济，他不太愿意耗费精力在这种逻辑清楚却查无实证的事情上。

再说，查出真相又怎么样呢？大多数的情况是，这种报道被按住不发。不过终究拗不过师弟的热情，他还是跟着多操了些闲心。

那时候，他的师弟就坐在对面的办公桌。如今，他面前的办公桌已经空了两年了。所有人都有意无意地回避坐那个位置。直到实习记者姜茗前来报到，再一次坐到他的面前。

作为财经社主任编辑，如果不是陈嘉会最后同意了他师弟去调查这只股票，也许他就不会因为这个调研出差。如果不去那里出差，也许他就不会出那次车祸吧。

一想到这里，他内心依然万分愧疚。

他还清晰地记得，他师弟刚来没多久，新闻报道了一个重大安全生产事故。深度调查记者通过重重关卡，揭露了事故责任方为了掩盖真相，隐瞒真实信息，使事故遇险人员错失了最佳救援机会。他瞪着一双充满疑问的眼睛，那是他完全无法理解的人性的恶劣。

陈嘉会不知道该怎样给他解释社会这个大学堂里可能的复

杂性和多面性，他不知道告诉一个年轻人某些残酷的真相，是对他的打击，还是对他的保护。

陈嘉会最后笑了笑，对他说："你啊，应该做个公务员。社会有凶险，但只要不接触，对你而言就是另外一个世界。放眼全球，贫困、饥饿、空难、恐袭，无时无刻不在发生，只是离我们遥远，我们就没有切身之痛。其实真实的苦难、灾难、罪恶，每天都在发生。绝大多数人都只生活在半径五公里的圈子里，不过有些人多一两个圈子而已。绝大多数人的认知不足这个世界的百分之一。"

"所以，如果能够不接触圈子外的百分之九十九，其实可以算是人生的幸运。"陈嘉会最后说。

然而，一语成谶。他师弟最终没有机会接触那百分之九十九，不是因为圈子单纯，而是时间太短。他刚要迈进未知世界的大门，生命却停顿在这个门槛前。

他叹了口气。明天和意外不知道哪个会先到来。这就是人生吧。

"你把资料带回去吧，晚上有时间就看看，没时间也不着急。"

"哦。"姜茗不情愿地应了一声，去收拾她摊在桌上的资料。

"这些你先放着。"陈嘉会说道。

"好吧。"姜茗有些不太开心。这不是摆老资格吗？我辛辛苦苦收集整理打印的资料，是不是就可以成为他自己的素材了？

姜茗走后，陈嘉会打开电脑，翻看了当年那一只股票的每日走向。这确实是一个神乎其神的股价走向。冲高到无可企及，惨摔得无以复加。

他摇了摇头，把姜茗给他的一沓资料收拢了一下，摞整齐后，拉开抽屉把资料放了进去。

　　他刚想关上抽屉，突然又停了下来。他看着躺在桌子里的那一张工位牌，拿了出来，仔细地端详了一会儿。两年来，这个工位牌一直安安静静地放在对面的桌子上，陈嘉会每周都会把它擦拭干净。直到姜茗进来的前一天，他才把它收了起来。

　　工位牌上，一张一寸的照片里，一个阳光帅气的男孩精神昂扬地笑着。

　　下面用钢笔写着三个有力的文字：武初阳。

　　他的手拿着工位牌，停顿在空中，叹息了一声，把牌子放了回去，关上抽屉。

第十四章

　　第二天一早，姜茗抱着一堆资料走进办公室，她的眼睛布满红血丝。

　　"这些资料我都看完了，我也把自己的报告做出来了，请您看看。"

　　陈嘉会看着厚厚的一摞资料，一脸狐疑地看着她："怎么这么快？"

　　"是的，后续需要我跟进补充的，您尽管吩咐。"她顶着两个黑眼圈，语气还有些愤愤不平。

　　"你一晚没睡吗？怎么了，要这么拼？"

　　"把您安排我的事情做完，我才可以做我自己想做的事情啊。"姜茗带着点意气说道。

　　陈嘉会看着姜茗，有些出神，他的眉心微微地隆起一个川字，不知道脑子里在想些什么。突然，他把抽屉拉开，把姜茗的资料全部拿了出来，摊开在桌子上，仔仔细细地一页一页翻了起来。姜茗有些疑惑地看着他，不知道他葫芦里卖的是什么药。

　　过了一个小时，他拿起电话，走到了走廊上。

　　"兄弟，你能帮我查一下这个东庆建设、东海生物、暴雪科技、方宏发展、环球股份五只股票的背后股东的股权结构关系吗？"

回到办公室，他对姜茗说："这样吧，你有兴趣就继续跟踪着。不过有任何动向，一定要随时和我沟通，明白吗？"

"真的？好啊！"姜茗开心地笑了一下，两个黑眼圈都活泼了起来。

"这是武初阳当年没有完成的工作，就算是为了他的工作吧。"陈嘉会心想，"也可以告慰他的一番心血。"陈嘉会给了自己一个决定。

过了几天，朋友打来电话回复，五个上市公司在公开资料里可以查到有两只的控股方是有关联关系，但有理由怀疑，这五家公司背后的实际控制人，极有可能是一致行动人。

尽管这些公司的注册地分散在全国各大城市，但其中最核心的两个公司的注册地，在西南某省一个偏僻的小城——东庆市。

这家公司正是武初阳当年做了大量调研的对象。他至今还记得武初阳来找他讨论时，那本写得密密麻麻的工作笔记，全是对这家公司的背景调查信息。

而东庆市，正是武初阳出了车祸的城市。

不知道那本笔记本，还记录着当年多少调查信息呢？能不能为眼下的调查提供一点基础呢？如果能从武初阳的前期成果开始，也算是他的工作得到了延续吧。陈嘉会思索着。

那是他曾经倾注热情却最终未竟的工作，也是他因公殉职的原始起因。尽管陈嘉会心里为他觉得有些不值，但事已至此，对于陈嘉会来说，延续他生前未竟的工作，毕竟有了另外一番意义。

武初阳工作期间，随时都会带着那个笔记本，他的笔记本现在一定是由他的家人保管着。

陈嘉会找到武父的信息，资料不太完整，打了几番电话，也没联系上本人。他决定驱车前往他的工作单位。

这是上海最繁忙的货运港口，全球货运吞吐量最大的港口之一——洋山深水港。武初阳的父亲是一位吊车调度师傅。陈嘉会开车来到了洋山港，港口车辆往来繁忙，一艘艘巨大的货船山一般地停靠在码头，等待着货物的装卸。

武初阳的父亲沉默了良久。

这是一位头发花白、脸色苍老的父亲。聊起往事，两眼都是失却未来的暗淡，陈嘉会的到来勾起了他最不愿触及的伤心往事。他双手默默地握住一个保温杯一动不动，既不喝，也不放下。

"没有你说的那个笔记本，也没有多少其他的东西。小阳出事以后，我到东庆处理后事，当地警方移交给我的只是身上佩戴的一些东西。他宾馆房间里也只有简单的随身衣物和洗漱用品，没见到其他什么东西。

"所有的遗物都放在一个旅行箱里。这个箱子带回上海以后，我就再也没有打开过。"

"我能去看一下那个箱子吗？"陈嘉会问。

"好的，那你在礼拜天到我家里来吧。"

周日，陈嘉会来到武家所在的小区。这是一个 2000 年左右开发的小区，小区的外立面是欧式的风格，外观看上去是一个装潢精细的小区，不过小区内部显示了当初设计预估的不足，停车位置颇为紧张，道路边、花坛边、垃圾房门口都被车子占据得满满当当。

进门后，武父打开一个小房间，房间里一尘不染，地板、窗帘、书本、台式电脑和显示器都干干净净的，床上用品整齐得几乎没有皱褶。一眼看上去就是久未居住的房间，又似乎在随时等着它的主人归来。

武父打开箱子，里面用塑料袋一包一包地包裹着一些衣服和洗漱用品。陈嘉会一件一件地打开。

没有笔记本，没有电脑，没有录音笔，没有 U 盘，甚至连电脑的数据线、电源线都没有。

武初阳的父亲说，当地的警方告诉他，可能有些东西在出事故的时候散落在水里，水流湍急，不知道冲到哪里去了，没法打捞。

陈嘉会默默地看着初阳的父亲一件一件地拿出这些东西，然后又一件一件地放回塑料袋，默默地合上了旅行箱。把箱子扣好后，他双手把它放进一个柜子当中，然后仔仔细细地把它摆得平平整整。

楼盘预售当天，安臻夫妻二人一大早便来到售楼处，还没进门远远地就被里三层外三层的队伍镇住了。保安大声地维持着秩序，临时搭建的铁栏杆弯弯绕绕地拐出个九曲十八弯。里面的人顶着太阳不时地踮起足尖向前张望。工作人员给每一个进门的人分发着资料，然后快速地交代着："注意听叫号！叫号三次没有回应就过号了，过号就要重新排队！叫到号后先进大门沙盘那里选房，选房时间只限六十分钟，选好房然后就去边上二号门销售部签预售合同，签合同时间二十分钟，签好合同就去三号门财务室交定金，交定金时间十分钟！"

大厅内人声鼎沸，显示屏上显示着几个号码，广播里不断地重复着叫号的催促声，而叫号显示屏的另一侧，一个更大的显示屏不断地刷新着信息："21 号楼 1201 室已售，12 号楼 501 室已售，15 号楼 102 室已售。"气氛紧张得犹如诺亚方舟的最后名额，或者五百万的彩票免费发放。每个人都如同站在那个赔率最高不断爆出高额奖金的赌博机前一样，谁轮到，谁就中个大奖，而人多粥少，机会有限。安臻夫妻被队伍推得晕头转向。

排了一个多小时，队伍也没有往前挪动多少，安臻已经紧张得两手发汗，本来只是来看一下楼盘的，但此时已经变成下定决心排除万难，不拿下誓不为人了。

"靠前的号码要伐？"一个瘦高的中年男子走到安臻的身边，压低着声音问道。

"多少号？"安臻急切地问道。上海滩真的是蛇鼠混杂，就连黄牛也是无孔不入，安臻心里念叨着。

"声音轻点！"黄牛急促地说，"别让伊拉听到了。"

"噢，"安臻也紧张起来，她转身看了看，还好没有工作人员在边上。

"260 号，前面还有 40 号就到了，要不要？不要我就走了。"

"要的要的，给我。"安臻急切地说道。

"五百块。"那精瘦的黄牛瞪着两个白多黑少的黄牛眼珠，斜斜地盯着安臻，他那个长长扁扁的头颅，又斜斜地伸在竹竿一样的身体上，一件略显宽大的西装，不合时宜地穿在这个稍显闷热的天气中。

"太贵了吧？五百块！"安臻急促地反驳着。

"阿拉昨日子夜里厢就开始排队了，依看值不值！依排了叠个位置，也不用排了，肯定没有房子了，侬放心好了，侬否要，人家急了会要的。房子到手，过两年几百万也出来了，侬还要在乎五百块？"

"便宜点嘛。"

"好吧好吧，看侬个阿姐还投缘来希啊，就便宜眼八侬吧，四百块，要就要，伐要我就走了。"

"要了要了。"安臻咬了咬牙，看这阵仗，别说四百块，大概四千块都会抢手。

过了两个小时，终于叫到了安臻的号码，仿佛是得到了大功领赏，安臻夫妻俩兴冲冲地走进了大门。

迎面而来一个二十多岁的小姑娘，一身职业装干净利落。

小姑娘大概已经忙累了，给不出一个职业的笑容，径直核对了他们的号码，然后就把他们领到了沙盘前面。

"现在就是这个楼还有4层、18层、24层的，这个楼只有1层和26层顶层的，这个楼还有5层、10层和14层的，还有这个和这个楼。只有这五个楼里面还有房子了，其他都卖掉了。"

安臻瞪大了眼睛，这么大一个楼盘，这么快就被卖得只剩这么几套房子了？

"只剩这么几套了？怎么卖得这么快啊？"安臻有些焦躁。

"你也知道的啊，谁家没个三亲四戚的，老板朋友、关系户，有些是提前就买了的，真正放到公开发售，本来就没有多少套了。

"你们要快点，你看他们也都在选，他们选了，你们就没有了。"销售指了指旁边在选房的几群其他客人。

留给安臻他们的时间并不多，排除了底楼和顶楼，安臻也排除了一两个不太喜欢的数字楼层，他们夫妻甚至都没有去房子里面看过，就像被流水线上赶着走的鸭子，匆匆走完了选房、签约、十万定金支付的流程。

十天里面要交付首付，安臻在回去的地铁上就没有闲着，仔细地排算着时间。按现在的市值，她把所有股票抛掉，应该是够房子30%首付并还掉融资借款。但这样的话每个月的还贷差不多需要一万五千元。如果股市像老师预期一样涨到6000多点，按当前的股票数，她能差不多多赚一百多万，房子首付可以付到50%，这样的话，孩子以后还贷的压力会小很多。

安臻心里十分焦急，是马上抛掉还是再等一等呢？老师的意见很明确，但股票的钱，确实是落袋为安啊。

"喝口水吧。"安臻老公看她长时间凝神不语，关切地说道。

"喝啥喝，不渴。"安臻情绪有些焦躁。

她一边说，一边给老师发信息，她也想听听老师的意见。

"我的意见已经很明确了，在群里给大家讲过，大家要有信心！人生没有几次这样的机会，能不能抓住就看大家各自的修为了！"老师的回复简短直白。

"要不还是把股票早点抛掉？把钱拿出来，放心。"安臻老公试探着问道。

安臻原本还在犹豫，被他一问，反而激起了安臻独立决断的念头。她随着老公一直过的是小富即安的日子，多年以来也没有什么波澜。工作后一直也是一个普普通通的角色，在单位里都是服从的配角。只有在家里，她多少能有个否定别人、自我决断的领导机会。

"老师都讲了，要有信心！老师指导买进卖出了这么多场，场场都是赚的，不管多少，都是赚的！这两天上涨势头还猛，我们再持有几天，到了交首付前两天，抛掉就好了！时间就是金钱！掐准时间才是高手！懂伐？"

第十五章

"高总，你们这也太不争气了。作为技改项目，我们有心理准备，可能需要一些时间来稳定，但都过去几个月了，设备运行不但没有稳定下来，精度还有下滑的趋势，你让我说什么好！"韩总拿着电话压着怒气说道，"之前你们说设备需要磨合，现在磨合这么久了，机器故障率直线上升，产品的合格率明显下降，生产部门不断投诉，总经理办公会议都讨论过好几次了。你这让我怎么向总经理交代？"

这段时间高令岗的心情十分焦躁。

他是世飞早期的员工，初创没多久就加入公司，算下来至今已经三年了。他高中时成绩还不错，然而高三那年母亲病故，欠了一大堆的医疗费用，仅差一岁的弟弟正读高二。家里的条件已经支撑不起两个小孩读书，他没有多少犹豫就放弃了高考，高中毕业就来到上海。

刚到上海时，他做过小工，干过钣金，钉过木箱，搬过砖头。因为没有技术，经验不足，工资低还常被克扣。而弟弟的学费，看病的外债，处处都等着用钱。父亲只是一个普通的农民，没念过几天书，埋头在一亩三分地，除了能解决一点温饱，基本上刨不出什么现金。

在世飞工作期间，耿总对他的态度比对其他人更为关心一些，同时给了他毫无保留的信任和支持。他报了成人高校，上课时间都是按照正常上班考勤，连学费也全额给予了报销。

由于技术上的优势，世飞规模慢慢扩大，他从一个装配工人，逐步成长为生产主管，承担起生产制造和外协配件管理的工作。

他的表哥何智，初到上海时，在一家机械公司操作数控机床。由于世飞发外加工的零配件逐渐增加，他表哥和他一合计，就通过融资租赁的方式，购买了一些机器，承揽起一些加工件的生意。因为有世飞的单子铺底，表哥的生意很快稳定了。

随着弟弟大学毕业，他身上的担子也轻了下来，家庭的生活状态都在慢慢改善。过个三四年，家里的债务也就可以还清了。

弟弟大四就开始实习，听说世飞效益不错，就和哥哥商量到世飞上班。高令岗有些犹豫，觉得管理不便，不过世飞正值扩大生产，需要人手，高令岗就让弟弟先到车间实习。同时再三告诫，不能公开兄弟关系，免得别人猜疑。

然而弟弟没待多久，试用期刚满就离职，跳槽到了另外一家产品相仿的公司。

他弟弟没有说明的是，利用偷偷带走的图纸，这家公司马上开始仿造世飞的产品，直到弟弟多次向他询问一些产品制造的技术问题，在他的再三盘问下，弟弟才吐露了实情。

刚听到这个消息时，高令岗十分恼怒，兄弟俩起了争执。弟弟这样做，等于把他卖了，说起来太不仗义。然而弟弟理直气壮："我们不去做，难道别人也不做？让别人把钱赚了，不如我们自己赚了。"他也想不出辩驳的理由。

两人争执一番，在何智的劝说下，也不再多说什么。再说事已至此，多说也改变不了，他也就只能在力所能及的范围里，给予一些经验方面的指导。

然而，事情的发展并没有停留在他所预料的位置，这次世飞新开发的项目获得成功，由于技术新颖，效率提升明显，利润明显高于一般产品，争取到了一个比较大的客户。

这个设备其中一些配件，就是外发何智加工的，在他交代工作时，再三强调一定要保证质量，并对其中一个关键部件提出了保证方案，要求多做百分之三十，从中选择合格配件，以保证最终产品。

高令岗无意中透露了产品高利润的信息，通过何智之口又传到了他弟弟的耳中，高健强随即和他们老板做了交易，以取得 20% 技术股权的条件，协助拿到订单，做出产品。

经过长时间的谋划，高健强和何智最终决定在最后交货期限，把最关键的配件以不合格品交付给世飞，而他们提前准备所有配件，准备在客户急需的时候抢夺订单。

计划天衣无缝。

直到配件交付时，在高令岗的再三责问下，何智才吞吞吐吐地说："你还是去问你弟弟吧。"

当他怒气冲冲地责问高健强时，才全盘了解到事情的真相。高令岗责问为什么不提前告知，他弟弟的回复简单干脆："不是不想让你为难吗？"

"那你还是为我着想了？"高令岗生气地反问。而更让人愤怒的是，他弟弟提出，现在万事俱备，只欠东风，而这个东风就是控制程序。

"你不会想让我帮你拷贝程序吧？"高令岗脸色铁青地问道。

"是啊，现在没有办法了，我们各种配件，投了差不多百把万了，我积的那点工资，也全部放进去了，不成功便成仁，我没有退路。"

"怎么可能，我怎么可能去拷贝程序，这就是偷盗了！你们想什么呢？我对得起世飞吗？"高令岗责问道。

"哥哥，你想，这个社会，什么最重要？还不是钱吗？母亲生病这么多年，如果有钱，早就发现，早就医好了，哪里还欠着一屁股债！你再努力，又能拿多少工资呢？这一单做成，我至少能分到三十万，可以抵你两年的工资了吧？这边做好了，就自己做老板了，还要在外面打工？家里老父亲面朝黄土背朝天，一天天起早摸黑，一年到头省吃俭用，存不下三两万元，现在有机会一下子赚三十万，让父亲可以好好休息一下，你觉得可以不赚？你不担心父亲这样操劳，过几年也重病缠身，卧病在床吗？"

高令岗无言以对，脑海里浮现的是毕业考后，其他同学都在紧张地准备高考，他却在教室里一本本地收拾书本准备离开，那时那景，现在回想起来还有一股苦楚涌上心头。

万般无奈之下，他决定把世飞最新的程序拷贝给弟弟，而那天早上匆忙从技术部出来的时候，还和耿总打了个照面。

那几天他内心十分紧张，生怕被耿总发现。然后两周过去，也没看到耿至行有什么猜疑。甚至被抢了订单，他也没有往其他方面猜想。高令岗才慢慢放松了心情。

没有料到的是，由于仓促上马，产品成熟度差，过程控制、技术储备、工艺水平都有所欠缺，高健强厂子生产出来的设备初期尚可应对生产，但随着磨损加剧，很快就出现了精度不达标的问题。

而合同文本对产品质量的追责条款滴水不漏，他们马上面临世飞曾经面对的问题。

如果不能在三个月内解决问题，他们就会被追责，这无疑也是一场巨大的灾难。

高健强办公室里，三人关上门，对着电脑屏幕上的图纸，一张张地研究着。

"世飞以前出现过类似的问题吗？"高健强摸着下巴问道。

"小试产品测试了三四个月，没有过同样问题。"高令岗不假思索地回应。

"我原模原样按照你交给我的图纸做的啊，怎么会这样？阿智，是不是你加工的配件出了问题？"

"不可能，我这边的配件有问题的话，早就出问题了。"何智连忙摆脱自己的责任。

"也是……哥，会不会图纸上有什么遗漏，或者有些技术要求没有写完整？"高健强想了一会儿，声音有点低沉，看向高令岗。

"图纸是你偷偷带出来的，我怎么知道？后来我补给你的也没几张，既然都给你了，还有给一半掖一半的道理？你们把事情搞得这么大，世飞差点破产了，我没怪你就罢了，你还怀疑到我头上？"高令岗气冲冲地说道。

"好了好了，都消消气，自己人怎么还较上劲了？眼下先想办法抓紧解决问题。"何智见气氛越发紧张，忙打圆场，"令岗，以你的经验看，为什么会出现精度下降呢？"

"估计一些细节没有理解透彻，也有可能哪个部件热处理没有达标，还有可能是标准件质量问题。制造环节层层相扣，做好一个产品，需要每一个环节都做对。做坏一个产品，只需要一个环节做错。"高令岗将脸拧到一边，不去看高健强。

"那这个问题，你能解决吗？"见高令岗不出声，何智试探性地问道。

"没这么容易。设备是耿至行领导技术团队研发的，我只是按图纸装配，一些地方我也不是完全理解。我没那个水平，健强有这个水平，让他自己试试。"高令岗没好气地回答。

"你跟我们置什么气？我不是没办法了吗？再说，我是为自己吗？我还不是为家里，也为了大家！"高健强说，"如果这个问题解决不好的话，你，我，表哥，我们三个人竹篮打水，一分钱分不到不说，我投进公司的那一笔钱肯定拿不回来了，还要再背一大笔债。家里本来就欠一屁股债，现在是雪上加霜了！"

　　"总之，我解决不掉，我先走了。"高令岗丢下一句话就走了出去，三人不欢而散。

第十六章

　　番禺路两侧，满满的都是民国故事。这里曾经聚集着哥伦比亚乡村俱乐部、海军俱乐部，是旅沪美侨集会的娱乐场所。那一个白色圆柱回廊中的游泳池，曾经见证过无数俊男靓女的爱情故事，而周边的孙科别墅、邬达克别墅，又旁观了多少风云际会。枝叶斑驳的梧桐树下，几扇黑漆铁门常年紧闭，其中散落着一些内部会所，只有熟人来访，别墅的大门才会打开。

　　夏菡的车子缓缓开到了一个双开铁门的门口，一位穿着西装的年轻保安，核对了一下车牌，推开了园子的大门。

　　站在别墅门口的林蕴才赶紧上前，保安接过夏菡的钥匙，把车子停到了园子西侧的空地上。

　　"最近工作怎么样？"林蕴才一边拉开椅子，一边问道。

　　"我们做天使轮投资的，项目周期都比较长。不过最近形势也不算特别有利，二级市场走势太好了，很多做实体的都拿出钱来做股票了。大家都想着赚快钱，愿意埋头苦干做实事的人，越来越少了。"夏菡脱了外衣，她今天是一身浅蓝的无袖长裙，一双纤手细腻修长。

　　"天下熙熙，皆为利来。都是辛苦一场，谁不想多赚些钱？哪里回报多，哪里钱扎堆，再正常不过了。"林蕴才拿着菜单，倾身回答道。

　　"二级市场中，真正等着分红的，能有几个人？大家想的都是赚差价。从这个角度讲，股市终究是零和博弈。"夏菡说道。

"分红能有多少回报率？上涨个几倍，那才是肥肉啊。"林蕴才指了指菜单上的雪花牛排。

"有上涨，也有下跌。市场就是这样，有人赚得盆满钵满，就有人亏得倾家荡产。"夏菡说道。

"是啊，大家都是捕获猎物的饿狼，然而螳螂在前，黄雀在后，还有人空手套白狼。"林蕴才笑着说道。

"表面风光无限，背地里暗流涌动。"夏菡喝了一口茶。

"说到底，逐利者的博弈而已。"林蕴才神情淡然地说道。

点好菜，林蕴才从身边的椅子上拿过一个黄色的纸袋。

"一个小礼品，请夏小姐笑纳。"

Hermès 的标志显眼地印在袋子正中。

"这个不合适了，担当不起，我真的不能收。"夏菡连忙拒绝道。

"怎么担当不起？是这个包配不起夏小姐才是真的。"林蕴才热情地说。

"你的一片好意我心领了，不过这个我真的不能接受。主要是我也不会背，给我也是浪费。"

"为什么呢？你不喜欢这个品牌？"林蕴才问道。

"一个呢，这个品牌不太适合我这个年龄段。另外呢，这些品牌的东西，现在有些变味了。"夏菡斟酌着说道。

"是什么味道变了啊？"林蕴才好奇地说道。

"炫富的名媛太多了，我可不敢高攀。"夏菡笑着回答，"我也不想让人看我的包排站位。"

林蕴才听明白了夏菡的意思。有些人热衷于拿包彰显身价，但显然夏菡不是。

"那夏小姐一般用什么包呢？"

"我一般就用些小众设计师的定制包，普通到没有 logo。"

夏菡回答。

"夏小姐果然卓尔不群。也许是社会阶段不同,消费行为也会不同。越是刚摆脱贫困,越想显示财富。过了这个阶段,大家心态都会更平和吧。"林蕴才听夏菡这么说,也转了口风。

"真正有的人,只是有罢了。"夏菡淡淡地说道,"纯属个人选择,每个人的选择都是合理的。"

"夏小姐果然是书香之后,小生深深折服。"林蕴才笑着说道。

两人一边吃饭,一边聊着些工作,吃过饭后,夏菡谢绝了林蕴才去酒吧的邀请。

回到家后,和父母打了招呼,夏菡回到房间,她坐在书桌前,思绪游移。

在父母关心的叮咛后,在看到精致的摆饰时,在翻出厚重的图书时,不经意间有种莫名的怜惜泛上夏菡的心头。

她会想象一个父母双亡、无人关心的小孩,面对空荡、贫寒、漆黑的房间时,会有什么样的恐惧;她会想象一个依靠资助、纸笔少缺的小孩,在冬日严寒、四处漏风的简陋房子里,会有怎样的寒冷;她会想象无人关心、无人照顾、无人怜惜的小孩,在高烧发热时,需要熬过怎样的病痛。她的脑海里常常会浮现出一双皮肤被冻溃烂的童稚小手,在破旧的练习本子上书写的情景;一个十来岁孤独无依的小孩,走在上学山路上弱小的背影;一个被人欺凌时默默转身的小孩,在角落独自疗伤、埋头哭泣的身影;一个满心欢喜考了高分,却无人可以报喜的落寞小孩。

她会想起那双几天几夜熬出来的凹陷的眼睛,会想起并肩散步聊起艰辛童年时语气里的酸涩,会想起面对背叛时震惊而又无奈的凄苦,会想起展望未来时的神采奕奕。

这个男人历经重重磨难而依然坚持的身形、承受艰辛依然明朗的面孔、面对挫折依旧清澈的眼神，既激发了夏菡女性情怀的深深爱怜，也有一种夏菡在她生活的圈子里从未遇见的新奇，更有些似曾相识的熟悉。

桌子上放着两张音乐会门票，那是父亲学生送过来的两张赠票。

世飞的新产品推出后，耿至行大多时间都在跑客户，夏菡没什么工作需要，平时也就少了联系。

看着这两张赠票，夏菡给耿至行发了条消息："还在出差？哪天回来？"

"后天下午就回来了。"不多会儿，耿至行就回了过来。

"这周六晚上有空吗？朋友给了我两张音乐会的票，最近看你比较忙，调剂一下心情。"

消息发完后，心里稍稍有点忐忑。"贝多芬《第九交响曲》。"她随后补了一句。

"好啊，《第九交响曲》，我挚爱的。"耿至行很快就回复了过来。

这一夜，她睡得不太踏实，这些年来，她身边出现过很多青年才俊，有的英姿勃发，有的温柔体贴，有的学富五车，有的风趣幽默。然后除了已经失却的曾经，始终没有人能拨动她的那一根心弦。而耿至行在诉说苦难后转瞬抬眼的笑脸，却一下击中了她的内心。

从鳞次栉比的陆家嘴延伸到花团锦簇的世纪公园，世纪大道在夜色中灯火璀璨。尽头一侧的日晷雕塑，就像时间长成的一只眼睛，记录着车流如织的忙碌和繁华。

日晷一侧的东方艺术中心，像一片片巨大的花瓣，盛开在世纪广场前。

两人停好车子，沿丁香路走向东方艺术中心。与世纪大道的繁忙不同，近在咫尺的丁香路有安宁沉静的气质。

　　夏菡一袭黑衣白裙，而耿至行也难得地穿着正装，看上去多了三分英气。

　　"上次听你说，《第九交响曲》是你的挚爱？"夏菡边走边看向耿至行。

　　"是的。工作之前，我最喜爱的一直是柴可夫斯基的作品，特别是《悲怆交响曲》。"耿至行说。

　　"那是知识分子的悲天悯人，救国心切又报国无门的失落。"夏菡说道。

　　"是的，不过工作了这么多年，开始更深刻地领悟贝多芬的思想，也慢慢理解《第九交响曲》的伟大所在。现在我最喜欢的，就是《欢乐颂》。"

　　"噢，什么原因会使你有这种转变呢？"夏菡问道。

　　"悲怆书写的是无以报国的忧愤，而《欢乐颂》真正展示了人性的光芒。"耿至行话音里也明亮了起来。

　　"听说《第九交响曲》是贝多芬在失聪之后完成的作品，第一次公开演出时，他和乌姆劳夫同台指挥。乐队暗中约定，大家统一按乌姆劳夫的指挥演奏，当所有音符都已演奏结束时，贝多芬还在指挥最后几个小节，大家安静地等待着，直到贝多芬指挥结束，观众才报以经久不息的掌声。"夏菡说道。

　　"是啊，贝多芬对音乐的追求，感动人心，但他对和平和友爱的理解，更是永恒的华章。即便是当下来看，民族仇恨、宗教对立、军事对峙，在全球范围内形势严峻，贝多芬的和平友爱思想，依然是引领人类的精神力量。"耿至行回应道。

　　"现在工作节奏这么快，同龄人中喜欢古典音乐的不多了，想不到你了解得还挺深入呢。"夏菡说道。

　　"我小学班主任就一直喜欢古典音乐，受他的影响，我也就慢慢喜欢上了。"

　　"就是一直资助你上学的班主任吗？"夏菡问道。

　　"是的，"耿至行顿了顿，"他是改变我一生的人。"

"当年老师找到家里时，我已经辍学了好几天。他跟我说，有爱心人士资助贫困儿童，学杂费、生活费都会有保障，让我安心念书。

"好心人每个月通过老师给我固定的生活费用，让我能维持学业。我也好几次向老师打听好心人的联系方式，想写封信表示感谢，但老师一直让我不用记挂，好好念书才是最大的报答。

"后来，老师借故给我指导作业，或者让我帮他批改作业，经常留我在他家吃饭。多年之后我才知道，那个爱心人士就是老师自己，他用自己的收入维持了我的学业。"

"这位老师真的是一个好人。不过你现在学业有成，好好努力，以后也有机会报答老师。"夏菡说道。

"是啊，我也只有努力，希望有机会给老师多多回报。不过，对于我们这种小孩来说，很多事情不是努力就能做到的，有些人一出生就在山顶，有的人生下来就在沟壑，能让自己爬到地面，不至于滑落更深就需要花费毕生的力气。"

"是啊，人生而平等，但人生并不公平。"夏菡一步一步踩着路灯下的树影。

"你还记得我们公司那个高令岗吗？"耿至行抬头问道。

"我有印象，也是个贫穷人家的小孩。"夏菡说。

"当初他来面试时，各方面条件离我们的要求都有距离，但我听到他因为母亲早亡不得已放弃读书的时候，就有些同病相怜，后来也是公司支持他修完成人高校，参加专项培训，也是尽力帮他一把吧。"耿至行说道。

"怪不得，我觉得你对他有些包容呢，我理解你的感受。"

夜幕下的艺术中心笼罩着一层暗红色的光晕，五个巨型花瓣样的演出大厅矗立在夜色中，庄重平和中走向激情四射的《欢乐颂》，隐隐传来。

第十七章

　　六月的四川盆地潮气逼人，陈嘉会来到了系统内新闻社当地的一个记者站。记者站的主任是一个五十多岁大腹便便的男子，一个大酒糟鼻子，和一双宿醉未醒的红眼睛。当对方明白陈嘉会的来意之后，客气地说："这个集团公司啊，是这里的财政支柱，下面几个公司都是纳税大户，整个东庆市就是指着这几个公司养活一大拨人。"

　　他开始一个个地介绍公司的产品和情况，显然对这几个公司非常熟悉。

　　"这几家公司的领导好像非常低调，几乎没有在公开场合露过面，也很少看到公开报道。"陈嘉会说道。

　　"那是啊，树大招风嘛，现在老板也都害怕负面报道了，有时候一篇文章就可以写死一个品牌，打掉一个公司。除了大老板是我们省的政协常委，偶尔露一下脸，其他几个公司总经理，甚至连我也不熟悉，不熟悉。呵呵。

　　"我们也是出于保护企业、保护企业家的想法，正面的报道当然是欢迎的，不过如果是对企业的有些不确定信息的报道，我们都是极为谨慎，极为谨慎。"

　　"嗯嗯，我明白的，谢谢啊。"陈嘉会一眼可知，这里大概了解不了什么信息，便起身告辞了。

　　记者站主任很客气地送别陈嘉会。办公室里只有两三个人，陈嘉会边走边和其他两位点头示意。坐在边上的一个小女孩礼节性地起身目送，她看了陈嘉会两眼，眼光里似乎想说些什么，但最终又没有说什么。

陈嘉会花了两天走访了华汉集团总部，采访了一些公司战略规划、产品布局、技术发展、全球定位等相关问题，回复也大体上是例行公事，和公开的信息并没有多少出入。

其他公司宣传对口部门则直接谢绝了采访。

对于采访总经理的请求，也以出差在外的理由，客客气气地回绝了。

其中东海生物和东庆建设两家公司的法人代表，除了能查到法人代表这个身份信息外，竟然没有其他任何消息。似乎这个人没有任何社会关系一般。

陈嘉会为了不引起别人的注意，把采访对象扩大到了关联的四五家公司，即便如此，仍然没有太多收获。

东庆市位于川渝金地东部，自古以来的天府之国，人们的生活安逸而舒适，街上茶楼众多，隔街相望。

走完一天的行程，陈嘉会决定乘次日的飞机返到上海。吃了晚饭，陈嘉会信步走出宾馆，沿着街边漫无目的地散步。

路边一个水云间茶楼的招牌引人注目，茶楼自古就是过江龙地头蛇混杂之地，信息最为广泛。

"反正也没什么安排，"陈嘉会心想，"闲着也是闲着，进去坐坐无妨。"

陈嘉会踱步进去，一位风姿绰约的中年妇女热情地迎了上来，把陈嘉会招呼坐在厅边的一个小卡座上。

隔壁的一桌人正在哗啦啦地筑着四方城墙，隔音效果不好，麻将声声声入耳。

"又放炮了，老四你今天怎么回事嘛？"一个有些沙哑的声音传来，声音有气无力，不过语调倒是气势汹汹，"过年鞭炮没放够吗？还是在家里婆娘那里受气了，到这里放铳？"

"什么啊，你才受婆娘气呢。我看你这个耳朵都被拧红了，只差洒点胡椒粉就可以出锅了。我今天就是运气太背！什么世道，一天天地走霉运！"一个尖厉的声音不服气地哼哼着说道。

"那肯定是前几天一天天地找花姑娘惹的祸，哈哈，情场得意，赌场失意嘛。"沙哑的声音有些幸灾乐祸，哈哈地笑着说。

"哪里来的花姑娘嘛，黄脸婆盯得比黄鼠狼还紧，有这个心也没这个胆了。"尖利声音的男子有些气馁地说道。

"哪里会，我看个胆子越来越肥了吧，前几天打你电话不通，也不知道你埋在哪个黑草丛里呢。"另外一个声音洪亮的人说道，随后一句更洪亮的声音，"碰！"

"得了吧，你这个吃枪子的，要不是上次嫂子打你电话，你没对上嘴，害我地板上睡了几晚，哪里会有今天的倒霉？"尖利声音有些气愤地说道。

"我可不吃枪子，要吃枪子你吃。"两个人一来一往地互相怼着。

"别一个个吃枪子吃枪子的，枪子这么好吃？你们是不是忘记了，这个茶楼当年是真有人吃了枪子的。"沙哑的声音像是含着什么，随后"呸"地吐了一声。

"也是哦，时间过得真快的，这一晃一年多了。"尖厉的声音稍稍压低了音调。

"就是这里吗？我只听说这个事情，不知道就是这个茶楼呢。"那个洪亮的声音问道。

"轻点声！不是这里还是你屋里吗？三个枪手，一人一枪，把人打死了。"沙哑的声音说道。

"总归是胳膊扭不过大腿。"尖利的声音下了个结论。

"好了好了，大家不要说了。"沙哑声音又是两声咳嗽，"和了！"

"老大你怎么又和了，今天晚上的宵夜，你不上两只帝王蟹，我们都放不过你！"洪亮的声音叫道。

"给你上两棵蓬蓬草，让你开心开心，好吧？"又是咳咳两声，一群人哈哈地笑了起来。

枪击案？这是什么年代？陈嘉会有些好奇，他上网搜索了一下，网上并没有本市枪击案的相关新闻。

陈嘉会特意加了两个茶点，坐了两个小时，不过也没有再听到什么消息。他看看时间不早，起身走到前台。

"听说咱们这里还出一个枪击案？"陈嘉会一边数着现金，一边漫不经心地问道。

"哎呀！晦气！害我还关了一个星期门！"老板娘愤愤地说，然后又急急地改口，"不说了，都过去一年多了，人活着啊，鸡蛋不要去碰石头，平安最重要。"

"不过好像也没看到什么新闻报道嘛。"陈嘉会像是随口聊天地问道。

"那是啊，不说了，开门做生意，不听不问不得罪。"老板娘低头敲着计算器。

陈嘉会想再问些什么，看到一脸回绝的表情，拿了找零，也就闭了口。

离开茶室，陈嘉会回到宾馆，走进房间，已经近十点钟了。

十点……陈嘉会忽然想起什么，他站起身来，到了楼下，买了一个果篮，一束鲜花，叫了个出租车，来到了桃山路。

马路上灯光昏暗，人烟稀少，马路边树影婆娑。这是一条依山修建的路段，路面因山势又急又陡，下坡的尽头有一处拐弯，拐弯处有一些水泥方墩和钢筋护栏。听前来处理事故的同事说，武初阳的车子就是从这里撞断护栏，冲入江中。

陈嘉会把水果篮里的水果一个一个捡出来，轻轻地抛落入江里，然后将花束松手抛入江中。江面一片漆黑，江水击拍江堤，发出一阵阵的呜咽声。

第十八章

　　光华路两旁的行道树已是绿荫成片，草坪上散落着朵朵的野花，尽管身在工业园区，空气依然保持着干净清新。

　　今天是周六，松江区组织了一次创业项目交流活动，夏菡也在被邀请之列。吃过中饭，主办方给大家安排了佘山景区登山活动。

　　明媚的阳光下，佘山天文台遥遥可望。停车场上满满当当，马路边游人如织。

　　耿至行陪着夏菡，一边聊着工作，一边拾级而上。

　　一个导游举着一面三角红旗，领着一个银发旅游团，正拿着喇叭讲着故事："我们接着讲，为什么把松江叫作上海之根。刚才在车上，向大家介绍了上古时期，松江三个少年，带领乡民大战河神，并将清浚泥沙堆成松江九峰的传说，大家是不是觉得故事这样就结束了？

　　"如果故事这样就结束了，松江这个上海之根，就有些根基不牢。咱们伟大领袖毛主席说过，人民群众是最大的英雄。所以，这些人民英雄把吴淞江上游水患治理完成后，并没有偃旗息鼓。

　　"吴淞江往下，就是现在的苏州河，再在外白渡桥汇入黄浦江。那三少年完成了吴淞江一带的水患治理，便引众人随江而下。一路疏浚河道，鏖战河神。沿江沿河诸神见其势不可当，一并逃至东海，以东海潮神为首，河神、江神、潮神三神合力，与众人决战于东海一线。

"三少年率领两岸百姓，修堤筑坝，抵御海潮，其间艰辛不一而足，在此就略过了。

"治水民众最后与潮神对峙于东海之滨，无奈东海滩涂多为淤泥。众人将芦荻杂于泥浆，筑浆为砖，砌成长堤。由于没有石头抵挡潮头，潮水猛击堤坝，未及完工即被冲垮，常常功亏一篑。

"三少年一边抓紧堆筑土坝固守，一边谋划搬运越地的巨石过来。这一年八月将近，大家知道，八月乃农作物收获之季，而潮头是一年当中最为高涨之时。

"一众乡民方将巨石搬运至松江一带，中秋之夜却已逼近。沿海十里乡民密集于堤坝之上，土堤叠加人防，构建血肉长城，严防死守，誓与潮神决一死战。

"是年八月中秋，月盈之夜，潮神推动万丈潮头奔涌而来，月高潮急，风啸浪疾，而巨石搬运不及。三少年眼见堤坝在潮头前摇摇欲坠，守堤众乡邻危在旦夕。若大潮冲溃长堤，守堤少壮自是苍生涂炭，尸横遍野，而堤内十里阡陌，也必将一片汪洋，庄稼瓦房，肯定化作一片狼藉。

"危难之际，三少年直面万丈潮头，纵身跳入海中，化作三块磐石，挡于堤坝前沿，奋力挡住了潮头的万钧之力。潮头顿时力尽势竭，十里长堤在磐石的保护下安然无恙，保全了一方百姓。

"至此，东海之滨方始安居乐业。昔日肆虐海塘，翻作良田农耕，而海塘内沟渠纵横，也特别适宜鹅鸭繁殖。渐渐显现了鸡鸣鹅翔、谷蔬丰茂的生命气息。

"咱们这个银发旅游团，全国各地的人都有，中秋吃月饼是全国各地都一样的。但是，现在浦东一带，中秋节这一天，常常会蒸芋艿，蒸毛豆，煮鸭子，将这些时令农耕收成，摆上餐桌。

"这就是为了纪念金塔、银剑、青龙三位少年，在中秋之夜勇斗潮神，化身磐石，抵御潮水。有磐石守护，海堤内可以种植谷物蔬菜，沟渠里可以养殖鸭鹅，造福了一方百姓。

"现今松江华亭湖边中心公园，西侧近浙江一端还有一块巨石，重达千吨。据传即为当年所运巨石，还没来得及运至海边，遗留于世。园林设计师匠心独运，放置于此，供后人纪念浦江先民疏浚水利、英勇搏斗之事。

"随着世代更替，防洪手段不断迭代，所修堤坝日益坚固，而那三块磐石也渐渐湮没，不知所终。

"有人说，陆家嘴三座高楼，就像铜鞭耸立、双剑出鞘、长枪裹旗。大有三少年形神精气，不知是否属实，我就不敢确定了。"那导游说完，摇着旗帜归拢了一下客人。

"这个不是请国外的公司设计的吗？他们会相信这些民间的传说吗？这个就有点瞎扯了。"旅游团中一个精瘦的老人，咧着嘴亮着一双白多黑少的眼睛说道。

那导游是个体型修长的青年，说话不疾不徐："你说得没错，这三座大楼确实是全球招标设计的。但是，这样并不见得就一定没有关联，我给大家聊聊另一个传说，也许是冥冥之中自有天意。

"传说很久以前，吴淞江边有一个村落，村中有一户厚道乡绅。某日，一个跛足癞皮、须眉皆白的老人上门乞讨。那乡绅见来人老态龙钟，身形羸弱，面容沧桑，双眼混浊。乃起怜悯之心，令家人清理出门首一个小房，安顿老人，也不避污秽，每日里让人端饭送水。

"那老人住在乡绅家里，饭来张口，衣来伸手，并无多言，也不致谢。那乡绅也不以为意，便如对待普通家人般，既不刻意热情，也不轻忽。

"那乡绅家境殷实，唯有一事不足，便是年近半百，却膝下无子。

"过了半年，却喜乡绅年过四十的妻子，竟然怀上身孕，合家上下欣喜万分。

"数月之后，一日傍晚，老人向乡绅辞行，并且嘱咐说：'村口那两只石狮子，须日日留心察看。若见石狮子眼中流血，则急携乡邻避之山岭，切勿怠慢。'

"乡绅便将其言传于乡邻，同为关注。

"三个月后，妻子诞下一个男婴，乡绅老来得子，自然是喜不自胜，无须言表。

"乡间有一屠夫，年逾四十，尚且单身。因其为人刻薄，横行乡里，众人慑于淫威，偶有争执，敢怒不敢言。只有那乡绅每肯仗义执言，扶持弱小。

"幼子百日之际，乡绅大开酒席，宴请乡里。那通会知客到了屠夫家时，恰逢其外出，因怨恨屠夫平日欺凌，便顺当其便，将错就错，未将通知面告屠夫。

"屠夫本就心怀不忿，见百日宴没有请他，更怀恨在心。在屠宰归来之际，特意拎回一桶猪血，泼到了石狮子的双眼之上。

"一位乡邻见到石狮子眼中流血，大惊失色，急告乡绅。乡绅便急领众人上山逃避。

"唯留下那个屠夫哈哈大笑，心想你们不请我，你们也吃不成。看着众人惊慌失措逃离后，一个人就将着宴席，喝起酒来。

"那屠夫喝得烂醉如泥，边喝边嘲笑着那些登山逃避的乡邻。不期突然天降暴雨，半个时辰，河水高涨，冲入村中，把一众房屋淹没得片瓦不剩。

"那屠夫醉眼迷蒙，被洪水卷走不知所终，一命呜呼了。

"这个传说，我也不知真假。但是，我们现实生活中有不少同样的真实事情。看似偶然，冥冥之中却自有天意。

"当然，咱们是无神论者，不相信天意。即便不相信天意，这个事情也有因果可循，虽然是全球招标的设计方案，但是最后拍板的人，不还是中国人吗？所以不管哪一幢大楼，真正决定怎样建成的，还是中国人。

"这个传说还有个后续，据说那一场灾难之后，乡绅房屋也被冲毁殆尽，灾后乡绅领着大家重建家园，又将逃难时所带细软散尽帮助贫苦人家，家道也就渐渐衰落。其子成人后，也已是普通人家，而这位儿子因善编织，常捉虾捕鱼贴补邻里孤寡人家的生活。他发明了一种捕鱼工具，叫作渔沪。年长后，乡里便尊称其为沪公。因其积善好施，广结良缘，颇受百里乡亲爱戴，上海简称为沪，纪念的并不是捕鱼的工具，而是沪公好施博爱、胸怀广大的精神，这是后话了。"

夏菡和耿至行走在边上，听了良久，不觉已到峰顶。登高望远，天朗云净。只见那松郡九峰，遥相呼应。古人体察天地，运心智慧，诚不我欺。

周一，夏菡将松江创新会议的政策和世飞新项目的资料，做成了一个文档，发给了郭见麟。

过了半个小时，郭见麟回了信息过来："看好项目。下周三晚上一起吃顿饭，我见见他，小菡，你来安排。"

郭见麟出生在浦东的一个滨海小村，六岁时不幸罹患脑膜炎，由于医治不及时，落下了毛病，一条腿行走不便，走路时深一脚浅一脚地跛着。这样的身躯却磨砺了他坚强的意志，高中毕业后拜了一个师傅，开始学习丝网印刷。就在当地村办企业谋生，后来又做了业务员。那时候交通不便，他跛着腿，一大早就骑着自行车，踩上二十里地到轮渡码头，过了码头再骑车到客户公司，常常回到浦东已是天黑。或者骑着自行车到公交站点，挤着公交车过江，往返比常人辛苦百倍。

没过几年，村办企业改制，他承包了这个企业。随后企业慢慢扩大，承接公交车身广告、站亭广告、地铁广告的制作与发布，发展成沪上行业翘楚。后来他又投资了一个电子厂，专做电子电器。适逢际遇，他将其中的一部分产业转让给了一家上市公司，将所得的资金开始做一些投资。由于他起步于制造行业，熟悉制造行业，所以他的投资往往也偏向于制造业。与专业的投资机构不同的是，他对盈利的欲望不是特别强烈，更多的是在意做成一件事情的成就感。

饭局安排在上海中心大厦高层的一个饭店，窗外夜风拂面，清爽舒心，黄浦江边两岸灯火通明，映在泥沙浑浊的江水中。一艘艘货轮、游轮于水光中缓缓行驶。

灯光映照下，金茂大厦和环球金融中心就在眼底，仿佛触手可及。

同席的还有几位业内朋友，都说上海人不太会喝酒，然而郭见麟却颇为豪爽，红、白、啤一字儿排开，红来红还，白来白请，杯杯见底，不见推辞，不一会儿，台子上已经下了一瓶白酒、两瓶红酒和一堆的啤酒。

耿至行酒量一般，但这种场合他也不知道该如何表现，也就附和着其他人，一起喝了几杯。

酒过三巡，郭见麟倒了一杯红酒，站起身来，他腿脚不太方便，一瘸一拐地走到耿至行身边。耿至行赶紧站起身来。郭见麟拍了拍他的肩膀，端着酒杯："我听小夏说，你工作很敬业，小伙子好好干，有前途的，我敬你一杯。"

耿至行赶紧端起酒杯，站起身来，说道："实在不敢当。应该是我敬您的，谢谢郭总。"

耿至行满满地喝了一杯，郭见麟也把杯中的半杯酒一饮而尽。

"好好干，努力在上海安家立业，有什么需要尽管和我开口，或者和小夏说。能帮上忙的，我一定会帮忙。"郭见麟说道。

"好的，好的。"耿至行受宠若惊地说道。

"浦东这边的房子，现在还不算太贵，如果有需要，我有朋友在开发，买一套下来，无论大小，可以先立足。"

"嗯嗯，好的，我会努力的，谢谢郭总。我得单独敬您一杯。"耿至行从刚才局促的心态中稍稍放松了一些，大着胆子说道。

边上的人赶紧上来给两人倒上了酒。

"我敬您，您随意就好。"耿至行说完，把杯中的酒一口干了。

"那不行，你干了，我也不能随意，我陪你。"郭见麟把近半杯的酒也干了。

回到位子上，郭见麟对身边的夏菡说："小菡，这个事情就交给你了，你帮忙留意着，小耿这边什么时候有需要，你随时和我说。"

"好的，郭叔叔。我会留意的。"

"小耿人不错，我不敢说阅人无数，不过还是经历过各色人等。可以看得出来，小耿是那种踏实可信的人。"郭见麟侧身说道。

"是的，他做事很认真的。就是被人骗也是认真地被骗。"夏菡笑着说道。

"为什么这么说？"郭见麟笑着问道。

"听他说，刚到上海时，路上有两位中年男女以钱包被盗为由，向他讨两百元的路费。他心里怀疑，又担心对方真有难处，就答应了。无奈身上现金不够。就让他们在原地等一会儿，他骑车去取款机取。

"取回来的时候，两人并没有等在原地，半路就看到在对面路边走着。他把钱给了，还特意强调说，知道有这种小骗术，但他也担心他们确有困难。

"一开始明知有诈答应给钱，钱不够自己去取，人家都不等了还追上给，坚持把当上完的人也不多见啊。"夏菡说完，大家纷纷哂笑了一番。

"这不也是应该的吗？毕竟没有确认前，一切都有可能。"耿至行有些难为情地笑笑。

"也是，保持一点单纯，也是可以的。小事无所谓了，不过大事情可不能糊涂，还是要求证。"

"这个我明白的。"耿至行老老实实地回答道。

"你们总部那边今年的轮岗计划要开始准备了吧？你有什么打算吗？"郭见麟对着夏菡问道。

"我还有些犹豫呢，按理应该争取去两年的，毕竟对以后也很有帮助。"

"去两年当然是好的，这也是对你们的培养。不过最好把这边该处理的事情都处理好了，该落实的都落实了，这样比较安心。轮岗的事情，这次不去，下次也有机会的。"

"小耿的事情，你多放在心上，浦东这边房产开发我还是有些资源，需要的话，可以帮上忙。"郭见麟突然又强调了一句。

"好的好的。我知道了。"夏菡说道。

坐在对角的一位四十来岁身形矮胖的朋友接上话题："我小的时候，我爸妈天天念叨的是'宁要浦西一张床，不要浦东一套房'。哪里想得到也就是二十来年，内环线、中外线、外环线，南浦杨浦徐浦大桥，延安路复线、大连路隧道，金桥出口加工区，外高桥保税区，三林世博园区，陆家嘴金融中心，浦东成了上海经济发展的新中心。浦东的房价，也是越来越高了。"

"1986年建设新区以来，真的是一年一个变化，陆家嘴成为全国乃至亚洲金融中心，指日可待了。"另外一个瘦高个子的客人说道。

"是啊，陆家嘴的建设规划定位，就是全球金融中心之一的。这个区域的规划建筑，可不比纽约华尔街、伦敦金融城、东京银座差。硬件有了，就是要努力上软件。不过毕竟中国是全球第二大经济体，有这个经济体量，建设金融中心也是水到渠成的。"郭见麟说道。

"也是，陆家嘴'厨房三件套'，这个高度、水平，放在全球，也是凤毛麟角的。"矮胖中年男子看着窗外的两个高楼说道。

夏菡突然想起之前导游的一番话，接口说道："我在登佘山时，听一个导游讲解，和坊间调侃不太相同。说是和浦江沿岸古代治水传说有关。不知道郭叔叔有没有听说过？"

郭见麟沉吟了一会儿，接过了话头："所谓'三件套'，自是民众调侃之说，也仅是调侃而已。本地城建领域，有一个小众圈子，确实另有一个传说。"

众人都有些好奇，拿着酒杯正准备敬酒的一个年轻人放下了酒杯，其他人也纷纷停箸倾听。

"不知道你们有没有留意，每年台风肆虐季节，各路台风相继从浙闽登陆，气象专家预测路线，往往过境上海，然而台风常莫名其妙转向而行，从周边侧掠而过。坊间传言上海风水好，传说中却另有因缘。

"说来话长，因我有些市政绿化工程的项目，与城建专家偶有交集。一个偶然的机会，得到一个专家的指导，工作之余，设下便宴致谢。

"闲聊之中，这位城建专家说起一段不为人所知的故事。说道金茂大厦项目启动之时，负责挖基堆填的现场施工队中，有一个小队长，是刚刚迈出沪上知名土建高校的少年书生。由于责任重大，那少年常常不分昼夜，在现场加班加点监督施工。一日，有一头发雪白的老妇深夜来到工地探访，说道经某师长介绍，直接找到这位少年。

"那老妇头发雪白，却肌肤清秀。虽是普通乡村妇人打扮，然而眉眼之间，自有一份清澈和庄严的气象，未见开口，便有一派威仪，万般慈祥。

"那老妇开口说话，语音却如童声。她和少年具体有何分说，却不被外人所知。

"据传此人从少年到壮年，一直在沪上重大工地中指挥施工，后来也参与了环球金融与上海中心的基础施工，从一个青葱少年，渐成专家栋梁。据传两楼地基施工，该专家已是顶层高管，有一段时间常常亲临现场，参与其中，令一些基层施工人员深感意外。

"后来渐有传言，据说亘古年代，东海滩涂并不适合先民居住，更兼海潮泛滥，农耕常常徒劳无功。当年吴淞上游三位少年，分别名叫金塔、银剑、青龙，自吴淞江流域一路修堤筑坝，治理水患。

"后期沿江而下，率众乡民在东海滩头勇斗海潮。因月圆之夜，潮头汹涌，三少年在中秋之夜化为巨石镇住潮头，方始守得一方水土，免除灾害，渐成良田。

"后水利发达，堤坝多以混凝土筑成，三巨石渐渐不知所终。

"而传闻这三块巨石，分别成了三座高楼的奠基之石。三少年有勇、有谋、有力，仁、义、智、信、勇俱全，既非普通将帅可比，又不是一般侠义可言，故将三少年尊为上海滩磐石三君子。

"这三座高楼，以形会意，便像是磐石三君子的化身。磐石镇守海边，寄托着英雄精神保护上海，坚如磐石、长居久安的良好祝愿。

"台风临近上海常常转向而行，就是因有磐石三君子镇守海线，海神远望绕行了。

"这些年陆家嘴高楼渐次拔地而起，金茂大厦塔顶金光闪闪，恰如铜鞭高耸入云，环球金融中心却似两柄银剑，直指天际，上海中心就像青龙腾飞，又似一面大旗裹住的长枪，塔守剑攻，龙镇当中，形成守元开合、攻防兼蓄之势，守卫着东方明珠。"

夏菡听了，睁大一双杏眼，咋舌说道："这个还真是没有听到过呢，不过和松江佘山听到导游的讲述，确实是前后呼应。"

郭见麟接着说："你没有听到是正常的，毕竟只有很小众的圈子里口口相传，加上以此相称的都是专业人士，信奉科学严谨理性，不会把它当作一个掌故，只是当作一种精神上的信仰。

"我和大家一样，初听到这个故事，也十分好奇。有一个偶然机会，我曾经在一个研讨会上适逢传说中的城建专家，是一位年富力强、当之无愧的行业翘楚。

"我心中好奇，就这个事情求证于他，他却三缄其口。

"巧的是，听说我是本地顾路镇人，他却又主动和我攀谈起来。他说，相传三少年母亲痛失爱子，便在江滨结草为庐，相伴于三石之畔。日间阳光高照，远远可见，而夜间潮水击石，声若洪钟。三位母亲茹素相伴，留置于此。当地一支族人，因念三母年老体弱，自愿承担起照顾侍奉的责任，而这一支族人，遂以事为姓，便为顾姓。因潮水拍击三石，声声入耳，初响便如抗潮号角，尾音却似思子悲音。三位母亲先后离世，所住草屋便为孤寡老人居住，年代更迭，经后人募资扩建，以远闻潮拍石声之意，取名潮音庵。我曾实地寻访，顾路镇确系顾姓聚集之地，其中有个小村名为顾三，未知其名由何而来，不过倒也颇合近顾三亲、远顾三石之意。

"我当时听了，十分惊奇，因为顾三实在是一个偏远小村，非本地人很难知悉。而他娓娓道来，如数家珍，不是特别留意断难如此熟悉。不免心中更加好奇，也就再次追问：'听起来，

应该是确有其事了。'

"他接着说：'凡是民间传说，总有因缘，所祭拜神灵，大多是功德厚重的圣贤，或是为民捐躯的英雄。民众感恩缅怀，供奉纪念，既求平安，更彰大义。是人们的精神寄托和情感升华。'

"民间故事，既不记录于官方典籍，又经世事更替，次第湮没，实乃常态。三少年故事久远，或不可考。但先人治理水患，变沧海为桑田，却总可度量见。古代生产力低下，肩挑手扛，在大自然的威力面前，多有牺牲，极为平常。三少年化为磐石，大体是筑堤中英勇牺牲。民众承念其情，感怀其恩，神化其形，缅怀其志，以其意而化有形，实在是常理可推及。

"我们生活里，总是会遇到形形色色的人，有理想主义者为国为民奋不顾身的，也有利己主义者损大众而利一人的，都不足为奇。

"他沉吟再三，最后对我说：'对于远古传说，追究真实已了无意义，信奉者无非仰慕其精神罢了，还真的要找出传说人物的血脉传承？我辈但可求诸内心，自问是否愿意相信。如此而已。'"

陆家嘴晚风习习，走出大楼，耿至行再次仰望三座大楼的形象，显得格外生动而真实。

第十九章

生活中总是有一些意外惊喜，正所谓山重水尽疑无路，柳暗花明又一村。世飞在新产品技术上获得突破之余，之前客户终止的订单，又重新燃起了希望。

客户给出了条件：允许测试两次，而且使用三个月后才能付款。尽管条件比产品刚开发完成时更显苛刻，但对于世飞来说，这是一场信誉之战，全公司上下都紧张地忙碌起来，要确保每个细节不再出现纰漏，保证一炮打响。

自从房子交了定金之后，安臻的日子过得更有盼头。她已经开始想象新房交付装修完工，开开心心期待儿子娶妻生子、自己抱上孙子的美好生活。遇到一起跳广场舞的姐妹，都忍不住要诉说一下当了房奴的苦闷了。

然而这几日大盘走势却并不理想。晚上在家，丈夫一边烧菜，一边打听安臻股票账户的变动情况。

"我看新闻最近股票走势有点下跌唉，是不是见顶了？要不要早点抛掉啊？"

安臻不满地说："你怎么像个老鼠一样，有点风吹草动撒腿就跑，没出息的。早知道这样，我当初就不该跟你说，省得你天天在我耳边碎碎叨叨。"

老钱忧心忡忡地说："炒股炒股，终归拿到手里才算赚到，没有提出来，心里不太平的。"

"你懂什么？看了两天的大盘走势和上证指数就啰啰唆唆的，侬这种小白就是心态不好。"

"我不是担心嘛，别煮熟的鸭子飞走了。要不你还是问问妹夫吧，他是财经记者，这方面消息不是应该很灵通吗？"

"哎呀，最不能问的人就是他，我刚去研修班的时候，问他就是反对，本来想多投一点，问他，又是反对，最后我第一次只投了两万块钱，你知道那两万后来涨到多少吗？涨到四万。如果我不听他的，听老师的，当时就投二十万，那就是赚二十万了。"

"可是……"

"你还别说，老师有一次课堂专门给我们做了这个方面的培训，就是叫我们远离负能量：有些人就是你做什么他都反对，最后让你一事无成。老师还举了好几个例子呢。我这不也是现身说法嘛！所以，自那之后，他问我，我都不告诉他了。我和你说，他就是老师口中的负能量！"

"可是现在行情看着真的是吓人倒怪的，要不先少出点一些？"老钱小心地问道。

"好了好了，明天就撤出一些。"安臻有些不耐烦，她第二天一早就把手中的东庆建设试探性地抛出两千股。

谁知抛出不久，午后就一片飘红，重新攀高，气得安臻不顾老公还在工作，打电话过去痛骂了一顿："都怪你！我刚撤一点今天大盘就红了，哎像你这样的，'财神爷'坐在你手心，你都得摔地上！以后不要掺和我，真是的，损失多少票子！"

老钱自觉理亏，一声不吭。

安臻懊悔没有坚持住阵地，更加坚信老师的判断。"最近大盘在调整，明天或者后天还会下跌一点，你抓紧时间补仓进去。"安臻连连道谢。次日，大盘果然下跌了一点，她按老师给出的信号，把抛出股票剩着的这点现金又将仓位补了进去，长舒一口气："幸好还有进场的机会，不然不知道少赚多少钱。"

之后，嘲笑地斜睨了老公一眼："怎样？不听女人的话，是要吃亏的。"

根据老师的计算，大盘到 6000 点的时候，她的账户盈利可以到三百万，付掉首付和利息，剩下的钱还能给老公买台车子开，免得家庭聚会总有些寒碜。男人么，还是要给足面子的呀！她心想："就这么定了，到 6000 点就抛！按老师的判断，到本月底就可以了。"

付首付的日子到了，股市行情离自己的目标还有一大段距离。销售员打电话过来催款。

"哎呀囡囡，你就帮阿姨通融一下嘛，我首付多付一点，你提成也可以多拿一点的呀。"安臻赶到售楼处，拉着小姑娘的手打招呼。

"阿姨……"销售姑娘很为难的样子，"首付多少跟佣金没有关系的，不是我不想帮你，我们是有规定的。首付不交的话，我们是不退还定金的，况且，我们楼盘多抢手你也看到了，你这套房子要是腾出来的话，不到半天肯定是会被抢走的，要不你再想想办法？"

"别呀别呀，我要的！我的钱都在股市里，现在走势这么好，拿出来可惜的呀，你帮阿姨通融通融，延两周到这个月底，时间一到我准保过来付掉，不会给你们添麻烦的呀。"安臻急急地说道。

"真的不行啊，阿姨……"小姑娘一脸为难的样子。

"哎你们老板在哪里？我去找他，真是的，不就是延两周么，又不是不给你们，我去跟他说。"说罢，安臻到处张望着找办公室。

"可是……这不符合我们的规定呀……"销售姑娘见左右摆脱不掉安臻，无可奈何地说道，"要不我打电话问问我们经理吧。"说完，拿着电话，走到角落里，安臻紧跟着尾随了过去。

电话刚接通，安臻一把夺过去："我来跟你经理说。"姑娘还没反应过来，安臻已经说上了，把自己的情况叽里呱啦讲了一大通之后，说道，"经理你看，就是这个情况，通融一下嘛，我这边延个两周再付好了呀。"

对方略一迟疑，电话那头客客气气地说道："阿姨，你也是为了儿子，我都理解的，不通融显得我没有人情。这样吧，我也认侬介个阿姐，为难帮你一下，不过你得付 5% 的滞纳金，我跟老板也好交代。"

安臻算了一下，延两周，需要多付一万块，放在过去，这跟要了她命没两样。但是现在不同了，一万块都算不出点数，划得来，她忙不迭地答应下来，三下五除二就付了滞纳金。

前两日，股民们仍在犹豫观望，直到一则《高杠杆股民爆仓亏损百万，多年心血付之一炬》新闻爆出，拉开了血泪横流惨剧的序幕。连跌了几天之后，市场并未如股民们预期那样反弹，而是以挂川瀑布般的速度，一泻千里，势不可当，日日九十度断崖式下滑，上演千股跌停的奇观，直绿得人心里发慌。今天账户还有一百万，睡一觉的工夫，眼睛一闭，一睁，账户就只剩九十万，如果加了杠杆，再过两天，眼睁睁看着账户都平了，手捧着真金白银放进去，最后不如丢石头入井，连"扑通"的声响都没听到，钱就没了。

每天安臻都以为到了谷底，然而每天都是次日的波峰。接连的下跌使一众加了杠杆的股民被强制平仓，加剧了大盘的下跌，而大盘的新一轮下跌又使更多的户头被强制平仓，恶性循环，望不到边际。

电视台、地方报纸上，再也没有"某某股神草根摇身变千万富豪"的神话故事，取而代之都是股市惨剧的新闻。股市哀鸿遍野，监管机构伸出援手，救市政策纷纷出台，强制千余家公司停牌。股民们仿佛抓住了最后一根救命的稻草，停牌就不会跌了，只要给它足够的时间，是可以东山再起的，小赚一点就撤出！希望之火重又在股民心中燃烧起来。然而，躲得过初一，没躲过十五，等到复牌后，行情下跌得更凶。停牌没有止损，只是抻长了散户们的失望。散户们一改上半年高唱赞歌的神态，骂政府，骂公司，骂机构，骂老公，骂老婆，骂孩子，骂家里的狗，当然，也骂自己。

有人欢喜有人忧。几个月前股民们有多么神气活现，现在就有多么万念俱灰，那些未涉足股市的人们倒是从之前的后悔不迭变成了现世诸葛，一个个开始吹嘘自己的火眼金睛。眼睛睒着韭菜地一样绿的大盘，幸灾乐祸道："看吧，我说股市不牢靠的吧，投机倒把的玩意儿上不了台面，靠自己双手勤勤恳恳挣钱才踏实呢！"全然忘记自己当初股市飘红时的眼红心动。

监管继续出手。连续组织召开证券基金公司会议，出台了十多项救市政策，不断释放信息，斥巨资救市。股民们的眼睛再次亮了起来，这回有救了！赚多少钱已经无所谓了，回本了就撤出，只当这半年白玩儿，下次绝对不炒股了。然而，大盘像冲锋在下坡路的自行车，任你手脚并用地刹车，也止不住往坡底冲。下次不炒股？根本没有下次的机会！越来越多的账户爆仓，今天不割二两肉，到了明天，就是半斤，再过一天，就是一条胳膊外搭一条腿。

大盘还在以令人崩溃的速度下跌，随着天一起塌下来的，还有安臻的房子。

前两日，安臻还稳若泰山，研修班老师总能在最应该出现的时候坐镇指点江山："不要慌，正常调整，股市哪能一帆风顺？都是经历过风浪的人了，要沉得住气，没有点定力怎么能拿得住财？下跌是进场的机会，加仓补仓的，抓紧机会进场。"安臻想着加仓也加不成了，因为实在拿不出多余的钱了。

又过两日，股市急速下跌，从 5000 点直降到 3600 点，账户收益从最高峰时的两百万，跌到一百二十万，然后变成八十五万。钱像倒进沙漠中的水，在你的眼皮子底下就消失得无影无踪，你也不知道它为何就没了。

安臻的老公沉不住气了，故技重施念起了紧箍咒，一到家就在安臻耳边催促着："毛毛妈，都跌好几天了，看着怪瘆人的，赶紧抛了吧，实在不行首付少付一点，毛毛回来工作兴许能赚大钱，我们做父母的供他读书，已经是尽了义务，其余的东西，尽力就行了，抛了吧！"

安臻内心的不悦到了极点，但是嘴巴依然坚挺着。现在撤出显然是不可能的事情，煮熟的鸭子飞得就剩个鸭头，穷忙活大半年，她无论如何也不能甘心，冲老公嚷道："知道了知道了，你不要总在我耳边嗡嗡嗡的，谁家男人像你这样？！现在我们还是赚着钱的，本来就心烦，你不要总给我添乱。成事不足，勿要拖我后腿，烦死人了啦！"安臻老公闷着头，继续炒他的菜。看着一锅的木耳菜，他把勺子翻得当当响，恨不能一锅的绿叶菜就炒成一锅的红辣椒。

隔一日，大盘仍未在亿万人的期盼中反弹，下降到 3200 点，账户收益六十万。

晚上回家一进门，安臻老公用多年来少见的严肃口气说道："毛毛妈，这回你听我的，赶紧抛了！咱俩都不是吃这口饭的人，占着点便宜就行了，别到头首付没给出，连给儿媳妇红包的钱都没了，快点抛了！"

安臻不耐烦地回道："哎呀抛了抛了，别唠叨了，叨的我心烦。"

"真抛了？"

"真抛了！"

大盘一泻千里，持续下降到了 3000 点，账户收益降到了四十万。眼见收益一天天失血般下降，大盘完全没有反弹的迹象。

安臻连发几条消息给研修班的老师，不似往日的秒回，几个老师商量好了似的，都安安静静，没有回音。急得安臻打电话过去，听到的也永远是漫长的忙音。她心想："这几天股市这么动荡，一定有好多人找老师，估计他们是太忙了，顾不上接电话。"

于是，她急忙赶到 VIP 室去，结果出现在面前的是铁将军守门，上面挂了块牌子，写着：全员外出学习。

门口已经聚集了不少股民，个个都挂着一张苦瓜脸，唉声叹气。安臻感到一阵眩晕，胸口像是被一块沉重的石头压得透不过气来，心里惴惴不安，吃不到老师发的"定心丸"，真正是六神无主。

她下了决心，该割肉就割肉吧，下午一开盘就割，少赚一些就少赚一些，不伤了本金就好，留得青山在不怕没柴烧。毛毛首付再想办法，这套房子要是搭进去了，那是要了我的命了！

下午开盘，安臻持的股票全部跌停。只有卖盘没有买盘。她浑身抖得停不下来，

转回家中，安臻闷闷地吃完饭，怕被老公察觉端倪，借口要找张阿姨聊点事，出了家门。她在小区里一圈一圈地兜着，看着天上的月亮又大又圆地亮着，一颗心却如被开水煮着一般不得安宁。走得累了，她坐在小区简陋的健身区。这个地方这会儿已经空无一人，她迎着月光，虔诚地双手合十："佛祖、耶稣、真主安拉、太上老君、天蓬元帅……求各路神仙开恩，给小女子一个脱身的机会，小女子以后一定洗心革面，要多虔诚有多虔诚，下半生吃素都行……"

转回家中，老钱已经躺下了，听到她的声音，询问了两句，安臻打了一下马虎眼。躺在床上，怎么也睡不着，月光从

窗帘的缝隙中照射进来，照到了床头柜上父亲母亲的合影，算算日子，父亲去世快十年了。

安臻小时候长相甜美，颇受邻里宠爱，不过学习成绩平平，中考发挥还算不错，考上了幼师，倒也遂了她自己的意愿。母亲对此不置可否，父亲还是很开心地送她去上学，在父亲的眼中，考上中专已经是很大的成就，也是父亲很大的荣耀了，不管别人怎么看，父亲总是有机会便夸赞自己的这个女儿。

后来安臻和妹妹相继结婚，日子渐渐过得滋润起来，父亲刚过上几天好日子，不想突然患了重病，治疗了三个月就去了。想到这儿，安臻心里一酸，摸了摸照片，又端端正正放回了原处。

第二天一早，安臻支棱起蔫黄瓜一样的脑袋，捧着手机的双手不停抖着，等着开盘。挂出去的股票根本无人接盘，股市成交低迷。九点半，直接跌停，账户收益2万块。系统提示需要补仓。她浑身上下连牙齿都在打战，二十几度的天气里，她冒了一头的冷汗。

她一整天时间里默默地坐着，不知道脑子里想着什么，直到晚上老钱回家了才回过神来。

第三天一早，账户显示：由于您的余额不足，账户已被强制平仓。

第二十章

"今天咱们讲两个铁球同时落地的故事。"

翻着《十万个为什么》，陈嘉会给女儿讲起比萨斜塔上那个著名的实验。

"你看，很重的东西，像这支铅笔啊，从桌子上掉下来，'啪'的一声，就落到地上了。但是，你看这一片羽毛，那就慢悠悠地落下来，明显比铅笔落得慢。"

"是不是东西越重，就落得越快啊？"女儿抬着小脸，认真地问道。

"古人也是这么猜测的。意大利有个科学家，叫作伽利略的，他却不这么认为。

"他认为，重量不一样，如果没有空气阻力，落下来的速度是一样的。有一天，他把两个重量相差很大的铁球，从比萨斜塔的塔顶同时扔下来，结果两个铁球同时落地，证明了重量不同，落下的速度是一样的。

"不过呢，尽管落下的速度一样，但两个铁球蕴含的能量是不一样的。你可以想象一下，大小一样的乒乓球和铁球，落在沙地上，哪个球砸出来的坑会更深？"陈嘉会启发着。

"肯定是铁球更深。"小女儿点着头说，两个羊角辫也跟着一晃一晃。

"对的，这就是因为铁球运动时蕴含的能量更大一些，这个能量也叫动能。"

说完这句话，他心里突然闪过那一个陡坡，那个在江口的桃山路，和那一道钢筋水泥墩护栏。

这得多大的动能，才能撞断那些粗大的钢筋？！

安顿好小孩，陈嘉会拿出几张打印纸，画了一个简图。他查了一下，就算普通的钢筋，抗拉强度也有三百牛顿每平方毫米。印象中，江边护栏连接水泥墩的至少有三根钢筋，每根有二十毫米左右的直径。轿车重量差不多一点六吨。假设车子冲断钢筋后残余二十公里的时速跌落山崖。

他拿着笔在纸上仔细地算了一个多小时。

综合各种因素，保守估计，撞击时的时速要在一百公里以上。

陈嘉会嘀咕了一下，不过是查个内幕交易，犯得着吗？把车开得这么猛。

那个路面，那种灯光环境，他实在没法想象怎么能开到百公里时速。

"不会是酒后开车吧……酒后开车吗？"他脑子里仔细地搜索着，总觉得遗漏了什么东西，他细细地回忆着。

他模糊的记忆中，始终觉得有什么事情被忽略了，但一时又想不起来具体是什么。他安顿好小孩，开车上了高架桥，走进办公室。

他查了一下记录，事故发生的时间是 9 月 28 日。

他翻出前两年的记事本，这一天记录着：黄浦区迎国庆汇报演出。他依稀记得那天晚上，武初阳曾经给他打过电话。

他打开电脑，开始查找手机通话记录。

9 月 28 日晚上 9 点 58 分，接连着有两个呼入电话。第一个没有接听，间隔十几秒，第二个接听了。

他细细地回忆那天晚上，女儿幼儿园代表团参加了演出，当晚所有节目接近尾声的时候，是有电话进来，而剧院里是不允许接听电话的，他挂断了第一个电话，但一会儿又打了进来，他只能捂着手机接了下来。他想起当时的对话。

"师哥，我这边得到一些重要的线索，应该有可以深挖的新闻调查。"武初阳的声音有些兴奋。

"小阳，我这边不方便，一会儿给你回过去。"陈嘉会压低声音回答。

"好的，那我们晚些聊。"武初阳挂了电话。

他想起来了那段对话。由于陈嘉会对内幕交易调查不感兴趣，所以也没有特别在意。但那个时间点，武初阳如果是酒后通话口齿异常，陈嘉会肯定会有所反应。

但他当时没有任何异常的记忆。

然而等他回到家里，安顿好小孩子，回拨电话时，对方的电话已经打不通了。

第二天就得到车祸的消息。

"我这边得到一些重要的线索。"他反反复复想着武初阳最后跟他说的话。

能有什么呢？无非就是一些暗箱操作，上市公司联合庄家做局割韭菜而已。这种事情对于财经江湖中人，实在是见怪不怪了，犯得着吗？这么拼命。

"是啊，犯得着吗？这么拼命。"

陈嘉会心里忽然重复嘀咕了这句话。

他觉得自己这句话里面，隐隐还有另外一层含义，连自己一开始都没有注意到的含义。

姜茗每天依旧进进出出地盯着股市，陈嘉会也更多地关注起她的动态。

每过两天，她就会把搜集到信息给陈嘉会汇合，她感觉自己走在一个谜城之中，心中一个个的问号。

"我想找这家公司的董秘做个采访，师傅你觉得有必要吗？”

“如果能当面采访一下，多了解公司背景资料，经营信息，当然是有好处的。”

“我的身份可能对方不太会理我，师傅你能出面帮我联系一下吗？”

陈嘉会想了想，说道：“这样吧，我们分头调查。我调查上市公司的背景资料，你盯着股市的动态行情，我们再来汇总。”

“要不要我跟着你一起去？”姜茗热切地问道。

“我前期先做些基础工作，需要的时候，我们再一起去。”

“好吧。”姜茗不太情愿地说道，噘了一下嘴巴以示抗议。

陈嘉会笑了笑，不再多说什么。

近段时间以来，陈嘉会心里的疑团挥之不去。当年认为毫无意义的电话，成为他心中绕不过去的结。如果他能够接听这个电话，会不会事情就有不一样的结果？武初阳电话里说的重要线索，到底是什么？

早已成为过去的陈年往事，突然像一块沉重的巨石压在了陈嘉会的心上，他的心理负担随着他的回想越来越沉重。这是涉及一个生命的电话，如果不能彻底了解清楚当年那个电话所表达的真实意思，陈嘉会觉得这将是他一生难以解脱的枷锁。

经过一周的思考，陈嘉会决定再去一次川西小城。一下飞机，他在万舟租车公司机场店租了一辆凯越，开车来到了东庆市。这次他落脚在一个名叫“锦都”的商务酒店，门面不大，大堂倒也清清爽爽。

进了房间，短短的通道右侧是一个小小的卫生间，左侧就是一道白墙，一眼可见墙上挂着一个液晶电视，电视前面并排放着一个行李台和一个浅黄色窄长的杉木台子，台子前摆着一个包着布面的木椅。走过卫生间，房间里一览无余。右侧一张大床，床的两边各有一个简易的床头柜，靠窗放着两把小藤椅，椅子中间是一张小圆桌，圆桌玻璃台面上放着一个烟灰缸，一盒火柴。这是商务宾馆最常见的装饰风格。

财经社的出差补助，他的标准是四百多一天，但是这个宾馆只需要两百来元。

进了房间，他把行李箱放在行李台上，拿出了笔记本电脑。房间里并没有专门的写字台，他把电脑放在了电视机前的杉木台上。

随后，陈嘉会拿出洗漱包，在卫生间简单洗漱了一下。已经是傍晚时分，他走出房间。

"陈老板出去吃饭吗？"陈嘉会刚从电梯出来，一个画着细致的妆容、穿着职业西装的年轻女孩向他打招呼。

"是啊。"

"我是这个店的大堂经理。陈老板是第一次住我们酒店吧？"女孩问道。

"是的，第一次来住的。"陈嘉会停下了脚步。

"我们宾馆新开了一个餐厅，陈老板如果不嫌弃的话，也可以在我们这里吃一点，方便实惠的。"女孩热情地介绍着。

"是吗，是本地菜还是哪里的菜系？"陈嘉会随口问道。

"就是本地菜，是我们正宗的当地厨师做的了，住店客人都有八五折优惠的。"她笑意盈盈地说着。一抬头，看到另外两个人从外面回来，又趁间隙打了个招呼："李老板回来了？辛苦了，热水二十四小时都有的，洗个脸可以吃饭了。"

陈嘉会瞄了一眼她的胸牌，方晴。这是一个二十四五岁细眉大眼、大嘴大脸的女孩，一根粗粗的马尾辫高高地挽在脑后。尽管每个五官都显得有点大，放在一起却莫名有一种喜感，倒也讨巧耐看。一开口露出一侧的小虎牙，看着有些淘气。

"方经理记性真好啊，店里的客人眼熟也算正常，姓什么都能记住，那可不太简单。"陈嘉会赞叹着说。

"服务行业嘛，我们就是吃这一口饭的啊，顾客就是上帝撒。再说，现在生意难做啊，服务不做好，饭就吃不上了。"方晴笑容可掬。

"我看你这里生意挺好的嘛。"陈嘉会看了一眼前台的客人，说道。

"是撒是撒，我们这里还是有不少回头客撒。"她又接着问道，"老板上海来的？上海可是好地方撒。"

"四川才是好地方撒，天府之国嘛。"陈嘉会学着她的口吻回了一句。

"哈哈哈。"她笑得眉眼更开了，"你是个文化人，不可以取笑我们乡下人嘛。"

"我是大老粗啊，哪里是什么文化人嘛。"

"哈哈，你是做啥子的，我不说十拿九稳，也能看个六七八九。如果你是大老粗，那我们就是野草蓬、黄泥坯了。"

话音刚落，她又补充了一句："不过呢，你这样的人住我们店，可不多的。"

"是吗？为什么啊？"陈嘉会好奇地问。

"这个店里吧，大多数都是做些小生意的，或者来跑业务的，才会住这里的。"方晴笃定地说。

"方经理年龄不大，阅历倒是不浅啊。"陈嘉会笑了笑。

"哎呀，我在这个店里都好多年啰，高中毕业就来这个店里了。那时候这个店也开张不久，前台只有我一个人，顶了两年多呢，后来生意好些了。老板另外请了一个小姑娘做前台，我就在兼顾着前台和大堂，偶尔招呼一下客人撒。"方晴说话的时候，脸上始终是笑笑的，一副可亲可近的邻家女孩模样。

"服务业也是很锻炼人啊，形形色色的人都要打交道，强词夺理的，吵闹纷争的，胡搅蛮缠的，各种人和各种事情可不少。"

"是啊，打脚跑码头，风火走单帮，啥样子的人都有了，不过你这样的就不多了，上海来这边的人就更少了。"方晴说道。

"方姐，麻烦开张发票撒。"前台一个小姑娘大声地叫了一声。

"好的，来啰。那陈老板先吃饭啊，有什么需要随时找我啊。"方晴递给他一张名片。

陈嘉会刚想往外走，犹豫了一下，他折回身子，向大堂边上的餐厅门口走去。

依山小城的特色，少不了一些野菜土味，陈嘉会走南闯北，各色菜系也都不忌口，就随意点了几个小菜，要了一瓶啤酒，慢慢地喝了起来。

吃完饭，陈嘉会在大堂的沙发上坐了一会儿，看着方晴忙前忙后。将近八点钟，客人进出也就少了，他起身打了个招呼。

"咱们餐厅的饭菜应该是可以送到房间吧？"陈嘉会站在前台，向着方晴问道。

"对的，没问题的，有需要你用房间里的电话直接打下来就可以，送上去很快的。"方晴开心地说道。

"嗯嗯，好的，谢谢方经理。咱们这边晚上有什么可以休闲的地方吗？"

"有啊，我们这个小城市啊，生活最适意了。茶楼，洗脚，浴场，什么都有。"方晴说道。

"街上也有老虎机，不过，那都是小孩子玩的，陈老板就别去了，你人生地不熟的，不方便的啊。"停顿了一下，方晴又补了一句。

"嗯，好的，谢谢你，方经理。方经理上班时间是几点到几点啊？服务业都很辛苦吧？"陈嘉会倚着前台，有一搭没一搭地问道。

"是啊，我一般都是早上八点到晚上八点的，不过七点半就过来了，八、九点才会走，陈老板有什么需要尽管找我好了。"方晴始终是一脸的热情。

"好的好的，有需要一定要麻烦你的，先谢过了。"陈嘉会挥手示意了一下。

回到房间，他打开视频，和女儿讲了两个小故事，方才挂断了视频。

已经是夜间九点多了，陈嘉会下楼。他开上凯越，离开了宾馆。

不到半个小时，他就开到了桃山路。这是一条沿着山坡开凿出来的挂壁通道，一侧是黑黝黝的山石，另一侧是陡高的侧崖，侧崖下面是一片水田，夜色中分辨不清种的什么庄稼。六米左右宽的马路中间没有黄线，也没有专门划分的非机动车道。两侧的树木年代深远，宽大的树冠断断续续半遮了路灯，夜间的光线很暗，偶尔交会或者并行一辆自行车，陈嘉会都需要借过大半个车道。

这是一段连续三百多米的上坡，到了坡顶，有一个转角，转角边有一个稍稍平坦一些的地面，地面有一块较大的空地，空地上停着几辆车子，一个听雨轩茶室的牌子，在夜间安静地点亮着。

陈嘉会继续往上开，过了茶室几无人烟，经过一段泥石路，到了一个丁字路口，丁字路口的一侧是一个简陋的大门，大门上有个昏暗的灯，模模糊糊可以看到是一个生态山庄。过了路口，道路慢慢折回市区方向。十点左右的小城边缘地带已经极为安静，偶尔有辆车从边上穿过。非机动车道间或骑来一两辆自行车，慢悠悠地拉长然后缩短路灯下的身影。

陈嘉会在一个路口掉了个头，沿原路往回开去。

开到茶室门口，他稍稍加了点油门，车辆速度提到六十码，他明显感觉超出了安全车速。他降到四十码，小心翼翼地往下开，下坡到一个拐角，下方就是奔流不息的青石江。他以三十码的速度转过了拐角，拐角后是相对平坦的一个路段，又开过二百多米，才来到第一个十字路口。

十字路口没有交通信号灯，他仔细地穿过路口后，在下一个路口又掉了一个头，重新开上了上坡。

这一次，他来到茶室前面的平地上。这是一块砂石路面，路面上三三两两地停着几辆车，并不见有保安在现场管理。经过茶室门口，隐约可见是一个开阔的庭院，过了门口掉了个头，他转角开下山坡。

他不断地踩着刹车，保持速度不超过六十公里／小时。临近坡底，他感觉这个速度很难安全地拐过弯道，于是踩下刹车，在四十公里／小时的速度下再次通过路口。

他又一次掉头上坡，再次返回时，他以三十公里／小时左右的初速度转到坡道。没有踩刹车，车子提速很快，过了一百多米时速度已经到了五十公里／小时左右，再过了一小段，速度就提到了六十公里／小时左右。前面大概还有五十米左右的距离时，速度已经到了八十公里／小时左右，他赶紧深踩下刹车。车辆在路尽头急急地拐过了弯。

第二十一章

第二天早上七点，陈嘉会就下了楼。早饭还在昨天那个餐厅。经过大堂时，他看见前台小姑娘一个人在忙前忙后。

他走到门口，点了一根烟，看着街道上车来车往。上班时间，行人大多行色匆匆。

他偶尔吸一口烟，烟雾从嘴巴里吸进，又从嘴巴里吐出。

过了一会儿，他看见方晴穿着件蓬蓬裙，马尾辫在脑后一蹦一蹦地走了过来，脸上的妆容依然很职业，不过因为穿着日常，显得年轻可爱。

"方经理这么早，辛苦啊。"

方晴有些诧异地抬起头，一看到陈嘉会，赶忙换上一副春风拂面的笑容："陈老板早啊，吃早饭了哈？"

"还没吃呢，抽根烟。"

"那一会儿也可以吃早饭了，我们早餐还挺丰盛的，多吃点，我先进去上班了哈。"

吃完早饭，他在电视机前打开电脑，处理了一些文案。

到了中饭时分，陈嘉会下楼吃饭，他在前台留意了一下，方晴不在。

回到房间，他稍稍休息了一下。时间已经到了下午两点左右。他把电脑放进包里，带着包下了楼。

方晴已经在前台帮忙了，陈嘉会特意走上前去，打了个招呼。

"方经理好啊，生意忙吧？"

"好的，谢谢陈老板啊。陈老板今天还要续住吧？"

"我要续住的，你帮我办一下手续吧。"

"陈老板要续住几天呢？"

"先续个两天。"陈嘉会停顿了一下，又改口说，"还是先续一天吧，需要的时候我再来续。"

"好的呢。"

办好手续，陈嘉会开车来到听雨轩茶室，把车停在门前，拎着电脑包进了茶室。

门口一个穿着白底蓝花汉服风格衣服的小女孩迎了上来。小女孩十八九岁的样子，一脸未消的稚气。

"欢迎光临，老板几位啊？有预订吗？"

"两三位，没有预订的。有小一点的包间就好。"陈嘉会说道。

"我们这里有小包间的，可以坐四位，消费两百二每间，老板你看可以吗？"小姑娘躬了一下身。

"可以的啊，谢谢。"

"其他客人还没到吗？"小姑娘侧着脸，细声细气地问道。

"嗯，他们还要过一会儿。我等他们。"

这是一个中式庭院风格的茶室，迎面是一座假山，假山下一股清泉涓涓而下，细流下一汪碧水，水面上飘着几片荷叶。左侧是一个大厅，右侧是一条长廊，长廊上开着一些镂空花窗，一路的黑柱青瓦。小姑娘领着陈嘉会经过一个转角，后面是一个巷道，巷道中再分成了几排茶室，环境颇是静谧雅致。服务员沿着巷道把陈嘉会引入内侧的一排茶室，说道："小包间都在这边了，老板，你看可以吗？"

"很好，就这里吧。"

房间里陈设颇为讲究：一张红木小八仙桌，四个明代风格的椅子，上面铺着金线红底软垫，房间的一侧摆放着一个红木高几，另一侧是一个长沙发和一张长茶几。

陈嘉会点了一壶十年陈普，服务生陆续把各式水果、干果送了上来。

"这里有一个呼叫铃，老板有需要只要按呼叫铃就可以了。我们这边也有简餐提供，老板需要的话随时吩咐就行。"服务生夹着餐盘，鞠了一躬。

"好的，谢谢了。"

陈嘉会打开电脑，开始查看邮件，然后打开一个新闻稿，开始校对修改。

四点多，陈嘉会忙完一篇短稿，休息了一下，起身去洗手间。他留意了一下茶室的布局，相邻的两排都是小包房，另外一条通道两侧是大包房。茶室里客人不多，这和中心地段茶楼里宾朋满座的景象倒是差些景致，大概是地段偏远、消费较高的缘故。包房隔音不错，麻将机洗牌、送牌的声音，经过房间边上才稍有听闻。

陈嘉会看了一下表，已经到了晚上七点。他按了呼叫铃，过了一小会儿，服务生轻轻敲敲门。

"朋友临时有事过不来了，我不等他们了，买单吧。"

陈嘉会开车出了停车场，天空还残留着一些亮光。转入车道，一路下去，只有一辆小车有过交会。这确实是一个安静的地段。

回到宾馆，陈嘉会停好车。停车场在酒店的后面，从停车场有一个小门可以直接通到大堂边上的电梯厅。陈嘉会没有走小门，他沿着机动车道返回大街，然后从正门进了宾馆。

"陈老板回来了？吃饭了吗？"方晴看到陈嘉会，宽眉宽眼里都含着笑意，热情地打招呼。

"吃过了，你也吃过了吧？"陈嘉会也热情地笑着回应。

"是噢，我们工作餐，四点半就吃了。"方晴把双手背在身后，轻轻转了一下身子。

"噢，方经理今天看着脸色不错，看着可更漂亮了啊。有什么开心事吗？"陈嘉会上下打量了一下。

"哈哈，真的吗？没有什么特别开心的事啊，我是每天都开开心心的啊。"方晴笑着说道。

"难怪呢，本来我工作的事情还挺烦心的，现在看到你，我都开心三分了。"陈嘉会一脸苦闷地说了一句。

"陈老板怎么不开心啊？"方晴关心地扬起头，睁大一双水灵灵的眼睛，一脸认真地问道。

"工作没做好啊，被老板批评了。"陈嘉会无精打采地说道。

"哎呀，谁还能把工作做到十全十美，你们老板真挑剔啊。"

话音未落，前台办手续的人有点吵闹，方晴匆匆地说了一句："我先去帮一下忙，陈老板放宽心，不要为小事情不开心啊。"

陈嘉会回到房间，换了一身休闲装和运动鞋，他看了一下表，七点三刻。他下到一楼，在宾馆门口小店里买了一包软娇子，站在门口点上一支烟。九月末的小城，夜间已经有些凉意。

他看了一下表，八点十分。

燃过了两根烟，他看见方晴换回了便装，和前台打了招呼，向门外走了过来。

方晴一眼就看到了陈嘉会，停下来笑着打招呼："陈老板又抽烟啊？是不是心情不好抽烟解闷啊？"

"是啊，心情烦躁，抽根烟。"

"到底啥事情，让你这么不开心啊？要不说来我听听撒。我如果不开心，就找个人吐吐槽，发发牢骚，心情就会好不少呢。"方晴像个朋友一般开导着。

"说来话长啊，你下班了？走路回家吗？"陈嘉会问道。

"对啊，我住得很近的，走个二三十分钟就到了，我们这里是个山城，骑个车上上下下不方便，还容易被小偷惦记。"方晴说。

"噢，我刚吃完饭，正好也要走走，那就跟着你走一会儿，顺便给你吐吐苦水，说不定心情就好了，一会儿我自己走回来。"

"好啊。"方晴开心地笑了笑，"教你两招，凡是遇到不开心的事情，要不吐吐槽，要不吃吃东西，我这方法，百试不爽。"

"哈哈，方晴化功大法，今天演练第一招，吐槽大法。"陈嘉会笑着说道。

陈嘉会和方晴走了出去，陈嘉会打量了一眼，说道："方经理穿着这一身衣服，猛一看，倒像个在校大学生呢。"

"哪里有啊，我都没念过大学呢。"方晴有些开心又有些羞涩地笑着说，停顿了一下，又接着说，"陈老板你叫我小方就可以了，叫名字也行，就别叫方经理了，本来我就是一张方脸，可别把我整个人都叫方了，哈哈。"

这个川西小城依山而建，街道大多高高低低，曲折弯绕，马路两边的行道树高大宽厚，随处可见鸡鸭兔头小摊贩，支着个三轮车，坐等着夜归的客人。

陈嘉会随便找了个话头，吐槽了一番单位的工作。方晴一顿安慰，把陈嘉会逗得哈哈大笑，气氛显得轻松随意起来。随后，两个人有一搭没一搭地聊着家常，无非是老家哪里，学业怎样，去过哪里游玩。过了十几分钟，转过一个街角，路面开始渐渐陡斜，路两边的行人也少了很多。

"小方的记忆力很强大啊，住过的人都能打上招呼，我第一次来住你都能一眼就看出来。"陈嘉会转过话头。

"这个就是职业素养嘛，我们上岗前还会专门训练这方面的记忆的。"方晴走着路都似乎是一蹦一跳的，像个放学回家的小学生。

"噢，是吗？我们一个同事也来你们这里住过，不知道你有没有印象。"陈嘉会问。

"是吗？什么时候啊？怎么样的一个人？"方晴收起笑容，认真地问道。

"两年前，一个男孩子。"

"两年前？那我肯定记不住啦。我记忆再强，也不是电脑啊，脑容量不够。"方晴又恢复了笑容。

"嗯，记不住也是正常的，那时候你们店好像开业还不过半年的。"陈嘉会打住话头，放慢了脚步。

"你说来听听，是什么样的一个人？两年前？"停顿了一会儿，方晴压不住自己的好奇心，主动问道。

"也是上海过来的，一个二十七八岁的小伙子，个子很高，差不多比我还高半个头，一脸的白净，每天都是穿着个白衬衫，一身的肌肉块块。"

"是吗？"方晴在脑子里搜索着，"怎么听起来感觉还是有点印象。"

"出差住在你们宾馆，很可惜，在这里出了车祸，车子冲进青石江，没有抢救上来，可惜得很，走了。"

"噢！噢！噢！那个谁！那个我太有印象了！这是我们宾馆开业到目前出过的最大的一次事情了。尽管出的事情不在宾馆内，但毕竟是我们的住店客人，印象太深了！"方晴一迭声地说。

"那个小伙子，真的好帅好帅啊，而且人超级好。那时前台只有我一个人，他外面回来时还给我带过奶茶，人真的是好好啊。"

停顿了一会儿，她满眼惋惜地说："真的是好可惜啊！"

"是啊，他是我的同事，这次我过来出差，正好也住在这个酒店，突然就想起他了。"陈嘉会轻声地说。

"唉，现在想起来心里都难过，为什么这么好一个人，年纪轻轻的，就会出这么大的事情！"方晴的语音里，满满的惋惜之情。

"他是一个很和善、很阳光的小伙子，刚到我们社才一年时间，因为我们是一个学校同一个专业，他都是一口一个'师哥'地叫着，有什么事情，跑前跑后也很勤快。我们师兄弟的感情不浅。"

"哎呀，你一说我可就想起来了，每次见到我，他都叫我小方妹呢。我记得第一次看见他，穿着白色的衬衫，黑色的牛仔裤，白色的运动鞋。一个白白的脸庞，脸上挂着老朋友般的笑容，笑起来像个孩子般好看。我感觉阳光都跟随着他一起照进来了。"方晴回想起当时的情境，还有一丝陶醉。

"我印象特别深刻，他在办入住手续的时候，我都不敢看他的眼睛！只记得盯着他的手看！他的手好好看，有力的指节，却又有细腻的皮肤和修长的手指，特别干净清爽的指甲，我把登记表让他签字时，都忍不住赶紧把自己的手藏了藏，哈哈，不好意思放在一起。

"他在我们这里住了好多天，每天一大早天刚亮，他就会起来去跑步。本来我以为他是挺瘦的一个人，但他穿着运动短袖，就能看到胸肌鼓得老高老高的，手臂上的肌肉一块一块的，看着比我的腿还粗，可不是一个瘦子。每次回来，他都会和我打个招呼，就像大哥哥一样亲切！还鼓励我考个自学文凭，答应回上海后，给我寄一些学习资料。因为他经常穿着白衬衫，我就叫他白哥哥。

"他还给我看过他女朋友的照片，他女朋友好漂亮，一看就是特别般配的一对儿！可惜出了车祸，真的好心痛啊，我都哭了好几天！"

方晴从包里拿出一本书，路灯下可以看到封面上印着《行政管理》。

"你看，我还是听了他的话，每天有空就在看书，我的大专文凭，过半年就要拿到了。"方晴口气里带着开心，又带着难受。

"活到老，学到老嘛，不断学习，不断提高嘛。"陈嘉会终于有机会插上一句话。

"唉……"方晴再一次深深地叹了口气。

"你对他记忆好深刻啊。"陈嘉会接着说，"小武当初来这边出差，是要完成一篇很大的调研报告。他搜集了很多资料，还没完稿他就出了事故，我想帮他把这篇报道写完。

"为了完成他的心愿，我就想在他的工作基础上继续做。但是他前面搜集的一些资料和写的初稿，都没法找到。

"我记得他把所有的资料都会写在一个 A4 纸那么大的笔记本上，初稿就写在笔记本电脑里。我曾经去找过他父母，他父亲说，当初他来这边收拾遗物的时候就没有看到笔记本，也没有看到笔记本电脑，失事车辆里也没有找到。

"他的电脑是很轻薄的一个苹果，笔记本是咖啡色皮质封面，不知道会不会留在房间里。或者搞卫生啊，或者收拾一下房间时，你们会不会有留意？"

"哎呀，我们肯定不会动客人的东西了，"方晴急急地辩解道，"而且，那天半夜，我们还不知道他出事情，警察就来检查过了，所以我们更不敢去动什么了。"

"半夜警察就来检查过？"陈嘉会有些好奇。

"当天半夜有两个便衣警察过来，要求进去他的房间检查，我以为是他犯了什么事呢，结果第二天才知道是出车祸了。"方晴说道。

"你说，当天晚上就有便衣警察来过？你怎么知道是便衣警察呢？"陈嘉会站住脚，认真地问道。

"他们不是有警官证吗？再说，我们这种小门小店，谁也得罪不起。警察偶尔来查房，那就是来敲敲你，不是很正常吗？"方晴把老气横秋写在一张稚气未脱的脸上。

"警察当晚就来检查？而且是便衣？"陈嘉会心里沉吟了好一会儿，接着问道，"噢，那他们有带走什么东西吗？"

"这我就没留意了，他们一进房间就关了门，我一个小姑娘，也不敢多问的。"

"出来的时候没留意带了哪些东西吗？"

方晴沉思了一会儿，努力地回忆当时的情景，过了一会儿，她才开口说："我们宾馆的房间你是知道的，一推门，基本上就能看到台子，你说他的电脑是一个银色的特别薄的，我还是有印象的。但当时推门进去的时候，那个电脑有没有在台子上，这个倒真想不起来了，毕竟两年多了。再说那时候只要老板烧香没烧到位，警察查房就会频繁，我们也不会多去留意什么。"

"噢，还记得他们大概什么时候来的吗？"

"应该是半夜一点多吧。我们店里的规定，凌晨一点锁大门，店里就一个老保安和我守着门，我摊个折叠床在前台后面睡觉，保安就睡在大堂的沙发上。我记得刚锁门一会儿，警察就来了。

"真的是不忍心回想。出事以后，那个房间就一直关着，过了好多天他父亲才来收拾东西。我偷偷上去在门口看了一眼，他父亲背对着门，整个头灰白灰白的，一只手撑在桌子上，一只手捂着嘴，身体倚靠在桌边不停地颤抖着。我看了一眼，眼泪就哗哗地流下来了。"方晴的声音里已经带着点哽咽。

"你确认是出事故的当天晚上，警察就来了吗？"陈嘉会问道。

"对的，那天晚上白哥哥出去时还和我打招呼了呢。不知道为什么，一看到他，我就毫无理由地好开心，心里还在想，这会儿出去，不知道什么时候会回来呢。结果那天夜里警察来查房，他也没有回来，我整整担心了一个晚上没睡好，第二天下午就听到他出事故的消息了。"

"你有仔细看他们的警官证吗？"陈嘉会问道。

"我们哪里敢细看，人家一亮，我们就乖乖放行了。供着是菩萨，不供就是小鬼，我们可得罪不起。"方晴气鼓鼓地说道。

"嗯，明白的。我知道了，谢谢你啊，小方。"陈嘉会认认真真地说了一句。

第二天一早，陈嘉会离开锦都酒店，开车回到万舟租车机场店，这是一家全国连锁的租车公司，覆盖了国内大多数机场、高铁及城市中心地段。

他一边办理还车手续，一边问道："咱们这些出租的车辆，应该都有 GPS 定位系统吧？否则租车的人跑了，那不找不到了吗？"

"倒不是怕人跑，我们都有实名核实身份信息的。不过呢，为了查验违章信息和安全考虑，所有的车辆是装了 GPS 的。"接待的小伙回答道。

"噢，那我可以看看我这辆车最近两天的 GPS 轨迹吗？"陈嘉会问道。

"我这里查不到的，你要查的话，要到我们总部才行。你自己用的车子，你查它干吗？"小伙觉得不可思议。

"这两天一个朋友也开了一段时间，我要看看他去了哪里，别到时候有违章还要给他背锅。"陈嘉会回答。

"用不着，你时间上不是看得出来吗？"小伙有些不解地看着他。

"还是看一下比较好些，哈哈，你给我总部地址。"陈嘉会笑了笑，坚持地说。

办事员像看着一个怪人一样，脸上似笑非笑，一边翻找名片，一边说道："你去那边也不一定能给你查，只能去试试。还是你们上海人精明啊，像这样的我还是第一次碰到，哈哈。"

陈嘉会听出了言外之意，也不多说什么，笑着接过名片。

按名片上的地址，陈嘉会来到租车公司总部。负责人是一位年仅二十七八岁的小伙，身材高大，操着浓浓的东北口音，一口一个哥热情地叫着。

"哥，有什么事情吗？"

陈嘉会给他出示了记者证，说明了来意："我们社里有一个记者，租了你们的车，不幸出车祸因公殉职了。现在总社有个机会，要给他一个表彰，同时给家属一些抚恤。不过有些细节上的要求，需要把他最后工作阶段的行程都详细列出来。但我们没法知道太准确的行程，所以想把当年租车的 GPS 定位数据调出来，整理一下，方便给他争取一个等级高一点的抚恤金，要麻烦你支持一下。"

陈嘉会把写着租车时间的字条递给了他。

"噢，这个事情，我有印象。当年我们公司还通报了这次事故，要求加强租车客户的安全提示，签署安全承诺书。那时我还在机场店当店长呢，一晃都是两年前的事情了，就是在东庆出事的那辆车。没问题，哥，我帮你找。"

他领着陈嘉会来到走道角落的一个办公室。办公室里面一个头发蓬松染着一缕黄的小年轻正玩着游戏。

店长骂了一句，说道："走开，我来查个东西。"

他在电脑中查出了车辆号牌，然后打开 GPS 信息系统，输入号牌。

"不好意思，哥，我这里只能查到一年内的信息，这个车已经过了两年，都没有信息了，这里已经查不到了。"

"噢。"陈嘉会有些失望，"那没有别的办法了吗？"

"应该是没有办法了，哥，实在不好意思，没能帮上忙。"

"不，已经麻烦你了。"

陈嘉会刚想离开，小黄毛开口说道："可以找找 GPS 工程公司看看，他们云端服务器上也许会保留的时间久一些。"

"是吗？那太谢谢了，您能给我一个联系方式吗？"

小黄毛在一堆杂物堆般的抽屉中，寻宝一般地找了三四分钟，终于找出了一张名片。

"喏，这个是他们那边的技术工程师，你找他看看。"

陈嘉会拿手机拍了一下名片。这是一位林姓的工程师，而这家公司所在地恰好就在上海，他抄下了车牌，告别了两位。

晚上八点多，飞机在浦东机场上方慢慢降落，舷窗外灯火辉煌，上海就像一个巨大的水晶宫，静静地坐落在东海之滨。

陈嘉会拿好行李，远远看去，他的太太已经牵着女儿，等在了机场出口。

第二十二章

位于河西走廊的酒泉市，虽地处偏远，于国人却是如雷贯耳。每当有长征火箭运载着商业或载人卫星发射，举国的目光都会集中到这个西部小城。打开历史厚重的长卷，这里有更多气壮山河的英雄豪气和继往开来的纵横捭阖。

始建于东晋年间的钟鼓楼，坐落在繁华的东大街和南大街的十字路口，东西两侧的三层屋檐下，分别悬挂"声震华夷""气壮雄关"巨幅匾额，而一层的四个方向的门额上，则是"东迎华岳""西达伊吾""南望祁连""北通沙漠"十六个大字，正有手牵东西、脚跨南北之势。若登高一呼，极目远眺，则有四海呼应之声。浩浩然有山河襟带，天下桥梁之宏大气象。

钟鼓楼东北侧的东方广场，一个闹中取静的咖啡馆里，四个年轻人正沉闷地围坐在一个卡座中，一台电脑放在当中的桌面上，一圈的白纸铺在几个年轻人的面前。

坐在西侧座位上的是一个二十出头的短发女孩，穿着白色衬衫、黑色长裤，鹅蛋脸庞上一对剑眉、一双杏眼、一脸的飒爽之气。她的边上是一个圆圆脸庞、扎着两根羊角辫的女孩，脸上写满卡哇伊（可爱）。对面两个男孩，一个戴着眼镜的白面书生，一个脸上长着五六个疙瘩加上三分横肉的男子。

"这个根本就没法干嘛，两年以前的单子。再说，我们刚盘下这家公司，之前也没有交接这个事情，突然多出来这么多事，钱花了不少，还都是给前老板白忙活，我们图个啥嘛？"横肉男气鼓鼓地说道。

"你嚷嚷啥呢？我们都是耳朵不灵光，要这么大声才听得见吗？"东侧短发姑娘杏眼一瞪，把那男的瞪得矮下半个头。"再说，我们接了这个公司，就接了这个公司的所有关联客户。尽管当时没有提到这个案子，但是老方没有想到这个案子两年后还会重启，也是情有可原的。"短发姑娘一口气地说完。

"这样吧，我也不勉强大家，大家各自发表意见，少数服从多数，决定了就共同执行。同意把这个案子做完的，举个手。"

"我听暄暄姐的。"圆脸姑娘举起了手。

"我听文姐的。"眼镜男孩也举起了手。

"反正不举也是反对无效了，那还不如干干脆脆地举了。"横肉男找了个台阶，自顾自地下了。

"好的，那我们就决定把这个案子做完！"文暄举了下手，用胳膊肘敲了敲桌子，"啪"地翻开了身前的笔记本。

"不过，事情看来是真的有点棘手哎，两年前的事情，不知道现在有多少变化。"

"这个事情我和老方确认过了，事情过去有点久，不过他还是大体记得的。

"当时是男孩子商定的所有行程，并且约定行程要对同行人保密。对方也把该准备的东西都准备好了，提前快递到了我们这里。然而行程开始的前三天，老方就突然联系不上男孩子了。临要接机前一天，老方实在没有办法，找到了当时接机人信息里留下的另一个联系电话，是一个女孩子接的，估计是男孩子的女朋友。只说临时有事来不了了，语气中听起来情绪不太好。

"老方也不好追问太多，毕竟当时行程计划就是瞒着女孩子的，所以就答应他们可以延期，付了的钱也始终有效。

"这个 case 沉寂了两年，老方以为事情翻篇了，猜测是两个人不知什么原因，突然闹别扭了，甚至干脆散伙了。现在的年轻人，分分合合也是见怪不怪。奇怪的是男孩子也没提要退点钱或者至少把放这边的东西取走。

"更没有想到的是，两年之后，当时接电话的女主，突然打来电话，要在原来的时间，原来的地点，完成原来的行程。当然，年份是往后平移了两年。

"奇怪的是，男孩子自始至终都没有出面过。而女孩唯一的要求，就是完全遵照男孩子当时约定的所有行程，不做任何修改。

"对方还特意强调了一下，如果因为时间延期，成本有所增加，她愿意支付额外费用，唯一的条件就是不对当时的既定计划做任何改动。

"这就是当时的行程安排计划表，很详尽。大家可以先看看。需要注意的是，当时这个行程，男孩子都是独自策划的，希望给女朋友一个意外惊喜，所以，严格意义上，为了践行当时所有的承诺，我们依然不能提前对女孩子透露具体的安排。

"我们要有一个人去机场接机，全程驾车陪同，这个路程有点远，会比较辛苦。"文暄说完事情的前因后果后，看着对面一个横肉鲁达和一个白净书生。

"都说上海人很挑剔的，我可不敢去。"横肉鲁达闷声说道。

"文姐，我去接机吧。"一脸书生气的男子抬头说道。

"好的，小万，你负责接机接待；小妹，你负责人员联系；小胖，你负责场地准备；我来做统筹协调。有困难随时找我！小胖一定要注意服务态度！同志们，排除万难，坚决完成任务！"

文暄"啪"的一声合上笔记本。

十月的银川，阳光依旧直刺双眼。国庆假期的第一天，河东机场如潮水般地涌入全国各地的客人。万星举着一个牌子，接到了一行客人。

"夏小姐一路辛苦了。三位请跟我来。"

万星看着眼前的三个人，一个有些憨厚的年轻小伙背着个双肩包，推着个行李车，车上满满三个大箱子。两个肤色洁白细腻、背着小号双肩包的年轻女孩，一个黑色柔顺长发，一身休闲淡雅，一个淡黄色波浪卷发，时尚且稍有些艳丽。

万星急忙迎了上去，双手接过两个女孩身上的背包。万星不小心碰到了卷发女孩温润柔软的小手，登时脸上泛起一片红晕。

"乖乖，这个天气，十月份了，太阳还是热辣辣的。"卷发的女孩一边走一边用手挡着阳光。

"嗯嗯，这边的天气，紫外线是特别……特别强烈的，两位小姐要……要涂好防晒的。"万星有点紧张，看起来他业务不太熟练，见到生人有些不太自然。

年轻小伙和万星一起把行李箱放进后备箱，万星启动越野车，驶上了高速公路。

"我姓万，你们叫我小万就行。"万星做了自我介绍。

"我们这次的行程比较长。嗯，特别长，车上的时间也比较多，后面两位小姐，嗯，也请全程系好安全带。"

"后面有什么好系了，介麻烦的。系起来束手束脚的，不舒服。"万星尴尬地从后视镜看了女孩一眼，卷发女孩话里透着埋怨，语气倒也柔软。

"好了，安全第一。"黑发女孩朝卷发女孩说了一声。

"我叫程茵茵，她叫夏菡。叫我们小夏和小程就可以了，不用小姐小姐的。"程茵茵笑着说，一边系上了安全带。

"嗯嗯，好的。欢迎来自上海的贵宾，我们现在出发前往行程的第一站，游览别具特色、与众不同的海，曾经是乌金之地的黄河明珠，三山环抱、一水中流的乌海。"

程茵茵笑了笑，说道："谢谢了，这几天辛苦你了，小万同志。"

"我们第一次到这边，有些事情可能不太了解。行程中需要注意什么，有什么需要配合，你提前和我们说一声，我们可以留意些。"夏菡说道。

"好的好的，你们是客人，如果有什么要求，也随时吩咐啊。"车里开着空调，并不是十分炎热，不过万星的脸上还是渗出了细细的汗珠。

阳光万里道，不见一人归，唯有河边雁，秋来向南飞。

经过两个小时，一行人简单吃了个中饭，车子停靠在了甘德尔山脚下。成吉思汗的巨大雕像，一眼千年地俯视着脚下的大地。

登上甘德尔山，乌海湖尽收眼底。远远望去，一大片碧绿的湖面中，一座座聚沙小岛，星星点点地散落在湖面当中，十月的阳光下，芦苇像是披着一件薄雾般的霓裳，散发着金色的光晕。独处的如亭亭摇曳的少女，聚集的如漂浮湖面的云彩。

阳光下的湖面，波光潋滟，宛若一块碧绿的翡翠镶嵌在荒漠之中，又如七彩浓墨挥洒出巨大的画卷。沉静的湖面上，快艇穿梭其间，一道道长长的波尾，由白亮耀眼而细抹渐淡，便像如椽巨笔挥洒在绿色的画卷当中。

那湖光山色中的游人，或驻足，或漫步，或俯察，或远眺，有意无意地点缀出宁静中的灵动。

夏菡默默地注视着眼前的一切，她凝视天际的眼眸，如同秋水般深邃静谧。

程茵茵站在她的身边，安静无声地陪伴着。

耿至行从包里取出水，递给了夏菡和程茵茵。一周前，从未主动联系过他的郭见麟突然打了个电话给他，询问了一些公司最近的工作情况，并把郭见麟出面协调对接韩总的情况做了个交代，话题结束后，郭见麟顺便说了一下："听小夏说，她要去戈壁徒步几天，一个女孩子我有些不太放心，你如果有时间的话，最好能够路上去照顾一下。"

耿至行一口答应了下来，随后和夏菡通了个电话，尽管夏菡有些意外，一再谢绝，不过因为已经答应郭见麟了，耿至行不敢退让。夏菡也就不再坚持。

自从机场会面，一路过来，虽说是夏菡的安排，然而不知为何，总感觉她有一种淡淡的哀伤，耿至行本来就不善言辞，偶尔想打破沉寂的气氛，却也不知从何说起，所以就默默地做起一个背负行李的脚力。

"走吧。"一个小时后，夏菡看着前方，轻轻地说了句。四人走下甘德尔山，一行人来到快艇码头，租了一艘快艇，驶入了茫茫湖面。

乌海湖浩如云烟，湛蓝的天空中，朵朵白云映入湖面，水天一色，不知边际。

快艇停在湖面上，太阳渐渐西沉，天上的白云渐渐显得暗淡，映在湖面上便如厚重的铅云，沉沉地压抑着。浩大壮丽，却又悲壮苍凉。夕阳无限好，只是近黄昏，大漠湖面的晚霞，由远而近，渐次暗淡，便如风霜刻剑，又如天地无言，慢慢收起了那一幅无边美景的画卷。

第二十三章

单车欲问边，属国过居延。

征蓬出汉塞，归雁入胡天。

大漠孤烟直，长河落日圆。

萧关逢候骑，都护在燕然。

第二天一早，四人驱车前往额济纳的胡杨林。

炽热的阳光肆意地炙烤着大地。一路上大漠风光震撼人心，一望无际的大地上，天空触手可及，蓝天里的白云仿佛就在身前，一朵朵地绽放着。

一路上车辆稀少，间或可见悠然漫步的骆驼，随风翻腾的风滚草，老树昏鸦的胡杨，朝气蓬勃的红柳，低矮丛生的骆驼刺，点点滴滴的生石花，宽叶低垂的千岁兰，枝叶修长的龙血树。万星一边开车，一边介绍路边的景观。

"生命真的是一种奇迹，这一路干涸的黄沙石子，能生长出树木草丛，也不容易啊。"耿至行接着话头。

"不知道你们是否了解戈壁的成因？"万星开启了导游模式。

"这些砂石原来都是在山上，被狂风吹落，慢慢越吹越远。越靠近山的地方，石子越大，越远的地方，石子越小。咱们看到的地面，上层是石砾与粗砂，下层依旧还是土壤。年久日长，土地表面遍布砂粒，渐渐就形成了戈壁。"万星聊起工作相关的话题，语调也开始顺畅了一些。

"你们看，前面有一片海！"程茵茵指着前方开心地叫了起来。

几个人远远望去，一片湖海浮现在远方，花木倒影，荡漾其间。可是随着车辆渐渐靠近，海水似乎又渐渐远离。

"这就是幻海，其实是阳光照射在戈壁上，光波流动，很像海面光的反射。"万星解释道。

"古代商旅，条件艰苦，如果因为饮用水不足，或者迷失方向，常常因为幻海给人畜造成风险。另外，旅程中可怕的还有流沙，看着沉寂的一座座沙丘，遇到暴风，没经验的人以为可以靠近避风，不料那沙丘在暴风中腾空而起，沙石飘移，待风息沙落，原来高耸的沙丘变成了平地，而原来的平地凭空积成沙岭。就像海洋波涛，高低不定，移动无常。所以古今商旅往来，着实很不容易。

"当然，现在咱们是基建大国，修路建桥，开山挖洞。加上通信发达，交道工具快捷，商贸往来可比过去方便多了。"

"小万，你是学什么的啊？说起地理典故倒是头头是道。"程茵茵有些好奇。

"嗯嗯，我大学是学历史的。刚刚开始做这份工作，知识还匮乏得很。"

"学历史的？怎么到策划公司，做起驾驶员兼导游了？"程茵茵有些好奇，正好可以聊天解闷。

"这个，这个……这个怎么说呢，因为我们老板刚刚接手这家公司，人手不足，我就过来帮忙了。"万星语气中有些尴尬，脸上泛出了一点红晕。

程茵茵嘻嘻笑了一声，说道："看来你对你们老板情意深重啊，你们老板是不是女孩子啊？"

"你……你怎么知道？"万星有些诧异，神色越发显得尴尬。

"哈哈,我是神算子,掐指一算,前方一位多情郎君。还有什么故事,快快从速招来,我再为你算上一卦。"程茵茵打趣着说。

万星有些不好意思地说道:"我和文暄是高中同学,她是那种学习成绩优异,却风风火火的女孩,在所有同学中一直受人瞩目。大学上了两年,突然参军去了,在部队里面立了三等功,本来可以在部队里好好发展,又突然决定复员回到地方,这个公司就是她做的第一份工作,之前只是一个职员,不久前,原来这家公司的方老板不做了,就转给了她。她刚刚接手,也需要帮手,我就自告奋勇来帮忙了。"

"难怪呢,小伙子好好干,有前途!我看好你。"程茵茵说着转过话题,"既然你是学历史的,那路上可以给我们讲讲这边的历史典故了。"

"嗯嗯,好啊,那最好了。路程也长,你们需要休息就好好休息。如果精神还好,那我就给大家聊聊,当作旅途消遣。"万星道。

"那最好了,行万里路,读万卷书。能听听历史故事,一路旅途颠簸就值了。"耿至行搭话说。

"是啊,虽然我是学渣,不过他们两位可都是学霸。特别是这位美女,我们从小学到中学都是同学,到了大学这才分了学校。她从小就是门门全优,三好学生、优秀干部年年不落,而我就一直是她的帮扶对象,哈哈。不过如果有人胆敢冒犯欺负她,我也是冲在最前面给她找场子的。我现在也是好学生了,好好听万老师开课!百家讲坛,万星版风云戈壁,现在开讲!"程茵茵一通连珠炮似的快人快语。

几个年轻人的气氛显见活泼了些。

"那我就在三位学霸前献丑了。话题就从咱们国家中欧陆上经贸交流说起,这一条陆上丝绸之路,从中国往中亚直达欧洲。追根溯源,可就跟眼前这个茫茫戈壁大有渊源了。"聊到了历史话题，万星不仅说话顺畅了，连精神也饱满了起来。

"古代丝绸之路，大西北可是桥梁。"耿至行搭话说。

"是的，汉代以前，中原与西域各国基本没什么商贸往来。要开启东西文化和商贸的交流，是有很多前提条件的。最重要的是两条，第一需要友好睦邻的关系，第二需要安全保障的旅途。而建立友邦关系，保证商旅安全，都是从大汉王朝正式开启的。

"这段历史，说起来很长，各位都是读书人，估计也是耳熟能详。如果你们有兴趣，不嫌我啰唆，那我就为大家介绍介绍。"

"我们只是蜻蜓点水了解一点皮毛，能够听你这个科班出身的人来讲讲，最好不过了。"程茵茵说道。

"少年强则中国强。追溯丝绸之路，我个人觉得，故事可以从三个少年说起。"万星语调正式开启了流畅模式。

"第一个，就是鼎鼎大名、功垂青史的少年汉武帝。"

历史厚重的大门，在万星的娓娓道来中，徐徐拉开了一道缝隙。

公元前150年，七岁的刘彻被立为太子，他的老师，是因为军功而升官的卫绾。作为太子太傅，卫绾一方面教导刘彻治国理政的大国方略，另一方面教导他排兵布阵的谋略兵法。而刘彻也是敏而好学，一天天读着诸子百家，又不忘钻研军事谋略。

到了他十六岁的时候，刘彻登上皇位，少年天子，自然是意气风发，一腔雄心，壮志待酬。

然而每到寒冬季节，军民储备粮草本就捉襟见肘的时候，年轻的汉武帝常常郁郁寡欢。每当临朝之际，丞相呈上一份长长的纳贡清单，而四处地方官员又上报百姓饥荒灾情时，他的烦闷之情更是溢于言表。

这一份每年都要输办的纳贡清单，既是沉重的负担，更是俯首的屈辱。

历史再倒退六十年，那一天的汉高祖刘邦，正在平定内乱的道路上。兵马劳顿，三军疲敝。突然一道快骑绝尘而来，急急送到的军事加急文书，报呈边关失守。一支匈奴骑兵已经把马邑城团团围住，城边一众民众，早被烧杀掠夺，牲畜粮草被抢劫殆尽。马邑城独木难支，危在旦夕。

汉高祖一生戎马，征战无数，在接到边关告急文书后，马上就重整军马，亲自率军前去营救。然而寒冬季节，气温变动剧烈。刘邦的部队刚刚抵达，就遭遇了来自西伯利亚的极地寒流。朔风凛冽，大雪纷飞，气温一天里面下降到了零下三十多摄氏度。由于行军仓促，准备不足，汉家将士只穿着单薄的衣裳御寒，加上中原人士本来就不习惯边陲冰天雪地的环境，军马冻死冻伤无数，两军尚未交战，部队已经折损过半，汉高祖被围困在白登山，汉家将士面临全军覆没的危险。

危急之下，手下的谋臣通过厚礼向匈奴单于求情，签下了割地赔款、输贡和亲的条约，汉军才得以全身而退。

时间过去了六十年，匈奴民族作为当时亚洲大陆上最强大、幅员最辽阔的游牧部落，雄踞在高原大漠之上，横亘在东西方之间。汉代经过了数代皇帝的经营，治域内部已经政治清平，权力一统。农业、手工业、商贸经济都获得了较大的发展。然而在军事实力上，汉军与匈奴相比，依然差距很大，特别是汉军针对匈奴局部突破、抢掠洗劫的骑兵，常常束手无策。这也使六十年来从不停歇的纳贡输送成为汉帝国永不能愈合的失血伤口。

少年刘彻不能接受这样的伤口永远存在，他立下誓言，决心改变这个丧权辱国的条约。

这一天，从边界抓到一些匈奴散兵，通过审讯，汉军了解到西域的月氏王与匈奴有杀父之仇。而且月氏国也深受匈奴凌辱之痛。于是熟读兵书的汉武帝，决定采用远交近攻的战术方针，在战术上联合西域的月氏，从东西两侧共同发起对匈奴夹击进攻，使匈奴腹背受敌，首尾难顾，以图一举击破匈奴。

然而，两千年前的冷兵器时代，交通靠走，通信靠吼，除了那些归降的匈奴散兵口中所知道的月氏国，其他信息一无所知。怎么穿过盘踞中间的匈奴，找到西域的月氏部落，成为这个战术计划的关键第一步。

正所谓英雄出少年，这个时候，这段故事中的第二位少年，正式登上了历史舞台。他就是少年张骞。

张骞是举孝廉当上的侍从官，在汉武帝雄才大略的感召下，对西域各国两眼一抹黑的张骞，凭借一腔热血的激情和建功立业的雄心，自告奋勇地接过汉武帝的出征招募帖。

我不知道别人是怎么来界定莽夫和勇士的，如果用常人的眼光来看，张骞更像是一个莽夫。因为他除了从匈奴人口中得知月氏国的大致方位，对于路途远近、人物风俗、语言气候、关山关卡，近乎一无所知。然而真正的勇士区别于莽夫，也许就是他心中有一个目标，有一份信念，有一个理想，有一份坚定。

一群精心挑选的勇士，一个叫堂邑父的匈奴人，在张骞的带领下，共同组建了一个远征出使团。他们带上准备好的礼物辎重，渡过黄河，一步一步地走入河西走廊。

不必细说，从中原地带到茫茫戈壁，张骞一行可以说是人马劳顿，饱受艰辛。西行的道路经过阳光炽烈能把人炙烤成灰的酷暑时节，又经历冰天雪地、洒水成冰的严寒冬日。在那条人烟稀少、风沙吹打的旅程中，张骞一行辛苦而艰难地跋涉前行。

最麻烦的是，这一段路程要穿过匈奴控制的区域，去达成结盟来攻打匈奴。这就无异于与虎谋皮了。

越担心发生什么，越是会发生什么。张骞一行在杳无人烟的荒漠中疲惫行走，步履缓慢而又惹眼。匈奴的哨兵很容易就发现了他们。

一队骑兵随后赶到，张骞和他的使团没有任何战斗的条件，被一窝端都成了俘虏。

幸运的是匈奴人并没有杀掉这些俘虏。他们同样希望从张骞口中套取汉朝的情报，为更有利地侵扰汉界创造条件，匈奴甚至试图把他们编入自己的谋臣团中。

然而张骞拒绝了。于是，匈奴士兵就把张骞和他的使团软禁了起来。

张骞成了一个憋屈的俘虏，他不知道最后自己的生命会怎么终结，更不知道还有没有机会完成汉武帝交给的使命。不过一个事情总是有它的两面。张骞是个有心人，委曲求全的俘虏生活，也给了他一个熟悉当地环境和了解匈奴军队的机会。

他最大的心得就是，对于匈奴行军打仗来说，军马实在太重要了。汉军在和匈奴的对峙中常常处于下风，最大的原因就在于匈奴作战的快速机动能力。打得过就打，打不过就跑，跑了就不见影踪的匈奴运动战，让善于结阵作战的汉军备感被动。

在寒冷的西域，张骞当了五年的俘虏。而在遥远的中原，望眼欲穿的汉武帝一年又一年地在等待，却始终没有等到结盟成功的消息，甚至连张骞本人也不知道是死是活。朝中的大臣纷纷猜测，张骞大体上已经命丧西域了。

汉武帝于是决定不再等待。

对于汉武帝来说，无论有多少困难，平定边疆、打通西域，这是他少年时期就播种的梦想，他的雄心壮志是一定要排除万难去实现的。

他开始制订在缺乏呼应的条件下，独立军事行动的作战计划。

经过四年的周密部署和战争准备，汉朝上下民心所向，群情激愤，各位将士厉兵秣马，箭在弦上。公元前 129 年，当匈奴再一次在北方袭击汉朝边界时，汉军决定发起全面反击。

汉武帝派出了四路大军攻打匈奴，虽然其中三路大军因为无法找到匈奴主力无功而返，但车骑将军卫青率领的一支，深入险境，直达匈奴的祭天圣地，大战告捷，俘虏了匈奴将士近千人。

著名的龙城之战是汉帝国建国以来和匈奴的对峙中，首次取得的巨大胜利。这一场战役也成了文人墨客争相传颂的故事。

汉武帝总结这几场战役胜利和失败的原因，归根结底，就是对敌方和地理不了解。兵法说，知彼知己，百战不殆，但对于汉帝国来说，知彼几乎为零。

而那个可怜的张骞，已经出使西域整整九年了。九年的时间，足以让一个壮志满怀的人变得萎靡消极，也足以让戒备警惕的看守变得疏忽大意。

在一个极为平常的日子，张骞和堂邑父像往常一样外出打猎。然而，到了天已黑透，牛羊早已归栏，却依然没有看到他们回来的身影。张骞和堂邑父这一天出了关卡就不再回头。他们既没有回到匈奴营地，目标也不是久违的故土长安。

他们没有忘记九年前的出征誓言，那一碗九年前喝下的出征酒，依然流淌在炽热的血液中。

他们选择了九年前未竟的旅程，一路向西，寻找他们心中的使命所在，那一个传说中的大月氏。

经过近一年异常艰辛的跋涉，当他们终于找到月氏部落时，月氏部落却早已放弃了重返故地的欲望，他们已经由游牧生活过渡到农业定居的状态，对于汉帝国提出的东西合击的战术图谋，自然也就失去了配合的动力。

张骞在大月氏滞留了一年多，眼看结盟无望，只能放弃。张骞的内心一定是充满了郁闷之情，历经千辛万苦到达了目的地，最后却折戟沉沙，功亏一篑。

　　然而张骞依然不虚此行。他途经西域各国，对当地的风俗、特产、物种都有了充分的认识，最重要的是，这一段行程让他深切地认识到了中原与西域贸易往来的重要意义和广阔前景，为日后的丝绸之路，画出了一个宏大的蓝图。

　　带着这样的想法，张骞决定尽快返回长安。然而命运多舛的张骞，似乎远未历尽上天给予的磨难。尽管他为了避开匈奴军队，迂回北归，却不料还是神差鬼使般地又一次成为匈奴骑兵的俘虏。

　　两年后，前后当了十一年俘虏的张骞，终于抓住机会，再次出逃。

　　一个十三年中绝无消息、生死未卜的使者，一个人们记忆中一头青丝、英姿勃发的少年，突然满脸沧桑、两鬓花白、一身风尘地出现在了大家面前。

　　君臣相见，两位曾经的少年相视凝噎，十三年的风霜满面，一次次的劫后余生，屈指一算经年，依稀昨日容颜。

　　尽管张骞没有完成结盟使命，却带回来匈奴和西域大量的地理、水文、人文资料。这些宝贵的情报，终于让汉帝国有了知己知彼的军事作战条件，张骞也因此被封为"博望侯"。

　　可以说，阴差阳错之中，张骞成了丝绸之路坚韧不拔的探路者，尽管这不是他最初的使命，但在历史的长河中，成了他最伟大的功绩。

　　车子一路向西，大漠的落日映红了整个天空，四个人寂静无声，车子默默地行驶在人烟稀少的戈壁长滩，远远的一棵棵胡杨，像一个个艰难跋涉的旅人，在千年的时空中，坚持着不变的脚步。

　　张骞的故事深深打动了车上的每一个人，历史的长河浩浩荡荡，冲刷了多少痕迹。然而那些历经磨难不忘使命的人，永远如丰碑般耸立在历史的记载中。

第二十四章

如果爱一个人，就带她去看额济纳的秋天，因为那里的大漠胡杨就是天堂。

胡杨三千年的守望，只为等待你和爱你的人到来！

车子经过六个多小时的颠簸，抵达了额济纳胡杨林。

沙漠上的胡杨是一个坚强的树种，活着一千年不死，死后一千年不倒，倒后一千年不朽。

一行人沿着幽深古道，走进了金色摇曳的胡杨林。

深秋季节，胡杨树叶一片金黄，在西下的阳光中，每一片树叶都晕染上了金色的光芒。几个人漫步在浓郁的胡杨林中，仿佛进入梦幻般的光影中。头顶是金光灿灿的树冠，身边是姿态各异的树干，脚下是层层叠叠的落叶。一阵轻风吹过，几片叶子荡荡悠悠地飘落下来。那胡杨粗壮的几人方可合抱，挺拔的有七八丈之高，有力的似苍龙腾飞，纵横的如仙鹤翩舞。近看脉络清晰是温润如玉，远观团簇群拥如千军万马，行走其中，如流连于金色航船，徜徉于光波海洋。

耿至行默默地跟随在夏菡和程茵茵身后，一个是一身素白，一个是一袭红衣，一个沉静，一个活泼，只是夏菡若有所思的背影，在胡杨林金色的丛林中，透露着一丝不可触摸的神伤。

晚霞渐渐由金黄变成金红，胡杨林在斜阳夕照中热烈地泛着红色的光芒，在密林无语的挽留中，他们挥手告别，驱车前往居延海。

一个小时左右，他们就来到了居延海景区西北侧的一个客栈。客栈有一个颇有古意的名字：奉春客栈。

客栈是一幢两层的小楼，总共就十来间客房，客栈的主人是一对六十来岁的夫妻。那丈夫一头银丝，面容祥和，一副银边眼镜下的双眼沉着有神，透着饱读诗书的儒雅。那妻子身形清瘦，一身干净简约的打扮，显得雅致矜持。尽管两人肤色偏暗，神情举止倒与当地人有些不同。

晚饭是客栈统一的安排，在一楼东侧的小餐厅里。餐厅墙壁上描绘着绿底红花，一股浓浓的蒙古风情。

一起吃饭的有四个自驾过来的驴友，以及一对学生模样的情侣。

男主人和一个帮厨的阿姨在里里外外地忙碌着，客人团团围成一桌，桌子上放着四盘瓜子、花生等寻常可见的干果，然后是一大盘牛肉，一大盘羊肉，都是新鲜生切成片，中间是一个大锅，里面煮着些土豆、粉条、白菜，热气腾腾地"咕咕"作响。

主人端起酒杯，用手指向天地各弹了一下酒水，敬了大家一杯。

一群人互相打了招呼，主人给大家介绍起当地一些比较知名的景点，讲述当地的一些风俗习惯，语调里有些西南之风。

学生模样的小女孩问道："听老板口音，好像不是本地人吧？"

"对的，我们是云南人呢。"男主人回道。

"难怪呢，我们就是在云南上的大学，一听到就觉得口音好亲切呢。"

女主人脸上多了一份热情，大概是来自故乡的音讯，总是能唤起一些乡情。

"你们准备在这边玩多久啊？"女主人开口问道。

"我们也就能待两天，假期时间短，路上又花了不少时间。来这里旅游，就是路上的时间花费得比较多。"

"是的，这里地广人稀，过来一趟是不大容易。"

"是啊，在这里遇到你们云南人，真的是太不容易了，怎么会到这里来开客栈呢？"小姑娘好奇地问。

"这个，也是偶然的原因吧。"女主人有些含糊其词地说道。

"看着装修，咱们这个客栈还挺新的呢，这个客栈开了多久了啊？"程茵茵岔开话题。

"不久的，我们接手这个客栈，也不过是两年多的时间。"男主人回答道。

"我开始还挺好奇的。我看这边的客栈，名字大多都是蒙古风的，你们客栈的名字，看着就像汉族的人起的。你们不是本地人，这我就理解了。"程茵茵说道。

"之前这个客栈也不是叫这个名字，是我们接手后改的呢。"女主人回答说。

"这个名字好特别，奉春，是奉迎春天的意思吗？"一个自驾的驴友问道。

那男主人放下酒杯，停了一会儿，随后慢慢开口："这个名字，说起来倒有些话长了，你们有兴趣，我就和你们介绍一下。"

"好的啊。"一个驴友举起酒杯敬了男主人，一饮而尽。其他人纷纷举杯致意，然后放下酒杯，饶有兴致地看着男主人。

"大家来到西北，不知道第一个感受是什么。就我个人来说，我的第一个感受就是干燥，实在是太干燥了。这边长年降雨量不足 50 毫米，紫外线特别强烈，各位大多是从南方过来，估计一出机场，就能够感觉到这边的空气和阳光都和南方的大为不同吧？"

众人纷纷点头认可。程茵茵笑着说："我保湿霜都比平时要多用两三倍，实在是干得不行。"

"这种极度干燥的天气，对于生命是严峻的考验，这也是这边植物稀少、人口不密的原因。水是生命之源，缺少，就承载不了太多的生命需求。

"但是，正是由于极度干燥的天气，在南方极难保存的东西，在这边却很容易保存。比如我们这双筷子，丢在南方，三五年就腐烂了。但是如果在这边的环境里，保存的时间可能是几十年，几百年，甚至上千年。大家都听过，胡杨树倒后千年不朽，其实也是气候干燥的原因。

"在丝绸和纸张发明之前，我们的祖先都是用竹简来书写文字的。所谓学富五车，那可是真正的五车竹简。直至汉代，公文信笺，书籍律令，用的还都是竹简。近代考古工作中，新疆的尼雅和这里的居延，先后出土了大量的竹简，这些竹简大多是两千年前的汉代留下来的。两千年前我们先人写在竹片上的文字，沉寂在西北的干旱气候中，在现代探险考古人员的努力下，终于重见天日。

"汉简的发现，对于研究古代政治、军事、交通、生活具有极为重要的学术价值。考古专家在整理数量庞大的汉简时，有一支竹简引起了大家的好奇。这一支竹简记载的既不是政令谕情，屯戍档案，也不是书籍历谱，却是一封寥寥数字的私人信件。这一封千年以前的私人信件，文字朴素，却情感绵长，深深打动了考古专家，并渐渐为更多的人所知。

"传说，两千年前的江南水乡，有一对青梅竹马的少男少女。两人自幼一起长大，在同一个私塾求学。男的名字叫奉，女的名字叫春。一个是英俊少年，一个是妙龄少女。一个是青春盛放，一个是年华芬芳。两人不知不觉中互生爱慕情愫，只是少年情怯，两人一直未敢吐露心声。

"那些年，匈奴常常侵扰边界，百姓生活不得安宁。有一年春天，匈奴来犯，西域告急，汉帝急发重重兵帖，一纸征令，奉依征远戍守边关，春留守江南水乡，两人依依惜别。

"奉戍守边防，心中思念。偶见所驻营地的石子中有些石头质地细腻，洁白如脂。奉训练间隙，细心寻访，收集了十二颗剔透的玉石。趁闲暇夜间一个个细心打磨，做成十二颗圆润的珠子，寄托着他一年十二个月的思念。打磨完工后，他把玉石做成一个手链，认认真真地书写了一支竹简，等待邮驿到来，寄给远在江南的心上人。

"然而，边界风云突变，一支匈奴大军毫无征兆地夜袭边关，一瞬间狼烟四起，马蹄疾驰，尘土飞扬，一场鏖战在大漠打响。奉在与匈奴厮杀中血洒疆场，那十二颗染着鲜血的珠子，散落在大漠戈壁当中，而那一封寄往心爱女孩的书简，终究没有寄出，流落在了茫茫大漠之中。

"竹简上简简单单十三个字，历经烈日严霜、飞沙走石，依然清晰如昨。那是两千年前的文字，是两千年风沙见证的爱情，是至今依然打动人心简短而绵长的语言。

"周作人翻阅《流沙坠简》时，被这枚竹简文字感动，曾经作诗一首：

琅玕珍重奉春君，绝塞荒寒寄此身。

竹简未枯心未烂，千年谁与再招魂。

"这枚竹简上的文字朴实无华，却情意绵长：

奉谨以琅玕，致问春君，幸毋相忘。

"我们这个客栈的名称，就因此而起。人世间，无论是男女爱情、母子亲情还是兄弟交情，总是有太多的来不及：来不及侍奉年老的父母，来不及抚养年幼的孙子，来不及表达爱人的相思，来不及叙述兄弟的情怀。"

那男主人说到这里，女主人的脸上流露出一些感伤。

大家纷纷举杯，一个一脸络腮胡的汉子大声说道："为了友情，为了亲情，为了爱情，干杯！"

耿至行看了一眼夏菡，只见夏菡拿着酒杯，慢慢地将半杯红酒，喝到见底。

晚餐过后，大家与主人告辞。夏菡回到房间后，转了回来，手里拿着一块真丝丝巾，对女主人说道："听了你们的故事，真的挺感动的，旅途也没什么准备，小小心意，留个纪念。"

女主人一迭声地感谢，轻轻拥抱了夏菡。

一众人等旅途辛苦，大家早早回到房间休息。夜晚的客栈寂静无声，夜色中的居延海，风从海面吹过，吹动海边的芦苇沙竹，发出呜咽的声音。

耿至行习惯地翻了一下手机，微博上久未更新的夏菡，突然发了一条更新，耿至行默默读了两遍，若有所思。

芦苇、夕阳、海鸥、蓝天，纯净的居延海有如新月，静静地守候着千年戈壁。

耿至行一行一早沿着居延海边的细沙道路，一路漫步。碧蓝的海面上，天鹅浅舞，茂密的芦苇中，野鸭漫游，天上的一轮太阳，海面的一片波光，洗涤着每一个旅人的心灵。

夏菡和程茵茵话语不多，大家都沉浸在浩渺辽阔的烟波当中。

两个小时后，根据行程安排，他们驱车前往居延海边的一个马场。

"你们会不会有点好奇，奉春客栈的老板，怎么会从云南来到这边开个小客栈？"万星开车在前去马场的路上，突然问道。

"确实有点奇怪，看他们两个人的谈吐，似乎不太像开客栈谋生的人。"程茵茵接口说，"你们留意了吗？小姑娘问他们为什么来这边开客栈时，女主人似乎有难言之隐。"

"奉春客栈的一对夫妻，还是让人同情的。"万星说道。

"怎么了？"夏菡也有些好奇。

"大家耳熟能详的酒泉卫星发射中心，冠名酒泉，其实位置却大多在额济纳旗。

"不知道你们有没有留意，在客栈的客厅墙上，有几张照片。其中有一张三个人的合影，中间是一个穿军装的小伙。

"那是他们唯一的儿子，十多年前硕士毕业后分配在酒泉卫星中心工作，在一次实验中不幸重伤，抢救无效牺牲了。

"儿子牺牲后，遗体本来要回到他们老家的烈士陵园的。但他弥留之际留下了最后的愿望，希望能安葬在酒泉卫星发射中心边上。他希望躺在地下，也能够看到他参与设计的火箭，从这里腾空升起。领导遵从他的遗愿，就把他安葬在东风烈士陵园。

"夫妻俩前些年每年都会过来祭奠。退休后，就租下这里开了客栈，每次有重大的发射任务，他们都会在烈士陵园，默默地陪在儿子身边，似乎是陪同他一起注视着他未竟的事业，发射升空，飞向太空。"

"难怪呢，"耿至行说道，"我昨天听他聊起奉远征戍兵的时候，听起来不像讲一个普通的传说，倒像是讲述身边的故事。"

"这个名字，是他们儿子的女朋友起的。"万星一边开车，一边慢慢地说道，"古往今来，有多少无名英雄，沉睡在大漠边关，守护着后方安宁。"

"不愧是学历史的啊，随便一句感慨，都透着一些沧桑。"程茵茵笑着说。

万星一下子又红了脸。

到了马场，一大群高头大马悠闲地聚在一团，实诚的低头啃着草，多情的耳鬓厮磨，偷懒的一个大头搭在同伴身上，调皮的呲腿嬉戏。各地过来的游客已聚集了不少，在接待人员的安排下，大家纷纷挑选了自己心仪的坐骑，一个蒙古汉子骑着一匹骏马，引领着上百匹骏马倾巢而出。

因为游客水平不一，领头的骑手把速度压得很低。马匹在草地上哒哒地行走，把骑手一颠一颠地驮着。

"你们把脚踩在马镫上，然后身体稍微腾空一点，这样就不会太颠。"万星传授着骑马的诀窍。

走了一个半小时，马匹到了一个湖边，大家下马稍事休息。几辆越野车等候在这里，有些身体疲惫的游客，陆续乘上车辆返回。

"夏小姐，你们吃得消吗？要不要乘车回去？"万星问道。

"我没事的，你们俩呢？"夏菡转头问耿至行和程茵茵。

两人看上去兴致颇高，纷纷表示体力充沛，大家便决定一起骑马返回。

一声长嘶，领头的几匹骏马纵身跃起。所谓老马识途，原本骑马领路的蒙古汉子也不见了踪影，那几匹空乘的骏马甩出一头飘逸的马鬃，四脚腾空，飞驰向前。一众人等策马而行，不一会儿大家也拉开了距离。

夏菡一马当先，跑在了几个人的前面。耿至行夹紧马背，渐渐感觉马儿腾空奔驰，人在马上，反而显得十分平稳。策马奔腾，一股豪情涌上了他的心头。

前面的夏菡白色的修身T恤，黑色的牛仔裤，纤细的腰身秀美挺拔，她整个身体微微地前倾着，太阳帽下，黑色的长发随风飞舞，英姿飒爽。

万星跟在最后面，看得出来，他是娴熟的骑手，挥舞着马鞭，高高昂起的身体，犹如一位叱咤风云的少年将士。

原本一个多小时的路程，四十来分钟就远远看到了目的地。

万星为了在下马时给大家照应，便抽动马鞭，那骏马一声长嘶，飞腾而起，从几个人身边越过，来到了一行人的最前面。

眼看终点在望，万星骑的黑马突然一个趔趄，前蹄踏空。万星"啊呀"一声，被甩到了马下。

第二十五章

几个人赶忙拉住缰绳，跳下马来。万星龇着牙躺在地上，一只手撑着草地。大家把他扶了起来，关心地检查起身上的伤势。

万星的手腕一会儿就肿了起来，程茵茵用手轻轻地捏了捏万星的关节，顺着一个一个手指捏过去。

"你轻轻地转动一下。"

万星左右移动了一下关节。

"好在骨头没什么问题，只是肌肉挫伤，小血管断了一些。"

耿至行扶着万星，问道："脚上的感觉怎么样？"

万星走了两步，说道："没事没事，还好两条腿没什么问题。"

耿至行扶着万星回到车里，从背包里拿出了一个急救包，里面有白药、绷带、创可贴及一些瓶瓶罐罐。

"你怎么会带这个？"夏菡惊奇地问道。

"我想这一路行程比较远，有备无患，所以就带着了。"

"竟然还带着应急灯。"程茵茵有些好笑。

万星难为情地说道："真的不好意思，我开车可能会有些问题，我抓紧和公司联系一下，调个人过来开车。"

"不用，我来开车就行。"耿至行干脆利落地说。

"我也能开一段，大家交替着开，不会太吃力。"程茵茵说道。

"我们都能开，你不用担心，也不用麻烦你们公司那边再找人了。"夏菡也接着说道，"先找个医院处理一下吗？"

万星轻轻转了转手腕，龇了一下牙："应该没事，耿哥带的药足够应付了。只是扭伤而已，就是不能开车，辛苦你们了。"

中午时分，耿至行坐到了驾驶座上，直奔敦煌。

夏菡对万星说："我们把位置挤一挤，你尽量躺平一点休息。"夏菡朝车边让了让，把后排的空间多腾了一些。

"好的，谢谢你们了。咱们这条路上过去，会经过东风航天城，你们有兴趣去看一下吗？"万星突然想起来，说了一句。

"好啊，那去看一下。"夏菡回了一句。

大家想起客栈夫妇的儿子，也都纷纷表示同意。

车子进了航天城。问天阁里映入眼帘的是一个圆形的大厅，大厅正中是一座螺旋式长城花饰的楼梯，直通二楼的航天员生活区，一块巨大的玻璃将大厅分成两个部分，这里是航天员的会见厅了。

每当航天员整装出征，国家领导人和媒体记者通常在这里与航天员会见。他们承载着中华民族走向蓝天的梦想，冒着高速失重以及未知的风险，从这里踏上飞向天空的征程。

这个远离人烟的不毛之地，从一片荒芜，到建成基地，先后将十来艘神舟飞船、两个天宫目标飞行器和十多名航天员送入太空。

发射区是火箭加注燃料、航天员登舱、临射检查、点火发射的场所。一百多米的发射塔，像一个伟岸的巨人，高高地耸立在戈壁当中。

那些升空的烈焰，是对长眠于此的烈士们最好的告慰。

　　三个人交替开车，耿至行作为主力，夏菡和程茵茵分别中间替了两段，好在一路路况完好，车辆稀少。到达敦煌，已经是深夜了。

　　第二天，太阳从五点就开始照耀下来。魔鬼城的风声鹤唳，鸣沙山的一泓清泉，莫高窟的千年藏经，如同一幅敞开的历史长卷，展示着千年风沙的变迁。

　　第三天下午，他们收拾行装，驱车前往嘉峪关。

　　天宽地阔，大气磅礴。不到嘉峪关，感受不到什么是天下雄关。中午时分，阳光下的嘉峪关耸立在六合茫茫、天地苍苍中。万里长城由此向东南蜿蜒而去，在天地交接的尽头，祁连山终年积雪，绵亘千里，犹如银龙飞舞，牵引着人们的目光。远处的红柳、骆驼草，一蓬一蓬地装点着苍茫大地。

　　登上城楼，望不到边的大漠随同祁连山的延绵远远伸展。朔风裹着尘沙，曾经的寒夜激战、霜落铁衣触目可及。斗落星移，当年的雄关古道，漫漫黄沙，多少个忠魂铮骨，多少次烽烟四起，多少场雪夜拼杀，似乎都已远去，似乎又近在咫尺。

　　四个人站在嘉峪关城楼上，俯视苍茫戈壁，远眺皑皑祁连，每个人胸中都涌起金戈铁马的万丈豪情。

　　"就是我一个娘子军站在这里，都有了一夫当关，万夫莫开的英雄气概啊。"程茵茵笑着说。

　　她突然回转身来，清脆地大声叫道："耿将军，命你带领十万精锐，正门杀出，直取敌军大营；夏将军，命你带着五千兵马，西门冲出，侧翼包抄敌军；万将军，命你带领五百骑兵，带上硫黄柴火，绕过烽燧墩台，直奔黑山峭壁，引火焚烧，切断敌方退路。

　　"噢噢噢，万将军受伤了，你就好好养伤吧！"程茵茵急忙收回成命。

　　三人哈哈大笑，纷纷道："末将得令！"

　　四个人走下城楼，触摸关城。城门上锈迹斑驳，门洞中石条坑洼，都在诉说着历史的厚重。每一块砖、每一个门洞、每一座楼阁，甚至流动的空气，都透着干戈肃杀的味道。

　　次日一早，公司派了一个驾驶员接替万星，按照既定行程，他们一行四人，将从嘉峪关步行到酒泉。

　　"小夏姐和小程姐，按计划行程，我们大概要走三个多小时的路程。你们如果吃不消的话，我们就调整一下，少走一点。"

　　"将士纵马天涯，岂能贪图安逸！行军打仗，军令如山，不得有误，急急如律令！"程茵茵把一堆将令、道咒一股脑地夹杂而出。

　　"我没事的，就按原来的行程走。"夏菡说，"茵茵，我看你吃不消的，要不你乘车先走？"

　　"说啥呢，已经过了黑风岭，还在乎个小土坡？我们都陪着你。"程茵茵说，"我看，倒是小万，手上还有伤，要不行就不要陪着我们了。"

　　"我没事，我是手有伤，脚可没伤。我又不用四只脚走路。"万星被程茵茵逗得直笑，"再说，按公司的规定，骑马这个项目我是不能参加的。也是我贪玩，你们帮我顶下这么大的锅，我也不能不背个锅盖。咱们轻伤不下火线。"

　　一番互相推辞后，大家也就不再坚持，车子出了城，在明珠东路的一个路口，四个人下了车，开始了徒步行程。

　　小道两侧，一大片金黄的是小麦，一朵朵簇拥的是棉花，一片片绿油油的是油菜。一个个大棚里是四季瓜果，而一个个高可及人的架子，爬满了葡萄的藤蔓。

　　四个人一边行走，一边聊天。

　　"小万，三个少年的故事，才只讲了两个，今天继续讲呗。"夏菡说。

万星说："好啊，上回说了汉武帝和张骞，从少年到了青年。今天，我们的故事开始讲第三个少年。"

公元前140年，也就是汉武帝登基的第二年，一个男孩出生在平阳公主府里，不知道是不是因为这个婴儿年幼时体弱多病，父母给他起了个名字叫霍去病。

霍去病从小喜欢舞刀弄枪，自幼耳濡目染的，都是秣马厉兵的风云战事与帝国战略。他酷爱军事，喜欢骑射，身体也越来越强壮，年纪轻轻，就当了汉武帝的侍卫官。

一天，汉武帝看过霍去病的训练之后，发现他军纪严明，调拨有序，军士斗志昂扬，进退有度。霍去病年纪轻轻，就颇有大将风范。国家正是用人之际，汉武帝就把霍去病叫到身前，嘱咐他认真学习兵法，和同僚切磋谋略机变，将来成为帝国战略的栋梁之材。

你可以说是初生牛犊不怕虎，或者说是年少无知太狂妄，霍去病听了汉武帝的建议后，却说："为将须随时运谋，何必拘泥于兵法？"意思是打仗应该随机应变，不必拘泥于成文兵法。

这个时候，张骞已经回到长安，他带回关于河西走廊及广阔西域的信息，极大地激发了汉武帝向西拓展的信心。

从武威到酒泉，一侧是连绵千里的祁连山，一侧是首尾相接的龙首山、合黎山、马鬃山，中间一大段地势平坦、河水充沛的地带，就是河西走廊，当时整个河西走廊都在匈奴的控制之下。通过这条走廊，匈奴王朝向西可控制西域诸国，向南可与羌族结成联盟，对汉帝国西部地区构成严重威胁。

假若汉帝国能夺取河西走廊，那么，既能解除匈奴从西方对中原腹地的威胁，又可斩断匈奴与羌族部落的联盟，就可以大大削弱匈奴的势力范围，打通前往西域的通道。

公元前123年，大将军卫青率十万大军与匈奴主力对决，十七岁的少年霍去病随队出征。

在这次战役中，卫青所率主力部队伤亡惨重，但初出茅庐的霍去病率领八百骑兵孤军深入，立下赫赫战功。霍去病也因此被封为"冠军侯"。

年少骁勇的霍去病，没有实战经验，不受兵法束缚，也不按常理出牌。他所采用的轻骑兵快速突袭的战术，理论起来可以当二战德军闪电战的鼻祖。他用兵神奇，常常让敌人捉摸不透，防不胜防，因此在两军对峙中屡建奇功。

经过两年的战备和谋划，为了彻底平定匈奴困扰，有效控制河西走廊，汉武帝发起了河西战役。十九岁的霍去病成为河西战役的重要领军将领。

霍去病带领一万名精锐骑兵，从乌鞘岭进入河西走廊，策马骑行，急速转战六天六夜，连续扫荡了匈奴五个部落。一万铁骑所到之处，所向披靡，匈奴各部望风而逃。

霍去病马不停蹄，越过焉支山，疾进千里，斩杀折兰王、卢胡王，歼灭匈奴军近万，一直追击到河西走廊西端的敦煌。把匈奴打得丢盔弃甲，方才收兵回撤。

这一场气吞山河的伟大战役，史称第一次河西战役。这一场战役的重大胜利，大大激励了汉朝举国的信心。汉武帝决定继续谋划，争取一场决定性的胜利。

在汉武帝亲自参与、众多将士军师共同谋划下，一个新的作战计划逐渐成形。

作战计划分成诱敌、主攻、分割、合围四个战术步骤。第一步，由老将公孙敖带领一支小部军队从东面发起小范围进攻，迷惑吸引敌军。第二步，由霍去病带领主力部队，绕道匈奴后方，发起致命一击。第三步，由张骞、李广各带一路人马，分两路消灭切断匈奴援军。最后，霍去病主力部队和公孙敖分部在河西走廊会师，形成东西夹击，彻底聚歼匈奴的主力部队。

计划经过层层完善，公元前121年夏天。三支军队按预定作战计划从三个方向出发。汉匈之战，在数千里的广阔地带展开。

霍去病率领的精锐骑兵，渡过黄河，跨越贺兰山，横穿大漠，至居延泽，再由西北转向西南，长驱深入一千公里，按照计划绕到匈奴军队的后方。

当霍去病到达战术进攻地点时，却意外地发现，公孙敖部由于在行军中迷失了方向，未能按预定的计划和霍去病会师。这令原本计划的两路进攻，变成了单兵作战。部队陷入了独力支撑、正面迎敌的风险之中。

霍去病部队经过长途奔袭，人员战马十分疲乏。但是一旦停止步伐，汉帝国的骑兵将完全暴露在匈奴哨兵的视野之中，完全失去了奇兵突发的优势。匈奴部队反而占据地理优势，以逸待劳，敌我优劣形势将完全转换。

此时，摆在霍去病面前的有两种选择：要么不冒风险，保存实力，率兵撤退；要么在缺乏呼应的情况下，冒险一搏，发起攻击。

少年霍去病不甘心错过转瞬即逝的战机，他决定放手一搏。一声令下，寂寞荒凉的戈壁滩上骤然战马嘶鸣、杀声震天。匈奴的主力防线都布置在靠近汉帝国的一侧，后方只留下补给兵力以及行政机构，防备空虚。措手不及的匈奴根本无力抵抗，遭到毁灭性的打击。

为了表彰霍去病的战功，汉武帝下令为他建造了一座豪华府第。然而霍去病并没有搬进府第，留下了"匈奴未灭，何以家为？"这句流传千年的豪情壮语。

几个月后，霍去病第三次受命出征河西走廊。这次是去接受匈奴浑邪王和休屠王的投降，在复杂多变的敌我形势中，霍去病从容淡定，完成了对匈奴降兵的收服。著名的"河西之战"落下帷幕。

连续三次河西战役对汉匈双方力量的消长产生了巨大的影

响。汉帝国西部的边境地区，从此获得了相对安定发展的有利条件。而年轻的霍去病刚刚十九岁。

河西之战后，汉军继续北进，在霍去病二十二岁那一年，发动了漠北大战。霍去病直达匈奴祭天圣地，封狼居胥，名垂青史。

河西之战结束后，汉帝国通往西方世界的大门打开了。连接中西的丝绸之路，正式形成雏形。

中原的物产和先进的生产方式传到了西域；西域的名马、银器、毛织品也源源不断地传到了中原。东西各国之间开始了政治、经济、文化各方面的广泛交流。我们今天熟知的葡萄、胡萝卜、石榴等瓜果蔬菜，以及骆驼、狮子、鸵鸟等物种也陆续沿着这条走廊传入中原内地。

如果说河西走廊是丝绸之路的地理起点，那么三次河西战役，就是丝绸之路的时间起点。

也许是天妒英才，公元前117年9月，年仅二十三岁的霍去病突然去世。

他短暂而又辉煌的一生，犹如烟花般绚烂耀眼。在一片黑暗之中腾空而起，光芒四射，却又匆匆消失在无边的历史长河之中。

而作为一代英武明君，汉武帝可以说是河西战役的总策划、总指挥，他的雄才大略，奠定了华夏民族的西进之路，也促进了东西民族的融合和交流。

万星说到这里，大家都沉浸在了历史的长河中，久久不能回过神来。

耿至行接过话题："我闲时看史，深有体会。常人看待一个国君，最容易看到是权力和奢华。但是，对于那些真正的有志明君，他所承担的压力，所付出的努力，所肩负的责任，所承受的工作强度，却是我们常人根本无法企及的。"

"所有繁华，大多以艰辛作为代价。"他又补充了一句。

万星回到话题。

公元前 112 年，汉武帝刘彻亲率上万骑兵西巡，抵达河西走廊入口的黄河岸边。

此时的河西走廊已经成为中原版图的一部分。东西诸国的使者、商队、物产在河西走廊上源源不断地奔流往来。汉武帝伫立黄河边，遥望西域，那是他经国伟业的雄心所在。

为了确保河西走廊的政治军事安定，汉武帝在河西走廊设置了四个行政管理区，分别是武威、张掖、酒泉和敦煌。这四个名字蕴含着汉武帝经略西部的深远用意。

武威：以武示威，宣告国家尊严。坚强的军事实力，是一个国家得以安定发展的基础保障。

张掖：张开臂腋，欢迎远方宾朋。守卫疆土，却不闭关锁国。展示了胸怀宽广、拥抱友邦的大国情怀。

酒泉：霍去病取得河西战役的胜利后，汉武帝赐了数坛美酒以示奖赏。酒少人多，美酒不足众将士分享。霍去病吩咐将美酒倾入泉中，众将士勺泉共饮，故此地名为酒泉。以寓军有恒功，兵有长庆之意，并以此纪念一代战神霍去病。

敦煌：寓意国家民族以此起点，走向盛大辉煌。

同时，在河西走廊，汉帝国设置了两个著名的军事要塞：玉门关和阳关，以此扼守西大门并建立了面向西域的前进基地。这两个屹立于西北大漠的古代名关是河西走廊去往西域的必经之地，两千年来见证无数历史沧桑，被世人千古传唱。

在此后的两千多年里，这块土地和这条生死攸关的战略通道在中国历史上扮演着重要角色。

打通河西走廊，对于汉帝国而言，不仅具有重要的军事价值，更奠定了东西方文明交融的基本格局。

西巡归去，回到长安。此时的汉武帝已经不再年轻，他胸怀山河，缅怀英豪，却又感叹时光匆匆，青春不待，乃赋诗一首：

秋风起兮白云飞，草木黄落兮雁南归。

兰有秀兮菊有芳，怀佳人兮不能忘。

泛楼船兮济汾河，横中流兮扬素波。

箫鼓鸣兮发棹歌，欢乐极兮哀情多。

少壮几时兮奈老何！

万星念完这首诗，不再言语，大家默默前行，脚底下的路面，沙沙作响。

"汉武帝的雄才大略，霍去病的智勇双全，张骞的坚韧不拔，不愧是华夏文明延绵至今的民族品质典范。"耿至行补充了一句。

大家沉吟不语，思绪都沉浸在茫茫大漠呼啸的历史风云当中。

走了几个小时，程茵茵已经有些吃力，脚下疼痛："还好我穿了这双鞋，至少不夹脚，否则对比前人的千里行军，可太没脸面了。"她心里默默地想着，咬了咬牙，忍着脚下的疼痛，向前走着。

第二十六章

经过三个小时的徒步，一行人跨过北大桥，车子已经在此等候多时。上了车子，一行人从飞天路进入酒泉市。

"哎哟，长这么大还没走过这么长的路，脚酸掉了，今天我要大摆宴席，好好犒赏各位三军将领。"程茵茵拍着万星的肩膀，"万将军带伤远征，晚上奖励猪爪一只，好好补补。"

"不行，"万星笑着说，"要两只。"

一路过来，阳光下的街道干净整洁，街道两边的树木郁郁葱葱，高楼鳞次栉比，这个位于河西走廊的重镇，与江南的城市并没有太大的差别。

大家入住酒店，简单吃了个中饭。下午的行程从三点才开始，中午都可以好好休息一番。耿至行则利用这个时间打开电脑。电脑里已经有多封工作邮件，他抓紧处理完工作事务，抬起头来，已经到了出发的时间。

走出酒店，万星和另一个工作人员已经在此等候。不一会儿，夏菡和程茵茵从大堂出来。夏菡依然是一袭白色长裙，头发卷起盘在头上，洁白无瑕的脸上，一对大眼睛明亮有神，细巧笔挺的鼻子下，唇红齿白，自带一种大家闺秀的气场。程茵茵一件白色 T 恤，黑色牛仔裤，干净利落。周围的眼睛都齐刷刷地聚集到这边。

"实在是太美了！"耿至行心里暗暗地赞叹了一下。

车子到了鼓楼，经过嘉峪关这一段旅程，大家对这个始建于东晋，重修于清朝的雄关，更增添了一份厚重的感怀。

下了鼓楼，车子穿过城市街道，不过十几分钟就停了下来。走下车子，远远望去，矗立在面前的仿汉阙式门楼建筑巍峨壮观。

门口的导游正在引领游客："今天带大家参观的西汉园林，是河西走廊唯一保存完整的汉式园林，迄今已有两千多年的历史。园中古树名木参天蔽日，亭台楼阁雕梁画栋，不愧塞外江南、瀚海明珠的美誉。"

走进大门，汉武广场中央，纵贯一条卵石嵌装的水纹图，上面分九块镶嵌了一共九十九条黑金沙石的简牍。耿至行一块块的简牍读过去，上面的文字简略地铭刻了汉武帝生平的二十三件大事。

汉武广场的西侧，是一座仿汉廊桥式建筑。

"这座廊桥，叫作神明衢桥。衢字有四通八达的意思。这座廊桥的创作灵感，源自西汉皇宫中规模最大的宫室——建章宫。建章宫中有一座神明台，在台上焚香祈福，祝祷神灵。神明衢桥，也有沟通神灵的含义。"万星介绍道。

"大家朝这边走，这一条大道，有一个应景千年的名字，叫作'盛世丝路'。这是为了纪念汉武帝列四郡、据两关的丰功伟绩而建造。脚下石板间镶嵌的分别是张国臂掖、汉武扬威、玉琢酒泉和盛大敦煌四块主题石雕。"

走过神明天桥，两侧庙坛高台豪放朴拙，大气磅礴，汉风神韵扑面而来。

前面一个宽阔的湖面，湖面上柳条飘摇，水鸟在空中掠过。

"这个湖叫泉湖，以其江南水乡的情调、画境诗韵般的美丽，吸引着无数游客流连忘返。这个泉，就是酒泉的泉。泉因湖存，湖因泉名，历经两千多年，泉水依旧，湖水依旧，可以说是泉湖相生两不衰。"

众人漫步泉湖湖滨。只见一个水榭三面临水，湖面烟雾蒸腾。偶尔闻到沙枣花香气缭绕。回首远眺，犹如白云生处，山野人家。

泉湖西北角，两艘石舫掩映于深柳疏芦之中，其时太阳渐渐西斜，仿佛两只远航归来的客船，停泊在茂密的芦苇丛中。

过了石舫，一行人穿过月洞门，迎面看见一个高高立起的古亭，亭子中一个石碑，石碑正面题"西汉酒泉胜迹"六个大字。

大家聚在石碑的背面，阅读着酒泉来历记载：世传公元前121年西汉骠骑将军霍去病出师抵御匈奴，屡建战功，驻兵于此，汉武帝赐御酒遣史犒赏。将军以功在全军，酒少人多，乃倾酒入泉，与将士取而共饮，遂称酒泉。

碑亭的边上，是一个百米见方的广场，一泓泉水正在广场中央。几个人围了上去，只见水流汩汩而出，泉水清澈，水底卵石历历可数。

广场北边，三组大型群雕引人注目，几个人一边说话，一边走了过去。

西边的一组雕塑，主题是"出征"，只见战车飞驰，壮士威猛，霍去病身披铠甲，蠹立车上，仿佛带领着千军万马，凝视着前进的方向。

东边的一组主题是"鏖战"，为了"不教胡马度阴山"，大汉将士搏斗厮杀，战况惨烈。虽然"古来征战几人回"，但他们的脸上都写满了忠心报国、视死如归的豪气英风。

前临半月形水池，是一组主题为"庆功"的雕塑，只见战马昂首，战士欢庆，将军喜悦溢于形表，手捧玉盏，仿佛在接受万众的欢呼，又似乎在看着战士们抬来御酒，让三军将士尽情畅饮。

几个人正驻足观赏，一阵丝竹之声远远飘来。音乐时而悠扬，时而激昂，大有大汉遗风。几个人循声而去，却见泉湖广场上，一群人簇拥着大半个圆圈站着，圆圈中央，十来个汉服美少女组成中西合璧的乐队，正在演奏着《春江花月夜》，提琴、扬琴、二胡、笛子、琵琶，曲声悠扬，让人恍若置身江南风光之中。

一曲终了，乐队曲风一变，一首欢快的乐曲从乐手的指尖流出。一个十二三岁的女孩捧着话筒，唱起了《采茶舞曲》，歌声清澈如天籁。

歌声中，另有八个身着汉服的女孩仙女般从人群中飘出，欢快地跳起了有些江南风韵的舞蹈，她们慢慢地围成一个圆圈，转着圈子翩翩起舞。转了几圈，几个女孩伸出手来，把边上的人一个一个地拉进圈子当中。不知不觉中，夏蕾、程茵茵、耿至行、万星都被带到了圈子里，慢慢地变成了一个三十多人的大圈。

圈子分分合合，逐渐变成了一大一小的两个圈，然后又慢慢变成了三个圈，最小的圈子里就剩下了夏蕾和另外两个女孩。音乐渐渐热烈，转圈的手松开，八个女孩从身后各拿出一个玫瑰花环，结成一个花球，送到了夏蕾的手中。

音乐声音轻了下来，一首舒缓的音乐在乐队中响起。

身边的一块投影幕布渐渐亮了起来，在安静的音乐背景声中，一帧照片由模糊渐渐清晰起来。

这是一张课堂里的照片。一群穿着校服的同学，静静地坐着听讲，在一群凝视前方的背影中，画面居中一个马尾辫的女孩，十分醒目。

第二张是几个同学注视着博物馆展品的照片，居前的女孩面容秀丽，清纯可爱。

第三张是一个女孩在舞台中央，手抚琵琶。女孩穿着一身拖地汉服长裙，乌发如云，在灯光照射下犹如仙女下凡，秀美飘逸。

第四张是一个女孩手里拿着一个话筒，在辩论席上的侧影。背景上写着"千年丝路学生夏令营主题辩论赛"，女孩垂肩的马尾，蓝白的校服，明亮的双眼顾盼有神。

然后是一大群学生模样的少男少女站在一起合影。团队的前面拉着一个横幅，写着"回顾华夏文明，探寻千年丝路——上海中学生夏令营"几个大字。合影局部渐变放大，一个扎着马尾辫的女孩在一群校服当中，闪着一双大眼睛。

一个浑厚悦耳的男声从喇叭里传来，然后画面中依次出现了拍摄日期的字幕。

"还记得八年前的 10 月 6 日，我们夏令营结营了。拍完这张照片，我们就要挥手告别。你还记得我们初见的时光吗？那一年，你是十六岁的豆蔻少女，我是十七岁的懵懂少年。我们一起聆听丝绸之路的历史沿革，一起参观西汉文明的文物展览，一起完成丝路意义的演讲，一起参与文明融合的辩论。我们曾经是队友，曾经为一个页面的剪辑讨论到深夜。我们也曾经作为对手，为丝路文化和经济的价值轻重站在辩论正反两方。

"你的明眸皓齿，你的秀外慧中，你的长发飞扬，你的凝神沉思，都深深地印在我的脑海里。而你引经据典的广博学识，出口成章的敏捷才思，轻柔温和的待人接物，坚定自信的深邃观点，让人不得不心悦诚服。这怎么能是十六岁的女孩所能达到的视野？这又是怎么样的思考才能提炼出的见解？

"是上天怎样的眷顾，能够让我在你的花季，遇见这么多优点结合在一起的你；又是多少年修来的福分，让我们能够在一个团队完成精彩的演讲；是什么样的机缘，让我们作为对手，互相激励完成精彩的辩论；又是什么样的幸运，能够聆听到你战鼓雷鸣般的琵琶仙音？

"在结营愿望卡里，你是这样写的：英雄的开疆辟土，后人的桃李芬芳。不忘先贤远征途，不负青春好韶华。而我的结营愿望是这样写的：英雄少年郎，家国两不忘，生而为人杰，故当化国魂。

"短短一周的相聚，你美丽的身影深深地刻在了我的心里。当合影镜头即将定格的那一天，我悄悄地站到了你的身后，希望在这张合影里，我能够站在你的身旁，而我没有写在结营卡上的心愿，那是我最大的梦想，愿我此生有幸成为你永远的护花使者。"

随后一张照片，一个女孩低头凝神，看着捧在手中厚厚的书本。

"这一年，假期快结束了，我鼓足了勇气，把你约在了浦东图书馆。在你不留意的间隙，我拍下了这张照片。尽管像素那么低，但是，又怎能掩盖了你的光彩和美丽呢？"

第七张，是四个人在泰山之巅的合影。"终于，我们成了好朋友，这一年的国庆节，我们相约去了泰山，我们凌晨三点起来爬山看日出。在十八盘的陡峭石阶上，我终于牵住了你的手，而我也看到了这一生中最灿烂的日出。"

第八张，女孩靠在男孩的身后，头发轻轻扬起，身后远远的一只风筝，女孩笑意盈盈。"这个暑假，你终于答应做我的女朋友。那一天，我们在世纪广场放风筝，我看着那只风筝，就像看到了我自己。整个心都飘在天上，开开心心地摇摇摆摆。幸好有你拉着绳，否则我怕自己都得意忘形飞出天际了。"

第九张，画面里是一张手机视频通话截屏。"你还记得吗？这一年，你去非洲做联合国扶贫工作志愿者，这是我们这么多年以来唯一一次没有在一起过国庆节。也就是在那一天，我们约定，往后余生，每年的10月6日，我们都要相聚一起。"

第十张，是两个人骑着自行车的背影。"这一年的环台湾自行车骑行，我在出发前得了重感冒。一路上是你一直在照顾我、鼓励我、陪伴我，让我终于能够在艰难中完成了环岛骑行。这一年，我们约定，无论贫穷、困苦，无论艰难、险阻，这辈子，我们要共同面对，携手走过。"

第十一张，两个穿着职业装挂着胸牌的年轻男女在夜色中的东方明珠塔下。"这一年，我要接待经贸的访问团，而你是会展的志愿者。尽管一天没有见面，但我们还是在夜已渐深，大会散场，送完宾客后，在拥挤人海里互相找到彼此。

"我最亲爱的小菡，那一晚在国庆人流中，我一眼就看到了远远张望的你，就像高中夏令营的第一次相逢，我在一群同学里，一眼就看到你。如果人生就像在大海中航行，我们就是大海中永不分离的航船和风帆。

"曾经，你答应过我，我们每年的这一天，都相聚在一起。今天，我想郑重地对你说，请你答应我，以后在每一年，在可能的每一天里，我们都要相爱相守在一起。

"我要看到你睁开迷蒙的双眼，闻到厨房香味时的笑意。

"我要看到你收获工作的成果，实现一个个梦想时的欣喜。

"我要看到风雨中归来湿冷的你，拥你入怀时双眼中的安宁。

"我要看到你日复一日的时间里，因为有我而时时流露的甜蜜。

"我要看到你春天里的娇艳，夏天里的热情，秋天里的温和，和冬天里哈出的热气。

"我要看着你的容颜，在我的双眼里，从来不曾改变，却又渐渐画上岁月的痕迹。

"我要看到你的手，在我的手心里，永远像一个小孩，无所畏惧，从不忧虑。

"我要用时间证明，我对你的爱，是如此纯粹而又坚韧，在每一个细碎的时光里，在每一寸相依相偎的空间里。

"我们这辈子，要永远住在彼此的心里。

"今天，我想对你说——"

音乐声歇，广场上的人们停下匆匆的脚步，似乎都在期待着最后一个声音。

夏菡亭亭伫立在鲜花丛中，晚风拂过，发丝轻轻舞动。她一动不动地望着屏幕中停留的照片，早已经泪流满面。

广场上环绕的人群一脸疑问的神情，按人们期待中的画面，这时应该是一个男孩，捧着鲜花，来到女孩面前，单膝跪地。

然而画面被按了暂停键。乐队的女孩们面面相觑，不知所措。

只有摄影师，依旧一丝不苟地对着镜头，一帧不落地记录着画面。

夏菡捧着鲜花的手微微地颤抖着，她盯着投影屏幕中的男孩，哽咽着声音，似乎是自言自语，似乎又是对着画面中的男孩。

"我记得，十年前，在千年丝路夏令营，你说，你心中最崇敬的英雄，就是少年战神霍去病。

"我们当年都期待过，如果有机会，我们一定要来走一段，两千年前的千里奔袭。

"我答应过你一起来追随曾经的西征之路，我答应过你一起走这一段英雄之旅，我答应过每年这一天，我们都要在一起。

"今天，我陪你来了。你有看到海中沙洲坚强的梭梭树吗？你有看到遥远天边笔直的孤烟吗？你有看到额济纳三千年不朽的胡杨吗？你有看到居延海浩荡千里的碧波吗？你有看到横亘戈壁的巍峨雄关吗？你有看到眼前这一泓泉水，依然还在不断地喷涌吗？

"我知道你胸中激荡着少年壮志，你梦中满含着家国情怀，可是……

"我答应你的，我都做到了，你答应我的呢？你答应我的最大愿望，你都没有完成啊！

"你说，你要给我一个承诺，一个一生不变的承诺。我来了，请你给我承诺，给我承诺啊！在我眼里，你不是那个最可信赖的、永不放弃的人吗？为什么你的承诺不可靠啊！

"刚刚送走你的那些天，每个晚上，我都在梦里见到你，梦里的你真实清晰，我甚至有些期待夜晚，你会在梦里陪着我。渐渐地，你不再在梦里来看我。可是上个月，我突然又梦到你，梦到你来和我告别，你流着泪，我看不清你的脸。你说，你不要我再在半夜醒来时默默地擦拭泪痕，不要我再在回忆往事时阵阵地心如刀绞。梦里，你一遍一遍地擦拭我的泪水，似乎回到了多年前，你最后一次出差前的那一晚，一件小事一件小事地叮嘱我。我问你，这是和我告别吗？你没有回答，只是一直流着泪，你说，你最大的遗憾，就是没有陪我走完我们计划的旅程，我以为你说的，就是这一段安排好的旅行，我现在才知道，你说的旅程，是我们的一生，是你要给我一生永恒的诺言。

"可是，哪怕不能陪我走完一生，陪我走完这一程，我心里也能少多少遗憾啊！为什么，为什么我们要等上十年？等了十年，而你却不见了踪影？"

耿至行望着夏菡，两眼早已模糊，泪眼中的夏菡如飘浮在花丛中，周围的一切都变得朦胧虚无。他终于明白这次旅行的意义。

"奉凭琅玕忆春君，边塞风沙断雁程，海天相隔情犹在，乡关何曾忘归魂。"

他突然理解了夏菡写在微博上的这一首短诗。

身边，文暄也已是泪流满面。

程茵茵走上前去，紧紧地拥抱了夏菡，文暄也跟了上去，三人默默相拥着落泪。

一个乐手悄悄地走上前去，向文暄问道："文小姐，后面的曲子，不拉了吧？"

夏菡低着头，抽泣着说："不，继续吧。今天，我想完成他生前最后的安排。"

乐手回到几个女孩身边，她们悄悄地低头交流了几句，乐曲《爱的礼赞》从她们的琴中流淌出来。

这首优美抒情的乐曲，依然保持着明快的节奏和旋律，只是演奏的几个女孩，一个个都湿了眼眶。

夏菡站在鲜花丛中，双眼看着投影屏幕，似乎是穿越了时空和男孩隔空对望，周边的喧闹都已远离，一切寂静无声。

文暄退了出来，万星递上纸巾，犹豫片刻，他上前拉住了她的手。

第二十七章

回到上海，紧赶着忙了几天工作，就到了周末。周日下午，耿至行带着从酒泉带回来的一箱红酒，摁响了安臻家的门铃。

按了好几声，也没人开门。

耿至行有点意外，平时的周日，他们都会在家。耿至行把红酒放在门口，给安臻发了个消息。

正要转身下楼，对面的房间门打开了，一个五十多岁的阿姨走了出来，她打量了一下耿至行，说道："伊拉屋里厢应该没有人吧？"

"嗯，是的，没人开门。"

"好像去医院了吧，侬打个电话问一下。"

"噢，是谁生病了吗？"

"好像是啊，不过我也不是老清楚，侬还是打个电话问吧。"对面的阿姨关了门，耿至行拨通了老钱的电话。

"钱叔叔，我是小耿，我带了一些东西给你们，你和阿姨都不在家吗？"

"小耿啊，你这么费心。我们都不在家的。"

"是阿姨生病了吗？"耿至行问道。

老钱犹豫了一下。

"是啊，阿姨她住院了，这几天我也在医院陪她。"

"是吗？生病了？严重不？我去医院看看她。"

"不是。呃……是内个……不严重，留院观察，你不要担心。"

"唉！"耿至行的疑虑得到了确定，心里焦急，重重叹口气，"钱叔你也不早点跟我说。在哪家医院？我现在过去。"

"哎，别。小问题，没事的，观察几天就回去了。你自己工作那么忙，别折腾了。"

"不行，我肯定要去看看的。你告诉我哪家医院？"耿至行急切地继续追问。

"那好吧，我发位置给你。"

"好的，我现在马上过去。"

前段日子股市的崩盘像一波海啸，溺死了安臻对生活所有的热情与渴望。

她每天失了魂似的在客厅卧室来回游荡，像一只流离失所又折了翅膀的小鸟，偏偏遭遇狂风暴雨，只能孤苦地躲在一片树叶下面瑟瑟发抖。前些天出门的神气活现，生怕别人不知道成果，变成现在萎靡不振躲躲闪闪，唯恐遇到熟人问起近况。

老钱嘴上没有过多的埋怨，但总是回避着和她交流，每天的唉叹声，虫子般啮噬着她的耳朵。如果损失的只是小数目，或许还能请亲戚朋友施下援手，但如今的情况，即使筹来一点小数目，也是杯水车薪，老钱直接放弃了挣扎。

"真是偷鸡不成蚀把米！"安臻无时无刻不在内心痛苦地开自己的批斗会，"天生的丫鬟命，妄想走公主运，真是活该！"想得多了，她时常产生幻觉，觉得一切都是虚幻的，盼望着这只是噩梦一场，一觉醒来，一切都回到风平浪静的小日子当中。

可现实就像没有愈合的伤口，血淋淋地摆在面前。想到连累了一家老小，一整天都是泪水涟涟。曾经天天嫌弃的安静日子，如今却成了可望而不可即、令人向往的太平盛世。

自己已经是到了这把年纪了，往后的日子挣钱的可能性越来越小。而儿子结婚需要钱，买房子需要钱，生孩子需要钱，孙子读书需要钱，一切的一切都以钱为前提。如今不但钱没见着，连房子也没了。

她陷入深深的自责当中，无法原谅自己。"如果毛毛将来过得不幸福，都是我害了他呀，是我这个妈妈害了他呀……"安臻盯着相框里一家三口的照片，眼泪扑簌簌落下。

就像一个死结，知道头在哪儿，也能找到尾，偏偏无论如何都捋不顺它。

"好言难劝该死的鬼，那么多人劝我，拦我，我就是听不见！我简直是被下了迷魂汤，脑子里装的是一罐糨糊！"

她想起当时妹夫给她的告诫：你愿意听到更多的声音，你才能够听到更多的声音。你有能力听到更多的声音，你才能听到更多的声音。她现在才明白过来，可是，当她明白过来，已经没有后悔的机会了。

"怎么办，这个钱怎么还得了，房子没了，这个家怎么办啊……"她的内心不断地哭喊着。

过了两天，就到了国庆长假。平日里一起跳舞的姐妹又在发起周边健身行。不过安臻已经完全没有兴趣了，她也没有兴趣再翻开账户，因为那个数字已经一动不动地停留在零上。

假期里其他朋友都在晒着四处旅游的照片，老钱假期里依然带着驾校假期班的学生，白天安臻一个人在家里，常常坐着一动不动，内心却如热锅上的蚂蚁，焦急又无可奈何。

在家闷坐了一天，晚上，她一个人游荡在小区里，失魂落魄地走着。大概离沪出游的人多，假期的上海社区街道，反而比平时还更安静一些。

不知不觉，她走出小区，走过两个街道，过了一个小桥，桥下是一条小河。夜深人静，小河边树大径斜。她从桥头折向河边，失魂落魄地走在河边的小道上。

这条小道本就行人稀少，夜深时更显得幽静昏暗。头上稀稀落落的路灯，被浓密的树冠遮挡得严严实实。

突然，一个人从身后捂住她的嘴，一把把她拉进树丛中。

"别喊，我不伤你，把身上的钱掏出来！"一个男人低沉的声音从耳边响起。

安臻低头看着黑影中发亮的刀刃，吓得一下子慌了神。

"我身上没……没什么钱啊。"

"老实点，给我掏出来，别耍花招！"

"我……我不耍花招，我真的没什么钱啊。"安臻发抖着说道。

"小声点！快掏钱！否则我一刀捅了你！"那个男人压低着声音，急急地说道。

突然之间，一个月来所有的焦灼、揪心、懊恼、后悔、担心、害怕，一股脑地涌上心头。一种万念俱灰的感觉猛然涌起，她突然把身体往前冲了一下。

"你就一刀杀了我吧！我不想活了。"

那男的急忙退开刀尖："你疯了，你别乱来啊。"

"你就一刀杀了我吧。"安臻猛然往前撞向刀口，没想到那刃尖突然弯转了下来。

安臻一愣，还没反应过来，那男的突然"扑通"一声跪了下来："你就行行好吧，给我一千两千的，不行的话，给个三百五百块也行，小孩过节要点生活费，可我现在是一分钱都拿不出来了，实在没办法了。"

"你怎么了？"安臻有些不知所措。

"股市输了个精光，家里都还不知道，我现在连小孩的生活费都拿不出来了，小孩还等着要吃饭，我实在是没办法了啊，您老行行好，给我三百五百的，我也是被逼得没办法了，我拿着这个，只是吓唬人啊！"那男的跪在地上，把刀子狠狠地往自己身上插。安臻这才看明白，这只是一把橡皮道具刀。

看着那男的把橡皮刀一下一下用力地捅向自己的悲愤模样，安臻突然悲从中来，"哇"的一声哭了出来。

那男的一下慌了神，说了句："你别哭啊！"急忙站起身来匆匆地向外面跑去，顺手把手中的橡皮刀子抛入河中。

安臻一个人在河边哭了半晌，手机铃声响了起来。老钱打来电话。

"我没事，我在外面走走，一会儿就回去了。"安臻调整了一下气息，尽量平静地接了电话。

"你没事吧，怎么听声音不太对？"老钱在电话里问道，"你在哪里？我过来找你。"

"不用了，我马上回来了。"

安臻挂了电话，突然心中冒上来一股勇气。

"是我签的文书，人都不在了，他们有本事来阴间找我！人死债消，我看他们有什么办法！"她恨恨地想着。

第二天，老钱上班后，安臻安静地坐在电脑前，打开搜索引擎，一项项地搜索着相关信息。

日子平平静静地过着。每天老钱回来，安臻都已经烧好一桌子饭菜，等着他吃饭。

老钱有时疑惑地看着安臻，不过看安臻平静地笑着说话，也就不再多说什么。

节后开市，股市稍稍有点回升，不过对于安臻来说，这个已经没有任何意义了。她现在满脑子思考的，是如何最大限度地给小孩保住家产。她一天天地埋头在电脑前，偶尔打几个电话。一周后，她似乎把所有事情都想明白了，到毛毛的写字台上，拉开抽屉，找出儿子过去用过的纸、笔，静静地写着。

"亲爱的儿子，妈妈对不起你，不但没有给你一个好的生活，还把你和你爸推向了火坑。毛毛，你从手臂大的婴儿，如今长成了一米八的小伙子，妈妈想到你就觉得无比幸福。你是妈妈这辈子的所有。妈妈是多么想为你多做些事情，给你这世上最好的一切，无论付出多大的代价。可是，妈妈的努力，不但没能给你们带来新的转机，反而让家里蒙上重重的雪霜。

"老钱，这么多年你一直忍让我，我对不起你，房子被抵押了，我也没脸面对你。这几张银行卡是家里仅剩所有的积蓄，密码是毛毛生日。我走之后，你想尽一切办法务必供毛毛顺利毕业。如果可以，经常去看看我妈，谢谢你了。

"我仔细地了解过了，也咨询过律师。所有的借贷合同都是我一个人签的字。我借的款项，不是用于夫妻共同生活，你不用负责任。房产证上写的是三个人的名字，我只占三分之一，哪怕输了官司，最多也只能拿房产的三分之一来偿还我的债，这也是我能想到最大限度减轻你们负担的办法了。

"多余的债，我用命来还了。

"对不起，本来想给你们一个生活的重大改变，现在给是给了，可是方向却搞错了。"

她把笔放回原处，恍恍惚惚挪回了卧室，神色凄苦地找出积攒的小半瓶安眠药。

她给自己倒上一杯水，吃一片，喝一口水，大脑一片空白。她感觉药从喉咙哽进胃里的路那么遥远，押直了脖子，总感觉还是卡在半路，索性一把塞进嘴里，拿起水杯一口吞了下去。

她剧烈地咳嗽了起来，急忙拿起垃圾桶对着咳嗽了好一会儿。

放下垃圾桶，望着眼前的空瓶子，她突然有一种一了百了的感觉。这一个月来的担惊受怕，这一个月来的彻夜难眠，这一个月来的惶恐不安，早已把她压得了无生机，这一刻的放弃，突然有一种解脱的轻松。上床躺好后，眼泪不自觉顺着眼角流进了耳朵，她无数次幻想自己的晚年生活，有疼爱自己的老公，有孝顺贴心的儿子，抱着牙牙学语的孙子，每一次的想象都是充满温馨的场景。

唯独没有想到会是这个结局。

她擦擦眼泪，两手交叉放在胸前，静静等着烦恼的终结。迷迷糊糊中，她腾出一只手理了理头发，渐渐地睡了过去。

似乎是在睡梦中，她脑子里回放起从小到大的生活。一个宽大的舞台上，扎着两个马尾辫的她拿着一朵大红花，蹦蹦跳跳地从台前跳过，那是在幼师校园里。一群五六岁的小孩从四面八方跑过来，叽叽喳喳地围着她，拉着她，转着圈，那是她参加工作以后第一班的孩子。大光明电影院前，一个穿着中山装的年轻小伙，黝黑的皮肤被阳光照得发亮，红着脸微笑着看着她，那是第一次约会时的小钱。一片白色中，一张粉嘟嘟皱巴巴的小脸出现在眼前，张着嘴哇哇地哭着，那是出生第一天的毛毛。机场安检口，毛毛回过头拼命地向她挥手，她看着毛毛远去的背影眼泪扑簌簌地往下流，那是毛毛第一次远离她出国求学。

朦朦胧胧中，她眼前出现一个蛋糕，蛋糕上插着几根蜡烛，烛光中，年轻的爸爸妈妈抱着扎着两根羊角辫、一脸稚气的她，拍着手，唱着《生日快乐歌》。

烛光中的爸爸妈妈那么年轻，那么温暖，那么慈爱。透过烛光，年幼的安臻想用手触摸爸爸妈妈的脸，可是爸爸妈妈变得渐渐模糊，模糊到无法触摸。

不知过了多久，她似乎跌落到了一个瀑布下，瀑布的水流冷冷地拍打她的脸，冲刷着她的眼睛，嗓子里似乎抠到什么东西，只觉得胃里翻江倒海，想睁开眼睛，可是迷迷糊糊整个人都飘浮在空中，飘向前方的光亮处。她越靠近光亮，越想就这样静静地沉睡着。她又迷迷糊糊睡了过去。

再次睁开眼睛，周围白茫茫一片。她分不清自己在哪儿，分不清自己是什么状况，只感觉天在转，地在转，自己也在转。眼睛闭上，天和地倒是停止了，自己还是转个不停，头疼得跟正在进行开颅手术一样，还是不打麻药那种。

老钱见她有了知觉，赶忙扑过来，握住她的手，眼泪一滴一滴落在安臻手上，砸得她心都碎了。

"你怎么能做这样的傻事……"老钱哽咽着。

安臻没有反应。

"你吓死我们爷儿俩了你，儿子买了机票在赶回来了。"

安臻还是神志不清，眼神呆呆的。

"你，你还认得我不？"老钱警惕起来，怕安臻伤了脑子。

走进医院，耿至行等了三趟电梯才上去。电梯里挤满了人，有戴着口罩的医生，有拿着资料的护士，坐着轮椅的病人，还有手里拿着水果补品的家属，狭小的空间挤得他只能侧身站着，条件反射地屏住了呼吸。

十六楼，本就狭窄的走廊一侧摆满了病床，过道逼仄，空气都是拥挤的。

透过门上一块玻璃，耿至行瞧见坐在床边身体前倾的老钱。一会儿盯着病床上的安臻，一会儿盯着剩下最后几滴的输液瓶。原本黝黑的皮肤，在两个浓重黑眼圈的反衬下，反倒显得没那么黑了。胡荏冒出密密的一层，如秋后田地收割后留下的稻谷荏子。

耿至行轻轻敲了敲门，走进病房，见病床旁边还坐着一个二十岁左右的孩子，瘦削的身子，佝着背，后脊梁一棱一棱凸出来，头低低垂着，一只胳膊肘放在膝上，另一只胳膊肘撑在床上，趴在床边睡着了。

这不是毛毛是谁？

耿至行心里的不安感重又袭了上来，心想："现在不是放假的时候，毛毛怎么从国外回来了？"

输液瓶只剩最后几滴了，老钱按了呼叫铃。他轻手轻脚地站了起来，接过水果，放在病床边的床头柜下层，挤出一丝强装的笑容。个把月不见，老钱两侧的颧骨高高凸起，眼窝深深陷下，憔悴不少。

"麻烦给换一下盐水。"老钱客气地跟进来的护士打了个招呼，见她手脚麻利地换好药瓶，两个男人轻轻地聊了起来。

"毛毛回来了？"耿至行问。

"嗯。"

耿至行不作声，老钱示意两人走出了房门。

"你都看到了，也就不瞒你。阿姨吃了安眠药，救是救过来了，还需要观察几天。"屏气许久后，老钱长叹了口气，双手向前揉搓着，两眼看着自己的脚尖。

"啊？"耿至行有些意外。他难以想象平日有点迷糊却总显得精明，老成却带着三分稚气，惯用埋怨的语气表达关爱，活泼又有点嘴碎的安臻会遇到什么迈不过去的槛，选择这种极端的方式。

"她一直跟着一个投资研修班炒股，按那里面老师的指导操作，也不知道什么时候，就把家里的房子抵押进去，还加了杠杆。我劝过她要当心，她答应得好好的。我以为她早抛了的。突然有一天，她跟我说股票没抛出去，账户爆仓了，不仅本金亏完，房子抵押借的钱也亏了。那套付了定金的房子，定金也变成违约金，拿不回来了……"

耿至行觉得透不过气，他远远地看着躺在病床上的安臻，不知道说什么才好。

"怎么这么想不开，有多大的困难大家一起想办法啊。"耿至行说。

"是啊，怎么也不可以走这一步的。"老钱心疼地说着，眼睛里泛着泪光，"她丢下我们，我们可怎么活，小孩怎么办……"

两人听到病房里传出一些动静，急忙转身推门进了房间。

安臻已经半坐起来，脸上苍白，没有一丝血色。见耿至行关切的眼神，想起他之前也提醒自己防范风险，安臻的眼泪再次涌了出来，哽咽着说不出话。

耿至行赶忙走过去，坐在床边的毛毛让出椅子，耿至行关切地看着安臻苍白的脸庞。

"阿姨，感觉怎么样，好一点没？"

安臻点点头，不知不觉眼泪又冒了出来。

耿至行蹲下身去，故作轻松，柔声安慰着："什么事情都有办法的，车到山前必有路，船到桥头自然直。阿姨，你别担心，我会一起想办法，咱们一起渡过难关。"

"小耿哥。"毛毛轻声问候了一句，眼泪含在眼圈里。

过了好一会儿，安臻的情绪逐渐平复下来，觉得房间的气氛被自己感染得太压抑了，努力挤出一丝惨淡的笑，对着耿至行说："老钱多事，走了多好，一了百了。"

"阿姨，怎么能做这种傻事呢？你还要为毛毛想啊，毛毛多伤心。再说，只要人在，没什么坎是过不去的，我们几个大男人，总能想出办法的，要相信天无绝人之路呀。"

"就是啊，妈妈，我长大了，马上就能自己挣钱了，我也不用你们给我买房子，我以后要努力挣钱给爸妈买房子住，你放一百个心。"毛毛接过话茬，"还有，学费什么的你也不用担心，不到一年我就大学毕业了，勤工俭学都可以的，那边很多本地的同学都是这样，也不会耽误学习的，你放心呀。"

"唉……嗯……嗯……"安臻哽咽着。

"老婆，你可真是把我吓死了。你不都是为了这个家嘛，我们都知道的啊，有什么事情总是要一家人一起扛的。再说，这个事情如果一定要怨一个人，你就怨我嘛，我多赚点钱，你就不用这么操心嘛，都是我没有把你照顾好。"老钱轻声细语地劝说着。

"再说了，没有房子又能怎样呢？房子没了家还在。租房子也能过日子的，没有房子不碍事，没有了你，这个家就不完整了。"见安臻沉默不语，老钱耐心地劝导着。

"就是呀，妈妈，我也能够照顾你了。你以后可不能再想不开了。"毛毛附和着说道。

家人暖心的话，把安臻心里的委屈一股脑儿地引发了出来。她又抽抽搭搭地哭了起来，老钱哄了一会儿，安臻擦着眼泪，恨恨地说："我之前总觉得自己不该活着，自己蠢，自己贪心。死过一次了，我也想明白了，不是我不该活着，坑我的老师才有罪啊！呸呸呸，他们算什么老师！江湖大骗子！我祈祷过的那些神啊主啊，赶快把这些坏人都接到另外一个世界去炒他们的吧！"

"就是啊，你以后可不能再想不开了，以后可不能再吃什么乱七八糟的药了。"老钱说。

"不吃了，"安臻一脸委屈地说，"受不了，可太生卡喉咙了，硌得慌。"

见安臻碎碎叨叨的劲儿又回来了，几个男人松了一口气。

从病房出来，耿至行心情十分沉重。病人面前的宽慰不能解决现实的问题，他心里有一座大山，沉沉地压着。

思来想去，没有想到解决的出口。

手机里发来夏菡的消息："你在忙吗？有个工作的事情要交流一下。"

"可以的。我刚从医院回来。"

自从酒泉回来后，他每一件事都下意识有分享给夏菡的冲动。

"怎么了？哪里不舒服吗？需要帮忙吗？"夏菡的信息很快回了过来。

"不是我，是房东阿姨，炒股加杠杆爆仓，房子也抵押出去，钱都亏光了，吃了安眠药，不过好在救过来了。"

"啊？这么严重？人救过来就好，不幸中的万幸。"夏菡回道。

"他们一直都把我当家人，不知道有什么办法能够帮助他们渡过难关。"

"大家一起想想办法吧，总归是会有办法的，不要太焦急。"夏菡在信息里劝慰道。

"你说得对，先走一步看一步。"

"公司那边新产品市场拓展还顺利吗？"

"还好的，目前成交不多，但意向客户还不少。"耿至行回复道。

浓浓夜色压抑得人透不过气，草地中的虫鸣啾啾地聒噪着，耿至行默默地走在医院的人行道中，空气中弥漫着淡淡的酒精味道。

第二十八章

陈嘉会回到上海，抓紧和 GPS 工程公司取得了联系，因为马上到了国庆假期，对方把时间定在了节后。上班第一天，按照约定的时间，陈嘉会来到了林姓工程师的办公室。这是一位三十多岁矮矮胖胖的男子，松松垮垮地穿着一件西装，年龄不大，头发却有些稀疏，戴着无框眼镜，一副冷冷淡淡的神情。

"我们这边的数据也就是保存两年，超过两年，数据就覆盖掉了，你这个好像已经超过了两年。"林工一边说，一边输入车牌，"咦，这个账号好像这两年都没有被启用，一直闲置着。"

他翻了一下数据："倒是巧的，因为这个账号没有被新的车辆重置使用，所以当初的信息也就一直没有被覆盖，资料还都是在的。"

"是吗？那太好了，能麻烦你把最后一周的数据拷贝给我吗？"

"可以的，我把数据给你，不过你要下载个软件，通过这个软件打开，你才能看到地图上的对应信息，否则你看到的都是一堆代码。我给你个链接，你自己去云端下载就行。"

回到办公室，陈嘉会按照林工给的方法，打开了行程轨迹。他拿出笔记本，一行一行地开始记录：

第一天，九月十八日十六时三十分，车辆从成都机场出发，行程两小时二十五分钟，到达东庆市锦都宾馆。

第二天，十时零五分，车辆从锦都宾馆出发，行程三十五分钟，到达广庆生物公司，车辆在该位置停留了两个小时后回到宾馆。下午十四时三十分，车辆来到东庆建设集团公司。

第三天，九时四十五分，车辆从宾馆出发，这一天的行程基本和前一天一致，走访了前述两家公司。

第四天，九时十分，车辆从宾馆出发，行程四十二分钟，到达市中心，地图显示路边的大楼，正是新闻社所在地，下午去了市区，车辆停靠在一家茶楼边。

以下的行程引起了陈嘉会的留意：

第五天，七时十分，车辆从宾馆出发，行程四十五分钟，到达庆龙小区，车辆在这个地方一直停留了九小时，直到下午六点多才离开。

第六天，车辆一早六点就出发，再次来到了庆龙小区，整整停留了十个小时。

第七天，车辆在中午十一点出发来到了新岗小区，在这个位置停留了三个小时。晚上车子来到了恒隆娱乐会所。直到凌晨两点才离开。

第八天，车辆再次来到了新岗小区，整整停留了十二个小时，晚上九点，车辆来到了红珊瑚夜总会的停车场。

第九天，车辆来到东庆市公安局，晚上八点再次来到红珊瑚夜总会。

第十天，车辆再次来到新岗小区，这是这辆车子第三次来到这个位置，又整整停留了五个小时，晚上车子再次来到恒隆娱乐会所。

第十一天，车辆早上再次来到公安局，两个小时后回到宾馆。晚上八点，车辆从宾馆开出，来到听雨轩茶室，晚上十一时零二分，车辆从茶室开出，两分钟后，车辆坠入江中。

　　陈嘉会默默地盯着屏幕，屏幕中的车辆位置，永远地停留在了青石江中。

　　陈嘉会默默地核对着信息，庆龙小区就是东庆建设集团公司开发的楼盘，是当地规模较大的楼盘，而新岗小区正是庆龙小区动拆迁安置房小区。

　　陈嘉会网上搜索东庆建设集团的相关新闻，并没有找到有价值的线索。

　　他输入东庆建设的关键字，一页页地翻着页面，在翻到第六页时，一个信息快照引起了陈嘉会的注意。这是当地论坛里的一个帖子，标题是《斜塘村拆迁冲突升级，村民和拆迁公司互殴，一村民被刀刺伤，两天后死亡》。他点了进去，显示的是：

　　502 Read from server failed: Unknown error

　　他再次按照斜塘村、拆迁的关键词进行搜索，却再也没有任何其他信息。

　　晚上八点半，陈嘉会拨通了电话。

　　"喂，你好！"电话里传来了方晴笑意盈盈的声音。

　　"小方你好，我是老陈啊。下班了吗？"

　　"下班了，陈老板这么难得，是要来我们这边出差了吗？"

　　"我过几天是要过去的，到时候你帮我订一下房啊。不过，我今天打电话，是想了解一下，你们那里一个红珊瑚夜总会，你熟悉吗？"

　　"那是我们这里最大的 KTV，陈老板要去唱歌吗？"

　　"噢，我一个朋友最近要去那边，让我推荐一下那里的娱乐场所，我也不熟啊。另外一个恒隆休闲中心，那个是什么啊？"

　　"那是个大浴场，不过里面什么玩的花样都有的，陈老板怎么会问这个地方？"

"我随便问问，下次过去时可以过去休闲放松一下啊。"

方晴在电话那头显然迟疑了一下："那个……这个……陈老板偶尔过来，还是别过去玩了。"

"是吗？为什么啊？"

"这些地方人很杂的，有一次KTV里两班人为了争个头牌，在门口拿刀动枪地打起来了，伤了好几个。"

"是吗？出了这么大的事情，这个会所还能开下去？"陈嘉会问道。

"这两家都是同一个大老板开的会所，背景很大的，没什么事情摆不平。"方晴在电话里回复道。

"是不是斜塘村的动拆迁也是死了一个人？"

"唉，怎么说呢，总之陈老板难得来这边出差，不熟悉这里的情况，还是少去外面玩比较好些。"方晴开始顾左右而言他。

陈嘉会听出了言外之意，道了声感谢，挂断了电话。

陈嘉会陷入了沉思当中，短短几天时间里，武初阳怎么连续几天出现在命案发生的地方？仅仅是巧合，还是另有深意呢？

第二天一早，陈嘉会给武初阳的父亲打了个电话，他正好轮休在家。上午十一点，陈嘉会买了一篮水果和两盒西洋参，再次来到武初阳家里。

武初阳的父母都在，看到陈嘉会，强打起精神表示了感谢。

"武叔叔，我这里有个请求，有点冒失，不知道怎么开口。"陈嘉会说道。

"没事，你说。阳阳在的时候好多次说起过你，说你对他有很多照顾的。"武父客气地回答道。

"我想了解一下，阳阳的手机还在吗？上次好像没有看到。"

"没有的，当时清点遗物的时候就没有手机。估计都沉到江里，没法打捞的。"

"噢，那倒也是，这些小东西，确实不太好打捞。"陈嘉会语气迟疑地说道。

"你找他的手机，有什么用吗？"武父抬头问道。

"我想了解一下他最后几天的工作情况，给社里做个报告。"

"人都没了，再报告还有什么意思！"武初阳的母亲插上话来。

武父沉默良久，说道："我倒是一直给他的电话充值，把他的号码保留着，也是个念想。"

"是吗？"陈嘉会忽然想起了什么，"那他的身份证还在吗？"

"身份证，户口簿都还在，两年了，我们都提不起勇气去给他销户。"

"那能把身份证给我用一下吗？"陈嘉会问道。

"没问题的。"武父说道，转身对武母说，"阳阳妈，你去拿给小陈吧。"

武母转入房间，过了一会儿，拿出了身份证交给了陈嘉会，连头也没有抬起，脸庞上已经老泪纵横。

拿到身份证，陈嘉会很快去了营业厅，重新补了张 SIM 卡。回到办公室已经是下午三点，他把 SIM 卡插入自己手机的备用卡槽，上网查询了最后几天的通话详单。

他把通话记录、短信记录按时间一个个写在车辆行程记录的后面。写了一会儿，他发现以行程记录对应通话记录，信息有些杂乱。

他打开电脑，在 Excel 里编辑了一份日程表，以 24 小时为时间轴，把每天的通话开始、结束，短信发出、收到，电话归属地，车辆出发、到达及对应位置，分成五列，一项项地填进表格当中。

当把所有信息整理完成时，已经是夜里十点多了。

离开办公室，高架桥上依旧车来车往。此刻的上海，有些人走在回家的路上，有些人刚刚夜班上岗；有些人已经进入梦乡，有些人还在挑灯奋战；有些人在清扫街道，有些人在流连欢场。每个亮灯或者黝黑的窗口，各自演绎着悲欢离合的故事。

回到家，家人都已经睡下，餐桌上放着一杯牛奶，细致地用保鲜膜封着杯口。陈嘉会喝了牛奶，轻声地洗漱完毕。女儿的房间暖黄色的夜灯亮着，女儿长长的睫毛如羽翼般在洁白细腻的脸庞上，安详如同天使。

次日晚上，陈嘉会打开表格。表格上显示，每天晚上的六点左右，都会有一个上海号码的三四分钟的通话，这个号码应该是家人报平安的电话。每天晚上的十点左右，会有一个三十到六十分钟的通话，这个通话归属地在上海，应该是武初阳女朋友的号码。当中还有一些社里的工作固定号码。陈嘉会把这些电话做了隐藏处理。

有几个固定电话的通信，陈嘉会搜索了相关号段。其中几个是宾馆、租车公司，根据时间对应，大体是续住及续租电话。其中有两个是东庆市公安局公示的宣传科电话，根据对应的时间判断是请求采访的电话。然而电话并没有被接听，陈嘉会把这些电话号码再次做了隐藏。

余下的电话中，他把只出现过两次以下的涂成了绿色，三次到五次的涂成了黄色，六次以上的涂成了红色。

总共有七个号码出现在红色框里。其中有两个是上海归属地号码，五个全部归属于东庆市。

陈嘉会沉思了一会儿，他把武初阳的通话记录连续下载了生前的最后十个月，并将这七个号码逐一进行检索。

归属地属于上海的两个号码断断续续偶有出现，贯穿在这十个月当中，他将这两个号码加了个底纹。

余下五个号码，突出地显示在屏幕当中。他把通话次数和短信次数进行了统计，最少的通话加短信为八次，而最多的有三个，一个短信发出十二次，但仅收到回复两次，没有通话记录。一个通话记录五次，短信往返二十余次，最多的一个短信往返六十二次，但通话记录只出现过一次。这唯一的一次出现在所有信息往返的最前面，并且没有被接听。

陈嘉会拿起手机，拨出了一个号码，电话那头传来了一个压低着的声音："大记者，好久没联系了，怎么了？"

"老同学，有一个事情要找你帮个忙。"

"啥事情，你讲。"

"我有几个号码，要找一下机主信息，你应该有这个权限吧？"

"是要调查什么吗？"

"两年前，我们社里一个同事，去四川东庆市调查证券交易内幕时，在那里出了车祸，车辆冲到了水里，没有抢救过来。我现在想把他当时采访的一些情况梳理一下。"

"两年以前？"电话那头声音响了一些。

"是的。"

"当时怎么不梳理，现在来梳理他生前的事情了？"对方显然是换了一个地方接听，电话里声音高度变成了正常的状态。

"嗯……当时，也没有想到。"

"你不会是怀疑事故原因吧？"对方毫不犹豫地来了一句疑问句，语气里是满满的肯定句。

"果然是刑侦专家，瞒不了你。实话实说，是有些疑问，不过现在还不是特别能想明白。如果有比较明确的疑点，我是要向你讨教的。"

"记者这个职业，特别是深度调查的记者，危险系数也不低啊。矿难调查，疫苗调查，记者都是出了事情的。你们也要小心些啊，毕竟你们的强项是笔杆子，对于侦查和自我保护，完全是肉鸡啊。"

"我明白的，我不会冒险的。真的有需要，到时候还不是请你们出场！"陈嘉会回答道。

"这样吧，你也知道的，现在局里对信息查询有严格的流程要求，我觉得暂时还不需要去办这些流程。我给你个电话号码，你直接联系他。这人就是信息掮客，游走在灰色地带的，他们的办法有时候比我们还多，哈哈。"

"好的，谢谢了。"

三天后，陈嘉会拿到了几个机主的详细信息。他把目光集中到了信息往返最多的几个人上。

柳叶楣，女，大学学历，成都市人，兄弟新闻社西南记者站工作人员。

苗勇强，男，职业高中，斜塘村居民。

苗红霞，女，中专，斜塘村居民。

其中后两位系兄妹关系。

陈嘉会用办公室固定电话，拨通了柳叶楣的手机。

"小柳你好，我是财经上海的陈嘉会。我们这边有一个记者，武初阳，曾经到你们那边去采访过的，不幸因公殉职了。现在社里安排我做一个他的事迹报道，想向你了解一下他最后几天的采访工作，不知道你这会儿说话方便吗？"

对方犹豫了一会儿，问道："你说的是两年以前出了事故的那个小武吗？"

"对的，就是他。"

"好，那我晚点给你回个电话，好吗？你把你的手机号码发一个信息给我。"

陈嘉会发了个联系方式，备注上了自己的姓名。

过了一个小时，对方回过来电话："陈老师您好！我这边有个年假，下周正好想去上海，我到上海了去看您。"

"嗯，好的。欢迎啊。"陈嘉会热情地说道。

第二天晚上，陈嘉会还在报社埋头分析数据，他的手机突然响了起来。他太太急切的声音响起。

当他赶到医院时，已经看到安歆在姐姐的病床前了。

"怎么回事？"

"安眠药，已经催吐过了。"安歆压低声音说。

"怎么会这样，知道什么原因吗？"陈嘉会问道。

"现在还不知道，不过听姐夫说，大概和股市崩盘有关系。"安歆一脸焦虑。

"噢，那先不要多问什么了，身体好了再说。只要人没事，一切都好说。"陈嘉会安慰着太太。

"好的。"安歆满脸都是泪水，拿起一块毛巾，帮安臻轻轻地擦拭着嘴角。

第二十九章

　　一周后，四川中路边的一家咖啡馆里，柳叶楣和陈嘉会聊起了往事。

　　"小武刚到我们那边采访的时候，我们主任就不支持他做这个采访，希望他不要多去调查。我们因为年资相近，互相聊了几句，也交换了联系方式。小武后来有几次联系我，希望我能够支持他做一些深度调查，调查方向主要集中在内幕交易、信息发布、时间节点、信息真实性这些方面。

　　"我当时也就给他提供了一些信息，不过说实话，这些信息确认的难度也非常大。

　　"三天后，小武又联系了我。他不知道从哪里得到的信息，突然对东庆建设集团房地产开发过程当中动拆迁的一些事情产生了兴趣。他想做一份动拆迁事故的深度调查报告。

　　"我当时就劝他，不要在这个方面做调查，实在是意义不大。因为我们那个小城，山高皇帝远，出过的事情，外人听来会觉得匪夷所思，似乎不应该发生在当今这个时代。作为记者，动刀动棒的事情听到过不少，动枪的事情你听到过几次？我们那边动刀动枪的事情，似乎每年就会来个一两次，死都死了好几个人，最后都不了了之。有些人身伤亡事故，最后连责任人都找不到。所以，我再三劝他不要在这个方面浪费时间，报道写出来又怎么样？不是没人写过，最后要不被压下了，要不被撤稿了，网上偶尔出现一点消息，当天就被清理得干干净净。

"谁知道我的一番劝说，反而激起了他的年少气盛。他一口回绝我的一番好意，他说，光天化日之下出现这样的罪行，作为记者，怎么能够允许自己袖手旁观！

"随后几天，他花了大量的时间走访斜塘村的拆迁居民，我估计他的走访并不顺利，当中几次请我帮忙联系当事人。我也就给他提供过一两个人的联系方式，也都是当地的村主任或者村支书。我估计他也翻不出什么花儿，因为当地的领导大多是支持或者默许拆迁方案的。

"我用脚后跟也猜得出，他们大体上都是利益相关人。"柳叶楣喝了一口咖啡，继续说道。

"斜塘村动拆迁过程当中，曾经有过一次恶性暴力冲突。冲突中，一个人被刀刺伤，过了两天抢救无效死亡了。小武大概也得到了这个信息，他的调查方向就集中到了伤人致死这个事件上来了。

"谁知道调查还没出什么结果，他就出了意外。你也知道，我们这个城市，到处都是山坡，道路曲曲折折，高高低低。一个陌生人，路况不熟悉，又是在大晚上，确实是很容易出事故的。

"真的太可怜了。"她最后叹息了一声。

"你是说，他最后的调查方向，不是在证券交易方向，而是在拆迁冲突方面了？"陈嘉会问道。

"对的。"

"你刚才说，你们那边动刀动枪的事情很常见。动刀我还能理解，西南一带，民风向来彪悍，山高林密，民间备些刀具在野外时对付野兽也在常理之中。可是，动枪我就不能理解了，竟然出现了枪支伤人事件。"

"所以，我也是见识了，即便是这么快捷方便的时代，依然还是有一些信息的盲区。"柳叶楣摇了摇头说。

"你能说几个事情给我听听吗？"陈嘉会问道。

"有些事情，我也是道听途说，没有考证。拆迁冲突好像是发生在好多年前了。东庆建设在斜塘村开发房地产，大概是拆迁补偿款还没谈拢，开发公司就已经进场施工了。施工人员与村民发生暴力冲突，混乱当中带头的一个村民被乱刀捅了，最后谁捅的刀子也没有查清楚。

"一年多后，我们市的一个茶楼里，又发生了一起枪击案。据说是黑吃黑，具体情况也不是特别清楚。

"过一年，一个养狗的老人，不知道因为什么事情，争吵中意外受伤，最后伤重不治。

"两年后，据说还是这帮人，在成都一个娱乐城，酒后生事，聚众斗殴，死了一个人，重伤四五个。

"因为这个事情发生在成都，大概不能不给一点交代，其中一个人判了四年。除了这个案子，其他所有案子，似乎都还没有太明确的后续信息。江湖传闻纷杂，人人自危，一些关联人避走他乡，数年都不敢回家。

"我因为在记者站工作，多少有些耳闻，但也没怎么看到举报或者控告的信息。

"所以，当地人已经默认了这个现状。枪打出头鸟，谁还再敢冒出头来？没人不怕死。"柳叶楣重重地说道。

"太令人难以置信了。"陈嘉会沉默良久，接着问道，"苗勇强、苗红霞的名字，你有听小武提起来过吗？"

"这倒没有，我也没听到过。"

"谢谢你了。"

"陈老师怎么突然关心起这个事情来了？"柳叶楣问道。

"如果连人命都视若草芥，对证券交易规则，那就更不会当回事了！所以，我觉得这几只股票交易的异常，和这些枪击事情，背后会有一定的关联。"

"你能帮我了解一下拆迁死亡人的姓名吗？"过了一会儿，陈嘉会问道。

"好的，你稍等。"

柳叶楣在手机里发了几个信息，最后回复说："苗建国。"

和柳叶楣分开后，陈嘉会回到办公室。通过朋友的关系了解到，两年前，苗红霞在红珊瑚做服务员，而苗勇强在恒隆大浴场当服务生。他用公用电话打了一下两个号码，一个号码无人接听，而另一个号码已经是空号。通过技术手段，也未能找到他的名下登记有其他号码。

晚上，陈嘉会坐在车里，拨通了老同学的电话，简单介绍了事情经过后，老同学在电话里说：

"那要调查这个事情就困难了。一方面呢，两年前的事情，很多证据都已缺失，另一个方面，说明某些人干扰了办案。如果要查实这个事情，有一种可能性是另案突破，也就是说，通过其他不太提防的小案子，把一两个关联人抓捕归案，再来突破这个事情。"

"枪击案都突破不了，其他刑事案子肯定也被盖得很严实了。小案子更难突破吧？"陈嘉会说道。

"是的，普通级别的刑侦部门，估计都插不上手。"对方说道。

"会不会从证券内幕交易入手还会有机会些？毕竟对于这些手可通天的人来说，内幕交易，那就不当回事情了，戒备不会那么严密。"

"有可能吧，但是你确定要去查清这个事情吗？"对方在电话里问道。

"我一定要查清！我之前以为，这个事情和我没有什么关联，但是，每一个罪恶，如果得不到严惩，它就会继续祸害任何一个人，没有谁可以置身事外。而我现在，已经没有理由置身事外了。"

"为什么这么说？"对方有些好奇。

"有机会我再和你细说吧。"陈嘉会说道。

"不是老同学打击你，我们专门做刑侦都看得出来，这个就是块硬骨头。这种硬骨头，不是你这种文弱书生啃得动的。"对方言辞干脆地说道。

"我相信这是个硬骨头，我也不一定啃得动。但是，也不是一定啃不动。"陈嘉会回答道。

"你怎么啃？你凭什么？凭你一腔热情还是凭你赤手空拳？再不济凭你那一双近视眼睛和一支手上的钢笔？"对方不客气地反问。

"我没枪没炮，也不夹枪带棒，不过，我有我的方式。"陈嘉会镇定地说道。

"什么方式？坐而论道吗？摆事实讲道理？就是打架，也是一拳难敌四手，你用什么方式？老同学，你可不要蛮干啊！"对方语重心长地劝说着。

"我不会蛮干的，放心。也许我可以用温和的方式，啃碎硬骨头。"陈嘉会语气平和地说道。

"用温和的方式？啃碎硬骨头？"对方在电话里重复了一句，停顿了好一会儿，"嗯"了一声，挂了电话。

第三十章

浙闽赣三省交界，是连绵无尽的山脉。群山环绕中，一个个山村如同散落在群山沟壑被人遗忘的角落里，只有蜿蜒曲折的转山小路，越过重重山岭才能与外界通联。小路依山开辟，狭窄曲折。仰头可见炊烟的村庄，往往要绕行半天。久旱时一踩一脚腾起的泥尘，急雨后深一脚浅一脚溅得浑身是泥浆。

远望细雾中的山村如同贴在一张烟雨画上，房子从高到低涂鸦下来，了无几片平地可寻，青砖泥墙占满了画幅，却没有多少景深。秋天中的山村安静得如同沉睡一般，撑杆晒出的干菜豇豆，色彩陈黄灰暗。村子里几乎不见年轻人，唯有几个老人在田野上佝身劳作，缓慢的身影不但没有给宁静的山野带来点生气，反而显得越发沉寂，连带那偶尔响起的鸡鸣，也显出几分落寞。

村口几棵硕大的香樟撑开了一片阴凉。树边稍稍平整一点的半亩泥地，有一所破败的房子，是早已废弃的小学。拾级而上，两边逼仄的房檐下，一条细细碎碎的石子路，路侧一条小山涧顺流而下。秋天是雨水清淡的季节，小涧中没有多少水流，几个碗盘大的水潭，清澈见底地映射着一线云天。

耿至行的老家在小山村边缘的山腰上，两间黄泥房子，土墙年久，表面早已斑驳不平，木檩参差，黑瓦半数东倒西歪，木门空窗，飘摇着尘丝蛛网，久未住人，房子愈显得清冷阴寒。老一代人里，只有两个远房的堂叔堂伯还守着一亩三分地。堂嫂偶尔来帮忙开窗通风，翻衣晒被，除尘打扫，方得尚可歇脚。

推门而进，眼前的一切处处留着成长的痕迹。寒窑清贫，也曾有母亲灶前烧火的炊烟；小路泥泞，有父亲荷担归来的身影。灯影暗淡，有母亲烤起新收玉米的清香；犬吠声近，有父亲乡集带回两颗糖果的糯甜。

火灶还在，早不闻母亲呼儿的声音；扁担依旧，何处有父亲弯腰的身影。往事如烟，却又依稀如昨。耿至行眼前似乎映出了童年时三口之家曾经拥有的清贫中的温暖，然而一回神，却只留下推门时那"吱呀"的一声和阴暗房间窗前一片蒙尘的光线。

耿至行将带回来的一些烟酒糕点分送了亲戚长辈。第二天一早，便换了一身衣服，鞋子外面绑上草绳，戴着一顶草帽，别上一把柴刀，背上一个背篓，像一个村野樵夫般地往荒山里跑。一天天早出晚归，每天采回来一些不知其名的野果，一团团地分开，晾晒在扁团上。

几天下来，采摘、晾晒、包裹，耿至行像一只辛勤的蜜蜂，嗡嗡嗡地酿造"蜂蜜"。

过了一周，耿至行推着一个自行车，在逼仄的小路上，摇摇晃晃地走了大半天，终于在天黑之前来到了镇中学门口。

乡村撤校兼并，邻近的小孩都已经集中到了镇里上学。一进校门口就是一个平整的操场，远侧是一个高高垒起的主席台，台当中一个旗杆，五星红旗在一片白墙黑瓦的校舍前飘扬。

耿至行的车子就停在楼道前。他把自行车后座上的一大坨编织袋一个一个放进车子，然后到了学校门口的小卖部，买了几箱牛奶、水果。上楼进了房间，一个五十多岁头发花白的老人连忙帮他接下箱子，老人招呼坐在小方桌前写作业的小女孩说："萌萌，过来，看看谁回来了。"

小女孩怯怯地望着，嗫嚅地不敢发声。

"咦，前些天不是刚刚还见过面吗，怎么又陌生了？快叫人啊。"老人笑笑对女孩说。

"爸……爸爸。"小女孩小声地叫了一声。

"嗯嗯，萌萌在写作业了？"耿至行也有些局促，摸了摸小女孩的头发。

"老师最近身体都还好吧？"耿至行看着老人有些苍老的面容，问道。

"还好，有萌萌陪着，也还开心的。"老人淡淡地笑了笑，说道。

"老师你自己要保重些。"耿至行不知道该说什么好，从包里拿出一个信封，"我也照顾不到你，你自己多买些吃的用的。"

"哪里需要你给这个，我工资足够的。"老师推辞着。

"我知道你还资助着其他学生，你就别推辞了，就当我支持学弟学妹也好。"

"好，那我就收下了。"老师接过信封。

墙上的玻璃相框里，一家三口的照片其乐融融。耿至行站在相框前，默默无语。

老人一声叹息，问道："现在工作都还可以吧？"

"都还好的。"

"别太执意，尽力就好。凡事放开一些，想开一些。"老师宽慰着耿至行，自己却已经先红了眼睛。

他转过头，轻轻地擦拭了双眼，转过身来："还没吃饭吧？"

"还没，我自己来。"

耿至行自己动手，放了点青菜，煮了一锅汤粉干，端着碗吃了起来。

两个人一边吃饭，一边聊着天。萌萌的学习，耿至行的工作，老师的教学，又聊起这些年学校的变迁，之前同学的近况。大家都是一番感慨，不知道时间都去了哪儿，你早白了发，我已去远行。

当晚，耿至行就在小客厅的沙发上睡了一晚。第二天凌晨，天还没亮就开车出了学校。

回到上海，已是华灯初上的时候，耿至行直接来到陆家嘴，夏菡已经在停车库等候了。耿至行停在夏菡车子边上，一辆是风尘仆仆、不见原形的黑不溜秋，一辆是光鲜耀眼、一尘不染的白如新瓷，倒也相映成趣。

"这么急忙地赶过来，耿总是有什么急事啊？"夏菡含着笑，问道。

"这个，我从老家带了些东西，我想尽快交给你。"耿至行有点局促地说道。

"那你也不用那么着急啊，过两天也没什么关系嘛。"

"嗯，我想反正要交给你，就早一点吧。"耿至行边说边打开后备箱，后备箱里放着好几个纸箱，他搬完纸箱，递给夏菡一张纸条。

"这个上面有服用的办法，你参照着做。不过有点棘手的是，你得花点心思保管。"

"这是什么呀？"夏菡起了好奇心，打开纸条，上面写着：

三生果，编号：1、2、3……各一份

同源水，编号：1、2、3……各一份

下面还有一大段的文字说明。

夏菡打开一个纸箱，里面竟然是一个个矿泉水瓶，每个瓶子上面贴着一张手写的标签纸。她拿出了一瓶，晃了晃，又对着灯光瞧了瞧，有些疑惑："大老远的，你是把上海当作戈壁吗？带这么多水给我？”

"这样，我来解释一下。这里有六组三生果，每组是六份，每份包成一个大包，还有多准备的十多个小包，每包是一小份。这一大包是我们老家中药铺里按方抓的几味中药，都已经分好分量。这里对应有六组水，按照对应的编号，用同一个号码的水煮同一个号码的野果，大火煮开后放一包中药，慢火煮十五分钟，然后早晚各一次空腹喝。每个月喝三天，喝的时间我也已经写在纸上了。"

夏菡又看了一眼，那个纸的最后写着：每月例假前三天喝。

"什么意思啊？"夏菡问道。

耿至行支支吾吾地说：

"有一次你在我公司，看你脸色很不好，无意间又看到你吃止痛片。当时问你，你只说没什么，不过我也能猜个八九分了。"

夏菡一愣，女孩子痛经确实不太好对一个男人开口。她每月例假的前一天，往往格外胀痛，靠着止痛片坚持着，真的是难言之隐。

"哎呀，你还真的细心，每月大姨妈前几天还真的会疼痛的。"夏菡大大方方地说道，"你这是哪个云游和尚给的偏方啊？再说，你开药就开药，还带着这么多水来，你还担心我家里没钱交水费吗？"

夏菡一边说，一边又抽出两瓶水，笑着对着灯光看了看。又拿出一个纸包，小心地打开后，捡出一颗果子，果子细细小小，白色的有点像小号的薏米。她拿着小果子又是对着灯光一番端详。

"这是什么啊？"

"说实话，我也不太确定。"

"你不确定，也敢给我吃？"夏菡有些发愣，盯着耿至行问道。

"这个，我也不敢瞎给你吃的。"耿至行急急地分辩道。

"我曾经和你说起过，小时候，一直是小学班主任资助我的生活费用。班主任老师经常会让我去他家里，给我指导学习，师母就特意做些好吃的给我补补营养。同村有一个小女孩，父母都在外地打工，只有她的爷爷带着，偶尔也会到老师家里和我搭伴学习。有一天我看见师母捂着肚子，额头直冒虚汗，满脸痛苦难忍的样子。我那时候什么也不懂，只是着急叫嚷着老师带师母去看病。师母说，这个医生也看不了。我又焦急又不解，正好那个小女孩的爷爷过来接她，一看就知道了缘由。他跟老师说，他有一味偏方，可以给师母治病。只是用药冷僻，采集起来少不了爬山攀崖，十分麻烦。

"我在旁边听到，就直嚷嚷说我去我去。我从小砍柴挑担，上山爬树什么的根本不在话下。

"第二天老爷爷就带我上了山。老爷爷年事已高，登山颇为不易，偏偏那个草药，还只生在陡坡向阳的大岩石上，一般平地土里并不见长。爷爷指着位置，让我爬上去采。崖陡湿滑，这个还真是山野男生才干得了的事情。

"采药虽然有点险，却不算最难，最难的是取水。爷爷说，煎这个药，要用草药生长同一个源头的水，也就是一定要用这个岩石坡边流下的山涧水。有些坡边有山泉细流，接起水来不算很麻烦，但有些坡就找不到水流。那爷爷就让我在坡的低凹细缝中挖个坑，然后会有些水一滴滴地渗出来，有时候一两天才能接出够煎一份药的水。

"这种野山药果，只在十月和十一月能采上，所以要抓紧时间，在这两个月里采足六个月吃的分量，因此那两个月，我每个星期天都是在翻山越岭，把方圆十里的山崖都转了个遍。

"我曾经问过那个爷爷这个草药的名字，那爷爷不识字，说了一个我们当地方言的音名。我多次翻找中草药书籍，也没找到相似的记载。听音猜测，名字像是'三生果'。我离开老家后经常四处留意，这种叶宽齿利、根深枝硬、红花白果的细矮灌木，除了在我们老家山上岩石向阳坡顶可以看到，其他地方从没见过。而这种灌木，每一年开花，三年才会结果。所以我猜那个音名，大概是三年生的野果的意思。

"我给师母取好水后，爷爷就让我埋在山上的土里，一个月后去取了一瓶回来。因为上海往来不便，我就直接带回来，你拿回家后放在冰箱里，一个月取一份。记得我师母吃了六个月，症状减轻了很多，师母曾经很郑重地感谢爷爷和我，所以我的印象特别深刻。"

夏菡一边听着，一边看着耿至行一个手臂衣袖下鼓鼓的样子，便用手轻触了一下。

"哎哟。"耿至行皱眉哼了一声。

"怎么了？"夏菡看着耿至行的眼睛，关心地问道。

"没事的，一点小事情。"耿至行一边说，一边局促地往后退了两步。夏菡看了一眼耿至行的双手，手上满是一道道颜色浓淡不一的印子。正想细看，耿至行把双手也背到身后去了。

"三生果，同源水。"夏菡一边说着，一边又把水对着灯光打量了一番。

"那我先走了，你不了解随时打电话问我，记住要在三天前开始吃，如果提前了，就吃足三天，如果延后了，就补足吃到当天为止，所以是有一些备份的。"

耿至行一边说，一边就钻到了车里，他伸出头和夏菡打了招呼："那我先回公司了，你早点回家休息。"

说完，他就启动车辆，一溜烟地跑了。留下了一个脏不拉几的车屁股，在上海中心大厦地下停车库中，显得如此卓尔不群。

舔狗最后，一无所有。施含薇想起网上流行的调侃，心里却有些难过。她一边记录着耿至行的工作安排，一边心里暗暗地嘀咕着。她实在难以理解眼前的这个男人，再怎么样好歹是个老板，也没点尊严！又在心里为他鸣不平，什么人！真不值得！

前些天耿至行在外地，因为一份着急的文件需要打印，就让施含薇打开电脑查找文件。施含薇无意间看到一个打开着的QQ对话框。一眼看去，只见耿至行发过去一句句挂念的消息，却不见对方回复片言只语。本想关掉对话框，又按捺不住好奇，往上翻了两页。内容无非是日常行程，吃饭了，休息了，工作进展了，心情开心了，心情沮丧了，只有一段文字稍长一些，向对方倾诉思念的苦闷。

施含薇便不忍细看，最小化了对话框。让她心里特别不可思议甚至有些义愤填膺的是，耿至行发了连续多少天的信息，对方竟然一个字也不回。

"这么好的一个人，却被人这么瞧不起，发了这么多消息过去，哪怕回复个'嗯，啊，呵呵'，也还算是个事，这也太欺负人了。"施含薇愤愤地想。

联想起偶尔听到同事间聊天，有人给耿总介绍女朋友，耿总都说自己有女朋友了。难道就是这个望而不得的女神吗？这得是个什么样天上人间万里挑一的人中凤凰啊，架得起这么高傲！

夕阳的余晖从窗口照入，夏菡坐在窗前，看着眼前的车水马龙，精致繁华，心思却飘到千里之外的那座连绵高山，那个贫瘠的山村。山村里那个饥寒交迫的男孩，那个孤苦伶仃的孤儿，那个雨天漏水的老房子里，捡到一块塑料布都能开心好几天的儿童。她眼中只有模糊不清的景象，却有感同身受的心酸。她又想起他起早贪黑爬上山坡的样子，想着他在山崖上踮着脚尖努力地伸手接着点点滴滴的山涧水，却一不小心滑落跌下的伤痕。

正出神间，前台送来一个快递，把夏菡拉回到了眼前，快递箱子拿在手上颇有些沉重，她有些好奇，打开一看，是一个陶瓷罐子。她正有些莫名其妙，只见说明书上写着中药膳食罐，不禁哑然失笑。脸上的笑容忽然凝固，一种感动潮水般涌上心头。那是一种冬日午后暖阳般的关爱，是一种润物无声细雨般的贴心，是一种无声无息氤氲开的温情。与那些锦上添花的名牌饰品相比，这个不起眼的陶瓷罐更有雪中送炭的厚重分量。

三个月过去了，夏菡按照耿至行的说明，每次都认真地服药。一开始，她的认真只是出于对耿至行采摘不易的报答，然而三个月后，她的认真开始针对草药本身。她的疼痛确实舒解了不少。她上网搜索过很多次，也没见网上有对这种植物的介绍，不免有些遗憾。

夏菡和耿至行除了工作上会有些交流，一晃有三个月没见了。

"最近还好吗？"夏菡想发个信息问一下，又觉得有些唐突。她犹豫了一下，删除了信息，重新编辑了一下，发了过去："我觉得你那个秘方还真的有效呢！哪天有空，我想请你吃个饭，感谢一下。"

"不用感谢啊，该说感谢的应该是我。在我最困难的时候，是你帮我渡过了难关。"

夏菡笑了笑，真是直男本直如假包换了。

"那也行，我订个餐厅，互相感谢。"

思南公馆的懿采轩，藤蔓花边的铁栏杆里，耿至行坐在台子边，目光不敢正视夏菡，神态有些不自在。

夏菡肌肤如玉，笑颜如花，细致的眉眼在洁白的脸庞上精致地舒展着，是无法用笔墨描绘的优雅。她身上隐隐飘来的香味，让耿至行神思迷醉。

"你知道网上曾经有一个中西医的挑战吗？"夏菡点好菜，问道。

"你是说？"耿至行抬眼问道。

"有一个西医专家，悬赏二十万，挑战中医把脉断诊，诊断的是喜脉，但最后无人应战。"

"我有听到过，就是切脉断孕的事情。"

"是的，也许因为从小接受的都是实践思维的训练，我对中医一直不太信任。可是，我看过很多知名西医无法治疗的这个隐疾，你的偏方还真有奇效，实在太出乎我的意料。"夏菡说道。

"中医一些偏方，很难严谨地论证，也很难有序地传承。这个和西医的科学实证，确实有很大的差距。"耿至行说道。

"所以，网上常常可见的中西医之争，我大体是站队西医的，这次你可是给我上了一课呢。"夏菡轻声地说。

"这种争论，大家莫衷一是，要想说服谁都很困难的。"耿至行说。

"是啊，现在的医院，十之八九是西医，中医衰微是不争的事实。可我也很难理解，为什么你这个偏方，却又真有疗效？"夏菡睁着狐疑的双眼。

耿至行不知不觉间眼光明朗了起来，他放下筷子，看着夏菡说道："你应该知道药品的双盲实验吧？一种药品是否真有疗效，西医会把病人随机分成两组，在病人和医生都不知情的情况下，分别发放药品和安慰剂进行试验，最后比对病人的治愈比例。如果服药组的治愈率是40%，安慰组也是40%，那说明药品并没有真正的治疗作用，实际产生作用的是人体自身的免疫能力。"

"双盲实验对药物真实有效性的确认，还是很科学的。"夏菡点头表示认可。

"毫无疑问，现代医学是体系严密的，从病理、药理、解剖、诊断，到三期临床试验，这么多专家学者的持续研究，成果当然是巨大的。"

"是的，与现代医学的定性、定量相比，中医体系总觉得很难量化，很难实证。"夏菡说道。

"从底层逻辑上讲，中医更像是经验医学，这么多从医人员，积累千年经验，代代相传，其中一定有很多优秀的经验总结。"耿至行接着说，"但是中医的经验，很难用严格的手段定性、定量分析，也缺乏标准化的操作规范。这就给传承带来了难题，也容易滋生牵强附会的臆测。更可恨的是，一些居心叵测的人假借中医之名招摇撞骗，败坏了中医的名声。这也是经验医学固有的弱点。"

"是啊，网上那些气功大师、食疗大师，一看就觉得可笑，但是就是有人相信。我估计，可能是一些曾经得益于中医的患者，盲目扩大了信任范围，被骗子钻了空子。"夏菡说道，"一开始我很好奇，这么愚蠢的骗局，能骗到几个人呢？后来想明白了，骗子本不需要骗到很多人，他只骗能骗的和愿意被骗的少数人就够了。"

耿至行接过话题："我翻阅古代典籍，思考中医逻辑，觉得从宏观层面看，中医并不是单纯的医学，更像是一门哲学，生命哲学。中国古人从体察大自然的规律出发，去理解身体的规律，把人体要素和自然要素做对应，是有合理性的，也是有意义的。毕竟人的所有物质来自大自然，生命的所有能量来自大自然，大自然就像是一个平台或者母体，人类是从大自然中孕育出来的，在这个平台萌芽成长的生物，自然会符合这个平台最基本的规律。

"从这种生命哲学指导下，发展起来对人体疾病的治疗以及养生的实践，这才是我们日常所接触的中医。"耿至行接着说道。

"是不是可以这样理解，中医是源于对自然环境研究，所形成的哲学思想指导下的实践活动？"夏菡问道，"或者说，中医根子上是一门生命哲学？"

"是的。哲学能够更深刻地阐释规律，不过，作为实际应用手段，肯定还需要科学的工具和方法。

"这个世界的核心本质，也许就是多维度的，有物质、有场、有时间、有空间。西医像是针对身体的物质的研究，而中医哲学更像针对人体场的思考。"

"不管正确与否，你的视角倒是挺新颖的。"夏菡笑笑说。她很欣赏深入的思考，哪怕是错的，至少有探索的价值。

"我在想，古代中医，在当时的条件下，通过观察天地得出的实践指导，延续至今，已经居功至伟。时代发展到今天，科学日新月异，对大自然的认识也更加深刻。如果现代中医能够彻底吸收现代医学，在这个基础上更新生命哲学思考，发展重建新一代的中医理论，而不是侧重甚至停留在古籍研究，也许中医能够提升到更高更广的境界吧。"耿至行语气充满遐想。

夏菡轻轻地点了点头。从刚落座时的拘谨不安，到讨论时的神采飞扬，对面似乎是脱胎换骨的两个人。他身上有很多看得见的缺点，着急、敏感、自卑混合着自信，有时怯场，有时又急于表达，但又有很多鲜明的优点，善良、刻苦、执着、坚韧、敬业、深刻。

而他与众不同的观点，常常深得夏菡内心，甚至让她心有钦佩。常常是甫一开口，双方就能吸收、欣赏彼此的见解，就如一棵藤蔓上的两个瓜果，虽然各自独立，却又意念相通，血脉相承。

也许没有别的男孩身上的阳光、自信、帅气，但有源于内心的沉稳、友爱、细心，他的优点被粗糙的外壳掩盖着。透过粗粝的表面，夏菡从他身上，能清晰地感受到一种踏实可靠的信任感。

　　回到家中，夏菡静静地坐在书房里。她翻开多年前的日记，一页一页地翻着，拭去泪痕，她翻过最后一页，默默地合上。

　　来到厨房，一格一格地抽开冰箱冷冻室，里面满满的是一瓶一瓶编好号码的矿泉水瓶。关上冰箱，她又打开储物柜的门，从储物间的一个格子里，拿下一个琴盒，这是一个已经尘封两年的琴盒。打开盒子，她取出琵琶，轻轻拨动了两下琴弦。

　　松弛的琴弦发出了几声略显沉闷的"叮咚"声。

　　也许，生命里总是会有一些缘分，出现在恰好的时间点，能够化解眼前的伤痛，或者是身体，或者是心灵。

第三十一章

夏菡关注的目光里，渐渐多了耿至行的动态。一直压在眼角的淡淡哀伤，慢慢消解了开来，脸上不经意间会流露出一丝笑意，透着几许会心的思念。

世飞公司的好消息一个一个地传来，之前被终止合同的设备，经过三个月的测试，终于完成交付，解决了大笔资金的库存问题。而新改进的机型，也慢慢拓开了市场，世飞公司在园区内又新租了一幢厂房，人才相继加盟，公司发展渐入轨道。

周一早上，例行工作会议结束时，大家正要离开，施含薇突然说了一句："月底好像就是公司成立四周年了。"

"是吗？我倒没注意。"耿至行一边合上笔记本，一边说道。

"我们是不是应该做一个四周年的庆典啊？"

"小公司，不要搞什么庆典了吧，多不好意思，好像取得多少成绩似的。"

"小孩子都要过生日嘛，难道只有三好学生才有资格过生日，我们这种普通一点的学生生日都不好意思过了？正好也是新的一年了，向客户表达一下感谢，再不济，我们自己内部庆祝一下也好啊。"施含薇笑嘻嘻地说。

"那我们就小范围地聚一下。邀请一下投资人，吃个饭，也就是表示一下感谢。"

围绕周年庆典的安排，在施含薇组织下紧锣密鼓地忙了起来，确定了场地、人员名单、会议流程，施含薇向耿至行汇报了整个计划。

"没问题，你想得很周到了，"耿至行笑笑说，"就是感觉还是有点高调了，小公司，尽量低调些。"

"明白，我们尽量往低调的路线走。"施含薇说完，上下打量了一下耿至行，笑着说了一声，"耿总，你不会打算穿着便装致感谢辞吧？"

"嗯？"耿至行疑惑地看了她一眼。施含薇笑着说："那我走了啊。"

忙完一天，耿至行把行程安排转给了夏菡，征求她的建议。

"安排挺好的。"夏菡一会儿就回复了，"这周日你有时间的话，我们中午一起吃饭吧。"

上海的马路两边，总会有些意外之喜。周日中午，在一个外看其貌不扬，内里却分外温馨的小餐馆里，耿至行和夏菡轻松愉快地交谈着。话题里既有当前工作的交流，也有天南海北的随性，既有对过往的追念，也有对未来的期望。餐馆里一盏盏玫瑰花型的吊灯泛着暖暖的光，洁白的桌布沿绣着花边，骨瓷的餐盘上烫着暗纹，绒面高背椅子上，两人倾身低语。

吃完饭，夏菡说道："很久没有逛商场了，要不你陪我去转转？"

淮海路两侧商场林立，各家百货公司摩肩接踵。两人就近进了一家，商场内气蕴奢华，人流如潮。

夏菡转了一会儿化妆品专柜，两人边聊边看，一会儿就到了四楼。

四楼全是男装，夏菡看着耿至行，笑着说道："你平时不太会逛商场吧？要准备周年庆了，今天凑巧，看看有没有合适的，顺便买套衣服？"

耿至行说道："正好，我还真没怎么在商场买过衣服。"

耿至行是最早尝鲜网购的技术男。他觉得网上买东西方便，节约时间，尺寸大小偶尔没那么合身，不过耿至行也不在意。他的衣服遵循的是两个原则：简单，保暖。

一会儿，夏菡从森林般的服装中选出了两件衬衫，一套西装和两条领带。

"你去试衣间换上试试，看是不是合适。"夏菡把衣服递给耿至行。

从试衣室出来，耿至行有点不安地看着夏菡，像是小时候交美术作业，对自己这个作品不太自信。

夏菡眼前一亮，真的是人靠衣装，洁白衬衫外套深蓝西装的耿至行显得挺拔精神。

夏菡拿着领带："要不把领带也结上看看？"服务员站在一边，伸手过来接领带，帮耿至行打了起来。

打好领带，夏菡不太满意地盯着领带结，她伸出手来，轻轻地帮耿至行整理了起来。

夏菡触手就能感觉到一个血气方刚男人结实的胸膛，也感觉到耿至行局促的紧张，他的目光僵直地盯着不知什么地方，一动也不敢动。

整理好领带，夏菡上下打量了一番，笑着说："真的还不错，你自己去镜子前看看。"

耿至行打量着镜子中的自己，衣服挺括合身，全毛的面料细腻柔和，整个人都显得精致了起来。身后的夏菡乌发如瀑，高挑美丽，耿至行不好意思地顺了顺自己有些粗糙的头发。

"平时没感觉发型有什么不好，可一穿这衣服，就显得毛糙了。"

"待会儿我领你去剪个头发，确实也长了。再过一周就是公司年庆，也应该打理一下。"

"其实也不要紧，客户看的是产品质量、技术水平，可不看我这个人的穿着打扮。"耿至行难为情地笑了笑。

"技术质量当然是根本了。不过把自己整理得清爽一点，也是社交的礼仪嘛。"

耿至行老老实实地跟在夏菡身后，两人来到一幢写字楼里。耿至行有些好奇，之前剪发都是在路边的小店，有时候五元，有时候十元，有时在出差途中，有时在候车间隙，他从来不知道理发店还有开在写字楼里的。

迎宾热情地打着招呼，一会儿端上水果、茶点，夏菡给美发师做着要求。耿至行瞟了一眼台子上的价格单，动辄一两千的价位让他几乎掉了下巴。

夏菡交代完后，美容师领了耿至行洗发，夏菡听似不经意地给接待小妹补充了一句："用我的三折会员卡啊。"

三折，耿至行心里算了一下，三折也要三五百，太夸张了，他心里默默地抗拒着，不过身体倒老老实实地跟着白衣黑裙的小姑娘去了洗发区。

回公司的路上，耿至行还没回过神来。因为工作的需要，他在饭局上见识过不少超乎他认知的消费水平，但今天剪一次头发的消费，再一次刷新了他的认知。他摸摸自己柔顺的发丝，尽管镜子前的自己似乎比过去帅气了些，不过一想起价格，马上又觉得太不值得。

都够老家学生三个月的伙食费了。他心里默默叹息了一番。

松江中心绿地东起行政中心，西至华亭湖，南北横宽三百米，东西延绵五公里。树木葱茏，湖水静谧，点缀着亭榭步道，景观楼阁，颇有田园之风。南青路与北翠路分列南北，横贯东西，傍晚余晖中，常有不少行人与自行车穿梭其中。湖的南侧是一个英伦风格的小镇，小镇中红墙黑瓦，铁花阳台，爬山虎四处生长。

漫步其中，青石板路侧鲜花绽放，新月河边，白蓝相间的遮阳伞下，几张玻璃茶几，几把编织藤椅，三两个沉静的女孩，一杯咖啡，一本书，便如画布上的风景。教堂前的大草坪上，总有一对对新人穿着礼服婚纱，留下幸福的纯美瞬间。

经过一座小桥，一个巨大的水晶球漂浮在华亭湖中，夜色下与绿地上的灯光倒映水面，熠熠生辉。

世飞公司的周年庆晚宴就在这个餐厅里举行，餐厅内富丽堂皇，宾朋满座。

郭见麟、夏菡与几位客户坐在主桌，耿至行一身挺括的西装，头发罕见地一丝不乱。觥筹交错，宾朋言欢，灯光下满堂的笑意盈盈。

施含薇一个个地敬着酒，她左右兼顾，口若莲花，在一众客人中周旋照顾，不多时酒酣耳热，面若桃花。

她来到夏菡身边，端着酒杯说道："夏姐，公司能有今天，我知道当中经历多少风险，谢谢你给了我们一个机会！"

"不用客气了，你留点量，别喝多了。"夏菡轻声说道。

"喝的都是一小口，不敢多喝。不过这一杯，我就满杯敬您，一切尽在不言中。"施含薇端起酒杯，喝了小半杯，就被夏菡劝阻了。

宴会持续了两个多小时，经历一些颁奖、抽奖、答谢、献唱环节，渐渐到了尾声。

客人和员工先后离席，耿至行把所有客人送上车后，有些站立不稳。今天他喝得有点多，驾驶员送客人走了，留下施含薇和夏菡在门外陪着。

"耿总，你没事吧？今天可喝了不少。"施含薇上前搀扶着耿至行。除了七八位公司的管理人员还在，其他人已经散尽，大厅里显得空空荡荡。

"确实有点多了，平常都没怎么喝酒，猛一喝还真上头。"耿至行大着舌头说道。

"耿总，刚才客人多，我没敬你酒，这会儿人都走了，我得敬你一杯，哪怕你就随意少喝一口都不要紧，感谢你这些年对我的栽培。"施含薇在耿至行杯里倒了一小口。

"咱们自己人，何必这么客气，我还要感谢你呢，为公司四处奔波，功劳不小。"耿至行坐直身子，认真地说道。

"不行，这杯酒，我要敬的。我学历不高，经验不足，你给了我这个机会，让我的个人能力和水平都提高了不少。"施含薇端着酒杯说道。

"公司要感谢你才对，业务独撑半边天，真的是难为你了。"

"我不难，不是都还有你嘛。"施含薇碰了一下耿至行的酒杯，干了小半杯。

留下来的人都聚在了同一桌上，宾客散后，大家比较放松。施含薇拿着酒杯，说道："想想过去这一年，真的是太不容易了。都不敢想是怎么一步一步地走到今天。不过，尽管还会有千难万难，但我相信，最困难的时期已经过去了。"她一边说话，一边眼角泛起了泪光。

夏菡看她情绪激动，便伸手轻轻环着她。

"夏姐，你可能不知道，我天天看在眼里，真的是太多辛酸。耿总刚创业时，有时候忙到晚上才吃上第一顿饭，曾经高烧到 39℃，一手挂着盐水一手操作电脑，有一次为了赶进度，在客户的生产车间里连续工作三天两夜，没走出过他们厂门一步……

"工作辛苦不说，还有各种烦心的事情。招聘个员工，可能不小心招到了偷学技术的。培养了几年的员工，刚能独当一面，可能又要回老家发展了。有些个别员工，明里暗里开着小差。没业务愁，生产来不及，也愁。我现在算是明白了别人说的，创业真的是一条鬼见愁的路啊。

"真希望别人能多理解一下耿总的不容易啊。"施含薇看着夏菡，连珠炮似的说着。

"也没你说的那么辛苦了。再说，一个男人，这点辛苦真的不算什么的。来，大家一起喝一杯！"耿至行拿起酒杯，和在座的人碰了一下杯子，喝了一口。

"你身边真得有个人好好照顾你。有些事情，有些人，如果她不珍惜你，该放下就放下吧，不要太……人家不理不睬，你何必苦苦坚持。"施含薇撸着舌头，说道。

耿至行疑惑地看着她："你说什么啊？"

虽然是酒后情绪，施含薇也察觉有些失言，赶紧圆了圆话头："今天开心，喝多了。来，夏总，我敬你一杯。"

夏菡让服务员送过来几杯茶，说："我们以茶代酒，我来敬你。"

几个人坐在一起，聊了些工作经历，展望着公司发展前景，几个男子不一会儿又喝了几巡。

过了一会儿，驾驶员送客回来，耿至行招呼大家上车离开。

"我来送小施吧，我没喝酒，你们先走。"夏菡说道。

其他人坐上边上另外两辆车子，夏菡扶着施含薇到车上，施含薇已经有些醉眼蒙眬。

"你刚才说谁不理不睬小耿啊？有什么情况吗？"她打趣着问。

"夏姐，不是我说，你说他值不值得，每天给人家发消息，又是汇报工作，又是汇报生活，又是问候人家，可是人家连一个信息都不回。耿总也是堂堂名校高材生，好歹也是创业公司老板，长得不说貌比潘安，也算一表人才。他这样巴巴地上赶着人家，哪怕是皇帝老子的公主，回个信息能怎么你了？我是为耿总抱不平。"施含薇说得有点气鼓鼓，心想，你不是揣着明白装糊涂吗？

"是吗？"夏菡心中有些好奇，不自觉泛起一丝心酸。

夏菡想起耿至行为她采的药，一路奔波一刻不停地送过来，仔细嘱咐她服药的事项，又特意为她买了药罐。她想起耿至行看她的眼神，爱慕又有些紧张。一起聊天时的表现，窘迫又急于表达。女人的直觉，如果不是面对心中特别重视的人，男人是不会有这种表现的。

电脑屏幕上，总部轮岗培训表满屏地显示着，夏菡轻轻地转着手中的水笔。

"这次轮岗，上海公司只有一个名额，你考虑得怎么样了？"何总发来消息。

"我还在考虑呢。"

"你要尽快决定，有几个意向人员，机会有限。"何总回复道。

"好的，何总，我会尽快答复的，谢谢何总。"

夏菡站起身，来到小吧台，冲了一杯咖啡。喝了两口，她给程茵茵发了个消息。

"美国总部有一个轮岗计划，我有些犹豫。"

"犹豫什么？这么好的机会，怕没人跟你抢吗？"

"一去就是两年呢。"

"嘻嘻，我明白了，你有放不下的人了！"程茵茵回了过来。

"瞎想啥呢！"

"从小一起玩跳绳长大的姐妹，我还能不知道你想什么吗？我比你肚子里的那个啥都知道你在想什么。"程茵茵在消息后面加了个鬼脸。

"也不能说完全没有这个因素。"夏菡心想，这个鬼精灵的，真的是什么也瞒不了她。

"那就不去吧，事业当然重要，把自己嫁了比事业更重要。"两人一来一回地发着消息。

"谁啊，都像你，恨不能明天就嫁人似的。"

"还别说，我觉得这小子不错的，土是土了点，不过是棵好苗子，修修枝，施个肥，勤浇水，给点阳光，说不定就苗壮成长了。"

"还不知道别人怎么想呢，就你没一句好话。"

"他还能怎么想？嫌弃天上掉个馅饼给他吗？头骨没长硬，怕馅饼把他砸晕了？"

"听他们公司同事讲，好像他有喜欢的人的。"

"得了，一眼都能看透的玻璃缸子，还能翻出几滴水花？我以本姑娘的绝世容颜担保，这小子对你肯定图谋不轨。"

"我说的真的，人家千真万确这样对我说的。"

"不可能，一个木头人，雕都雕不出两朵花来，能有什么花花肠子？"

"真的。"

"怕是有什么误会吧？不行直接问问他呗，三句两句就问出来了，别听风就是雨的。"

"问什么问？怎么问？"

"你不好意思吧？要不我来问他？本姑娘万水千山都走过了，还怕他是个六耳猕猴不成？"

"算了算了，那还不如我自己问了，倒像是没有你我就不行似的。"

"哈哈，你当然行，你只要往那里一坐，弹一曲《十面埋伏》，再来个《万马奔腾》，千军万马都献城纳降了。"程茵茵发来一个大笑脸。

一周后的傍晚，上海中心大厦的一个自助餐厅里，夏菡和耿至行相对而坐。窗外寒风凛冽，已经是深冬时节。

两个人倒了一杯红酒，聊了会儿天，夏菡漫不经心地问道："你们公司小施挺能干的，算是你的左膀右臂了吧。"

"是的，真的很不错。虽然学历不高，不过工作能力很强，不怕吃苦，特别敬业。"

"她有男朋友了吗？"

"这个，我倒不知道。"耿至行老老实实地回答。

"你的得力干将，你也不多关心关心？"夏菡笑着问道。

"这么私人的事情，我也不知道怎么关心？再说，我去关心，也不太合适吧？如果没有，我再说什么？给她做媒吗？"

看着耿至行一副认真的样子，夏菡心里否定了自己的猜测。顺着话题问道："听小施说，你好像有喜欢的人了？一直在相处吗？"

"这个……她怎么会知道？我从来没有和别人提过。"耿至行表情不太自然。

"我不知道她怎么知道，可能是听别人说的吧，说你很长情呢！"夏菡看着耿至行的眼睛。

"什么意思？"耿至行一脸疑惑。

"别人给你介绍女朋友，你一直都说是有女朋友的，也一直在默默地关心她。"

"她说的是？"耿至行有点摸不着头脑。

"是不是有个网友？你经常给她发信息关心问候的？"夏菡下了决心，干脆打破砂锅问到底吧。

"哦。"耿至行反应了过来。他似乎松了一口气，又有些犹豫不知如何启齿，"这个……说起来有些话长了。"耿至行字斟句酌的样子。

"我倒有时间，如果你不嫌长，我可是洗耳恭听。说不定我还能给你出谋划策呢。"夏菡做出一副知心大姐的样子。

"怎么说呢，确实是。不过那个，已经过去好多年了。嗯……也不能说过去了，只是有些事情要放下，确实需要时间吧。"耿至行抬头看着她，似乎在斟酌着怎么开口。他拿着筷子的手悬在空中，刚想说些什么，桌子上的电话响了起来。

"萌萌，"他接起电话，停顿了一会儿，不知道电话里面说些什么，电话那里先是一个小女孩的声音，然后又隐隐约约换了一个男人着急的声音，他的语气忽然有些紧张，"嗯嗯，怎么了？

"噢噢噢,好的。我会尽快赶回去。"

电话那头似乎又换了一个人说话,隐隐约约传来一个小女孩的声音,耿至行"嗯嗯"地回答着。

"嗯嗯,好的,萌萌,那你要好好照顾爷爷噢。好好,萌萌再见。"

电话中隐约有一个小女孩说了声"爸爸再见"。夏菡坐在旁边,看着耿至行挂了电话,看着他有些局促不安的表情。

夏菡一下子把所有一切串联了起来:她曾经在耿至行桌子上看到等着快递发出的一大沓幼儿读物,他一直在发出的关心、问候、思念的信息却得不到回复,他之前给别人说过已经有女朋友了,而这个女朋友却从未出现过。

合理的解释就是,他曾经有过一段刻骨铭心的感情,他们还有一个女儿,但不知道什么原因,孩子妈妈离开了他们,而耿至行还在苦苦挽留。但显然对方去意已决,并不领情,所以也不回复他的所有信息。

想明白了一切,夏菡徐徐点了点头,说道:"我能理解,放弃一段感情,真的需要时间。我也相信,时间是最好的疗伤药。"

耿至行感激地看着她:"你能理解真的是太感谢了,我最近真的很纠结,也许你也能感觉得到。"

"我能感觉到的,我也觉得有一份深入内心的感情并不容易。"夏菡平和地说。

"是的,也许再过一段时间,一切都会重新开始。"

"我理解的。"虽然一脸平静,但夏菡的心里十分难过。她能从耿至行眼光中看到被压抑着的情感,如同被高高的堤坝拦截着一触即发的洪水,但她并不喜欢介入别人的感情之中,她渴望的是纯粹、不掺杂其他因素的情感。

她也能理解每个人都会有过去,哪怕过去包括一段婚姻甚至一个小孩,但她希望的是当新的一段感情开始之前,所有的过去都已经厘清剪断。她内心的自尊自傲,如何能够允许自己掺杂到别人未了的情感当中？

"我确实有些事情需要处理，也许用不了多久，一切都会明朗起来。"耿至行心神不宁地说道。

"嗯，好的。"夏菡默默地点了点头，虽然表面风平浪静，其实黯然神伤。

"也许是他看到我的情感过去，也会有些介意吧。"夏菡心思游移，"将心比心，也许他也不愿意替代别人心里那一个沉甸甸的对象吧。"

"实在不好意思，我得先回一趟松江，整理一下东西先赶回老家一趟，处理一点紧急的事情。"耿至行坐立不安地说。

"好的，那你先赶回去吧，不过别太着急，路上注意安全。"夏菡说道。

耿至行刚想站起来，似乎又想起什么，最后下了决心一样，看着夏菡的眼睛说道："最近我一直在努力调整自己的心态。"耿至行小心翼翼地说道，"如果不能把自己的心情处理好，贸然往前走，心里会很愧疚。我想给自己一个时间，最多半年吧。如果可以的话，我想一切都会有新的开始。"耿至行急切地表达着，只是他也不知道夏菡能不能明白他的意思。

"好的，我明白了，你先走吧。"夏菡轻轻地点着头，想来耿至行也介意她未曾放下的情感，需要一段时间来接受情伤沉重的她吧。两个人各自沉浸在自己的语境中，思绪杂乱。

耿至行匆匆走出餐厅，夏菡静静地坐在餐桌前，一刀一刀切着面前的一块牛排。切得细细碎碎，却一口也没有送到嘴里。

回到家，夏菡打开电脑，邮件界面静静地停留在眼前，这是一封谢绝前往美国总部轮岗两年的邮件。她删掉邮件，重新在键盘上打出了一串串字符。

第三十二章

　　春节刚过，城隍庙整个商圈迎春的装饰依然随处可见。与城隍庙四海来客的热闹截然不同，顺着方浜中路走到转角，是一片闹中取静的上海弄堂。居民楼的颜色早已不再鲜艳，墙皮斑斑驳驳，墙根一圈常年是洇湿的暗渍。每一扇窗户的下边，直直伸出几根细长的杆子，或是竹的，或是铁的。春寒料峭的时节，逢着太阳直射的日子，上面便挂满了花花绿绿的衣衫。

　　偶尔有些房子朝着弄堂的方向打开墙体，当作商铺来用，本不宽畅的弄堂被两侧的童车、方桌、洗手台挤得七零八落。两三个老爷叔坐着竹椅，泡一壶茶，坐在门口嘎三胡打发辰光。

　　面包铺里，老式烤炉里散发的点心香气罩在整条街的上方，一两辆自行车经过，响起叮咚的声音，在棉衣臃肿挂着拐棍的老妪身边拐过，太阳不温不火地照射着，光阴不急不躁地流逝着。

　　小孩子在婆婆手臂里扭着身忽左忽右地探头盯着夏菡，几只大肥花猫在阳光下或躺或趴。她手上拎着些特产，将马甲袋塞得鼓鼓的。

　　长大以后，频繁出入的都是玻璃幕墙中现代繁华之所，不过内心深处，这种充满生活气息的老弄堂，总还是占据在记忆的角落里，偶尔泛起一丝时光的涟漪。

河南南路路口，林蕴才坐在汽车里安静地等候着她。听说夏菡要去美国轮岗两年，他有些意外，再三邀约为她饯行，便定在这里碰头。

"买了这么多？"林蕴才见夏菡出现在视野里，急忙推开车门，快步迎上去，接过她手中的马甲袋。

"这什么啊？这么多，这么重？"林蕴才提了提袋子。

"美国那边也有些中国同事，带点糕点，也就是一点心意。"夏菡一边上车一边说。

"这一路漂洋过海的，带着多折腾，现在哪儿都有中国超市，到那边再买一样的嘛。"

"千里鸿毛，多少是一份乡情。"夏菡剥开一块梨膏糖，并没有塞进嘴里，只是细细地打量着。

咸丰年间，城隍庙附近就有梨膏糖铺子，也有一些小贩唱着"一包冰屑吊梨膏，二用药味重香料"的调子，游荡在横七拐八的弄堂里。梨膏糖以雪梨、鸭梨和中草药为主要原料，有消食功效，小孩垂涎，家长也多会称上少许。

"其实现在也不太吃了，只是找找回忆罢了。"夏菡笑笑说。

"你的机票我已经让朋友订好了，商务座，我会在网上提前给你值好机。"林蕴才边开车边说。

"是吗？这可超出我的报销标准了。"

"不用报销，我这边都安排好了，你不用操心。"林蕴才说道。

"这可受之有愧，不行的，我得给你。"夏菡望着窗外高架桥上布满的爬山虎。旅人尚未启程，乡情却已如细芽生发。

"别，给我个机会，这是我的荣幸。"他微微侧过脸，看着夏菡，笑意盈盈地说道，随即岔开话题。

"那边住处找好了吗？"

"差不多了，总公司那边有同事帮忙处理，我自己也比较熟悉，到后对接一下，应该很快都能安顿好。"

"我有朋友在那边，这个事情也交给我吧，我知道你公司的地址，选个交通方便些的，最重要的是社区安全些。"他边说边转头留意了一下夏菡的表情。

"哪里用这样麻烦你，我又不是小孩子，自己可以的。"夏菡推辞道。

"你就别拒绝我了，甭说咱俩是这关系，就算是普通朋友，一个女孩子在异国他乡，能帮我也得尽力帮一把不是。"见夏菡脸有拒色，他继续说道。

"那就谢谢你了。"夏菡突然转过头朝向他，认认真真说了一句。随即又笑着说，"可别给我租个豪宅，我承担不起。"

"谢什么，这点小事情。我朋友是当地华商会的头头，对他就是个小事情，都是哥们儿，别见外。"

林蕴才手指不经意地在方向盘上打着拍子，合着心里哼着的小曲儿。

一个月后的周日清晨，耿至行来到了浦东机场 T2 航站楼。七点多钟，航站楼已经人潮汹涌，神色不安的他身形单薄，衣服下摆晃晃荡荡，脸色灰暗，两个眼窝深陷又有些浮肿，显见严重缺少睡眠。

自从上海中心告别后，他匆匆忙忙地赶回老家，老师突然急病住进医院，好在检查后并无大碍，耿至行在医院陪护了几天后，老师也就出院了。耿至行回到上海，陆陆续续给夏菡发了一些问候信息，但得到的回复都是简短的例行公事，他也就不知道怎么打开话题。两个人慢慢保持沉默，彼此安静躺在对方的好友列表里面，几无交集。

几天前他从程茵茵的朋友圈中，看到为夏菡饯行的信息，突然失了魂般难受，连发信息问了夏菡情况，夏菡回复也有些敷衍。他当然理解事业的分量，也没有劝阻的理由，只是自此一别，日后见面多有不易。心中焦躁，一天天茶饭不思，心绪不宁，却又没有释放的窗口。

他每天把自己熬到深夜，把工作挤压到没有间隙。然而依然彻夜难眠。疲惫地半梦半醒迷糊一会儿，又突然惊醒过来，空虚和失落像是塞满了空间，整个包裹着他的身体，空洞的双眼怔怔地盯着黑暗，如同尘封角落里的提线木偶，了无生机。

当他从程茵茵口中打听到夏菡的航班号，发了个消息想去送机时，也被夏菡客气地拒绝了。

他在大厅里搜索着匆匆而行的人群，搜索着值机柜台前九曲迂回的队伍。却并没有发现夏菡的身影。

他有一丝失望，却又有一丝泄气。真的见到夏菡该说些什么呢？是一路顺风？还是勤报平安？或是什么都不说？也许见不到，可以省却纠结和尴尬吧。他心里有些患得患失的逃避，其实他并不如自己以为的那么有勇气。

正在犹豫不决之际，眼前一亮，人群中一眼看见夏菡穿着白色羽绒服，云朵一般从贵宾通道转身出来，朝商务舱安检口走去。耿至行目不转睛地注视着她，手心里潮热得阵阵冒汗。

眼看夏菡就要过安检口，他终于下了决心："顾不得那么多了，先打个招呼再说。"

他正要快步追过去，忽然，一个熟悉的身影从他眼前走过，那个身影远远地跟在夏菡身后，走向同一个安检口。

耿至行一时脑子发蒙，不知道是不是该上去打招呼，和谁打招呼，怎么打招呼。心里犹豫了一会儿，浦东机场潮水般的人流已经遮盖了视线。

登上飞机，夏菡安顿好行李，坐在宽大的商务座上，心里始终有些茫然。这次飞去波士顿，和之前的心境都不相同，多了些怅然若失和寂寥落寞。商务舱的隔离空间做得很贴心，她闭上眼睛，似乎隔离了周围的一切。

一架飞机钻入云层，在天空中留下一个孤独的白点。耿至行久久地站在安检口，人流如潮水般在他身边流过，把他丢弃在静止的时间和空间里。

他想说的话，最终也没能说出口。

上海到波士顿的航程，需要飞行十四个小时。飞机进入平流层后，商务舱里十分安静，早起的旅客大多都已在补充睡眠当中。

夏菡打开阅读灯，眼睛落在书本的扉页上，作者是一个年轻有为的经济学家，罗列了一长串的学术成果和学科头衔。夏菡忽然有些伤感。对比之下，她和作者年龄差距不大，本应该是事业稳定，兼或相夫教子的生活，现今却孑然一身，感情无着。看着窗外云端，陡然自怨自艾起来，一种漂泊无定的伤感漫上心头，两颗泪珠不经意间滴落下来。

一个人在身后轻轻碰了碰她的臂弯，递上一张纸巾，她低着头，感激地说了声谢谢。接过纸巾，擦了双眼，突然下意识地感觉有点异常，便抬眼回头看去。

"你？"夏菡吃惊地叫出声来。

"哈哈，我觉得还是亲自送你去美国比较放心。"他满脸笑容地说。

夏菡忽然眼睛一酸，眼泪连珠线般扑簌簌地掉落下来。

林蕴才暗暗得意，他给自己的精心安排打了个满分。

初到美国，夏菡在波士顿学院有一个十天的专项培训。林蕴才借了个车，除了自己访亲问友，也陪她出入超市商场，购置一些生活必需品。

这一天，培训课程已经结业，夏菡比往常早了些时间回到家里。一开门，林蕴才西装笔挺地迎了上来。

"今天我比较空闲，趁你不在，给你稍稍整理了一下。"

夏菡留神看去，房间多了一些装饰。客厅沙发铺上了洁白的羊毛软垫，阳台落地玻璃前摇晃着藤编吊椅，餐桌上换了一块细致崭新的绣花桌布，墙上挂上了一幅笔触温润光影明亮的油画，书桌上还有一束硕大盛放的芍药花。

"这么大朵的芍药？"夏菡惊喜地赞叹着，"这你是哪里买的？我都没有看到过。"

"据说是荷兰空运过来的，四十美元一枝呢。你喜欢就好！"林蕴才露出得意的笑容，"先前的桌布太旧，我收起来放厨房柜子里了，你喜欢浅色，给你换了个比利时精纺的桌布，质感不错，你摸摸。"

夏菡摸了摸，果然是自己喜欢的类型，纹理清晰，柔韧干爽。她笑笑："你一向是眼光很好的。不过也就是两年时间，这就有些奢侈了。"

"两年时间不短了，怎么可以马虎呢？住的地方，就要装饰得精致一点。"

"真是难为你了，感觉就像神笔马良，给你这一装点，房子真的感觉大不一样了。"夏菡感谢地说。

"我今天过来，也是向你告别。我这边的事情办完了，过两天就要回国，我想明天晚上请你吃个饭，就当临行告别宴了。"

"噢，是吗？"十天来，林蕴才为她忙活了不少事情，夏菡突然有些朋友分别的不舍，"要不这样吧，这边刚安顿下来，锅碗瓢盆都还没机会用过。我明天也是休息，正好还要去趟超市，顺便买些菜品调料，干脆就在家里做顿饭，暖暖屋子，为你饯行，也感谢一下你这些天的照顾。"

"那太麻烦你了吧？让你这个大小姐下厨，我可不敢当啊。"林蕴才亮起了眼睛。

"其实我还挺喜欢自己料理的，慢火炖出一碗汤，还蛮有成就感。只是我妈一直嫌弃我手艺不行，不肯让我干，有点献丑了。"

"哈哈，恭敬不如从命。你亲自下厨，我明天得空着一整天肚子，到晚上好好吃个过瘾，你可别后悔请了我这个饭桶本桶。"

林蕴才走后，夏菡和父母通完电话，一个人坐在沙发上，轻轻地抚摸着身下丝滑的羊毛垫子，灯光从古铜色灯罩中洒落下来。窗外，安静的街区行人稀少。她静静看着手机中沉睡着的名单，在异国他乡的寂静里，不知神思何处。

第二天中午，夏菡简单吃了中饭，一个人步行在陌生的街道。天空蓝得深邃，阳光照耀下来，街边的雕塑都焕发出生命的光泽。四月的波士顿乍暖还寒，查尔斯河面波光粼粼，皮划艇无声地划过河面，大黑背鸥从水面掠过，整个城市沉浸在安宁祥和的氛围中。

转过街角，眼前突然热闹起来，整条街里三层外三层站着各色人群。有须发皆白的老人，有牙牙学语的童稚，有健硕阳光的青年，也有身材臃肿的老妪，有工作路过停下脚步、手上拎着公文包的职场人士，也有背个双肩书包、互相嬉闹、神情明媚的在校学生。

有些人挥着旗帜，有些人拉着横幅，有些人摇着铃铛，有些人拍着塑料拍手，而其他人都用热情的掌声，迎接着奔向终点的运动员。

一个年轻的妈妈正翘首张望着前方，她怀里一周岁左右的小孩，转过一个大脑袋，笑眯眯地打量着身边的人群，长长的睫毛下一双大眼睛明亮水灵，当看到夏菡从眼前走过时，忽然咧开嘴对着她咯咯笑出声来。大家不约而同地看着同一个方向，这里是比赛的终点，选手已经陆续跑了过来。

抬头看去，113 届波士顿马拉松赛的蓝色旗帜上，长着一个尖角的马首鬃毛飞扬。

突然，不远处一声巨响，震得夏菡耳膜生疼。眼前的独角兽一下子被尘雾笼罩，掺杂着木屑、铁片、玻璃碴、纸片的各

上海微城

种碎片在一大团黑色尘埃中腾空飞出。

浓烟稍散，只留下漫天飞舞的纸片在空中盘旋，夏菡完全被震晕了，等她回过神来，整个街道已经一片狼藉，眼前很多人倒在地上。紧接着身边又是一声巨响，浓烟当中，她急忙转身看向刚刚擦肩而过的小孩，只见小孩的妈妈已经倒在地上，鲜血从头上流出，双手紧抱着哇哇哭叫的孩子。

夏菡赶紧蹲下身子，扶起这位年轻的母亲，看到她额头的鲜血不断渗出，夏菡迅速从包里抽出丝巾，帮她做了包扎止血，小婴儿哇哇地哭着，妈妈用流着血的双手，紧紧地将他护在怀中。

之前还站在面前的男人正瘫在地上惨叫，一条腿被炸断在了不远的地方，鲜血染红了街道，周围都是受伤和惊慌失措的人们。夏菡只看到眼前杂乱的东西在飞舞，看到人们张着口，但她耳朵里只有嗡嗡声，听不到其他声音。

爆炸造成的耳鸣稍稍消退，她听到警笛声四处响起，救护车呼啸赶来，那个断腿的男子被做了紧急处理后，迅速抬上车子，小孩妈妈也被医护人员抬上担架。夏菡正茫然四顾着，两位医护人员走了过来，也将夏菡扶向救护车。夏菡正要拒绝，这才发现自己的手臂不知道被什么东西划伤，鲜血正一滴滴地滴落下来。

马萨诸塞总医院里人群混乱，医护人员紧张地抢救着危重病人，鸣着急促警报的救护车不断地送来伤员，四处都是紧急处理后留置观察的伤者。

当夏菡在一堆绷带和血迹的人群中，看到林蕴才急匆匆赶来的身影时，惊魂未定的她突然感到一种从未经历过的安慰，她强忍着泪水，点头向他示意。

"还好还好，没事就好，可把我急死了。"平日里一丝不苟的林蕴才衣服皱巴，头发杂乱，显然是一路急奔而来。

经历过爆炸现场血肉横飞的惨状，夏菡有一种劫后余生、亲人重逢般抱头痛哭的冲动。

林蕴才忙前忙后地陪护着夏菡，小心翼翼地照顾着她，又去便利店买了些饮料面包，简单地充了饥。夏菡伤势不重，在医院里清理了伤口，缝了几针，就被允许离开了。

"对不起，本来想请你吃顿饭，为你饯行的，结果却劳烦你忙了一整天，到现在还没吃上饭。"回去的路上，夏菡对着林蕴才说。

"这哪里能怪到你，还好今天我在，能帮上点忙。你不知道我刚才可急死了！"

车子到了楼下，已经夜里十点多了，夏菡说："我这里也没什么事情了，一点小伤口，我自己也能照顾自己。你就早点回去休息，明天还要赶飞机。"

"我把机票退掉了。"林蕴才说。

"退掉了？为什么？"夏菡自然能猜到原因，不过还是忍不住问了一声。

"你受伤了，我怎么能走开？我再留两天，帮你料理一下生活需要，多少照顾你一些。"

"我真的没什么关系，这样太影响你工作了，公司里面怎么交代啊。"

"最近工作也没什么重要的事情了，前段时间特别忙，现在基本就是休整阶段。猎人不能一直在围猎，农夫也不能天天在收割，机器也得有个保养啊。"

"听起来你倒是工农林牧样样没落下啊，不过我真的不要紧。"夏菡笑了笑。

"不行，我不放心。"

夏菡也就不再坚持。再说，经过这一天的恐怖情景，有一个人在身边，心里多少是一份安慰。

虽然夏菡伤势不重，但爆炸现场的血肉横飞，医院里的人心惶惶，依然让她心有余悸，麻药过后，伤口的疼痛越发强烈。

第二天，电视上已经报道初步的伤亡情况，这一场恐怖袭击造成了三人遇难，数百人重伤。遇难者中有一个来自中国的硕士在读女生，还有一个年仅八岁的儿童。

夏菡伤口的疼痛舒缓后，内心的恐惧却似乎回过神来，越发在全身弥漫开来，身边突然出现的声音，都会让她心惊肉跳。晚上也常常在梦中突然惊醒，再难入眠。恐袭的阴影如同一个鬼魅杀手，隐伏在周围不知何处，随时趁你不备飞出一刀。

国内亲友都频繁地发来问询信息，夏菡一一报了平安。她不想让父母担心，每天还是正常地保持着视频通话。

刚出事故，夏菡外出有些心理阴影，林蕴才便无微不至地照顾着夏菡的生活起居。每天买好早餐过来，吃过早餐两人各自忙些手头的工作，与国内对接的电话也大多在上午完成。中午有时去外面买回来吃，有时林蕴才也尝试掌过几次勺，在夏菡的指导下，林蕴才厨艺慢慢堪可将就。下午两个人各自在电脑上处理一些文件。吃过晚饭，他会陪夏菡聊聊天，收拾一下房间，打扫一下卫生，安顿好后再回酒店，像是上下班打卡般规律精准。

夏菡在这种精心照顾之下，恢复得比较顺利，伤口完全愈合了，心情也从那一场惊心动魄的灾难中慢慢恢复过来。

一周后的傍晚，波士顿大学召开哀思会，夏菡身着黑色长裙，胸前别着白色小花，在长长的队伍中，手捧鲜花静静走入波士顿大学礼堂。

礼堂正前方摆放着遇难学生的大幅照片和一簇簇白色的鲜花，照片中的中国女孩眼神纯净，笑容灿烂，在鲜花映衬下显得格外清澈美丽。

这是她最美好的花季年华。在最灿烂的青春岁月，一个远赴美国求学的女孩，在一场针对普通民众的无差别袭击中，香消玉殒。

女孩的大腿被炸弹打穿，留下一个穿透大腿的空洞。炸弹里还混合了钉子、螺丝和铁片，这些是为了扩大伤害，而刻意混入的碎片，完全穿入女孩柔弱的身体当中。

恐怖分子是全人类的公敌，无关国界。

夏菡拆线后，休息了两天就到公司报到，开始了朝九晚五的上班日子。林蕴才便早上过来送夏菡上班，晚上在公司门口接她下班，偶尔也会与夏菡的同事相遇，大家以为他是夏菡的男朋友，起初夏菡还解释几句，后来也没人再问，她也就无从解释了。

尽管恐袭的阴影还在，但生活总是要向前，人们慢慢恢复到正常的工作状态和生活状态。恐袭案一个月后，同事为夏菡举行了一个欢迎晚宴，这个早就计划好的晚宴，因为恐袭的原因推迟到了现在。

晚会在缅怀中开始，在坚强波士顿的标语下，气氛渐渐明快起来，同事们互相介绍，互相致意，几个桌游小游戏旁，也围着一小堆的人，大家都竭力表现出对新同事的友爱热情。同事们送了一个精致的水晶花瓶作为欢迎礼物。夏菡喝了点酒，略微有些醉意。

晚宴在《友谊地久天长》的背景音乐中结束，大家拥抱告别。

因为结束的时间不能确定，夏菡便没有让林蕴才来接。同事送她到楼前，热情地告别后，车子徐徐离开。夏菡一个人走进电梯，电梯里灯光清冷，四壁的不锈钢光洁坚硬，一个人听着电梯轻微升降的声音，心中忽然涌起一种特别的孤独感。光彩耀眼的热闹繁华，最怕的是灯熄声歇的曲终人散。就像是从炎炎夏日的烈阳下，一下走进冷冻冰窖之中，不由得让人打了个寒战。

回到房间，家里干净整洁，纤尘不染。室内家具精致华贵，唯独没有一丝声音。一个人远在他乡，思乡情绪慢慢涌上心头。

"叮咚"，门铃忽然响了一声。

"这么晚了，谁啊？"她在猫眼里看了一下，看到林蕴才捧着一束鲜花，正站在外面。

"怎么这么晚还过来？不是说好了今天公司宴会，你就不用费心了吗？"夏菡问道。

"你不回来，我有些不放心。我一直在楼下的车里，看到你的灯亮了，我才上来的。"林蕴才一边把花插进花瓶，一边说道。

夏菡倒了一杯水给他，林蕴才说："明天我就要回国了，也想来和你告别一下。"

"啊？怎么前两天没听你提前说起。"夏菡有些惊讶。

"我看你恢复得差不多了，工作也进入正常状态。公司临时有点事情，需要我回国处理，所以今天就订了机票。"

"噢，"夏菡轻轻地应了一声，"按计划你早就应该回国了的，都是为了我耽搁了这么多时间。"

经过一系列的变故和一个月生活上的照顾，突然听到他明天就要回国，夏菡内心五味杂陈。

墙上挂着印象风格的画作，是夏菡最喜欢的作品；桌上铺着白色绣花桌布，是夏菡最喜欢的颜色；房间里四处可见的摆件，是林蕴才这段时间里蚂蚁搬家般添置的，桌子上还插着他刚刚送来的鲜花。

"谢谢你啊。"想着面前这个男人对她的照顾，夏菡心里柔软了三分。

"跟我说什么谢不谢的，只要我能够做到，摘颗星星送给你我都愿意。"林蕴才说，"我这边也有一些好朋友，大小是一些人物，如果有什么需要，尽管开口，我来搞定。"

之前夏菡听他挂在嘴上的兄弟朋友，常常不以为意，甚至还有一丝不屑，不过此情此景，竟然也能听出三分好来。

虽然算不上心灵相通，不过林蕴才真的是一个十分仗义的朋友。夏菡想到先前林蕴才为她集的一整套香水，不禁莞尔一笑。

"你一个人在美国，我多少有些不放心，会经常过来看看，你自己照顾好自己的生活。有些街区就不要去，晚上尽量不要一个人出门。出门带点小额现金，注意安全。"

"嗯，好的。"听到这些关怀的语气，倒像父母的嘱咐。夏菡突然想起远方的亲人，心里一酸，眼睛不由得就湿润了起来。

"你怎么了？心里难受？是因为我要回国，你也想家了吗？"

夏菡点了点头，林蕴才站起身来，轻轻地抱住了夏菡。夏菡稍稍推了推，林蕴才猛然一下把她抱得更紧了。夏菡酒后有些晕眩，渐渐地靠在了林蕴才的胸前。

第二天清晨，夏菡从睡梦中醒来，睁开眼睛，林蕴才已经笑着把餐盘端到了眼前。

夏菡眼前却突然浮现出耿至行把一大包药抱在胸前的样子，她心里有些懊恼，为自己昨晚的酒后失态。斟酌着正想说点什么，转念一想，他下午就要赶去机场了，也就把刚想说出口的话咽了下去。

下午两点，送机的车子来到了楼下。

夏菡坚持去机场送林蕴才，一路上，林蕴才紧紧握着夏菡的小手，一刻也没有松开，似乎担心捧在手心的小鸟一松手就飞走一样。机场的路上两人并无多话，沉默地看着车子两侧的树影快速向身后掠去。

路牌指示，距离机场只有五公里的路途了，林蕴才的手机突然响起了异常急促的嘀嘀声。

林蕴才松开握着夏菡的手，打开手机。他的脸色慢慢变得凝重，一会儿又恢复了正常。他收起手机，重新握住夏菡的手。

尽管林蕴才表情镇定，夏菡依然能从手心里感觉到林蕴才细微的变化，便问道："发生什么事情了吗？"

犹豫了一会儿，林蕴才对夏菡说："公司有些紧急的事情安排我在这边处理，我还得再在这边待几天。"

夏菡有些诧异，不过看着林蕴才神色异常，便也不再多问。

车子在机场的出发楼层转了个弯，重新驶回市内。

第三十三章

世飞顺利完成产品转型之后，耿至行变得更加忙碌。以前大部分时间埋头搞研发，如今重心放到了成果转化上，在外拓展市场的工作安排多了起来。

他也不再天天住在厂里，搬到了松江人才公寓，人才引进的政策落实了，他的户籍也转到了上海。安臻一家把房子置换到了松江，他也依然保持着一个月去探望一次的习惯。

他的房间里没有电视，也没有音响。除了几本随意放着的书本，再没有其他生活外的东西。每天一大早出门，往往晚上十点来钟才回到那一个陈设简单的房子里。

八月的阳光，热烈得毫无保留。世飞公司的生产现场，也如天气般热火朝天。

"上一份合同已经给客户公司了，走完流程他们就会打款。这里有一个新的客户，需要一份报价，你看一下。"施含薇来到耿至行办公室，递过去一份文件，说道。

耿至行看了一下文件："这个客户的资信情况了解了吗？单子不小，前期工作做完整一些。"

"都调查过了，网上相关信息也都搜索过了，没有问题。"施含薇说，"如果这个订单谈成了，我们今年的营业收入与去年同期相比，至少增长 200% 了。"

"不错啊，你们业务部贡献很大。特别是你，一个女孩子，从来没叫过辛苦，不容易。"

"那耿总拿什么奖励我啊？"施含薇笑嘻嘻地说，"要不请我吃顿饭吧？"

"好啊，没问题。你说，去哪里？"

"去朝霞农庄吧，听说景色很漂亮，吃的也不错的。"

"可以。要不请你们部门的人都一起？我让技术部、生产部的人也参加。"

"这个你就自己另外安排嘛，这一次就算单独请我，可不能打岔了。"施含薇笑着说。

"行。"耿至行笑了笑，"确实也应该单独感谢你，这两年你付出不少，劳苦功高。"

朝霞农庄位于松江新城周边的一个小镇。进了大门，右边是一个两层的小楼，走进小楼，紧贴小楼的一侧，是一个庞大的花棚，花棚里绿树密集，鲜花盛放，一条小小水流，从中间蜿蜒而过。树丛下花团间摆着一张张餐桌，客人往来其中，似乎漫步林中。

花棚里气温宜人，两人坐了下来，座位的边上有两株芍药，早已过了花季，只剩舒展的叶子，依旧青翠碧绿。

耿至行看着两棵芍药有些出神，他想起在安顺里那条小巷，他曾经邀请夏菡在花开的季节，去他老家看那成片成片的芍药花。山间花期今依旧，伊人归期知何时？

"耿总？"施含薇见他有些出神，往前探了下身子，小声喊了一句。

耿至行回过神来，只见施含薇端起酒杯，满脸的笑意，宛若一朵鲜花。

"今年公司业务增速较大，我个人也是得益不少，感谢耿总给了我这个机会。谢谢你，我敬你。"施含薇举起酒杯，轻轻同他碰了一下，一饮而尽。

两人聊了会儿工作，施含薇吞吞吐吐地说："不知道耿总有没有留意，其实，我挺担心我们的产品会再次被人仿制，在市场上被不当侵害的。"

"这次我们比较谨慎，所有创新都提前申请专利了。不过话说回来，现在市场上的不正当竞争，还是很难避免。主要还是维权成本太高，而惩罚力度又太低。"

"如果我们那么大的投入被人模仿了，人家没有研发成本，价格肯定比我们低，我们白辛苦，还给他人作嫁衣，这也太不公平了吧！"

"我相信知识产权保护的力度肯定会越来越强的，当前我们只能先做好保护，再保持不断突破，争取保持领先优势。"

"对了，高令岗你还记得吧？"施含薇问。

"当然记得。"耿至行点了点头，投去疑惑的目光，"他离职快一年了吧？"

"耿总可能不知道，有一段时间，他经常约公司里的几个重要人员出去吃饭，我也被请过两次，都是在你出差的时候。"

"是吗？我从来没听说过。"

"你怎么能听说嘛。我说难听点，如果有人利用公司资源，挖公司墙脚，你都是最后知道的一个。"

"是吗？"耿至行有些吃惊。

"是的。"

"唉……"耿至行一声叹息，显然心里很不好受。

"我在和他们吃饭的时候，心里就有些不以为然，有本事自己创出一片天地，也让人心服口服，拿着老东家学到的东西，抢老东家的生意，总归是上不了台面。"

"唉……"耿至行一声叹息。

"怎么感觉这个社会，好人总是吃亏。"施含薇说道。

"也许大家的生存压力都太大了吧。"耿至行说，"每个人的生存空间都有限，身上的压力太大，坚持原则的力量就被挤小了。社会也是这样，正义不竭尽全力，邪恶就会快速膨胀。"

"我不懂这个，不过耿总以后多留个心眼吧。"

"好的，谢谢你啊。"耿至行苦笑着说道，"我就是怎么也学不会多个心眼，所以干脆不去多想，埋头做好自己的事情，但求心中无愧吧。"

"你这样不行的，最后吃亏的总是你自己。"施含薇忧心忡忡地说。

"不过，我相信大多数人都有自己的原则底线的，我也不能因为一个人的问题，而对所有人设防，更不能因为一个人的恶意，而扩大自己的恶意。否则不就是典型的劣币驱逐良币吗？"

"什么劣币良币？"施含薇问道。

"古代的时候，用金子铸造金币，当作流通货币。金币使用久了，磨损多了，分量就轻了，而新的金币重量是足的。人们舍不得用新的金币，只想把旧的货币拿出来使用，流通给别人，新的金币自己留存下来，结果市场上只剩下旧币在用了。这就是劣币驱逐良币。我的意思是，咱们不能因为生活中有恶意，就把自己也变得满身都是恶意，对吧？"

"我明白了，也就是说，咱们还是要保持正气，哈哈。"施含薇放声笑着说。

"对的，"耿至行叹了一口气，"经济急剧变动，高速发展，既给大家带来切身的利益，也给大家带来从未有过的压力。利益当前，压力在后，坚持可不容易。不过人生走一路，我觉得还是要坚持正道。正道是最辛苦的一条路，但能走得最长远。"

"我觉得你说得对。我在给韩总送合同的时候，听他提起那家公司因为供货问题，赔了一笔违约金，几个合伙人吵得不可开交，最近散伙了，损失蛮惨重的。"施含薇说。

"是吗？不过他们挣到钱，也不奇怪。"耿至行说。他很清楚地明白，现实中，利用各种漏洞赚取到不义之财的，并不在少数。

"你现在落户上海的积分怎么样了？"耿至行岔开话题。

"不够呢，现在限制越来越多了。不过就算有户口，又有什么用？现在上海的房价这么高，上涨势头不减，没法在这座城市安家，始终是无根的浮萍，走到哪里都是漂着的。"

"怎么会？你找个男朋友，两个人一起努力，也许就在上海安家了。"

"这么多年了，也没见到一个合适的，我从学校出来就到了你这里。这些年，天天在外面跑，也没遇见个对得上眼的。"

"是不是你眼光太高了？可别挑花了眼，真把自己剩下了。"耿至行笑了笑打趣着说。

"除了在公司的上下级关系，我们也算朋友吗？"施含薇收起笑容，认真地问。

"算。"耿至行沉默了一会儿，点点头，也认认真真地回了一句。

施含薇的眼睛中闪着亮光，笑了："那我能不能冒昧地问一个问题？"

耿至行又点了点头。

"你现在身边还没有心仪的女孩吗？"

"没有啊，怎么了？"耿至行愣了一下。

"夏姐去美国了，一时半会儿也不会回来，回来时估计都带着洋女婿了。"

耿至行沉默了一会儿："夏小姐是挺好的，不过，她哪里看得上我！"

"她凭什么？你这么好，这么对她，她凭什么对你不理不睬？"

"她没对我不理不睬啊？你说什么呢？"耿至行有些莫名其妙。

"唉，那不说了。"施含薇嘟了嘟嘴，刚说了不说，却又忍不住补了一刀，"可是她已经走了，且不说你们没在一起，就是男女朋友，分隔两地会是什么结果，身边的例子还少吗？"

"感情的事情，哪能强求？但凭缘分吧。"耿至行说道。

"你就不再考虑一下身边的人吗？也不至于在一棵树上……"她刚想说下面两个字，感觉不太吉利，赶紧收了口。

"我现在心里也挺复杂的，有些事情吧……可不像技术问题可以严密分析、思考、推导。快刀斩乱麻，也未必是好的结果。"耿至行停顿了一会儿，似乎在思考着什么，他接着说道，"不是在对的时间，可能就不是对的人吧。有些事情，确实需要时间，时间也许是解决一切问题的钥匙。"

"可是时间也不等人，也许时间到了，人却错过了。会不会为了不可能的人，一不小心却错失了眼前的人呢？"施含薇问道。

听到这句话，耿至行心里有些触动，虽然两个人的意思南辕北辙，但耿至行似乎暗暗点了点头。

"你说得很对，谢谢你点醒了我。"

施含薇抬眼望去，尽管嘴上得到了她想的答案，但耿至行的眼光中，完全没有她要的答案。

她的心里满满都是失望。

当天夜里，远在川西的东庆市红珊瑚会所门口，霓虹闪烁。九时许，一男一女肩并肩走进金碧辉煌的大门。男的戴个宽边眼镜，披着一头艺术家风范的长发，女的妆容艳丽，穿着条闪着珠光的短裙。

"欢迎光临！"迎宾齐刷刷地鞠躬致意。

"219，青青订的房，一个小包间。"短裙女孩说道。

"好嘞，老板这边请。"

来到包房，服务员一会儿就送上来一个果盘，几碟花生、瓜子，以及鸡爪、鸭脖、豆干一类的小吃。

驻房服务员开始打开酒瓶，给两位倒上了啤酒。

妈妈桑一会儿就领进几个姑娘，一字儿排开，齐声叫道："老板晚上好。"

那男的挥挥手说："我们今天自己朋友聚会，就不用了，谢谢了！"

那一排姑娘一鞠躬，说了声："祝老板玩得开心。"随后排成一溜儿离开了房间。

"晴晴姐，好久没见了。"包房服务的小女孩看到其他人走了，开心地笑着打招呼。这是一位二十来岁的小女孩，尽管化着浓浓的妆容，穿着包房公主服，却还是稚气未消的样子。

来人正是方晴和陈嘉会，两人的打扮倒像是昼伏夜行、夜夜笙歌的纨绔子弟。

"哪里有啊，上个月山西老板过来，我还陪他们来过呢。"方晴回道。

"那是啊，不过你打了招呼就走了，也没在这儿玩一会儿。"

"那我不得走吗？现在我们店里有人要来歌厅玩，我都帮你推着单。客人来一趟我就陪在这里玩，那我三天两头在你这里混日子，不如我也跟你在这里上班得了。"

"嗯嗯，太谢谢晴晴姐了，帮了我好多忙。"

"没事了，都是小姐妹嘛，这个月任务完成了吧？"

"完成了，超额了，有奖金。"小姑娘笑了笑。

"这是我们店里的老主顾，江苏过来的老板，也是我好哥哥，你要照顾好一点啊。"

"嗯嗯，那肯定的。老板要点什么歌吗？我给你点？"

两个人点了几首歌，交替着唱。方晴在唱歌时，小姑娘拿起酒杯，敬了陈嘉会两杯。

陈嘉会喝着啤酒，有一搭没一搭地跟她聊着天。

"青青妹妹是哪里人啊？"

"我就是本地的，离这儿不远呢。"

"那还是挺方便的呢，上班也不用跑太远。妹妹多大了啊？"

"快二十了。"

"噢，有男朋友了吗？家里兄弟几个人啊？"

"还没找呢，太早了，家里还有一个哥哥的。"

陈嘉会回敬了一杯，说道："你也吃点水果，你和方晴都是姐妹，大家不要当客人，就当朋友一起坐坐。"

"按理是不行的。不过，晴晴姐在，我也不客气了。"小姑娘叉了一块西瓜。

"噢，你们一般要几点下班啊？KTV下班都很晚吧？"

"是的，我们下班有早有晚，反正要等客人走了，清点检查好房间才能走。半夜一两点都有。"

"这么晚回家，路上不会不安全吗？"

"不会的，我们住的都是公司统一安排的集体宿舍，离这儿不远的。"

方晴把话筒给陈嘉会，陈嘉会唱了两首草原歌曲，听得出来音乐素养不错，流行唱腔中带着点民族唱法，听起来沾着点儿专业风范。

"青青，我哥可长久没来这边了，下班后我们带他一起吃个夜宵，让他尝尝我们本地的麻辣兔头，你看怎么样？"方晴说。

小女孩一迭声地摇头说："不行，我们管理很严格的。这里所有的包房服务生和小姐都是半军事化管理，没有领导的同意，不允许私自外出。"

"不可以向领班请假一下吗？"

"肯定不行，除非你们是老板自己的朋友，或者保安队长的朋友，他们安排或者点头才行。"

"真可惜啊，我哥大老远地从江苏过来，我一个人陪着，真的太无聊了，我又不太会喝酒，陪不好我哥呢。"

青青想了一下，说道："除非叫我哥哥过来，让他来带我们去。"

"那太好了，我好久没见咱哥呢，让他来请客！那你问问他。"方晴开心地说道。

青青拿起电话，拨了一串号码。

"哥哥，下班了一起吃宵夜撒，我这边有两个朋友。"

"不是、不是客人啊，你知道的，我从来都不陪客人出去的，是晴晴姐呢。"不知道对面说的是什么，小女孩一迭声辩解着，"好的，那我们在这边等你撒。"

"好了，说好了，一会儿我哥来接我们。"

刚说着，服务生进来送毛巾："老板，热毛巾。"然后盯了一下小女孩，接着笑了笑，说道，"服务好老板噢。"

小女孩轻轻地"嗯"了一声，低头用纸巾擦拭起台子上的酒水痕迹。

三人从红珊瑚出来已经是夜里十二点多。到了门口，路灯下一个二十五六岁的小伙子倚靠在一辆雅马哈摩托边抽着烟，斜眼看着马路边上的人来人往。这小伙子一脸清瘦，白衬衣、黑西装、黑领带，顶着直直的板寸头，眼眉间隐隐有些肃杀之气，又似乎心事重重。

他一看到方晴，转成笑脸迎了上去。

"你好，晴晴，好久不见啦。这么漂亮，不怕马路边被人抢走吗？"

"谁要我？要我洗衣做饭吗？只要不嫌我做饭难吃？不用抢，说一声，我跟他走。"方晴火辣辣地说道。

"这是我的朋友，陈哥，从江苏过来的。像我亲哥哥一样。"方晴说完，那小伙一脸笑容地伸出手来："陈哥好，陈哥好。"

四人来到一家夜宵城。远远看去就是满屋的热气腾腾，未进门已经有一股麻辣味呛人口鼻。虽然是夜里十二点多，夜宵店里依然宾朋满座。

那小伙帮方晴端茶递纸，反而对妹妹倒没怎么照顾。

几个人要了一个鸳鸯火锅，单点了一盘麻辣兔头，一盘卤煮鸭头，五六盘牛肉羊肉，宽粉时蔬，要了一箱啤酒。一会儿酒菜就全部送了上来。

"我一会儿开车，要不就不喝了。"陈嘉会说道。

"没事，在这里，怕什么！我给开嘛，你放心，没事的！"

几个人倒满一杯，那小伙子端起酒杯，说了声："欢迎陈哥，来，干一个！"

除了她妹妹喝了一半，其他三个人都一饮而尽。

"看你精瘦精瘦的。怎么最近没吃好吗？"方晴问道。

"哪里啊，就是每天没事就训练，哪里胖得起来！"

"都训练什么啊，怎么搞得跟当兵打仗一样的？"方晴好奇地问道。

"体能训练，擒拿格斗，打靶射击，驾驶特技，轮着来啊。"

"你们天天训练这个，有什么用啊，还上战场啊？"方晴揶揄道。

"怎么没用啊，养兵千日，用在一时嘛。"小伙子啃着兔头，头也不抬地说道。

"养兵千日，用在一时？你们都会用在什么地方，什么时候啊？"方晴有一搭没一搭地聊着天。

"有啊，再过两天，我们会抽调几个人去北海，那里有一个会，老板要带安保部的人。"

"怎么，这么远，开个会还要带人过去啊？"

"是啊，集团答谢会。"

"什么答谢会啊，你也要去吧？"

"我在第一梯队，要去的。我们都有分工，都安排了的。"小伙子说着，拿起酒杯，"陈哥，我敬你。"说完又是一口干了。

方晴和青青一边涮着牛肉，一边也聊起一些姐妹体己话。

"一看你就是身手矫健，功力不凡啊。"陈嘉会回敬了一杯，"看着有点像李小龙呢！"

"啊……"小伙子伸出大拇指，横在下巴下摆了个 pose，看起来确实是李小龙迷。

小伙子性格豪爽，酒量不浅。不一会儿，四个人已经下去十来瓶啤酒，一多半是小伙子喝掉的。

"你们怎么会跑到北海去开会啊？"一边热火朝天地碰着杯，陈嘉会一边随意地聊着天。

"其实我也不知道，不过听队长给我们开小会，意思是正好和那边一个金沙盛筵时间凑在一起，全国各地去的人多，我们就不显眼。"

"开会就开会，还有什么显眼不显眼的吗？"方晴插上话来。

"这个你就不懂了吧？当然是有大佬不想被别人关注嘛！你们女孩家嘛，哪里懂这么多？"

"有什么不懂的，我看你天天忙的，也不学个一技之长，就是不务正业，没什么看不懂。"方晴斜了他一眼。

"怎么不务正业？你知道什么啊，上了通缉名单的老板，照样日子过得很潇洒，没有我们，哪里有这么快活！"小伙子一脸傲气地看了一眼方晴。又低下眉眼，拿起酒杯对着她，说道，"来来来，我们来一杯。"

聊过没多久，那小伙的电话铃声急急地响了起来。

"好的，我马上过去。"他挂了电话，转头对其他几位打招呼，"你们慢点吃撒，我要去一下凯撒宫，有个小杂皮闹事，我过去看看。"

"哥，你不要去了嘛。"青青嘟着嘴说道。

"要去的，当然要去。"小伙子说道，"你和小晴再吃点东西，也别太晚了。"

"那你当心点嘛，不要当冲头嘛。"

"不会了，放心了。"小伙子带着点哄人的语气说道。

"还说不会……我怎么放心嘛！"

小伙走后，方晴问道，"你怎么这么不放心你哥哥嘛，怎么，很危险吗？"

"肯定撒，我也不知道他是咋想的，要去安保公司，当个服务生不好吗……老板给我们的工资都是别人的两倍的。"

"给两倍？"

"对的。我家不是出了事嘛？几个人打架，把我爸打没了。刚出事那一年，我哥哥天天去公安局，一两个月就写举报信，又买票要去省里上访。后来那边派人过来找我妈妈谈了半天，然后就安排我们在红珊瑚和恒隆上班，基本工资就是人家的两倍。我哥哥不同意，但我妈妈哭哭啼啼，逼着他同意了。她说，爸爸已经没有了，不希望我们再出事情，如果我哥再闹下去，她怕我们两个都保不住。

"本来他就是在恒隆游戏厅里当个服务员，大概两年前，有一天家里有事，我下班了去等他一起回家。离他下班还有一个小时，他就换了一些游戏币让我在那里玩了会儿等他。

"还没玩一小会儿，三个穿着黑夹克的年轻人不知道什么原因吵了起来。其中一个身材高大，满脸横肉，脸上疙疙瘩瘩，一条青花胳臂。另外两个男生染着黄毛，一头杀马特发型。两个保安人员赶紧过去。

"我听见他们在叫，说老虎机有问题，他们玩了一天一夜都没有吐过一分钱，纯粹是骗人。

"'昨天还有人中过头彩，你们自己运气不好而已！'边上一个服务生回怼他。

"那几个人嚷嚷着说：'运气再不好，也不至于一天也没吐出一分钱！'

"边上那个服务员说：'白天不是中过一个三等奖吗？怎么没吐过一分钱！'

"那三个小伙子叫着说：'哪里有，你看到了？'就和那个服务员推推搡搡起来。

"保安已经看出来几个人就是存心砸场子的，一把推了过去。身边马上又围上来四五个小伙，吵吵闹闹地说着机器是有问题，他们也觉得有问题。

"有人一边吵，一边在后面就打出几个冷拳。

"场面越来越乱，不一会儿八九个人打成一团。那两个保安一边拿着对讲机叫人，一边冲到柜台后面拿出两个棍子乱舞。

"'拿凶器打人了！'那几个小伙一边叫着，一边不知道从哪里抽出几把砍刀。不一会儿，那两个保安就被划出了几个口子，血滴得到处都是。店里的客人四处逃窜，我也躲得远远的蹲在角落里。

"这时两个人就开始砸边上的老虎机。客人四处乱窜，我躲在窗口底下的一个角落里，吓得不知道怎么才好，想站起来跑，又不敢。我看我哥还在那边拉人劝解，突然一个人砸着老虎机，一路砸到了我的跟前，我慌得不行，远远地喊：'哥哥！'

"只听他突然大喊了一声：'和你们拼了！'抄起一把圆钢椅子，拼了命似的向我这边直接冲了过来。对方拿刀在他面前挥着，他就像看不见似的，直接朝对方的头砸了下去。

"几个人变换了阵型，全部向我哥哥围了过去，那两个保安一边叫着，一边也冲上去一起招架。

"一会儿外面传来摩托车急促的连续三声鸣笛声音，那几个小伙突然叫了一声：'撤！'齐刷刷地向楼梯口冲去。我从窗帘缝里看出去，那帮人骑上五六个摩托车，一眨眼驶离了现场。

"我赶紧冲到我哥身边，只见他脸色苍白、浑身血痕地站在当中，手上拿着的椅子都打弯了，紧紧攥着的手兀自微微颤抖。

"我急忙赶过去：'哥哥，你怎么样啊？'话音未落，他手下的椅子'啪'的一声掉落地上，整个人棉袋般地瘫倒在地。就在这时，楼下冲上来二十来个小伙子，和保安说了两句话，他们就七手八脚地抬着我哥，送到了车上，直奔医院而去。

"那几天我天天陪着他，他一天天地都不说话，我问他他也不说，只是一天天咬着牙。出院以后，好像就换了个人一样，没过多久，不知怎么就调到了安保公司去了。

"事情已经过去两年了，我心里还是一直放心不下，常常夜里都会惊醒。但我哥哥似乎越来越喜欢干这个事情，天天斗勇斗狠。你说，他们那样打打杀杀的，我能放心吗？"

方晴安慰了一番，几个人吃了几口菜，也就没了心思。陈嘉会把车子停在路边，叫了一辆车子，把两个女孩分别送回了住处。

第三十四章

　　林蕴才留在美国，让夏菡颇为纠结。虽然林蕴才对她照顾入微，她多有感激，甚至稍有依赖，但夏菡心里很清楚两个人的不同。如果夏菡是一株清新淡雅的兰花，低调内敛，林蕴才便如冲天的荆棘，锋芒外露。夏菡更在意宽厚的内心，林蕴才更注重精致的外表，夏菡对人的关爱源自本心，林蕴才对人的付出通常衡量得失。

　　夏菡觉得两个人的关系需要稍微冷静一下，但这几天林蕴才一副心不在焉的样子，让她几次想开口却欲言又止。在夏菡的暗示之后，林蕴才也主动睡到了客卧，除了例行的拥抱道晚安，没有对夏菡再有亲昵举动，更让夏菡不知从何说起。

　　这种异常的情况又让夏菡的心里多了几分担心。不知是公司安排他在美国的工作压力很大，还是遇到特别重大的困难，问了几次，林蕴才都是左右搪塞，也问不出个所以然来。

　　时间一天天过去，林蕴才慢慢从不安的状态中走了出来，恢复了之前的洋洋洒洒的风格。也许是和国内的工作时间同步，林蕴才开始了黑白颠倒的作息，白天休息，晚上彻夜不眠。夏菡也就慢慢习惯了林蕴才几乎不打搅的存在。

　　忙忙碌碌中过了一个月，夏菡忽然意识到，这个月的生理周期竟然已经延迟了整整两周。尽管之前的周期并不太准确，但延迟两周似乎从没有过。

又过了一周，她悄悄买了一根早孕棒，一测试，有些发蒙。她看着手中的两道杠，默默地坐在马桶盖上，心绪混乱。这不是她想要的结果，也有违父母自尊自爱的教育，更不符合自己内心的期待。

然而，她身在美国，要中止显然有现实的困难。若回国处理，又不得不暂停刚刚熟悉的手头工作。

夏菡开始认真地考量当前的处境。她自身的家庭条件，并不需要在婚姻中寻求物质的支撑，可以不受限制地遵从情感的选择，她的婚姻态度也比较宽容。如果能够找到精神和物质双匹配的结婚对象，当然是理想佳偶。但她明白人生不如意者十之八九，现实生活往往难以两全，她也不过分追求。只要三观基本契合，精神或者物质稍有不足，在一定的范围内也可以斟酌退让。再不济，独身一个人过日子也未尝不可。

大多数的婚姻，经过一日三餐的冲刷，淡去五颜六色的少女梦，褪去斑斓多姿的激情，就像一个盛妆的贵妇，卸掉了华服妆容，总是平凡身躯。有个生活伴侣，日常里互相照顾，也许就是人生吧。

她经过了一段刻骨铭心的感情，让她再经历十年的情感积累，她已经没有这个时间，也失去寻求的动力。她在与耿至行的接触中，发现他身上有很多最为欣赏的秉质，也有心有灵犀般的呼应。夏菡抚平内心的伤口，刚往前走了两步，却不意间出现了一道鸿沟。也许每个人都有自己的故事，但耿至行的故事显然更为复杂。这个故事的前传她不知情，这个故事的后续也不知如何收尾。

夏菡忽然感觉自己已经爱不动了。

让她感到为难的是，两年以前，曾经多少次憧憬过一个新的生命。而现在年近三十，如果不要这个小孩，再孕的难度也会增加。

林蕴才名校毕业，双商在线，颜值财力相当，算得上大多数丈母娘心目中的良缘佳婿，除了内心最深处的地方两个人总像隔着一层纸般保持着细微的距离。

曾经只相信情感，如今却开始权衡，这算是成熟的喜悦还是将就的无奈？夏菡苦笑了一下。

日子一天天过去，对于一个幼小的生命，最危险的时候无疑是最弱小的时候，当他一天天成长，他与母体的生命交流日渐频繁。过了三周，夏菡从最初的犹豫转化为日常的关切。

当她把这个消息告诉林蕴才时，他脸上充满了惊喜。对于他而言，夏菡容貌出众，学识相当，家庭殷实，背景深厚。在他这个从小镇出来的青年眼里，有一种童话公主般的色彩。他努力向她靠拢，即便花尽心思，依然有一种真丝布料和化纤布料放在一起的不同。如今忽然结出正果，无疑是天降喜讯，是在他当前飘摇生活中奏响的最美好乐音。

他当前已经没有回国的打算，那就正好照顾夏菡陪孕待产，真的是适逢其会！

他从美国的账户中取出一笔钱来，找了一个房产中介，购买了一处房产。房子位于多诺万海滩，不算繁华，但舒适宜人。

他开始调整作息时间，关注起美国的股市和房市，生活的轨道在毫无准备的偶然间，无声地驶向了一个新的方向。

十二月的南国北海，依然有春日般的和煦。新年将近，碧海金沙的海滩边，迎来一年一度的豪华盛会——金沙盛筵。这一场以游艇展销为主的展会，由于格调张扬，宣传喧嚣，深受大家的瞩目。配套的奢侈品展会、红酒展会、酒店用品展会把整个展馆挤得光彩耀眼。豪车云集，各路大佬财阀、商界精英往来不辍，脂粉飘香，一众摩登女郎、端庄淑女穿梭其间，蜂蝶飞舞，连带一些野莺捐客，梁上君子，都如闻到血腥，一个个流连忘返。

展会第一天的招待晚宴，设在海天国际大酒店。晚上六点，巨大的宴会厅里，宾客满座，主办单位正一一介绍嘉宾，席间灯火辉煌，觥筹交错。

在主会场的四十公里开外，南海海滨，一条游船静静地停驻在码头。

五点左右，一辆餐车徐徐开了过来。几个工作人员把餐车上的餐具、食物一箱一箱地搬到地面，排放整齐后，两个安保人员做了一番检查，几个工作人员把这些东西又一箱箱地搬到了船上。

搬完以后，那几个人就下了船，开车离开了码头。

过了半个小时，一辆中巴开了过来。中巴上下来十几个穿戴整齐的厨师和服务员。他们经过严格的安检，登上了游轮。

随后，几辆商务车开了过来，车上下来三十余名穿着时尚、妆容艳丽的年轻女子，莺莺燕燕地穿过安检门，上了游轮。

六点半左右，一辆辆奔驰S级轿车间隔五六分钟先后靠近码头。车中下来的一个个气宇轩昂的客人，先后上了游轮。

七点半，一辆豪华房车慢慢地驶进码头。车子一停，马上有人上前拉开车门，车上下来一个五十多岁的男子，理着一个板寸头，一双浓眉下两只眼睛透着一股煞气，身后跟着两个黑衣小伙，气势熏灼地上了游轮。

游轮随即解开缆绳，离开了码头。

游轮二楼，宽大华丽的大厅气氛热烈。边上的一排厨师烘烤着龙虾、鲍鱼、象拔蚌、生蚝、鲑鱼、金枪鱼、椰子、老虎斑、帝王蟹、飞鸟、走兽、野山菌，一位瘦高的牛排师傅翻煎着雪花牛排，嗞嗞地冒着香气。

三十多位年轻漂亮的女孩不一会儿就分散到了各人身边，一对一地贴心服侍着。大家一边热情地互相打着招呼，一边端着酒杯频频畅饮。

五十多岁的那位男子显然是会场中的主角，大家纷纷向他敬酒。

过了一个小时，一个穿着西装的高个男子和厨师长说了几句。厨师长听了后，点了点头，招呼大家关了电炉，转到一楼的大厅休息。大厅摆放着一排排的沙发椅子，大家各自分头休憩。随即三十余位年轻女孩也下到了一楼。

一楼的音乐声响起，随后二楼的背景音乐停了下来。

过了一个小时，在船长的招呼下，厨师和女孩们纷纷上了二楼。欢快的气氛再次蔓延在整个大厅里。

大佬们三三两两地聊天敬酒，女孩们欢声笑语地穿梭其间，厨师们热气腾腾地烹饪出一道道美食佳肴。

十点半，游轮开回了码头。

客人先后离开了游轮，有些姑娘分散在一辆辆车里，疾驰离开码头。余下的几个姑娘也被车子一一接走。

保安队长最后下了船。厨师们正在收拾厨具。他瞥了一眼牛排厨师，心里嘀咕了一下，西餐师傅，确实比中餐师傅显得儒雅一些。

随后，餐食人员整理了一下相关物品，也离开了船。其中有些随着中巴回去，也有几个专车来接的，各自分散回去了。

牛排师傅走向了停车场，他经过一个垃圾桶边上时，不小心打了个趔趄，幸好扶住了垃圾桶。他走到车边，按动了开锁按钮，启动汽车，急速离开了停车场。

那个保安队长打开车窗，点了根香烟。车子沿着海滨一路疾驰，他在梳理着明天的工作安排。

突然之间，他猛然想起什么，车子急速掉了个头。保安队长拿出手机，给船长打了个电话。

车子回到了码头，船长的车子也刚刚到达。保安队长迅速登上游轮。

"把监控录像打开！"

保安队长一帧帧地回放，监控视频定格在了牛排厨师的人脸画像上。

"停下！"他迅速将人像导入手机，马上发送了出去。随后发了一个信息："帮忙查一下这个人的身份。"

十分钟后，信息回传。

保安队长怔怔地看了一眼，回了一个消息："尽快定位当前位置，并查实入住宾馆！"

又一个信息回传，他随后在群里发了一个信息：不计代价拦截尾号 8848 的车辆，车行路线海滨码头沿河滨路向西山路方向，终点金泉宾馆。

车牌尾号 8848 的车子急速行驶着，海边马路上车辆稀少，街道一侧是些低矮的房子，另一侧就是海滨绿地，绿地上暗黑一片。

临近深夜，十字路口也不见停着其他车辆。红灯转绿，车辆启动，忽然一声巨响，一辆悍马车狠狠地撞在了小车的侧面，车辆翻了两个跟头，侧身停在了草地上。

悍马车上跳下两个人，匆匆地跑到了小车旁边，车里一台笔记本电脑敞开着，屏幕已经震碎，车上的东西七零八落。那两个人迅速收拾了电脑，将车上的包、手机收集了一下，并在伤者身上摸索寻找起来。

那伤者迷迷糊糊地转过脸，两个人一对眼，都各自一惊："是你？！"

那两人转身打开油箱，油箱里的油汩汩流了出来。两人迅速跳上车子，车窗摇下，稍过了一小会儿，从车里飞出一个烟头，在灰暗的夜色中，划出一条亮红的弧线。车子随即快速驶离了现场。

瞬间，悍马车的后方一个巨大的火团，腾空而起。

轮船码头，一辆垃圾清运车缓缓开来，车子停靠在一个垃圾桶边，从车上下来一个穿着环卫服装，戴着遮风帽的小个子男人，路灯下看不清脸型。他收集了两个垃圾桶里的垃圾袋后，到了第三个垃圾桶前，停留了一会儿。随后垃圾清运车掉转车头，驶离了码头。

垃圾车开出十五六公里，车子停在了路边的一个转角处，驾驶员下了车，走向停在边上的一辆小车，上了车后，驾驶员摘下帽子，一头中短秀发披了下来。

第二天，一份以庆功为主旨的录音，从姜茗的电脑中发往中纪委举报邮箱。录音中包含了操纵证券交易内幕的重要线索。

两个月后，金融反腐的风暴席卷全国，一个个政府高官、公司高管，一批公募私募基金掌控人先后落马。公安部对外逃人员陆续发出通缉令。

第三十五章

时间是一个最没存在感的老人，时间也是个最富存在感的老人。在不知不觉中流失，又在季节更迭中惊觉。还没留意到秋天到来，转眼间冬日已至。

一年一度的春节又到了，耿至行在年三十回到了故乡镇上。在和老师吃过年夜饭后，电视中热闹的春节联欢晚会在一片欢声笑语中开场了。

歌舞、相声、小品轮番登场，萌萌认真地盯着电视屏幕，一会儿咯咯地笑着，一会儿跟着电视手舞足蹈地扭着身子。茶几上堆得满满的瓜果，洋溢着喜庆的味道。

节目间隙，主持人一份一份念着全球各地发来的贺词贺电，当读到"值此新春佳节来临之际，美国华侨华人同胞，祝全国人民身体健康、合家幸福，祝祖国繁荣昌盛"时，耿至行的心里突然有一种不同的挂念，似乎那一份电报，也变得有了生命。

远在异国他乡的你，一切都还好吗？

大年初一，他骑上老师的自行车，回到了那个陪伴他的山村。

一个月前，他提前请族里的堂兄帮忙修整了房子，然后又在村头店铺订了些年货。刚到村口，小店的老板热情地招呼他喝茶吃糕点。当地家家户户都会在年关做些冻米糖，把大米炸成米花，熬亮红糖，在米花里混入花生、芝麻，搅拌后切成一片片长方形的薄片，便是家家户户最富年味的糕点。对于耿至行来说，这更像是一个故乡的符号。

老板已经把耿至行所订年货的箱子整整齐齐地摞成一堆，无非是豆油、牛奶、糕点之类。耿至行挨家挨户给之前照顾过他的乡亲父老拜了年，一位位老人看着当年形单影只的小孩，长成了在外创业的小伙，都不免感慨唏嘘一番。

在堂兄家吃了晚饭，堂兄陪他来到隔壁村的村委会议室。这些年农村撤乡设镇，合并自然村，之前的五个村合并成了一个规模较大的行政村。

同乡联谊会的大红横幅挂在会议室墙上，村委会书记、村主任先做了发言。主旨只有一个：期望在外的国家工作人员或者创业人员能够为家乡建设献计献策，招商引资。

最先发言的是来自隔壁县政府的一个副局级官员，他喝了一口茶，清了清嗓子，中气十足地说了起来："各位老乡，大家好，很高兴我们能够有这样一个机会欢聚一堂，共叙乡情。感谢村党支部、村委会组织这次活动，为增进了解和沟通提供了一个平台。对于建立一个紧密团结的同乡群体，起到一个有力的促进作用！我也对在外地工作的各位精英，在百忙之中参加今天的联谊活动，表示热烈的欢迎和衷心的感谢！

"同一方水土养育了我们，让我们拥有了最美好的同乡情谊。希望通过这次活动，将各位老乡联合在一起，相互之间多关心、多支持、多联系、多沟通，为故乡的经济发展，献计献策，开辟出一条新的道路。"

讲话持续了二十多分钟，然后是十来个在外地工作的政府人员以及事业小成的同乡先后谈了谈自己的看法，听起来都是热情洋溢，细思下又华而不实，都是一番场面上的应景之词。

除了前面两个政府官员发言时大家还算安静，后续每个人的讲话，现场都在闹哄哄中度过，大家各自在递烟敬茶，互相招呼尬聊。

轮到最后，主持人请耿至行发言，尽管现场气氛下并没有人真心在听，耿至行还是认认真真地谈了他的看法。

"大家应该知道婺源油菜花吧？每年三四月，婺源油菜花漫山遍野，既创造了农业收成，也大大促进了乡村旅游。我们这里是不是也可以考虑好好利用当地资源？

"小时候，每年芍药花季，零星种植的一片一片，都特别漂亮。我们山区的土壤，种芍药特别适宜。如果能够组织村民，集中在几个山谷有规划地种上芍药，在花开的季节搞旅游，同时药材本身也有收成，相信对提振本地经济，会大有好处。

"当然，前提是要解决交通问题。现在国家三农政策有很多助农扶持的，如果能够争取政府的支持，加上我们大家的筹集，解决交通问题也不是不可行。"

耿至行讲完话，大家给了稀稀落落的掌声，会议在一片友好的氛围中结束。

从会场出来，耿至行和堂兄默默地往回走，耿至行突然问道："堂哥，你觉得我说的有道理吗？"

"至行，我觉得所有的人说的话，加起来不如你那几句。但是没人听啊。"

"没人听也不要紧，堂哥如果有兴趣，我们来做这个事情，你去选几个山坞，把所有的自留地承包下来。"

这里的方言，把一座山形成的凹形山坡叫作山坞。由于这里地少人多，在粮食严重短缺的年代，山坡上就被开垦出一片一片的梯田，因为缺水，只能种些番薯、玉米之类的旱地作物。

"还承包啥自留地啊，现在谁还会种那些山地，村里都没人了，年轻人都在外面打工，也就村口的水田还有老人耕种，那些山地全部都荒废着了。说一声，谁也不会在意的。"

"话是这么说，但手续还是要办好。我们签好承包协议，承包期至少二十年，你逐个去谈，种子、人工费用都由我出，你来管理，给你出工资，出效益了，我们五五分成。你看怎么样？"

"没问题！我相信你。我们前后几个村考上名校的，就是你一个，我不信你信谁！"

随后的两天，耿至行和堂哥把前后村庄的几个山谷都转了个遍，选了一个山谷进去的五个山坞。这几个山坞原本就归属耿至行他们自然村，基本上都是本家的山地，除了长着少量的几棵板栗、山核桃等果树，大多都是闲置的。

按耿至行的计划，除了果树保留，其他全部重新开垦，为了缩短投入周期，直接将其他农家种植的芍药移栽过来。他拍下所有山坞的照片，准备带回上海，请乡村旅游的专家做个规划。

千里之外，大雪中波士顿优美恬静。这座拥有哈佛、麻省理工、波士顿大学、波士顿学院等多所高等学府的城市中，街头古铜的雕塑，河边原木的长廊，路边雅致的书店，气质沉静的学子，处处流露着浓浓的人文气息。

在离多诺万海滩不远的一个别墅门口，挂上了喜庆的灯笼，一副对联贴在两边，一个福字贴在门口，房间内欢声笑语，大圆桌上团团坐着十来个客人，夏菡挺着个大肚子，正在招呼一个淘气的小男孩。

这些都是来自中国的侨胞，在异国的圣诞节后，团聚在一起欢庆中国的新年。夏菡的父母也在春节前赶到了美国，他们对夏菡怀孕这种事极为不满，严厉批评了她，简单吃了晚饭后就回房休息了。

"周律师，你最近只顾着发大财，也没顾得上和我们老朋友聚聚，转眼好久没见了。"

周律师是这次买房的中介律师，林蕴才和他认识不过半年时间，看着倒像是很好的老朋友了。

"嗯嗯，最近这个……做个房产中介事务，实在没有太大的意思，我现在准备做个投资移民项目，李老板有兴趣我们可以一起做啊。"

"是吗？我来这边半年了，一直闲着，闷得慌，你带我发财，那可太好了。"

自从林蕴才回国未成，他对外的名片就变成了 Adrian Lee，夏菡也不明白他为什么对外改称李姓，林蕴才说是国内老板的要求，尽量避免与国内公司形成联想。夏菡也就不再过问。

"具体是怎么操作的呢？"

周律师侃侃而谈："我和一个朋友找了一块很有开发价值的土地，是块熟地，周边住宅和配套都不错，规划的就是公寓用地。我会和政府规划部门疏通关系，我们把这个地买下来，前期土地我们只需要付百分之三十的资金，其他就可以通过银行贷款解决。

"然后我们再想办法包装成政府投资项目。把政府投资移民的政策尽量往上靠，找个设计公司把楼书做漂亮一点，再找国内做房产的朋友巡回宣传，然后找个担保公司做个资金担保，预收投资款，我们就可以进行建设开发。

"咱们主打的卖点就是投资移民，国内目前有投资意向的资金可不少，多多宣传投资移民的优点：快速取得绿卡、子女免费入学、免费医疗、优渥养老、长期投资、远期收益……怎么好怎么写，当地的政策能靠的，只要有一丝关联都往上靠。

"国内有意向的朋友，收个十万八万的组个团，来这边考察，先赚个人头费，再把绿卡、移民、就医、上学的好处宣传一番，收了钱再开发，也不愁不卖个好价钱。"

十点多钟，客人陆续散去，夏菡问道："你觉得周律师那个事情靠谱吗？"

"挺靠谱啊。"

"我怎么觉得不太靠谱，他根本没有政府背书，移民门槛一个接着一个，他给的只是条件之一，其他哪一个条件达不到都办不了，哪里有他说的那么容易。"

"噢，那是我们对靠谱的定义不同。"林蕴才看着夏菡，似乎是一个大人看着不懂事的小孩，略带着点戏谑的神情，"我定义的靠谱是，做这个事情我们能够赚到钱，而不是买房子的人能不能最终拿到绿卡。"

"可是，这样骗自己同胞，不太道义吧？"

"怎么说呢，其实这个世界，道义只是小孩眼里的标准，成功才是成人世界的标准。"

"可是这样做也不合法吧？"夏菡接着问道。

"这就是老周作为律师的价值了。所有的规则总会有漏洞，如果没有漏洞，那就规避规则，如果不能规避规则，那就不要留下把柄。"

夏菡有些无语，她看着林蕴才，他说话的表情和语气，都是修饰过的精致。夏菡停顿了一下，说道："你是孩子的爸爸，希望你做事要谨慎一些。"

"放心吧，我的大小宝贝！我又不傻。"

两个月后一个清晨，夏菡在美国迎来了她的新生儿。医护人员和亲友热情洋溢地拥抱着新的生命。

而同一时间的上海，正是华灯初上的时候，陆家嘴流光溢彩，光芒四射。在上海中心顶楼的自助餐厅，餐厅内客人成双成对，笑意盈盈。玻璃幕墙外，整个城市如水晶宫般富丽堂皇。

耿至行一个人静静地坐在窗前，寂寂无言。他的面前只放着一杯果汁。

夏菡生产一个月后，她父亲就回到了国内，只留下她母亲照顾产后的夏菡和初生的婴儿。在和外公每日的视频聊天中，外孙出镜成了他们最快乐的时光。

但今天的气氛有些不对，夏菡的父亲看起来有点心事重重。

"怎么办，要不要告诉小菡？"夏母盯着屏幕问道。

丈夫没有应声，在对面蹙着眉头。

"小菡怎么跟这么一个人在一起呀，初见面我就不太喜欢他，跟我们身边朋友的小孩一点都不一样，三十出头，张口闭口这个是我多年的朋友，那个是我铁打的兄弟，一双眼睛恨不得生到脑袋顶上去，就是钻营过了头。"母亲抱怨着。

"我们做父母的，总是要看小孩自己的态度的，小菡选中的人，我们也不好多干预，只要他们自己感情好，我们也不好多说什么的。"夏菡父亲保持着沉着的语气。

"好什么？哪里好？我是当妈的，他们两个感情好不好我哪能不晓得？你没发现她的话越来越少了吗？两个人，一见面都是客客气气，客气得哪里有小夫妻的样子？恨不能台子两边插两个国旗，摆开两国元首会晤的阵势了。"

"你小点声，小菡在里面睡觉吧。"他压低声音打断情绪激动的妻子，"要我说，还是先别提这事吧，过一段时间再说。"

"唉。"母亲禁不住泪水涟涟，又不敢发出太大的声音，用纸巾堵住鼻子小声啜泣着，"前两年嘛，天天愁眉不展的，一个人坐在那里落泪，劝也劝不进。好容易挨到谈个朋友，结果又找了这样一个人。你说小菡样样都好，这感情怎么就这么不顺……唉。"

卧室的房门"吱嘎"一声打开了，夏菡揉了揉惺忪的眼睛推门出来。

"我先挂了啊，回头再说吧。"夏菡母亲匆匆挂掉了视频。

"妈妈怎么了？看着眼泪汪汪的？"

"没什么，刚才和你爸聊天，有点想家了。"

"噢，看把你伤心的，回头回国看看吧，怎么当外婆了还像小朋友一样，离家几天就想家了？"夏菡逗着母亲，笑了笑。

"哪里才几天，这都四个月了。"夏母苦笑着问了声，"小孩醒了吗？我来给他喂点奶粉？"

"还睡着呢，不用了，你自己也歇会儿吧。"

"好的，那你自己也再休息会儿。"夏母回到房间。

一周后的深夜，小孩已经安静地进入梦乡，林蕴才推门回来。他最近忙着投资移民的项目，每天都很晚回家。

夏菡坐在藤椅边上，静静地等他洗漱。林蕴才穿着睡衣从洗手间出来，夏菡看着他说："你坐一下，我有事情问你。"

"怎么了？"林蕴才有些心虚地笑着说，"严肃得像个老师，是把早恋学生逮到办公室问话吗？"

"这么大个事情，我又没与世隔绝，怎么会不知道？"夏菡平静地说。

"你知道又怎么样？其实你不知道更好。"林蕴才明白夏菡说什么，也不回避，坐了下来，神情有些颓丧。

"我不知道怎么就会更好？"夏菡冷冷地问道。

"赚的钱，我大多数都已经存在美国的账户里，你用就可以了，不要管它是怎么来的。再说，我觉得那个钱很清白。"

"清白？清白能给你发个红色通缉令？"夏菡有些匪夷所思地看着林蕴才。

"股市本来就是零和市场，盘面这么大，有人赚就得有人亏，这不是很正常吗？"林蕴才愤愤不平地说。

"别当我傻，金融市场的这几个罪名，你占到几个？你是做老鼠仓了还是故意泄露信息了？"

"这么弱智的小儿科，哪里是我会玩的？"林蕴才讪笑着说。

"我倒是想听听，你这个不玩小儿科的高手是怎么赚钱的？"

"你有兴趣，我就和你讲讲。"林蕴才有些得意地看着夏菡。

"我一开始就思考，什么原因会导致一只股票涨，什么原因会导致一只股票跌呢？是业绩吗？是产业吗？是信息吗？是预期吗？似乎是，似乎也都不是。

"我经过认真仔细的分析，表面上的行业、业绩、信息、预期，归根到底，影响的是心理。所有的股市，其实是心理市场。说简单明了一点，哪怕是个垃圾，只要你能让人觉得这个垃圾明天能值钱，这个垃圾今天就会有人出价要。原本无人问津的股票，一旦有重组信息，马上就会上涨，而有些很有价值的股票，却价格低迷。

"说到底，股票就是利用心理赚钱，产业、业绩、信息、预期，都只是形成心理定势的工具和手段。既然如此，何必一定要寻求价值呢？只要形成心理需求就可以了。

"我的大老板，底下也有几家上市公司，不过说实话，全是制造业，资金大多压在用地和设备上，真正能流动的资金，放在股市的体量中也不多。老板的目的，就是联手几个朋友，拿一部分资金筑底，另外抬高价格出掉一批原始股。

"怎么才能利益最大化，这就是我的智力成果了，都用自己的资金，或者摆在台面的造假，那是蛮夫所为。再说，资金都用来作撬棒了，你拿什么资金筑底赚钱？

"中国几千万的散户，他们单个账户的资金并不起眼，但是聚沙成塔，积少成多，如果集聚这些资金，根据相同的指令，在同一时间段，进行同一操作，那么产生的力量就如滔天洪水了。只需要几千个散户协同操作，就足够决定小盘股的走向。

"为了达到这个目标，我给老板提了个建议，把工作分成了三个方向，第一是资金筹集，第二是宣传炒作，第三是精准培养。

"筑好底后，我们联合几个庄家将股市连续推动一段时间，宣传口的专家会在媒体上发表文章，营造利好环境，再请一些不知头衔真假的专家在电视访谈、讲座中鼓吹利好消息，提振信心。

"然后迅速以免费培训的方式，密布下各类的证券交易培训班。培训班根据每个人的实力分成几百上千人不等，资金多的，我们叫大白菜，少的就叫小白菜。我们请一些专家以股市知识学习的名义，连续给这些培训班上课，培训的步骤，第一步针对性地做些证券知识讲座，第二步就是洗脑，屏蔽其他信息渠道，第三步重点推介利好信息，提振投资信心。

"我每天会给培训班的老师们发布一系列的操作指令，让他们传达给散户在多少点，以多少仓位，对哪些股票进行买卖。当然了，起初我们也会动用小部分自有的资金推动这些股票按照我们的指令走，但绝大多数的贡献，都来自散户自己的资金。

"打个比方吧。坐在我面前有十个人，全部蒙上眼睛排成一个圈，如果我能调动每个人都买他前面那个人的股票，那买入价、卖出价，是不是都在我可控的范围内？他们十个人互相之间并不知道对方存在，却发现我给的指令无比精准，每次都能达到预期目标。三次操作下来，他们还不把我当神一样看吗？

"我让老师在第一个班预告手上的股票下月肯定能涨十个点，然后下一月在第二个班告诉学员全部买入第一个班涨了十个点的股票，同时预测这只股票下月可以涨十个点，再在第三个班透露消息，让大家全部买入第二个班手上这只股票。一个个班接盘过来，先小后大，先少再多，慢慢培育，几只股票互相循环，连续三次股票涨幅都在精准的价位、精准的时间被老师预测到，然后告诉白菜们这个都有内幕消息，那这些白菜还不把老师奉若神明吗？为了增进信心，我会故意让这些股票上涨之前先跌一下，人们在恐慌之后重拾希望，他的依赖感会愈发强化，这时候，散户们对老师下的指令自然是深信不疑，完完全全跟着指令操作了。

"在将市场情绪推到一个高点之后，我们再下达指令，让老师们鼓励白菜用融资杠杆、亲友借贷等各种方法加大投资力度。这个时候白菜们已经完全像是冲锋的战士了，而之前持币观望的人，也会被股市的利好吸引，跟风一样把手上的资金投了进来。

"然后在最后的一环，发出指令让大白菜在高点购买指定的这几只股票，引导白菜做好站位维持高价，保证老板全部出货。

"在我看来，这就是秋天的丰收时刻，是不是像一场游戏？"林蕴才自得地看着夏菡。

"可以这样说，我策划的这个游戏，一个人给老板创造的现金价值远远超过一家上市公司一年的盈利。上市公司的盈利老板拿回家用可不太方便，我给他创造的就不一样了，调度自由，爱怎么花怎么花。"

夏菡冷冷地看着得意扬扬的林蕴才："你们的丰收时刻，也许是民间财富的浩劫，甚至是某些家庭的灾难吧？"

"这个就不是我要考虑的范围了，每个人都是自己的主宰，我可管不了别人。"林蕴才满不在乎地说。

"你是管不了别人，但你们赚的可能是老头老太太的买菜钱，另外网上那么多倾家荡产的新闻，甚至跳楼自杀的，你不觉得心里不安吗？"

"心里不安？进入二级市场的人，几个人是冲着上市公司分红去的？大家目标都是赚股价上涨的钱。从这个角度看，你的买入就是我的卖出，你的投入就是我的收益。大家心知肚明。反过来说，菜场大妈如果赚了钱呢？他们会觉得良心不安吗？她们可不管是谁把钱亏到她们的手上吧？"

林蕴才停顿了一下，喝了一口水，一字一顿说道：

"股市不讲良心，只讲输赢。"

然后又补了一句："不管你信不信，从某个角度讲，散户也许更贪婪。"

"怎么讲？"夏菡冷冷地问道。

"我曾经做过调查，一个散户，拿十万元钱进股市，他的期望值是多少，你知道吗？有二十万的，有三十万的，目标往往都是百分之一百或者几百。股市最疯狂的时候，目标上千的都有。从绝对值看，他用十万赚一百万，也不算多大的数字。可按比例已经是百分之一千了，你说这不是贪婪吗？

"然而，几个巨头拿出一百亿来做这个事情，他们会通过专业精算师做个极为周密的预案，有计划、有步骤、有目标、有控制地完成整个流程。盈利目标不过是百分之三四十，相比而言，不算贪婪吧？

"当然，他们的百分之三四十，绝对值就已经几十个亿了。

"有意思的是，他们的资金大多也是来自普通百姓，这个就有点黑色幽默的意味了。

"相比较而言，海量资金是有思想的。他们有方案，有起点，有终点。而散户是盲目的，他们无知却又贪婪，谋财却无手段。

"可以这样说，这是一个没有悬念的赌局。"林蕴才总结陈词般说了一句。

"你们几家公司的涨跌，这也算解释了，那么大面积的股灾，那又怎么理解呢？"夏菡有些好奇。

"这样说吧，我只完成我这一部分。大佬之间的对话，我就不知道了。大佬也不会一个人玩游戏。这是一场团战。"

"真的像一场大收割啊。"林蕴才幽幽地补充了一句。

"只不过是没被执法机构逮住吧？不是不报，时候没到，国内抓了不少了吧？"夏菡脸色铁青地说道。

"也是，赚到手的钱还没捂热，大多数人也没命花了，国内金融风暴，早已经惊心动魄了。"林蕴才有些丧气。

"尽管现在国内波动很大，也抓了一些高管，我的大老板是没有任何问题的，他背后的靠山很强大。现在供出去公司一两个人，也算是丢车保帅，给这个事情一个交代。过了这一阵子严打，估计我也就没什么事情了。"林蕴才宽慰道。

"你也是被丢掉的车吗？"夏菡盯着手机屏幕，红色通缉令的页面上，林蕴才的头像赫然在目。

"不管怎么说，我现在这边好好的。其实一年多前，金融界已经风声鹤唳了，幸好我得到消息比较及时，没有回去，躲过一劫，这也算是天意吧。"林蕴才半笑半哭的神情，夏菡看着别提有多别扭。

昏暗的灯光幽幽地打在房间角落里，夏菡默默地坐着。她一边听着林蕴才侃侃而谈，一边的思绪却斟酌着自己的生活。两个人在一起，缺点可以改正，性格可以磨合，但价值观如此不同，即使他爱你入骨，视你如命，也就像两根平行线，靠得再近，终难相交。

夏菡在心里默默地叹了口气。婴儿在床上转了个身，她起身上前察看，不再说话。

日子一天天地过去，林蕴才减少了外面的事情，夏菡也不再过问他现在的工作情况，两个人常常相对无言。

夏菡更加留意起国内的消息。对于一个女人来说，她心里的天平多少有些倾斜。即便是两个情感淡薄的夫妻，已然走到一起，难免希望任何一个坏消息会有好的转机。

无论夏菡如何宽容，也无法接受对方是一个上了通缉名单的人，虽然林蕴才一直用他股市不讲良心理论为自己辩解，声称自己不过是贡献智商，也非主谋，但既然发出通缉，关联肯定不浅。

日子就在两个人刻意回避话题的心照不宣中一天天过去。看着怀抱中的小孩，夏菡左右为难。她当然希望孩子在一个健全的家庭环境中长大，做不到恩爱有加，互相照应总是可以的。

然而，她内心隐隐有一种预感，预感到这种平静早晚会被打破。也许是美国警察，也许是移民局官员，也许是中国的劝返人员，迟早有一天会找上门来。

波士顿的天气渐渐炎热了起来，又渐渐地凉爽起来，秋天中的查尔斯河两岸，风吹到脸颊上，已经颇有寒意。

这一份平静终于被打破，夏菡曾经预想过这一时刻的各种可能，然而，生活是一场充满意外的游戏，即便夏菡考虑过千万种可能，它也以夏菡从未想到过的方式来到了。

夏菡直直地盯着手机屏幕。新闻里的标题并无特别，然而底下的文字令夏菡阵阵发冷：

国家扫黑除恶行动又一重大战果，某省政协委员，东庆市华汉集团董事长涉嫌黑社会组织罪被依法逮捕。据初步调查，该黑社会团伙涉嫌杀害七人，重伤上百人。杀害的人中有当地竞争对手，有公司普通职员，也有产生纠纷的普通市民，其中还有一位来自上海的媒体记者。

夏菡的手控制不住地颤抖着。东庆市正是她前男友交通意外落水的城市，而华汉集团老板正是林蕴才坚称能够平安落地的背后大金主。

夏菡终于明白，林蕴才的行径，之所以初听时并无切身之痛，只因为没有侵犯到她本人的切身利益。然后恶行之所以成为恶行，就是如果没有阻止，它就会像病毒般扩散，并以任何一种可能的方式，侵犯到你的身上。林蕴才既不是枪手，也不是打手，甚至不是这个组织中的核心成员，然而他为黑社会组织赚的每一分钱，都会成为这个组织嚣张的本钱，都为这个组织的恶性斗争提供粮草弹药，都会为这个组织嗜血扩张贡献力量。

回到家中，林蕴才看到夏菡脸色苍白，神情灰暗，他心里已经明白夏菡看到了新闻。他再次给她解释了一遍，虽然大老板被抓，他在美国暂时还是安全的，但夏菡的反应完全出乎他的意料。

"我觉得这个不重要，你要为你的行为负责。"她甚至都不愿正眼看他一眼。

他有些诧异，不知道大老板被抓，夏菡的反应为什么会这么大。也许他永远也不会想到，正是他们这些在灯红酒绿中自视甚高、谈吐优雅、风度翩翩的精致利己主义者的为虎作伥，才能让那些原本处于社会边缘的涉黑头目披上企业家、金融家、慈善家的外衣。

那些淋漓的鲜血，都有他们的一份罪孽。

几天后的一个早晨，夏菡走出卧室，林蕴才的房间已经空空如也。夏母指了指客厅桌子上的一个信封，说："他走了，特意说不要吵醒你。想给你说的事情，昨晚都写在 E-mail 里了。"

夏菡叹了口气，坐到了餐桌上。她端起咖啡，拆开信封，里面是一张银行卡和一张照片。照片里的几个年轻人青涩纯净，其中还有一个三四岁的小女孩。她点开电脑上的新邮件。

夏菡的思绪跟随着林蕴才的追述，回到了七年前四川山区那个偏僻的山村小学。

第三十六章

　　川蜀自古被誉为天府之国，境内山川秀丽，粮草丰茂。群山之中，岷江湍急而下，到了汶川境内，水面渐渐开阔，一湾碧水环抱着一个小镇，小镇依山而建，树木葱郁，恰似世外桃源般的人间仙境。

　　小镇有一个令人过目难忘的名字：毓秀。冬日的毓秀银装素裹，满山白雪皑皑，起伏犹如群雕。屋檐下冰凌倒悬，参差宛若水晶。行走在小镇当中，安静得似乎光阴停滞。偶尔传来几声鸡鸣狗吠，给宁静的小镇增添了几分生活的生动。

　　这是一个极为平常的清晨。毓秀小学的操场上，伴随着五星红旗冉冉升起，全校学生齐声高唱着国歌。学生队列的一侧，五个青年人横排成一行，参加了升旗活动。他们手中拉着一个横幅——"浙江大学计算机系校友短期支教队"。

　　离他们十来米远的角落，一个三四岁的女孩，穿着一身颇显臃肿的棉衣，一边望着队列整齐的学生，一边好奇地望着支教队伍，口中呢喃着附和着学生的歌声。

　　升旗仪式结束，校长拿起话筒，对着全校师生讲话："今天，我们要真诚地感谢，感谢浙江大学计算机系的五位校友来到我们山区学校，他们给我们带来了二十台电脑，将要为我们学校建设一个全新的计算机教室。在接下来的两周时间里，他们还会为全校同学轮流培训电脑的基本操作知识，让所有同学都能接触信息化的浪潮。让我们用热烈的掌声欢迎他们！"

学生们用热烈的眼光看向他们，兴奋地拍起了小手。

校长接着说："我们全体同学要好好学习，向这些大哥哥、大姐姐看齐，争取以优异的成绩考上大学，回报他们，报效祖国。"

学生们的掌声更加热烈，躲在角落里的女孩也怯怯地一下一下鼓起了手掌。

升旗仪式结束，学生们有序地离开操场，走向各自的教室。一个二十来岁秀发齐肩、刘海齐眉的圆脸女孩小跑着来到角落里，对着那个小女孩说："萌萌，你怎么一大早跑过来了？"

那小女孩开心地笑了起来，冻得通红的小手伸到棉衣里面，摸索着从里面掏出一个用报纸卷起的纸卷，举起小手说："谦谦老师，这是给你的！"

女孩接过纸卷，轻轻地打开，一支墨兰盛开着，一丝甜香淡淡而来。

"我从家后面的小山坡看到的，漂亮吗？"

"嗯嗯，很漂亮的！萌萌你回去吧，陪着奶奶，走路小心点！谦谦老师下课了来找你玩噢！"

"好的。"小女孩清脆地回了一声，看着谦谦老师手里的兰花，开心地摆了摆手，"谦谦老师再见！"

谦谦转身折回，和几个短期支教的同学一一打了个招呼，然后向其中一个男孩子招了招手："我先上课去了，下课了来找你。"

大家纷纷转向教学楼，几位校友来到一个新清理出来的教室，摆开阵仗，开始组装电脑。

谦谦是浙江大学大四的学生，从九月份来到毓秀小学支教，已经有三个月的时间。在一次学生家访时，谦谦看到门外一个三四岁的小女孩一直探着头看着她，刚和她打招呼，她却又不好意思地躲开了。

　　第二次见到这个小女孩，是在学校里的操场上。小女孩远远地盯着谦谦，让谦谦有些好奇。谦谦看她时，她又不好意思地躲到了奶奶身后。后来知道，小女孩名叫萌萌，自小胆小怕生，然而对谦谦有一种渴望亲近的感觉。

　　第三次见到萌萌，是谦谦从她家门前路过，萌萌从奶奶身后转了出来。奶奶招呼谦谦进家里坐坐。谦谦走了进去，屋子里陈设简单，不过干净清爽。萌萌轻轻地拉着她的手把她让到小木凳上，然后站在谦谦面前，两只手不知所措地揉搓着，低头左右转动着身子，不敢抬眼看她。

　　谦谦坐了下来，用手捧着她的小脸，轻轻地揉了揉。她的小脸冻得有些发红，指甲缝里有少许污垢。谦谦站起身来，问奶奶要了热水，兑了温水给她擦了擦脸和小手。

　　萌萌奶奶有一搭没一搭地聊着天，问谦谦多大了，老家哪里。最后说了一句："你和萌萌妈妈是同岁呢！你俩看着还真有一点像呢。"

　　"啊？同岁？小孩都这么大了。"谦谦有些想笑。她大学还没毕业，感觉自己还像个小孩子，没想到同龄人都已经做妈妈好几年了。

　　谦谦了解到，萌萌的爸爸妈妈都在广东打工。由于奶奶腿脚不太方便，谦谦有时间便会过去照顾一下，萌萌也日渐和她亲昵起来。

　　寒假临近，耿至行准备来毓秀看望谦谦，并在假期和谦谦一起回到上海。听了谦谦对学校的描述，他便在系同学群里发了一个消息，募集了部分资金，由成都的校友采购了二十台电脑，会同林蕴才等几个热心的同学，一起来到毓秀小学。

　　当天晚上，谦谦邀请几位学长在她的宿舍煮火锅，林蕴才自告奋勇开着成都校友提供的车子，去镇上买了些火锅菜肴。谦谦特别叮嘱，再买些饺子皮和肉馅，给大家包些饺子。

　　老师宿舍位于操场边的两层小楼，和学生宿舍前后相邻。

水泥的地面，简单刷白的土墙，里面摆了一张单人床，一个木头书桌，一把陈旧的椅子，一个简易的布衣柜，陈设简单。不过墙上挂着的织绣，枕边放着的机器猫布偶，桌上的卡通玩偶，床上粉色的床单被套，一个陶瓷酒瓶上插着的两株绿草，还是能看出一个女孩的用心装点。

宿舍的生活条件不太齐备，洗漱要去靠近楼梯的公共卫生间。一群人忙忙碌碌地来往进出，给这个过道增添了不少热闹。

桌子上的火锅热腾腾地鼓着气泡。餐桌旁边，一个凳子般高低、脸蛋通红、头发稀稀疏疏、套着厚厚棉衣棉裤的小女孩，正抱着椅子腿儿，瞪着一双大大的眼睛，怯生生地盯着大家。

"这个小女孩是谁啊？"一位学姐好奇地问道。

"这个是镇里的一个小孩，爸爸妈妈都在外地打工，平常和奶奶生活在一起，有些孤单，常常来找我玩。

"萌萌，叫叔叔阿姨好。"谦谦对着小女孩说道。

小女孩仍旧抱着椅子腿儿，滴溜溜转着大眼睛不吭声。

谦谦走过去把小女孩抱了起来，小女孩顺势搂住了她的脖子。

"孩子小，怕生，刚三岁，不会说太多的话。"谦谦笑着说，轻轻拍了拍小女孩。

谦谦一边说，一边把小女孩放到床上坐着，拿出一块棉花糖："萌萌吃一块棉花糖，乖乖坐着。谦谦老师要做好吃的给你吃。"

萌萌接过棉花糖，乖巧安静地坐着。

包好饺子，菜肴也都准备齐整。耿至行端着包好的饺子，谦谦一个个地放到滚水中。

"哈哈，你们两个倒像老夫老妻，男耕女织，配合默契嘛。"林蕴才嬉笑着说。

"哪像你，就是个老爷，我们都是贫苦人家，做饭给你吃。"谦谦笑着怼道。

"唉，我是孤家寡人，哪里是什么老爷？只能看着你们撒狗粮咯。"林蕴才道。

"谁知道你啊，说不定你金屋藏娇，只是我们不知道罢了。"谦谦挤兑道。

"哪里来的金屋，藏什么娇啊。倒不像你，屋里还真藏个小女孩呢。不过话说，你们什么时候也会有个小女孩呀？"林蕴才调侃道。

耿至行瞬间脸红了，有些尴尬地笑了笑，难为情地看了一下谦谦："我现在一无所有，养自己都不容易，更别说养家养小孩啦。"

谦谦嗔笑着看了他一下："现在就考虑养家啦？你准备把家安在哪里呢？"

耿至行笑着说："看你啊，你想在哪里，就在哪里。"

"哈哈，跟我有什么关系？"谦谦有些戏谑地看着耿至行。

当着这多人的面，耿至行脸更红了。

"哈哈，以后耿至行把你娶了，不就有关系了？"林蕴才打趣着说道。

耿至行赶忙附和着说："对啊，以后我娶了你，怎么没有关系？"

谦谦笑着说："谁说嫁给你啦？我什么时候同意嫁给你了？"

几个人嬉笑打闹着，火锅的热气在房间里弥漫开来，大家就着一次性的杯子，开了几瓶啤酒，开开心心地吃着火锅，怼天怼地神侃胡聊起来。

谦谦一边招呼着学长，一边夹了一块蟹肉棒给萌萌，然后吹了吹："萌萌小心点吃，别烫着。"

萌萌细细地咬着蟹肉棒，突然说道："谦谦阿姨，我爸爸妈妈过几天就要回来啦。"

"是吗？那萌萌可开心喽，马上见到爸爸妈妈了。"

"是的，爸爸妈妈说，今年要回来给我过生日。"萌萌脸上开心地泛着红光。

谦谦接着话："那你什么时候生日啊，谦谦阿姨也陪你一起过生日。"

"好啊好啊！"萌萌在床沿上开心地蹦了蹦。

虽然在期末考期间，计算机培训还是按计划轮转着，学生和老师都热情地排着时间触摸着崭新的电脑，一下一下把键盘上的英文字母敲成屏幕中的汉字。

转眼就到了萌萌的生日，几位学长开车到五十公里外的县城，买了一些彩带彩灯、几份熟食、一个蛋糕和一件大红的羽绒服。小小县城建在群山间难得的一片狭窄平地中，南北两侧都是连绵高山，岷江从中间穿流而过。

周六中午，大家来到萌萌家，这是一个建在山坡上的两间土坯房子，屋后就是近乎垂直的一面石崖，屋前是窄窄一条弯折向上的黑泥小路，房子左侧是陡斜的山坡，山坡上杂草丛生，右侧则是一小片开垦的菜地，菜地上发白的几根竹竿支撑着稀落枯黄的藤蔓。一楼东侧的房间里放着些农具桌椅，最靠里面是一张木板床。西侧一间有一个柴火灶，柴火灶的边上就是一个猪圈，猪圈里一只大白母猪吭哧吭哧地吃着猪草。

大家动手把房间清扫了一遍，把桌椅灶台都擦拭得干干净净。萌萌也拿着块小抹布，伸着通红的小手开开心心地一起忙碌着。奶奶坐在屋檐下的小凳上，一脸感激地看着进进出出的孩子们。

打扫干净后，几个男生把彩带、彩灯从屋子的当中向四周悬挂下来，简陋寒酸的房子，也就有了喜庆的样子。装点完成后，萌萌开心地蹦着跳着，陀螺般地围着谦谦打转。

下午三四点，萌萌拉着奶奶，不断地向路口张望。按之前的消息，萌萌爸妈差不多应该到家了。

谦谦满意地打量了一会儿布置一新的房子，走到屋外，和萌萌玩起了跳方块的游戏。几个男生爬到了山坡上，一掌一掌地练起降龙十八掌，随着一声"亢龙有悔"，白雪簌簌地从树顶上震落下来。

"萌萌奶奶，不好了，不好了，萌萌爸妈出事情了！"一个中年男人急匆匆地沿着小路小跑过来，一路跑一路急急地喊着。

"怎么了？"萌萌奶奶吃惊地问着。

"快和我去看看吧，出车祸了！"

几个男生从山上飞跑着下来。

来人是村里的村主任。外地打工的年轻人，和家里不方便联系的，大多托他带的消息。萌萌爸妈为了赶上萌萌生日，今年特意早点回来，托的就是他传的口信。

几个人手忙脚乱地往下走，萌萌紧紧地拉着谦谦的手，两眼满是懵懂不安的神情。

"萌萌不要去。"村主任说道。

"那谦谦陪着萌萌，我们过去看看。"耿至行拍了拍谦谦的手，说完就转身小跑着下了小路。

林蕴才启动车子，几个人在村主任的指引下，向村外开去。

约莫二十来分钟，就是泥土小路的尽头。丁字路口的一侧是一条沙石公路，公路转角处，一辆满是灰尘的警车停在路旁，一个警察正拿着相机来来回回各种角度拍照。

一辆摩托车翻倒在沟里，路面上洒着破碎的摩托车塑件碎片。一男一女两个年轻人仰躺在路面上，手脚扭曲地伸展着，脑下一摊鲜血，拖出长长的一片血痕。

边上散落着一个帆布袋，撕裂开的袋口里，几件儿童服装赫然在目。一个大大的布偶狗玩具，孤零零地跌落在一旁。

"儿啊——"萌萌奶奶一声干嚎，晕倒在了地上。

一辆救护车停了下来，车上下来几个医护人员，他们做了检查后，摇了摇头，从车上拉下了担架。

回到村里，耿至行把消息告诉了谦谦。谦谦看着萌萌，眼泪忍不住流了下来。

"阿姨你怎么了？你怎么不开心了？"萌萌好奇地问着。

谦谦紧紧地把萌萌抱在怀里："没事的，阿姨没事，萌萌也没事的。"

萌萌奶奶也被送去了医院，村里几位老成的人都前去帮忙，房子里就留下了萌萌和几个年轻人，沉默无言地黑灯坐着。

"爸爸妈妈怎么还没回来呢？"萌萌问道，几个年轻人都不知道怎么回答。

"爸爸妈妈不回来给我过生日了吗？"萌萌又怯生生地问道。

谦谦抱着萌萌，说："爸爸妈妈有点事情，要晚点回来了。"

"那他们什么时候回来给我过生日呢？"萌萌问道。

"叔叔阿姨给你过生日，好不好？"谦谦眼中泛着泪光。

"不，我想等爸爸妈妈。"萌萌摇了摇头说道。过了一会儿，又低着头轻轻地说："饿。"

"萌萌饿了吗？那萌萌吹了蜡烛，吃点东西，再等爸爸妈妈，好不好？"谦谦看着她轻轻地说。

"好吧。"萌萌点了点头。

林蕴才转身打开了灯。随同昏暗的白炽灯一并亮起的，是一条条闪烁着不同颜色的彩灯。红红绿绿的灯光下，一条条彩色的丝带，在不同光线的映照下，变换着绚丽的色彩。

耿至行来到隔壁的屋里，打开蛋糕盒，一支一支地插上了蜡烛，一支一支地点亮。烛光轻轻地摇曳着，把耿至行的背影长长地映在墙上。他默默地站了一会儿，小心翼翼地捧起蛋糕，从隔门走了出来。

他把蛋糕放在桌子上，看着谦谦，不知道说些什么。

谦谦努力地挤出一丝笑容，对萌萌说："萌萌，你许个愿，然后吹蜡烛。"

萌萌认真地把小手捧在胸前，闭上眼睛，默默地许了个愿，然后睁开眼睛，嘻嘻地笑了一下，"噗"的一声吹灭了蜡烛。

谦谦轻轻地拍起了手，唱起了《生日快乐歌》。几个同学也轻轻地附和上来，歌声有些颤抖，一双双眼睛在灯光下都泛着湿润的光芒。

萌萌在《生日快乐歌》的歌声中，满脸欢喜绽开笑容，在五彩的灯光下，显得如此无忧无虑。

与此同时，五十公里开外的县城人民医院里，一对年轻的夫妻，经过简单的擦洗，被推入了冰冷的冰柜中。

年关将近，白事不便耽搁，在村里主事人的安排下，第二天几个宗亲就在山坡上选了块地，做了简单整平，挖了个深坑。

第三天，天空阴云密布，山野白雪皑皑，一声唢呐划破天际，寒风中，一小队白衣白帽、腰缠麻绳的人群在茫茫白雪的一条小路上缓缓而行。

走在最前面的老人高举灵幡，两眼悲戚，神情木然。萌萌披麻戴孝，手捧遗照，被一个五十来岁的男子抱在身前，两眼不安，神情懵懂。后面两个本家子弟捧着骨灰盒，萌萌奶奶被两个中年妇女搀扶着，半拖半行地一步一步挪动着身体，口中似乎在哀嚎，却又听不到一丝声音，散落在帽子外面的头发杂乱苍白。

谦谦走在奶奶的身后，眼睛里看着前面小小一只的萌萌，在一大群成年人的身躯中，显得弱小可怜。后面几个男子抬着花圈，几个校友穿着深色衣服，走在最后。

到了墓地，唢呐声歇，几个中年男子铺沙沉灰，焚锡烧纸，阵阵的鞭炮声响起，在天空中化成几缕青烟，随风飘散。

炮声渐落，几个乐手放下手中的乐器，随同送殡人群鞠了三躬，不再出声。队伍沉寂返回，只听得脚底下的沉雪被踩得嘎嘎作响。

谦谦走到了萌萌的身后，一只手拉着萌萌。走到半道，萌萌抬头看着谦谦，怯怯地问道："谦谦阿姨，我爸爸妈妈这是去哪里了，什么时候回来啊？"

一行人谁都没有答话，除了必须的流程，大家都尽量回避着她。

"他们到底是怎么了嘛？"萌萌的眼里掺杂着些疑惑和恐惧，她一边说，一边回头看向山上。

"萌萌，不要回头看！"另一边的中年妇女突然叫道，声音因为焦急显得有些严厉。

萌萌小小的身躯被吓得一颤，她转头看了一眼谦谦，忽然"哇"的一声哭了出来。

"萌萌不要哭！"边上的妇人又急切地阻止起来。农村的风俗，送行的亲人不能回头，不能哭。但三岁的萌萌怎么会知道这些规矩呢？她甚至还没有享受过几天父母的宠溺，却已经迎来了生离死别。

萌萌的眼泪珠线一般落了下来，哭得更加大声了，一边哭一边抽抽搭搭地说："我爸爸妈妈到底怎么了嘛，他们什么时候回来嘛，我还给他们留着生日蛋糕啊，他们什么时候回来吃嘛……"

谦谦的眼泪也止不住流了下来，她从男子的手里接过萌萌，把她抱在怀里："萌萌不哭，萌萌别怕。"

"谦谦阿姨，可我要妈妈呀，我要妈妈。"

"谦谦阿姨就是你的妈妈，谦谦阿姨会一直陪着你。"谦谦流着眼泪，看着萌萌，使劲地点着头。

山谷寂静，两只不知名的飞鸟无声地在乌云下掠过，留下若有若无的稚嫩回音，渐次远去。

第三十七章

学生的寒假马上就要开始，校友支教成员也到了离开的日子。按原来的计划，谦谦会和耿至行先到上海，在上海一周后，再一起回老家过春节。

临行前一晚，校长安排在学校食堂里炒了几个小菜，为他们钱行。

简单的送别宴会散后，谦谦和耿至行沿着校园的小路，慢慢地散着步。

"明天我先不回去了，这个春节我想留在学校过年，你回去多陪陪我爸。"谦谦突然说道。

"难得到了春节，你不回去，你爸不会很伤心吗？"耿至行明白谦谦的心意，不过心里还是有些担心。

"我爸爸会理解的，我相信他会支持我。"谦谦在夜色中语气肯定地说。

耿至行默默地点了点头。是的，他相信谦谦的爸爸是能够理解的。就像是历史重演，他回想起二十年前那个六月的江南，正是梅雨季节，潮热的空气笼罩着整个村庄。连绵不断的雨水从房檐倾泻而下，一帘帘砸在地上，溅起一丛丛的水花。耿至行呆呆地站在檐下，不知所措地送走了最后一波来帮忙的人。

那时他才八岁。三天前，他的爸爸摸黑搭车赶路去镇上务工，没看清前方路面被一夜暴雨冲刷塌陷的大坑，一头栽了进去，脑袋撞在坑底的石头上，等天亮被人发现时，早就没了气，连医院都没送，直接抬回了家。

而一年前，他妈妈尿毒症晚期离世。前后两年，父母双亡。

尽管四周乡邻多有照顾，但也都是贫寒人家，耿至行自此过上了饥一顿饱一顿的日子，家里存的一些玉米、番薯都已经吃完，耿至行经常只能饿着肚子上学。

一天放学后，常老师叫住了他。老师一家三口居住在二十平方米的宿舍里。常老师让他写好作业，就留下他在家里吃晚饭。耿至行拘谨地在椅子上坐得上课一般笔直，不敢大口吃饭，小猫一样小口小口仔细地咀嚼着。

一个五六岁的女孩端着碗笑眯眯地望着他："爸爸说，从今天起，我们两个就是好朋友了。"小女孩一双眼睛又圆又亮，长在圆圆可爱的小脸上，笑盈盈地看着他，耿至行木讷的脸也挤出了一丝不自在的笑容。

从那以后，耿至行就在老师家吃完晚饭，写好作业，再回到一个人的家中。第二天一早过来吃早饭，中饭就在学校和同学一起吃。谦谦比耿至行小三岁，耿至行写小学作业时，谦谦也已经翻开学前画册。

耿至行上初中后，由于镇初中距离较远，耿至行就开始了住校生活，然而每到周末，都是先到老师家报到，同时担负起了给谦谦辅导作业的任务。

耿至行大四那年，谦谦也考进了浙大，两个人时隔初中、高中，又重新进入了同一个校园。

入学第一天，耿至行把谦谦宿舍安顿好后，带着谦谦参观了校园，然后来到他们的宿舍。

"这位是大才子，我们系学生会的宣传部部长，林蕴才，这位是我的……"耿至行正在犹疑该怎么介绍，他的话就被打断了。

"这就是你口中心心念念的那个小女孩了？都是大姑娘了啊。"林蕴才笑着看着他俩，然后自我介绍了一下，"我和耿至行做了三年舍友，已经听了三年你的故事了。"

"是吗？都讲了我的什么坏话？"谦谦笑着问。

"说你小时候淘气，带着他去偷黄瓜，然后被别人逮个正着，你就哇哇哭着跑了，留下他一个人。"

"哈哈哈，谁叫他这么老实，人家叫站住他就真站住了。离得那么远，要跑早跑掉了啊。"谦谦扑哧一笑说。

"还说你每学年考试先留点余地，下次多考一点点，每次都讨着要你爸的进步奖，给他当零花钱。"

"这个他也说，哼，叛徒！"

"还说什么了？"见别人停了口，谦谦自己好奇心上来了。

"还说你被大白鹅追着跑，然后鼓动他做了个绳圈，让他去逮大白鹅，结果摔了个四仰八叉，被大白鹅赶上来狠狠地啄了好几口，哈哈哈哈。"

大家开心地聊了一会儿，到了晚饭时间，三人一起去第二学生食堂，路上有同学看到耿至行和谦谦走在一起，都意味深长地笑了笑。

一个人高马大的同学拍着篮球朝这边走来，远远就叫道："耿至行，这谁啊？也不介绍一下。"

"这是我……"耿至行发现很难用一句话来介绍谦谦，老乡？同学？老师的女儿？小时候的伙伴？都不太准确。

"这是耿至行牵挂了三年的女神，明白了吗？"林蕴才看耿至行支支吾吾，抢过了话头。

"噢噢，女朋友啊，很登对啊。"篮球健将哈哈一笑，转了个花球从身边走过。

耿至行和谦谦两人都脸红到了耳根，不过谁也没有出言否认，两个人不知从什么时候开始暗暗喜欢对方，只是没有一个人开口提过，突然从一个旁人的口中说出，尽管有些戏谑调笑，不过也算正中下怀，两人也就默认了这个设定。

林蕴才父亲经商，记事起就家境殷实，他从小耳濡目染，为人就比常人热情，情商也比同龄人高出几分，同系校友上下三届都是打得上招呼的朋友。三年的舍友，再如耿至行这种大白，林蕴才自然一眼就能看出他眼中的那一层将吐未吐的意思。

一年后，耿至行和林蕴才毕业离校，而谦谦在完成四年学业后，报名去四川山区小学支教一年，计划支教结束后返回校园继续读研。

支教的环境贫穷且艰苦，谦谦却乐在其中，她喜欢这些淳朴天真的孩子，课上把书本知识讲得丰富多彩，课下总是给他们讲大山外面的事情，也经常自己掏钱买一些零食、文具分给他们。

孩子们也特别喜欢她，常常能变出些出乎意料的东西送给她，有时候是一个特别大个的土豆，有时候是一根形态奇特的树根，有时候是一块斑斓的石头，有时候是一株盛开的野花，有时候甚至是一只啾啾作响的秋虫。

休息的时候，她除了偶尔去镇上买点生活用品，大多窝在宿舍里看书或跟耿至行煲电话粥。支教前耿至行特意买了两部手机，一黑一红，一人一部，成了他们倾诉相思的红线。

林蕴才毕业后，热心于校友会事宜，建立了一个校友 QQ 群，群里人员数量庞大，谦谦便经常会发一些支教学校的情况。而这次资助计算机室的活动便是林蕴才和耿至行发起的。

临别前一天，耿至行特意到镇上取了五千元现金交给谦谦。他明白谦谦的心意，也默默接受了谦谦的安排。

相见时有多开心，离别时就有多伤情。谦谦抿着嘴，一句话也不说，眼泪憋在眼眶里直打转，她紧紧地抱着耿至行，舍不得松手。

耿至行抱着她，在她耳边说："半年的时间也很快的，我好好在上海打拼，你支教回来把研究生读完。这三年我一定能把各种条件准备好，等你毕了业就把你娶回家。"

在谦谦泪眼婆娑中，林蕴才发动车子，卷起一片尘土，向外驶去。

耿至行工作努力，省吃俭用，把工资一部分寄给了支教中的谦谦，另一部分抠搜地积攒着。等七月份谦谦支教结束，他要带她在上海尽情地玩上几天。

两个人交往这么久，除了读书时候在近郊逛逛公园，还没有一次像样的旅行。他无时无刻不在期待着七月的到来。

新的学期开始后，耿至行又趁周末去了一趟毓秀小学。日子在平淡又甜蜜的思念中，日复一日地过去。这是一个平凡的中午，耿至行一边吃着食堂里简单的饭菜，一边照例趁午休时间在 QQ 里给谦谦发了几条信息。谦谦开心地告诉他，班里的同学在校运动会上拿了好几个名次，她要自己花钱买些奖品，好好奖励一下他们。耿至行说自己工作进步挺大，老板又给他涨了薪水。两个人互相鼓励，互相嘱咐，每天空闲的时候，QQ 响起的嘀嘀声，是他们听到的最动听的声音。

回到工位上，突然间，耿至行感觉楼板摇晃了一下，他有些犹疑，不过一小会儿就平静下来了，大家都没有动静，他也就没有太多留意。然而，没过多久，校友群里的消息转了过来：

新华网发布快讯：据中国国家地震台网测定，北京时间 2008 年 5 月 12 日 14 时 28 分，在四川省汶川县发生 7.8 级地震。

校友群迅速统计公布了震区的校友名单。在震区支教的同学共有两名，毓秀小学一名，青溪小学一名。

群里不断传来焦急地打听灾区同学的消息，不断地发出祈祷平安的祝愿。然而校友的消息始终无人回复。

地震相关的消息不断地被转了过来：

"15 时 30 分，四川省委书记及十二支医疗队已经赶赴灾区一线，成都军区和武警部队派出第一批救援人员前往灾区，协助抗震救灾。"

"15 时 50 分，新华网发布消息，总参谋部立即启动应急预案，迅速指示成都军区所属部队，协助地方政府查明震情，按照应急预案做好抢险救灾准备，随时准备投入抢险救灾。"

"15 时 55 分，新华网发布消息，四川汶川发生地震后，胡锦涛总书记立即作出重要指示，要求尽快抢救伤员，保证灾区人民生命安全。温家宝总理正赶赴灾区指导救灾工作。"

"16 时，中国地震局召开新闻发布会通报情况。中国地震局已启动一级预案，一支 180 人的救援队准备开往灾区。"

"16 时，民政部已从西安中央救灾物资储备库紧急调拨5000 顶救灾帐篷支援四川灾区。"

"16 时 20 分，新华网从成都发回消息，地震震中汶川县的电话联系中断。"

"16 时 28 分，成都空军两架直升机起飞，赴汶川震中灾区了解灾情。"

"16 时 40 分许，温家宝总理登上飞机赶赴一线指挥救灾。飞机起飞后，温家宝总理在专机上主持召开紧急会议部署工作。"

在密集的新闻消息中，全国人民都把眼睛盯住那个之前少有听说的地方。

五月的上海天气并不炎热，耿至行的汗水却细细密密地冒了出来，他拿着手机的手不断地颤抖着，手心里已是湿汗涔涔，他一遍一遍拨打着电话，发出短信，发出 QQ 信息。

除了"您所拨打的用户不在服务区"，所有信息便如石沉大海。

群里的校友已经在组建志愿救援队，各自在通报能贡献的物资力量。

"西子救援队，提供挖土车五辆，提供运输车十辆。救援队员八名已报名参与救援。"

"刘建章，提供越野车两辆。"

"李化平，提供帐篷两百顶，后续可继续追加。"

"钱燕燕，提供方便食品两百箱，矿泉水两百箱。"

"成都校友会正在抓紧与现场救灾指挥中心联系，帮助大家尽快参与协助救灾活动。"

"现场救灾志愿人员报名接龙，请参加过救灾培训的校友尽量报名：1 李思明，2 张恩加，3 方爱华，4……"

报名接龙很快就达到了三十多名。林蕴才和耿至行都报了名，随后群里发出通知：

"报名人员自行通过各种途径，到成都集合，成都校友会已经做好接待安排，联系方式附后。"

"成都校友会已经着手为大家进入灾区准备相关安全防护用品及救灾基本工具，请大家群策群力，贡献所有力量。"

行动疾风般运行起来，由于成都机场临时关闭，上海的救援人员乘飞机到了重庆，然后从重庆驾车直奔成都。

到了成都，校友会已经准备了八辆越野车和二十辆装满物资的货车，然而震区的道路完全毁坏，大家只能焦急地等待着道路清障消息。

群里的消息也不间断地转来：

"截至 12 日 24 时，已有近 2 万名解放军和武警官兵到达灾区开展救援。另有 24 000 名官兵紧急空运到重灾区，还有 1 万名官兵通过铁路输送前往灾区。"

"截至 13 日 16 时，四川省政府初步统计，地震中遇难人数已超过 12 000 人，受伤人数 26 206，被埋 9404 人，倒塌和损坏房屋 346 万间。"

"截至 13 日 17 时，全军和武警部队已紧急出动兵力近 5

万人，共搜救、挖掘被压埋群众，抢救伤员 4130 名，转移疏散群众 3 万余人。"

"21 时 39 分，新华网消息，13 日全军出动直升机 18 架，飞行 28 架次，向绵阳、绵竹、彭州市等地区空投食品等物资 12.5 吨。空军部队十五名战士冒着生命危险盲跳进入震区勘察震区情况。"

"23 时 15 分，武警驻川某师 200 人由理县强行军 90 公里到达汶川县城，在县城和龙溪乡展开救援。部队报告，县城房屋损失严重，已证实有 500 人死亡。附近龙溪乡、映秀镇灾情比县城严重。武警四川森林总队阿坝支队 100 名官兵随后到达。"

震区的照片也陆续发了上来，房屋倒塌，瓦砾遍地。一个个挖好的土坑密密麻麻，一个个成排的书包无人认领，触目惊心的现场让大家揪心不已。

震区的通信已经得到部分恢复。

群里传来第一个好消息："青溪小学支教同学已经取得联系，平安！"

群里一阵欢呼声。

"毓秀小学支教同学尚未取得联系，让大家一起为她祈祷，祝她平安！"

耿至行时不时地盯着手机，他期盼着，期待着，然而始终没有谦谦的消息。

时间在无比的煎熬中度过，校友会已经开始组织向绵竹等地输送食品和饮用水，然而毓秀镇的交通依然没有打通。

直到 14 日早上 9 时，经过救灾部队不间断奋斗，通往毓秀镇的道路终于打通。

放行杆刚一抬起，早已等候多时的部队救援车辆、武警救援车辆、医疗救援车辆、红十字会救援车辆、社会救援车辆纷纷驶入高低不平、坑坑洼洼的道路，在崎岖山路里犹如一条没有尽头的生命之桥，连绵不绝。

学校附近塌方的路还没有修好，车子不能到达。午后时分，校友会一行人扛着工具徒步前行。一路上，曾经山清水秀的小镇，此时满目疮痍，一片狼藉，到处都是泥石流留下的泥石土块，沿途是经历过生离死别的灾民。岷江的水浑浊汹涌，咆哮嘶吼着向下游冲去。

本应该窗明几净、书声琅琅的校园，此时却是一片断壁残垣，死一般的沉寂。

军队官兵、当地村民、社会力量一团一团地散落在各处，不时传来搜救犬的叫声，官兵行动的指令声，村民帮忙的呼叫声，夹杂着撕心裂肺的哭喊声。过一段时间就会有一个人被轻轻地抬出来，受伤的都被紧急送到了医疗站进行救助。而一些已经失去呼吸的瘦小身躯，就静静地躺在操场上。

志愿救援队迅速投入到抢救行动当中。

耿至行加入了一个消防官兵的救援队伍中，他们正在清理一堆碎石。

经过一个多小时的清理，消防官兵架起了千斤顶，一点一点把预制板顶了起来。

一个消防战士爬入刚顶升出来的狭窄的缝隙中，努力地控着身子。

"还不行，还差一点，够不着。"消防战士退了出来。

耿至行和另外一个消防战士找到预制板的另一边，耿至行拿起撬棒，伸进缝隙，努力地撬起一角。

消防战士伸进一个压力气囊，把预制板顶了起来。另一头，消防战士找了一块垫石，重新把千斤顶架起，继续往上顶升。

不远处，搜救犬在一个缝隙里汪汪地叫了起来。远处传来急切的叫喊："快来帮忙，下面还压着一个人。"

　　远处的几个消防战士迅速朝那个方向聚集过去。

　　耿至行和一个消防战士护着预制板的一侧，另一个消防战士再次挤进顶出的缝隙，把身体努力地往里伸展着。

　　"拉到了！"只听到一个声音，大家拉住消防战士的腿，一起往外拉。

　　一个十来岁满脸灰尘的男孩终于被拉出了地面。消防战士迅速用布蒙住他的眼睛，简单检查了一下身体状况，把他抬上担架。

　　那男孩张着嘴，想说什么，却说不出声音。一个消防战士俯身下去："你想说什么？"

　　那个男孩张了张嘴，依旧发不出声音。过了一会儿，只见他努力地抬起手，做出了一个敬礼的姿势。

　　男孩被几个志愿者抬着往下走，耿至行和消防战士迅速转移到被搜救犬新找到的救援地点。

　　几块横七竖八的预制板下，隐约看到一个人披散着长发，被压在下面，一个女记者跪在地上，把面孔贴紧地面，手里拿着一盒插着吸管的牛奶，努力地伸到里面。

　　另外几个消防战士抬着千斤顶也正赶往这边过来。

　　"先救学生……"里面传来有气无力的声音。

　　"学生都已经救出来了，你要坚持！"那个陪伴的记者鼓励着她。

　　耿至行听到声音，顿时悲喜交集，趴下身体，大身地叫道："谦谦，是你吗？！"

　　"行哥哥，你来了。"里面的声音有些虚弱，但听上去还算正常。

　　"我来了，你放心！很多消防战士也来了，我们来救你了！"

　　"我能坚持，先救学生。"废墟下传来低低的声音。

　　"学生都已经安排有人在抢救的，你坚持住！"

耿至行来不及悲伤，一边说话，一边手脚不停地和前期救援的消防战士一道，搬运清理几大块预制板周边的碎石杂物。纱布手套很快就磨出了破洞，耿至行全然不顾地拼命在夹缝里挖刨着。

过了一个小时。大家清理出了安置器材的空间。消防战士架好千斤顶，把压在最上面的预制板顶高了一部分，然而由于预制板中段在地震时受损，经千斤顶抬升后，受损处被顶开一条裂缝，只剩钢筋还连接着，另外大半截被一堆砖块压着，纹丝不动，需要移位重新顶。

消防战士重新做了现场检查，大家把另外半截预制板上方的所有砖块、木条、窗框清理干净，时间又过去了一个小时，天已经黑透了，消防员扩开裂缝，用液压钳把钢筋剪断，把外面断裂的一端移除，终于把千斤顶重新移位架好，一下一下地按压着油缸，把压在头上的预制板顶了起来。

"好了，大家小心！"一个消防战士钻到顶起的预制板下，整个人趴在地上，用双手伸到谦谦的两个胳膊下面，努力地往外拉。

过了一会儿，消防战士说："不行，拉不动。"他又加了些力气，"好像还有东西压着。"

"啊——"谦谦痛苦地呻吟了一声，"腰上有东西顶着我。"

几个消防战士仔细地查看了情况，有几块半截大的水泥块横在当中，看着似乎是空的，判断伤员身体底下有东西顶着，把伤员卡在当中。

"还需要气垫千斤顶和两个加长杠杆的千斤顶。"年轻的班长说着，声音有些沙哑，"你们四个，抓紧去调两台长杠杆千斤顶，再调两个气垫千斤顶。"

四位消防战士应声转身离开。

"你们陪着她说话，不要让她睡着了，我们等工具到了马上回来！"消防战士吩咐后，先赶到其他地方帮忙救援，只留下耿至行和记者陪同着。

"谦谦，我在陪着你呢，你要坚持啊！"

"我会坚持的，我还要把支教的课程给孩子们讲完呢。"谦谦声音虚弱，但口齿还算清晰。

"对的，对的，你还要上完课，还要到上海玩，还要读研究生，你还有好多事情等着去做呢。"耿至行趴在地上，看着压在缝隙里的谦谦说。

谦谦没有回答。

"谦谦，你不急，我在这里，你别睡着，你和我说话。"里面没了声音，耿至行焦急地呼唤着。

"谦谦，我在这里，我在这里陪你呢。"耿至行不断地重复着，"我会一直一直都陪着你的，无论你在哪里。"

"你不要着急，谦谦，你要坚持！"

"我不急的，我好好的，行哥哥。"安静了好一会儿，谦谦虚弱的声音响起。

"谦谦，你一定要好好的！"耿至行听到声音，心里一块大石头落了地，紧张的心情稍稍放松了一点，他急切地安慰着，"你一定会把学生的课程都上完的。"

"是的，你知道吗？孩子们都很喜欢我给他们上课的。"谦谦虚弱地说。

"我知道的，你给他们买课外书，还自己动手做奖品，我看了都喜欢呢。"

"我也很喜欢给他们上课的，我们班上的小孩子都好可爱的，前两天，他们还送给我一个大冬瓜，两个人才扛得动，切成两半都可以当小船了。"谦谦声音里似乎还带着点笑意。

"这么大，那都够吃一个月了。谦谦，你坚持住，待会儿我去找出来，明天给你煮冬瓜汤喝。"

"傻，我早给食堂了。"谦谦接着轻轻地说道，"行哥哥，你来就好了，有你在，我肯定能坚持的。你知道吗？昨天晚上，昨天晚上真的好冷好冷，我真的差一点坚持不住了。"

"嗯嗯，我会一直陪着你的，我会一直都在的！"耿至行急切地说道。

过了一会儿，谦谦又一句一顿地说：

"在最冷最冷的时候，我想，我不能丢下学生的，我要坚持住。

"还有，我也不能丢下萌萌，我答应过她，不会丢下她，我要坚持住。

"我也不能丢下爸爸妈妈啊，我也要坚持。"

耿至行也一句一句地回应她："对的，你怎么能丢下他们呢？

"学生等着你上课。

"萌萌盼着你给她过下一个生日呢。

"爸爸妈妈等着你放假回家呢。

"我还等着你去上海玩呢。"

谦谦没有回答，过了十来分钟，谦谦又开口说："行哥哥，你知道吗？在冻得不行的时候，我在想，我更不能丢下你啊。

"你太可怜了，七岁没了妈妈，八岁没了爸爸，那么小，就孤零零一个人。"

耿至行一时哽咽，说不出话来。

"小时候……你晚上一个人回家……一个人……睡在那个破破旧旧的房子……漏风又漏雨……我就觉得……你好孤单，好可怜。"

耿至行忍着心酸，说："是的啊，只有你从小一直陪着我。"

"可我，还老是欺负你呢……你却从来不会生气。"谦谦语气里似乎还有些开心。

"我不生气啊，你开心，我就是天底下最开心的人。"

"所以，昨天晚上，在最冷的时候……我就在想……我一定要为你坚持。

"不能再把你，一个人，孤零零地，丢在这个世界上了。"

又过了一个小时，力臂更长的一个千斤顶终于被搬运上来，七八个消防战士瞬间围了过来，大家紧张又有条不紊地在两侧架起工具，撑好杠杆，放置好气垫，迅速接好高压空气输气管，在班长的指挥下，所有工具协调动作，一点一点地把压在谦谦身上的大预制板连同几块水泥块顶了上来。

在凉气森森的西南山区，耿至行的汗水渗了出来，磨破的指尖，也渗出滴滴鲜血。

八点二十分，消防战士把谦谦从一大堆预制板及水泥石块中拉了出来。

"好了，好了！救出来了！"一阵欢呼声。

大家把谦谦抬上担架。

"经过五个多小时的营救，谦谦老师终于被成功地救援了，我们衷心地祝愿她完成她的支教工作，完成她的研究生学业，也祝愿她上海之行早日成行！"女记者兴奋地开始播报。

"谦谦，你感觉怎么样？"耿至行急切地问道，两只手紧紧地握住谦谦的手。

谦谦紧闭的眼睛睁开了一下，耿至行把脸贴近谦谦沾着泥土、头发杂乱的脸庞。

"你感觉怎么样？要坚持住啊！"

"我觉得好痛，行哥哥，我好痛……"谦谦痛苦的声音轻微地在耿至行耳边响起。

一位五十来岁的军医简单检查了一下，示意几个消防战士一起往下抬。

废墟高低坑洼，破烂的圆木，断裂口如同散乱的尖刺；残破的栏杆，一段一段扭曲撕裂着；零落变形的窗户，残留着一些玻璃碎片；断成几截的预制板，东翘西拱地堆着，中间的钢筋或断或连地裸露在外面。

一块一块杂乱无章的墙体，或成片或分散地斜横在地上，斑斑驳驳的瓦片，四处散落，堆成一座建筑垃圾的小山。即便是空着双手，行走都极为困难。

战士们深一脚浅一脚地抬着。

记者依旧兴奋地播报着："这一位老师，经过了五十多个小时的重压，经历了消防战士齐心协力的援救，终于获得了抢救。这是我们今天迎来的又一个好消息，我们相信她一定能把这一份坚韧坚毅，传递给每一位学生！"

"谦谦，谦谦，和我说话，和我说话！"

"……"谦谦轻轻地张着嘴唇，但听不到一丝声音。

"谦谦老师！谦谦老师！"救援战士也一声声地叫道，"你要坚持住啊！你不能辜负我们这么辛苦地救你啊！"

谦谦双唇轻轻微地张开了一下。

"谢谢。"谦谦的嘴唇里吐出一丝声音。

"谦谦，你看！满天的星星，都是小时候的样子呢，你睁开眼睛看看啊！"

"行哥哥……"谦谦轻轻地叫着。

"我在！谦谦，我在！你要坚持住，我还等你一起去看东方明珠呢！"

"行哥哥……"谦谦停顿了一会儿，似乎在积攒全身的力气。

耿至行把耳朵贴到她的嘴边。

谦谦极度微弱的声音断断续续地传来：

"如果我……能……活下去……

"……你就……娶我吧……"

"好的，我一定娶你！我们一生一世，永远都不分开！"

谦谦的嘴唇张开了一下，似乎想说什么，却什么也没说出来。握在耿至行手中的冰凉的小手，轻轻地松开了。

"谦谦？谦谦！"耿至行撕心裂肺地叫着。

"谦谦老师？谦谦老师！"女记者也紧张地叫着。

那军医头发花白，面目谦和，此刻却眉间紧蹙，他紧急地叫战士放低担架。

"大家用力抬住！"医生叫道，然后站在担架边，踩在一堆乱石上，一边按压心脏，一边做人工呼吸。

大家沉寂地围成一圈，几个消防战士双手青筋突出，努力地抬住担架，所有的眼睛盯着医生一下一下地按压着谦谦的胸膛，然后又一下一下地往她的嘴里呼气。

整个世界似乎只剩下那个按压的节奏，一下，一下，一下。

医生尽力地按压着，整个担架都被一下一下按沉下去。

"给我抬紧了！"军医大声斥责。

班长猛地跪到地上，把肩膀伸到担架扶手下面。"用肩扛！"随着一声令下，其他几个救援战士瞬间齐齐跪到地上，用膝盖死死地顶住震后坑洼不平的地面，用肩膀牢牢地扛住整个担架。

军医伸直身体，用力地按压着谦谦的胸口。地下是杂乱不平的碎石钢筋，一个消防战士的膝盖上慢慢渗出血来。

十来分钟后，军医停下了动作，他默默站在担架旁，一言不发。所有的人似乎都屏住了呼吸，没有一丝声音，也没有一个动作。

沉默了一分钟，他抬起头来，对救援战士说："抬下去吧，抓紧抢救其他被困人员。"

几个救援战士站起身来，在成堆的乱石残渣中，大家依然尽力地维持着担架的平稳，似乎怕惊醒担架上睡着的女孩。

大地寂静无声，远处轰隆隆的机器的声音，似乎来自另外一个世界。

谦谦满是灰尘的脸庞，沉静得像一尊洁白无瑕的雕塑。

耿至行的天瞬间塌了。

随后几天，参加救援的设备和人员渐渐多了起来，耿至行也从一个外号叫"小土豆"的学生和当地村民口中，还原了地震当时的情景。

五月十二日，两点十分，学校的上课铃响了。同学们大多已经安静地坐在课桌前，只剩下小土豆和两个调皮的男生还在扔着一个纸飞机。谦谦走进教室，抬头指了指挂在墙上的钟表，说道："小土豆！看看现在几点了？"

几个同学哈哈笑了起来，小土豆跟着抬眼看去，那个石英钟的秒针像是着了魔一般频繁地抖动着，一会儿往前走几步，一会儿又突然后退了几步。

小土豆哈哈笑着说："谦谦老师，看来这个挂钟不让我们上课啊。"

"大家安静，今天我们上的课文是第十课《富饶的西沙群岛》，我先把课文给大家朗读一遍。"谦谦翻开课本，声情并茂地朗读起来：

"西沙群岛是南海上的一群岛屿，是我国的海防前哨。那里风景优美，物产丰富，是个可爱的地方……"

窗外突然传来了轰隆隆的声音，好像是巨大的挖土机靠近驶来。谦谦老师提高音量，大声地朗读着："西沙群岛一带海水五光十色，瑰丽无比……"

巨大的噪声已经掩盖了谦谦老师的声音。她停下了朗读，有些疑惑地向门外张望了一下。

突然间，脚下的地板微微颤动起来，谦谦老师猛然紧张地大喊了一声——"地震了！快跑！"

大家刚站起身来，楼板开始剧烈震动，桌椅被摇晃得东倒西歪，好几个同学跌到了地上。谦谦老师一边叫着"大家小心！"一边跌跌撞撞地冲到教室当中一手一个地去扶起学生，这边还没扶完，教室门口传过来"啊"的一声，只见那门洞上的横梁连同砖头落了下来，砖头砸中了一个同学，一大堆掉落在门口，而水泥横梁一高一低地挂在半空，斜挡住了出路，一个同学一脸尘土，正被卡在当中。

谦谦老师急忙转身冲到门口，只见她拼命用双手抬起横梁，那个同学爬出去后，后面同学只能弯着腰从一堆砖块和斜撑着的横梁当中爬出去，速度顿时慢了下来。谦谦老师尽力压低身子，钻到横梁的下面，然后躬起身子，用身体顶住身后门框，双手撑住前面的门框，"啊啊"地叫了两声，努力地把横梁扛了起来。她躬着身体，用大半个背部扛着横梁，把身体拱成一个三角形，奋力地支撑着身上的重量，叫喊着："大家快跑！"学生们一个一个从她的身下连爬带跑地冲出教室。

小土豆刚冲下楼梯，身后突然传来阵阵轰隆隆的声音，他边跑边回头看去，只见整个大楼周边冒出一团巨大的粉尘，两层高的楼层，一下子垮得只剩下半层楼高，浓重的白烟完全遮住了教学楼周边。

那个用柔弱身躯支撑出最有力的三角形，来撑住沉重横梁的谦谦老师，也完全淹没在了白色烟尘之中。

摔碎的钟表永远定格在两点二十八分。

在一片混乱中，地面渐渐平静下来，操场上散落着灰头土脸的人。有的捂着流血的伤口，有的拖着折断的双腿，有的抱着晕倒的同学……附近幸存的村民纷纷赶来，而幸运脱身的老师，也开始冲向废墟之中，用血肉之躯开始救援行动。

天渐渐地暗了，随即又下起了大雨，雨水卷裹着泥石，从山上倾泻而下。电力、通信全部中断，道路、桥梁全部震毁，抬眼望去，只有漫无边际的黑暗。

这里成了与外界完全隔绝的孤岛。

没有工具，没有器械，大家拼了命地用双手一块块搬动着碎石杂物，用木棒一块一块地翘动水泥板，用肩膀一个一个地扛起受伤学生。

大家已经拼尽全力，然而靠着裸露的双手，简陋的工具，依然只能眼睁睁地看着一些受困的学生被压在石头下面，压在水泥板下面，压在倒塌的墙体下面。看着那露出外面求救的双手，渐渐失去动作，听着废墟底下求救的声音，渐次虚弱，直到湮灭在沉沉黑暗之中。

谦谦努力地支撑着，在她的愿望清单中，有学业的计划等着她去完成，有生活的梦想等着她去践行，有至亲的家人等着她去关怀，有亲密的爱人等着她长相厮守。

她用尽全力地坚持着。

她等到了救援战士，她等到了亲密恋人，她等到了脱离重压后的那一刻。

但她最终没有等到清晨东方亮起的第一缕晨曦。

从她扛起横梁开始，到大楼轰然塌下，在她的全力支撑下，有十四个同学顺利冲出了教室，绝处逃生。

夏菡默默地盯着电脑屏幕。

照片中，那个秀发披肩的圆脸女孩明媚灿烂。

第三十八章

　　随着金融反腐的深入，扫黑除恶专项行动也在全国以雷霆万钧之势展开，一个个涉黑团伙纷纷落入法网。

　　一个夏日午后，某看守所，一个戴着口罩的男子和一个短发女孩等候在会见室里。

　　虽然口罩已经遮住了大半张脸，但左侧眉梢以下的皮肤，依然可以看到一片暗红的疤痕。这是烧伤留下的痕迹。在大火蔓延开来的危急时刻，陈嘉会奋力推开车门，拖着骨折的左腿滚出车外。当姜茗找到他时，他刚被送进急诊门口。在姜茗的快速协调下，一辆满载救护设施的急救车，连夜将他送回上海。

　　来人正是陈嘉会和姜茗。

　　铁门打开，戴着手铐、脚镣的苗勇强在两个警察的押解下，走进了会见室。

　　苗勇强看到陈嘉会，阴沉着脸，低下头，一声不吭。

　　陈嘉会寒暄了几句，说道："前几天方晴去看了你妈妈和你妹妹，她们还都挺好的，你不必太牵挂。"

　　苗勇强依旧低着头。

　　"妈妈和妹妹都希望你好好配合审查，争取立功表现。

　　"方晴也带了口信给你，她说她会帮你照顾妹妹，有时间也会来看你。"

苗勇强双手捂着脸，垂着头说了声："对不起。"

陈嘉会没有说话，静静地看着低着头、身体轻微颤抖着的苗勇强。

过了一会儿，苗勇强稍稍平复了一下情绪，说道："我早就料到有这一天。该说的，我已经全部都交代清楚了，你们还想了解什么？"

陈嘉会说道："侦讯的警官介绍过你的情况了。你很配合，也很主动。我们不是刑侦部门，来看你，当然不是针对犯罪事实。"

姜茗接过话头："我们来看你，是想听听你自己的说法。作为曾经的被害者家属，为什么会成为犯罪团伙的帮凶？走到这一步，你是怎么想的？"

苗勇强低下头，沉默了一会儿，闷着声说道："我父亲死后两个月，公安局里连个凶手的身份都没查清楚。那么多人看着，都给不出一个结果。我妈妈整天只知道哭，家里就剩我一个男人，我隔三岔五就去公安局打听情况。有两次我从公安局回来，半路被人找碴，把我狠狠打一顿，有一次把我的手都打断了。我心里清楚得很，他们是什么来头，可是我人单势弱，一点办法也没有。

"我越想越气，越想越恨，我就不相信这个世界没有说理的地方。从医院出来后没几天，手上的伤还没好透，我打着绷带就到火车站，我就不信市公安局不管，省公安局也不管。但是没想到，票子买好还没半个小时，在候车室里又被几个混混盯上了，他们故意栽赃说我偷了东西。你说可笑不可笑，我一只手打着绷带，另一只手去偷东西？这也会有人信？但是事情就是这么不可思议，派出所的人还就是信，没办法，最后被一起传唤到派出所录口供。虽然并没有围墙围着我，但我发现，我竟然连这个小地方都走不出去。我像是被困在监狱里一样，就是个没有镣铐的囚犯。

"后来，我妈妈也转变了态度，一再苦苦哀求，让我不要折腾了。我好几次看到她的半边脸都是肿的，问她，她什么也不肯说。问妹妹，妹妹也不肯说，只是眼里全都是恐惧。有一天半夜，她突然惊醒，哇哇地大哭。我在隔壁听得清清楚楚。过去问她，她只是抱着被子瑟瑟发抖地说，我好怕，我好怕。

"那一晚，我妈整晚都抱着妹妹不敢放手，我就坐在妹妹床边，坐了一个通宵。

"回到房间，我刚在床上躺下，妈妈过来找我，她突然'扑通'一下跪在床前，眼泪鼻涕流了一脸。她哭着说：'勇强，妈妈求你了，别再找事了，家里已经死了一个人了，我们家千万不能再出事情了，再出事，我怕你和妹妹都保不住啊。'

"我看到她的眼睛，我一辈子都忘不了那种充满泪水的绝望的眼神。我赶忙起来扶她，我妈说，如果我不答应，她就不起来。

"如果我连这个地方都走不出去，我又有什么可能为我父亲伸冤，我又有什么能力保护我妈妈和我妹妹？看到妈妈跪在我面前，我真的感觉万分绝望！我流着眼泪答应了妈妈的哀求。

"后来他们把妹妹安置在红珊瑚KTV，把我安排到恒隆休闲会所，给的工资是比一般职工高一些。说是照顾，其实一方面是安抚我们，另外一方面就是盯紧我们。

"东庆市出的事情，可不是一件两件，也不是小打小闹。偶尔有过一两个举报的，下场都很惨。我很想做一个勇敢的人，这也是我爸爸给我起这个名字的期望吧，可我实在是无能为力啊。在他们面前，我觉得自己连一只鸡、一只狗都不如。鸡还能飞出篱笆，狗急了还能跳墙，我能蹦跶到哪里去？我算什么？在他们眼里，我就是一只跳蚤，一只随时可以摁死的跳蚤。"

"我们报社的记者，他来找过你，你应该还记得吧？"陈嘉会问道,"他的名字叫武初阳。"

"怎么能不记得?那天,姓武的记者不知道通过什么途径找到我,我心里又重新燃起了希望,我们本地已经被他们摆平了,但他们的势力,不可能摆平北京、上海吧?只要把这个事情捅出去,也许媒体一报道,我父亲的血债,就有讨还的可能。所以我就把我父亲的事情,一五一十地都告诉了他。

"武记者特别气愤,也很同情我们。他让我写一份材料给他,然后把我父亲的病历、化验报告都给他,他说他一定要把这个事情报道出来。

"然而,我刚把资料给他,不知道怎么就被安保公司的人知道了。他们把我和妹妹都抓了起来,当着我的面,狠狠地扇我妹妹的耳光,我也被他们踢了几脚。他们警告说,如果我再不听话,搞什么动静的话,一定让我妹妹死无全尸。

"我爸爸已经没有了,妈妈现在每天都是担惊受怕。我心里其实也很害怕。我不怕自己有什么,大不了一个死!我最怕的是我妹妹出什么事情。

"那天安保公司的人抓住我,让我约这个记者好好谈一谈,让我告诉他,真实情况是村民矛盾引发斗殴互伤,和拆迁没有关系。我之前跟他说的,是为了多要些赔偿捏造的。要我明确地给他表明态度,当地已经解决好了,我不想再追究这个事情了。如果他再去报道,我们都会涉及造谣诽谤,到时候谁也脱不了干系。

"他们让我一定要阻止武记者报道这个事情。我就按照他们的要求,把他约到了指定的茶楼。我把他们要我说的话,从头到尾说了一遍。但是武记者坚决不同意。他大概看出来我受到了威胁。他说,如果我们每个人都对恶行袖手旁观,那么下次还会有另外一个人死于非命。他一定要把这个事情调查清楚,发出报道。

"我知道,安保公司的人就坐在隔壁。所以我就再三地把他们让我说的话，大声地强调了几遍，可是武记者越来越愤慨，也提高了嗓门，把我批了一通。我当时想，该说的我都说了，他们在隔壁也能听到，我也无能为力。再有什么，也怪不到我头上。

"我当时只有一个念头，无论如何，我不能让妹妹再出事了。

"没想到，当天晚上，武记者就出了车祸。"

"你知道他们谋害小武的计划吗？"姜茗插嘴问道。

"这个我是万万没有想到的。我没有想到他们劝说不成，就直接下黑手，否则我一定会提醒武记者。但是，我估计提醒了也没什么用。我现在算是知道了，他们做事情，不会是简单的行动，都是做好方案计划，环环相扣的。"

"环环相扣？"陈嘉会疑惑地问道。

"是的。后来，我也是训练对象，知道他们的手段。那一天，他们先是动了车子的刹车，然后在出门另一个方向设置了路障，又把路口的防撞墩和钢筋做了手脚，还派了一辆土方车跟在他车子的后面，如果刹车正常，土方车也会把小车撞到江里。

"可以说，他只要坚持报道东庆的凶杀案，他就没有逃生的机会。"

陈嘉会和姜茗互相看了一眼，神情惊诧。

"知道武记者出车祸后，我心里也猜到两三分。从那天起，我就彻底绝望了，也完全放弃了。上海来的记者，他们都敢下狠手。我还敢再做什么申冤的梦吗？

"从那以后，我的心态变得越来越恶劣，有一次，休闲会所来了几个杂皮闹事。本来和我也没什么关系，我在边上看着，突然之间无来由地一股恶意涌上心头，就不顾一切地冲上去，拼了命地跟他们打了起来，恨不得把他们几个都打死打残！下手越狠我心里越解气，我根本不管自己会不会被他们伤到。那一刻，我感觉心里有一股强力的恶气在释放。我完全不管对方是谁，和我有什么关系，我就想狠狠地打人，打死对方最好！

"再后来，安保公司的一个小头头找我，我毫不犹豫地就跟他走了。每次出事情，我都是冲在最前面、下手最狠的一个。

"一开始，我妈妈和妹妹劝我，我心里有点动摇。但是，当看到越来越多的人对着我谄笑奉承，殷勤献媚，当看到他们在我面前的那种恐惧胆战，我突然有一种前所未有的快感，原来我也可以让别人恐惧，让别人低眉顺眼，让别人退让三分。

"我觉得完全释放了心里长久压抑的憋屈，每次教训别人，我心里只有肆意的狂傲、泄愤的快感。

"我感觉心里有一个恶魔被释放了。

"有一次，也不知道是谁得罪了老板，安保老大要派几个人做了他。我毫不犹豫地要求执行行动。头头选了三个人，在水云间茶楼，三个人一人一枪，把那个人杀了。

"这就是我们三个的投名状吧。从那个事情后，我们三个都成了小队长，集团里最保密、最重要的事情，基本上就是我们去摆平。

"每次出任务，我都特别兴奋，我不知道自己要发泄多大的怒气，才能让自己停下手来。

"后面的事情，你们也都知道了。"

两个武警进来，把苗勇强押解出了房间，陈嘉会和姜茗看着苗勇强瘦弱萎靡的背影，想象他挥着刀棍张牙舞爪的凶猛，百感交集。

"其实，我可以更快一些的。"走到门口的苗勇强突然停了一下脚步，冒出一句话，然后走了出去。

陈嘉会愣了一下，脑子里闪过那个划出弧线的烟头。

第三十九章

一年后，四月。

波士顿机场起飞的航班缓慢降落在浦东机场，夏菡在美国的工作期满，带着儿子和母亲回到上海。林蕴才的资产被清查之前，夏菡就搬离了波士顿多诺万海滩的房子，另租了一套公寓。当年林蕴才买的家具，夏菡一件都没有带走。

工作手续办好后，退掉了公寓，简单整理了行李，公寓里干净得冷清。美国的两年，仿佛没有留下多少痕迹，却又发生了如此巨大的变化。

回到公司，夏菡升职了部门总监，身边的同事换了好几个陌生面孔，工作较之前也忙碌了些，繁忙之余，大多的时间都是陪着小孩，偶尔的闲暇也就是去一下健身房。

多年保持健身习惯的夏菡依然是苗条纤细的身材，当了妈妈后，眉宇之间更多了一份雍容的光泽。

周末，程茵茵约了夏菡在大楼里见面。两人先在健身房骑了会儿自行车，又到泳池游了半个小时。

"吃不消了，休息一会儿。"程茵茵嚷嚷着走出泳池，两人要了两杯矿泉水，在休息区的椅子上稍作休息。

"夏总，看你这个身材，前凸后翘，腰细得一只手都握得过来，皮肤嘛，白净细腻得景德镇出产一样，看着比小姑娘的时候还要诱人，我都想咬一口！如果我是男人，看到你我就不知道自己姓什么了。"程茵茵的樱桃小口似乎是《植物大战僵尸》里的超能双管豌豆，"噗噗"地向外吐出一连串的连珠炮豌豆子。

"瞧你这个嘴巴说的，你才是好身材呢。两只大白兔晃得我眼睛都要瞎了。我可不像你啊，还是单身贵族自由自在，时间都花在自己身上，把自己腌成海蓝之谜了。"夏菡笑道。

"还单身贵族，我怕我都要熬成单身女王了，身边就差一个白头发的公爵伯伯了。"

两人喝了口水，程茵茵压低声音问道："小朋友爸爸情况怎么样啊？你有没有去看过他？"

"没有。操纵证券和内幕交易判了六年，后来又牵扯到他们大老板那边的黑社会团伙罪。团伙里判了三个死刑，四个死缓，还有二十多个刑期不等的。不过涉黑的案子他没有实质参与，最后没有新的量刑。"夏菡不疾不缓地说着，眼睛看着前面清澈见底的水池，听不出有多少复杂的感情，"这些事情，你也应该早就知道了吧？"

"是的，你还考虑等他吗……"刚问出口，程茵茵自己也觉得有点多余。

"没什么可考虑的，我们当时也没有办理结婚手续，现在倒好，阴差阳错，少了麻烦。"夏菡说道。

"那小朋友呢？有没有想给他一个完整的家庭？"

"再说吧。都二十一世纪了，单亲家庭不在少数。只要能够给他好的教育和关爱，相信不会比其他小孩差到哪里。"

"好吧，你做什么选择我都是支持你的。"程茵茵轻叹口气，似乎有些心事重重，"你回来之后跟他见过面吗？"

"没有。"夏菡听得出她语气里的"他"指代的是谁，"工作对接的事情，我出国前就移交清楚了，我现在都当妈妈了，找他干吗？让他当接盘侠吗？不合适吧？"夏菡笑了笑。

"他现在还是一个人，前段时间他还约我吃了个饭。他的小九九我也明白，还是想向我打听你的事，也聊了一下林蕴才的事情。其实他还蛮上心的，帮找了律师，林的父母来上海，也是他迎来送往的。不过林的案子很简单，同案人员早已招供，到他这里不过是完善一下证据链。事实清楚，证据确凿，改变不了什么，忙前忙后的也就是尽人事罢了。其他方面我就没多问了，你知道他这个人就是块木头，话头不多，我也懒得跟他多口舌，费劲。"

"他像个木头？"夏菡有些好奇，她记忆当中，耿至行虽然有点木讷，不过印象更深刻的是他聊到技术方面时表现出来的神采飞扬。

"木头还比他强点，木头还能做个小板凳，我看他只能算个细木棍，只够做个篱笆桩子。"

夏菡像没听见似的，她的脑子里有些飘忽。

"不过实话实说，穿着打扮倒是比之前精神些了。"

"噢，也许有人照顾他了吧。"夏菡低着头，回了一句。

两个人又默默地喝起了水，看着泳池里面一个个游动的身影。

见夏菡不再言语，程茵茵忍不住又开口问道："你就不好奇他现在的生活？"

"我现在的情况，真的没理由和他多联系了，把自己过好就谢天谢地了，再把别人牵扯进来，搞得一团糟，多不好意思啊。两年时间，可以改变很多事情，说不定人家都已经开始新的生活了。如果真的还留下什么影子，时间也会冲淡一切。想当初，我死去活来哭了半年，每天都是天昏地暗的，我妈妈甚至天天盯着我怕我想不开，这不也慢慢走出来了吗？一个人，也不能只为自己活，总还是要为父母、亲人、朋友负些责任。到这个年纪，又经历过失败的感情，对婚姻一事也认命了。啥也不多想，过好眼前的日子就好了。"

"你说得是没错，不过我还是有点不太适意的。我看他人模狗样的，心里就有疑虑，于是旁敲侧击地问了一下，这个榆木疙瘩是个老实人，我三句两句就摸得一清二楚。这家伙肯定还是单身汪一只，不过是现在在复旦读工商管理在职研究生，稍微学会收拾一下自己了。

"不过怎么说呢，一个字，还是土，嘻嘻。"程茵茵补充了一句，"不是因为你，我还真和他坐不到一起吃饭。"

"得了，大小姐，土、土、土，天底下谁在你眼里不土？我看你再洋花花的，不要变成洋蜡烛化掉了。"

"哎哟，哈哈。"程茵茵似笑非笑地盯着夏菡。

夏菡忽然反应过来，脸微微一红，端起水杯喝水。

"真不要见一面？我来约？"程茵茵笑问着。

"得了，我谢谢你了，管好你自己吧，啥时候有新欢了我倒要给你把把关，找个老实靠谱的早点把自己嫁了。"

"要不你考虑一下他呗？我觉得他是一个好人。"停了半晌，夏菡朝程茵茵皱了皱鼻子，突然加了一句。

"得，那不是我的菜。你就别发好人牌了，我是个千年的狐狸精，要和这种木头在一起，不气死也被闷死。"

"不见得啊，《聊斋》里的千年狐狸都是看上他这种老实书生呢！他阳气旺，够你吸一辈子。"夏菡嬉笑着看着她。

"好了，我看你也是变坏了。不聊这事儿了，你知道这不可能。"

夏菡想了想，这个玩笑开得有点无聊，于是也打住了话头。

夏菡并不是完全不知道耿至行的动态，她常常会不经意间点开他的朋友圈，一条条地翻看。他的新产品上市了，规模扩大了，公司团建了。人员已从当年的三十多个人，发展到现在一百多个人了。朋友圈中也有一些读书分享。看得出来，他一直在勤奋地努力着。

离开游泳馆，穿过隧道，延安高架桥两侧的灯光就像一双双温暖的目光，目送一个个归人的回家之路。

今年的上海开春早得异常，四月的天气已是微风和煦，夏菡开车行驶在繁忙的车流中，既有点形单影只的孤独，也有点漫扫风云的淡然。

离开上海不过两年，脚下的这片土地变得既熟悉又陌生。

微风从车窗细细的缝隙里吹送进来。夏菡突然想起那个夜晚，在上海中心地下停车场，耿至行把一箱箱的山涧水搬到她车上，把一大包草药交到她手上，然后开着脏得看不清颜色的车子离开。那时的他，也是这样开着车，走在这条高架路上吧。

她想起他孤苦的童年，他失落的情感，心里又涌上一汪柔情的怜悯和心疼。

如果早一点知道他的过去，那么，他们也许不会就这样擦肩而过吧。

她叹息了一声。

当天晚上，耿至行照例来到管理学院史带楼。今天的课程是决策科学，老师是一位来自美国的华裔教授，四十多岁，戴着一副深度眼镜，肤色亮白而头发稀疏。

课程刚一开始，老师笑眯眯地给在座的同学提出一个问题："在座的各位，如果你在三十元的价位上买了一只股票，结果一个月不到，跌到了二十元，大家会选择把这只股票卖掉吗？"

"不卖。"几位同学抢着回答。

"不卖的同学请举个手。"

绝大多数同学都举起了手。

"好，大多数同学都选择了继续持有。可惜股市行情相当不好，现在股票跌到了十元一股。现在要不要把这些股票卖掉？"

大多数同学还是举手选择了不卖。

"为什么啊？"老师示意一个举手的同学回答。

"已经跌到这个份上了，不如放着，说不定就回调了呢，割肉了就亏定了。”

“好，虽然说是不卖吧，毕竟你们心里还是犹豫的。想来想去，你在电脑上输入了卖出的指令，但是又下不了决心，这个 ENTER 确认键，一直敲不下去。

“你正在纠结的时候，你养的一只不知叫‘滴滴’还是叫‘答答’的宠物猫跳到了台子上，一爪子把你的确认键踩到了，结果你的股票被一只猫给抛掉了。

“现在的事实是，在十元的价位上，这只股票被猫抛掉了。这个时候，如果你反悔，你可以用十元的价格把仓位补回来。

“请问各位，你要不要在十元这个价格买回这只股票？”

老师选了一个刚才并不愿意抛掉股票的同学回答。

“那就算了，不买回来了。”

“为什么？”

“反正已经卖掉了，那就看看其他股票呗，说不定有更好的股票呢。”

“请刚才在十元的时候选择持有的同学再举一次手。”

超过一半的同学举了手。

“在已经抛掉了的情况下，决定在同价位买回来的同学举个手。”

除了一些人摸不着头脑地东看西瞧，基本上没人举手。谁还愿意买回这只跌到烂泥里的股票呢？

“大家可以讨论一下，有没有人想买回来的？”

课堂上响起了一阵交头接耳的声音。过了一会儿，大家安静了下来，所有的人都没有回应，确实很难有明确的理由在这个价位买回股票。

“好，大家仔细回想这个问题。一开始，股票从三十跌到十元时，大多数人都选择不抛掉，等待回调。这个是大家经过思考而选择的投资决策。”老师扶了扶眼镜，有意识地停顿了一会儿。

"但是，当你的宠物猫一爪子踩到了你的确认键，把这些股票都抛掉以后，大家又基本上不再买回来了，也就是说，不再选择持有了。尽管买回来的价格和卖出去的价格是一样的，你买回来，相当于你没抛掉，但你依然选择不再买回来。

"那么，是不是可以这样理解，你一开始选择持有这只股票，最后猫的一爪子拍得你又不想持有这只股票了？"

同学们的思路被老师引导到了一个新的视角，教室里出奇的安静。

老师停顿了好一会儿，继续说："严格的投资逻辑应该是这样的：如果你决定不抛，就说明在当前这个时间点，你认为这只股票，以十元一股来看，依然是所有股票里最有投资价值的。如果不是最有投资价值的，你应该抛掉，选择在当时最值得投资的其他股票。

"当你抛掉后却不想买回来了，这就说明在当前这个时间点，你不认为这只股票是当时最有投资价值的，所以你不再以十元的价格买入。这个不是前后矛盾了吗？

"为什么我们会有这种前后矛盾的决策选择呢？"

老师让大家互相讨论一下，课堂上一阵嗡嗡的声音，大家也讨论不出所以然来。

"股价跌到十元时，为什么不愿意抛掉呢？其中关键的心理因素是，当价格降到十元时，我们产生了一部分亏损，我们心理上不能接受亏损实际发生，只要没有割肉，这个亏损就是浮亏，始终没有变现。而一旦抛掉了，这部分亏损就变成现实了。

"已经发生的亏损，我们把它叫作沉没成本。

"实际上，沉没成本发生后，就已经无法改变了，无论你是否愿意接受，它都已经成为事实，成为过去。可以这样说，当沉没成本已经发生，损失掉的钱就跟你没关系了。

"当这只股票变成十元时，你的思考逻辑应该是这样的：假设你现在拿着一笔钱，这只股票十元一股，还有其他五元八元很多股票，你在所有可选择的股票里面，是不是依然选择用十元买这只股票？这个时候和你之前多少钱买进来已经完全没有关系，不要再被沉没成本影响。无论多少钱买进来，这个时候你的决策就是十元一股买入是不是最优投资选择？是，那就继续持有；不是，那就抛掉，买入你认为当下最有投资价值的股票。

"沉没成本很容易让我们做出不合理的决策，科学的决策，不应该受沉没成本影响。"

结束课程，已经是晚上九点多了。同学们依然兴致勃勃地聚集在花坛边，不少同学还在争论不休。过了半个小时，大家才慢慢散开。耿至行一个人开车驶出学校，从南北高架桥汇入延安高架桥，也汇入夜间依旧繁忙的车流当中。

他还在细细回顾今天的课程，也许每个人身边都有一只猫，不自觉中拍了确认键，让人回顾起来，总有些不明所以的茫然。

一白一黑的两辆车，间隔不远地行驶在延安高架桥上。两辆车窗都开着一丝缝隙，吹着夜上海的风。两个人的思绪，都飘浮在多年前的某月某日。

耿至行想起那一晚，他送完草药从上海中心离开，也是走在这一条路上，他的心口突然一阵疼痛，这一阵疼痛，给了耿至行最清晰的信号。

很久没有想明白的事情，突然之间显得特别清晰。

"叮"手机响了一下。

夏菡打开信息栏，耿至行的头像出现在列表上端。这么晚突然发来消息，夏菡有些疑惑。

"好久没联系了，最近还好吗？"

"还好的。"

"好久没见了，听说你回上海了，有时间一起吃顿饭吗？"

夏菡犹豫了一会儿，回复说："好啊。"

"这个周末你方便吗？"

夏菡的手停留在屏幕前好一会儿，最后打出了"可以的"。

"那我订好位发你消息。"

周末，夜幕下的世博会中国馆，大红色的卯榫构件在灯光中巍峨壮观。

在世博走廊的静谧中，时隔两年多，耿至行和夏菡再次重逢。

耿至行一身商务休闲打扮，能够看出，两年多的时间把一个青涩的小伙，变得自信沉稳。见到夏菡，他远远地疾步过来，那发自内心的一脸灿烂笑容，纯粹得让人感动。

夏菡依旧是一身素白，长长的头发挽了个发髻，身上多了些优雅的温婉。

两人走进餐厅，淡淡的烛光中，夏菡的脸上散发出近乎圣洁的光芒，耿至行的两眼也跟随着散发着光彩。

久未谋面，一旦见到，两人似乎从未分开过，话题犹如春日破冰一般，毫无障碍地渐渐展开，从美国的工作、生活，到上海的快速变化，两个人都互相急切地倾听着对方的所有信息，哪怕早已知道的信息，从对方的口里亲自说出来，都值得重听一百遍。

"听说你在波士顿受了点伤，我一直不知道，还是最近才听程茵茵说起。"

"连我父母都不知道，你怎么会知道？不过没事了，一点小伤而已。茵茵就是多嘴。"

"不是她多嘴，是我一直盯着她打听你的情况的。"耿至行急忙为她分辩。

"你这两年工作挺顺利的，怎么，身边也没个女孩照顾你吗？"沉默了一会儿，夏菡问道。

"没有，自小经常是一个人，好像也习惯了。"

两个人又沉默了一会儿，耿至行有些小心地问道："那你现在有什么打算吗？"

"也没什么打算，工作忙，家里也有一堆事，小孩子事情也多，留给自己的时间也很少，日子过得快得很。"

耿至行从包里拿出一个装帧古朴的书："这是给你的。"

夏菡打开盒子，是一本居延汉简，她有些狐疑地看着。

"那年在额济纳，聊天中你对汉简特别有兴趣，我特意给你买的。"

这是一个多么认真执着的人啊，夏菡心里默默地感叹着。

"谢谢你啊，你是从茵茵那里知道我回来的吧？"

"是啊。"

"你觉得她怎么样？"夏菡笑得像一个姐姐。

"她挺好的啊，活泼开朗，古灵精怪的。"

"你知道吧？茵茵现在也是单身呢。"夏菡刚说出口，又觉得自己心里有些尴尬，程茵茵和耿至行确实是两个世界的人。

"哈哈，我可不敢和她站一块儿。不过她人还是挺好的，一直很热心的……"耿至行吞吞吐吐地说。

"很热心什么？"夏菡狐疑地看着他。

"就是，就是……"耿至行有些尴尬地笑着，程茵茵热心地为他和夏菡牵线搭桥，不知该从何说起。夏菡猜到了意思，也就转过了话题。

"那你不能老是一个人啊，施含薇怎么样？"

"其实我觉得一个人也挺好的。"耿至行有点尴尬地回避着，"每天从早忙到晚，天天工作十几个小时。说实话，找个女朋友也没时间陪她，哪里有女孩子受得了我？"

"你还是每天忙得那么晚吗？"

"是啊。"

"你这个是严重违反劳动法啊。"夏菡笑着说。

"没有没有，员工可没有加班那么晚的了。"耿至行急急地辩解，"我是自己加班得晚一些。不过话说回来，我们外地人到上海，如果不勤奋点，努力点，多花些时间，还能有其他出路吗？这么多人来上海闯荡，和奋斗了几代的本地人同台竞争，哪里有可以轻松的理由？人的智商、天赋、能力，对于日常工作来说，能够相差多少？只有别人做八个小时，我做十个小时，拼时间来求空间罢了。"

"你说的我也理解，对于创业者来说，按部就班地朝九晚五，确实不太现实的。"

"另外，这个也和整个社会的经济基础有关系吧，落后的时候，大家都得努力奔跑。我看过留日学生纪录片——含泪活着。上海人丁尚彪，当年不也是一天要打三份工吗？"耿至行斟酌了一下，继续说道，"也许，这是时代给我们的宿命。第二次工业革命开始，西方现代化建设走了二百多年，而我们也就是改革开放的几十年。别人积累了二百年的基础，我们要用几十年来赶上，凭什么？凭人家用机器我们用人工？凭人家造飞机我们做衬衣？凭人家八个小时，我们也是八个小时？科学、技术、工业、农业、交通、建设，我们方方面面都得追赶，还不是凭我们这几代人都比别人更努力吗？相信我们下一代人，会有机会享受轻松些的日子吧。"

"你说得对，"夏菡说道，"小范围讲，相对于有所积累的本地人，外地人只能更努力。大范围讲，相对于欧美发达国家，中国人要实现民族复兴，也需要更多的拼搏。无论时代发展到什么阶段，拼搏奋斗，终究还是一个优良品质。"

和耿至行告别后，夏菡思绪不宁。世博走廊上，耿至行远远走来时脸上堆着的满心欢喜，突然之间打动了她，她以为永远不会再有的怦然心动，发生时意外得连她自己都措手不及。而耿至行热切的眼光，也清楚地映射着他心中燃烧着的炽热情感。

第四十章

第二天一上班，公司前台已经放着一束鲜花，前台小姐把鲜花交给夏菡时，笑着打趣着："夏姐，这花可寓意深厚啊。"

夏菡捧过鲜花，这是九枝玫瑰、九枝相思草、九枝百合组成的一个花束，用大幅的紫色艺术纸包裹着。

夏菡找出一个纸箱，里面是塑料袋密封好的花瓶。简洁的瓶身上，点缀着几条磨砂的纹理。两年多的时间，花瓶依然很干净地反射着光彩。她仔细清洗了一下，把鲜花一枝枝地插入花瓶中。

"这算是老瓶装新醅吗？"她内心自嘲地笑了笑。

她犹豫了一下，还是拿起手机，发了一个信息："谢谢。"

"怎么知道是我送的？"手机里回复。

夏菡心里忽然有点讶异。为什么一收到就想当然认为是他送的呢？况且他不是个浪漫的人，这也是第一次收到他的花。让她自我惊诧的是，她根本就没有想过会是其他任何一个人送的。

"算是一种感觉吧。花很漂亮，谢谢了。"

对方回传过来一个开心的笑容。

夏菡调出世飞公司的财务报表，能看到这几年耿至行把公司经营得不错，财务数据增长很明显。

第二周的周一，前台又笑盈盈地把一束鲜花递给夏菡，一模一样的九枝玫瑰、九枝相思草、九枝百合。

第三周的周一，前台仍然笑盈盈地把一束鲜花递给夏菡，还是九枝玫瑰、九枝相思草、九枝百合。

这算是懒政还算是执着呢？夏菡轻轻地笑了笑。她想起耿至行雷打不动的 T 恤牛仔，千年不变的外卖小馄饨，永远重复的两家接待饭店。真的是直男的世界啊。

清明节前夜，夏菡来到父母家，儿子开心地跳了起来。

"乐乐都好吧？"

"小伢儿不要太听话，乖是乖得不得了，小脑瓜子灵是灵得唻。"夏菡妈妈开心地说道。

"侬自个都还好吧，要注意身体噢。"夏爸爸插了句话。

"我都挺好的，放心。"

和父母聊了会儿家常，夏菡说：

"明天我要起得早一点，六点半前就要出门，我自己热杯牛奶，吃片面包就行，你们不用管我了。"

"没事的，妈妈起得也很早的，给你做好早饭。"夏妈妈说道。

"我出去买点就好，你也不用起来烧了，我反正早上要起来锻炼一下的。"夏爸爸接过话茬。

第二天六点，夏菡就起来了，简单吃了早餐，夏菡轻轻地对妈妈说："我出去了，乐乐醒了你们带他上公园先转转。"

她妈妈走过去抱了抱夏菡，也没说什么，目送夏菡离开了。

夏菡打开车门，一大束白色的雪海菊花，夹杂着几枝马蹄莲和白玫瑰，周围一圈绿色的蓬莱松，在一大张雪梨纸的包裹下，静静地躺在后座上。

天马山公墓的路口已经人来人往。夏菡一身黑衣，头上戴着披着黑纱的宽檐帽，捧着花束一个人默默地走进墓园。

到了墓前，夏菡拿出一包湿纸巾，认认真真擦拭了一遍墓碑，把鲜花细心地放在碑前。

夏菡正默默地伫立在墓前，身后突然传来一个声音："是夏小姐吧？"

夏菡转身看去，不知道什么时候后面出现一个戴着口罩墨镜的男子，那男子边说边摘下墨镜，然后摘了一下口罩，又戴了回去，半张脸上一大块暗红色的疤痕触目惊心。夏菡觉得似曾相识，不过又记忆模糊。

"是的，你是？"

"我是小武的同事，陈嘉会，小武经常说起你。"

"陈老师你好，"夏菡伸手握了握，"你身体怎么了？"

"前段时间出了点事情，做了两次脸部修复手术，恢复得差不多了。"

"陈老师身体不方便，还来看他，有劳您了。"夏菡鞠了一躬。

"我应该来看他的。"陈嘉会轻轻地说道，"他是一个没有勋章的英雄。"

夏菡黯然无语。

两人慢慢走出墓园，陈嘉会把武初阳最后的事情，一一告诉了她。

回到父母家中，吃过晚饭后，夏菡和爸爸一起在厨房收拾碗筷。

"今天遇到小武的同事了。"夏菡突然对父亲说道。

"是吗？"

"小武去四川做财经调查，无意中发现当地竟然发生多起光天化日之下持枪杀人的凶杀案，案件最后都没有抓到凶手，小武就把精力转到了涉黑调查。对方发现后跟踪了他几天，威胁警告过他，但他顶着威胁坚持调查，最后被他们设谋，出的车祸。"

夏菡一边说着，一边眼泪就流了下来。

"我也听说了。天网恢恢，疏而不漏，恶人总算是得到了应有的惩罚。"沉默了一会儿，夏爸爸又开口说道，"小菡，爸爸妈妈年龄也大了，有些事情慢慢会想得开一些。所谓五十知天命，有些想法和之前确实不太一样。"

"爸爸想说什么？"

两人收拾好厨房，回到客厅沙发上。夏菡妈妈在书房里陪着乐乐看图说话，间或听到小孩开心的笑声。夏菡给爸爸削着苹果。夏爸爸喝了一口茶，说道：

"一直以来，爸爸认为，我们生活上的跌宕起伏，就像科学规律一样，总有一个可循的规则。如果出现我们理解不了的，只是因为学识不够，能力不足，认不清规则。因此相信凡事终有规则，成败皆有因果，得失全凭努力。

"从小到大，爸爸一直教导你努力学习，积极拼搏，绝大多数的事情，你所得到的，都是你努力的结果。有些是我们付出获得的成果，有些是我们犯错受到的惩罚。这是我们要代代相传的真理。

"但是，我们生命中，确实有一些极偶然的事情，是我们的能力所不能改变的。"

"是啊，我也觉得，有些事情，都不知怎么就阴差阳错的。回顾起来，自己都想不明白。"夏菡说道。

"不同的人来到这个世界，有些人出身富贵，有些人出身苦寒，有些人体质强健，有些人先天病弱，有些人智商超群，有些人资质平庸。这个是个人没法改变的先天条件。

"在成长的过程中，因为个人的努力，为人的品质，处事的方法，有些人变得学识更丰富，能力更全面，在工作中受到器重，或者得到贵人相助，改变了人生轨迹。这个就是因为努力所得的机遇吧。

"人这一生，有些事情可以改变，有些事情无法改变。我觉得，人要学会知命、惜缘，无法改变的，要学会接受，学会放下；努力就有机会的，务须尽力。无论是工作、生活、感情，如果有好的机会，还是要好好珍惜，努力争取，惜缘惜运。"夏爸爸看着夏菡，语气里是满满的慈爱祥和。

"爸爸，我明白你的意思。"夏菡用手抹了抹眼睛，"我也懂这个道理，只是不知道为什么，一想起来还是心乱如麻。理解容易，践行困难些。"

"人生就是一场艰难的修行，成长需要时间，理解就好。"夏爸爸点了点头，起身给夏菡倒了杯牛奶。

每周周一，前台闭着眼睛都能知道快递小哥送过来的是什么花了。

不过这一次夏菡的手机里多了一条信息。

"马上就要到五一了，五一晚上在上海中心一起吃个饭，你能安排时间吗？"

夏菡想起三年前的那一天，夏菡曾经问过他的话，和他当时的回答。一切似乎都还历历在目，似乎就在昨天，似乎都没有改变。

然而，生活像是开了一个巨大的玩笑，两个人兜兜转转，各自经历过不同路上的风景，又转到了当年分开时的那个路口。

那一年，她错过机会向前走这一步，而现在，她又觉得没有理由向前走这一步。该知道的都已经知道，只是，一切都已经不再是原来的样子。

她很想勇敢地往前走出一步，但现实的种种顾虑，又如乱麻一样缠住她的双脚。她实在没法想明白怎么来面对未来的各种可能。

"谢谢你的好意，不过不用了，五一我还有些其他安排。"

"你能尽量安排一下吗？"

"谢谢你的好意。真的不用了。"

"我已经错过太多了，真的不想再错过。"耿至行回复过来。

夏菡叹了口气，不再回复。

周一的鲜花还是依旧，再过几天，就到了五一长假的日子。办公室里的小伙子早已开始在网上搜索出行的攻略。

劳动节长假到了，五一一早，夏菡接了乐乐。两岁的小孩子正是最讨人喜欢的时候，眉眼拷贝般地复制了夏菡的模样，成日里跑跑跳跳像上了发条。

夏菡和妈妈带乐乐去游乐场玩了一天，一老一小玩得很尽兴，夏菡妈妈似乎也回到少女时代，陪着乐乐骑着旋转木马，开着碰碰车，坐上摩天轮，一直到傍晚才开车返回。

车子驶过世纪大道，马路两边鲜花怒放，人流如织。

"妈妈带你去吃点东西，好不好呀？"夏菡问道。

"好呀妈妈。"乐乐拖着长长的小奶音，开心地在夏妈妈的怀里一跳一跳的。无论多累，每次见到乐乐手舞足蹈地看着自己"咯咯"地笑着，听着他奶声奶气的声音，浑身的疲累瞬间烟消云散。

乐乐手里拽着一个写有"I LOVE SH"的红色心形气球，两只眼睛左顾右盼满脸好奇地看着周围，天桥上人流涌动，一对对情侣，一个个三口之家，一群群好友，在天桥上抬眼仰望或者拍照留念，一张张脸上都带着幸福欢快的笑容。

"叮——"电梯停下，时隔三年，餐厅多了些装饰，不过餐台的布局并没有变化。夏菡在服务生的引领下走了进去，眼睛四下转了一圈。天花板换成了一片片盛开的莲叶，从顶上往下层层开放，在灯光的映射下散发出梦幻般的色彩。

靠窗的一排座位还保留着原样，那个她熟悉的位子空空荡荡，桌面摆着一张"留座"的牌子，她的心颤动了一下。服务生把他们领到大厅内侧的一排卡座里。

三个人点了几个菜，乐乐玩得有些累了，没吃上几口就在夏妈妈怀里睡着了。

夏菡简单吃了几口，起身离开。当她经过窗边时，刚才留座的那个台子，坐着两位年轻的情侣。

第二天，按照和程茵茵的约定，她们计划出去散散心。由于节日人流太大，她们只为休闲放松，就不做具体的行程规划，走哪儿算哪儿，一切都听程茵茵的安排，也正合夏菡心意。平时出差较多，走的地方多了，就不再在意目的地，觉得人在旅途，沿路的便是风景，更兼陪着小孩，哪怕一路黄泥地，都是开心的。

一大早，一辆雷克萨斯商务车停在了小区门口，只见程茵茵从副驾上下来，一个年轻的小伙伸手示意和夏菡打招呼。

"我请的车夫。"程茵茵笑嘻嘻地介绍道。

驾车出发，第一站到了杭州。

假日期间，杭州的游客摩肩接踵。程茵茵提前订好了船票，几个人乘上小船，进了西湖。

涌金门外柳如金，三日不来成绿荫，折取一枝城里去，教人知道是春深。西湖边白堤上，柳树婆娑，倒影如烟。正是春光正浓的季节，远山如黛，微风如薰，保俶塔下三潭印月，孤山门前翰墨陈香，一条小船划出一层层柔波，荡漾在绮丽风光中。

下了游船，几个人拜谒了岳王庙，感怀《满江红》的激荡胸怀，又沿着湖滨悠闲地转了一会儿，差不多已经到了晚饭时分，几个人便开车前往饭店。

车子经过一个丁字路口，浙江大学的校门就在马路右侧，夏菡回头看了两眼，突然说："我们进去转转，参观一下浙大校园。"

车子掉头，缓缓地拐进校区，无声地在小路上滑行，黄白相间的房子里，处处透露着时间沉淀出来的书香气息。

车窗外，有人骑着自行车穿行而过，留下一串悦耳的铃声，有人夹着书本互相讨论着，留下几句数理公式，有满头白发、气宇轩昂的学者从容漫步，留下几分儒雅沉着，有年轻的情侣欢声笑语，留下一丝青春甜蜜。夏菡看着校园里一个个年轻、稚嫩又充满活力的脸庞，脑海中不经意间浮现出一个青涩、贫寒、衣着单薄的年轻学子，在这里勤奋求学的身影。

第二天早上，车子一路向西，沿途山清水秀，风光绮丽，真的是人杰地灵。

在路边的一个农家小院吃过中饭后，一行人回到车上，程茵茵对夏菡说："让乐乐休息会儿，你照顾小孩晚上也睡不好，也趁午后稍微打个盹，养养精神。"

乐乐似乎有一个神奇魔法，车子一开，就安静睡眠，车子一停，就睁开眼睛。

五月的阳光已经有些灼人，程茵茵把两边的窗帘拉上，车子安静地行驶着，只留下车轮下轻轻的"沙沙"声。

车子从水泥路转向沙石路，从双向两车道转到单车道，又过了一个多小时，在一个山谷间的小路边停了下来。

走下车子，阳光耀眼，夏菡突然感觉一阵晕眩。

只见两山当中，一口方塘，蓝天白云倒映其间，波澜不惊。右侧一条沟渠，沟渠中水流潺潺，上面一个小桥，沿小桥向上，一条山路慢慢延伸，与一层层的梯田勾勒出一个个青黄不等的画框，当中散落着几棵姿态各异、树冠宽阔的大树，间隔着几片翠绿的草地。远远看去，一个茅草屋顶的亭子，星星点点的游客或站或行，飘浮其中。

除此之外，眼前的整个山谷，漫山遍野的芍药如同浩大的花海，盛情怒放。

夏菡牵着乐乐的小手走过小桥，眼前的一切如梦幻般铺展开来。

俯身看去，耸立枝头的花朵，有艳丽的红，有淡雅的白，有娇嫩的粉，有清浅的紫；有浓情深红描了一圈淡淡的白丝，有缤纷亮紫簇拥着一团热闹的暖橙；有层层重瓣上的片片渐变，有细细尖芽下的纷繁色盘；有水滴般秀丽的花蕾，有珠球般圆润的新苞，有纵情盛放的婀娜，有含露半开的羞涩，有凤凰展翅的伸展，有众星捧月的聚集；有的像绣球挂在枝头，有的像皇冠傲立当空，有的似金蕊尽情绽放，有的如台阁登高望远。在一片浓郁的绿叶中，每一朵芍药都是蓬勃生机的绽放，是旺盛朝气的勃发。犹如日月光华哺育出生命色彩。

抬眼望去，大片的花海，就如萦绕山谷的祥云，构建出一个人间仙境。有明媚的阳光普照天空，有雨露的滋养浸润大地，有辛勤的园丁浇灌其中，有沉醉的旅客流连花海，有纵横的小路映着青苔，有憩息的亭台透着乡情，有清香的果，有深埋的根，有绿草的芳茵，有乔木的擎天，有浮云的光影，有氤氲的清香，有轻拂的傲风，有如玉的佳人。

夏菡站在花海当中，宛若一个仙女，遨游在万紫千红的云雾当中。

程茵茵跟在她身后，轻轻地叫住了夏菡。

不远处，一个俯身修剪花朵的男人，和他身边的小女孩一起站起身来。

夏菡停下脚步。

男人摘下手套，手捧一大束芍药花，慢慢地朝她走来。

四周颜色缤纷的芍药花迎着细风微微摆动着，似花仙子翩翩起舞，满眼的青山绿水，如绸缎一般系住了这片梦幻般的土地。